滚烫的岁月

乔盛　著

图书在版编目（CIP）数据

滚烫的岁月 / 乔盛著. -- 北京：中国文联出版社，2018.9

ISBN 978-7-5190-3845-8

Ⅰ. ①滚… Ⅱ. ①乔… Ⅲ. ①长篇小说一中国一当代 Ⅳ. ①I247.5

中国版本图书馆CIP数据核字(2018)第189081号

滚烫的岁月

作　　者：乔　盛

出 版 人：朱　庆

终 审 人：奚耀华　　复 审 人：周劲松

责任编辑：卞正兰　　责任校对：刘成聪

装帧设计：中　一　　责任印制：陈　晨

出版发行：中国文联出版社

地　　址：北京市朝阳区农展馆南里 10 号，100125

电　　话：010-85923055（咨询），85923000（编务），85923020（邮购）

传　　真：010-85923000（总编室），010-85923020（发行部）

网　　址：http://www.clapnet.cn　　http://www.claplus.cn

E - mail：clap@clapnet.cn　　bianzl@clapnet.cn

印　　刷：永清县晔盛亚胶印有限公司

装　　订：永清县晔盛亚胶印有限公司

法律顾问：北京市德鸿律师事务所王振勇律师

开　　本：710×1000　　1/16

字　　数：220千字　　印　张：20

版　　次：2018 年 9 月第 1 版　　印　次：2018 年 9 月第 1 次印刷

书　　号：ISBN 978-7-5190-3845-8

定　　价：42.00 元

目 录

第一章　情种萌芽

花圈圈大枣半身身红，
光串门子不入洞房不算你的人；
高粱秆纳锅盖一根挤一根，
好女人屁股后野男人跟着一大群；
青石沟沟咬住黄土土坡，
男人活一回就为讨老婆；
仰望红彤彤的太阳想天堂，
喝着苦菜熬稀汤心情也舒畅；
土窑里烧黑炭热成火洞洞，
年轻人爱年轻人爱得不要命；
小河流水入黄河，
男人一辈子为女人忙。

一曲新编的陕北信天游半夜里响过后，冬日的黄河西岸迎来了一个沸腾而热闹的黎明。枣林围合的贺家畔村，新建立不久的全日制小学院内，挤满了刚刚从解放战争烟火里走过来的男女老少。石头支撑的木板讲台前，王塔区委牛珍书记身穿一身解放军军服，腰间勒紧的皮带插着一刻也不离身的左轮手枪。老兵的秉性使刚上任的区委书记充满了活力，又夹杂着几分习惯性的粗野和俗气。

“狗日的，美国鬼子比小日本鬼子还要坏。毛主席正要指挥咱解放军一口气拿下台湾，这美国鬼子偏偏在这个时候发动了侵略朝鲜的战争。咱解放军能不出兵抗美援朝吗？狗日的，抗美援朝，就是为的保家卫国，让咱们刚翻身的穷人过上好日子。朝鲜在哪里？就在咱的脖子下面，就在咱中国最好的地方东北鸭绿江边的大门口。操他祖宗的，美国出兵朝鲜，狗日的用心真狠毒，既牵制和分散了解放军的兵力，又帮了老蒋这狗日的忙，还搞得咱全国人民不能集中精力建设社会主义。因此嘛，我们后方要加快生产，多打粮，多织布，支援前线，保证解放台湾、抗美援朝双胜利……”

牛珍在台上讲，他的十四岁的小通讯员李明先在台下拿个小笔记本记，记着记着，停下手中小铅笔，斜头问身边相随的干部：

“喂，狗……狗日的‘日’字怎么写？”

“呸，不害羞。日头的日，太阳那个日。”

“嘿，去问牛书记，狗怎么日来着……”

李明先脸颊羞红，低下头，又认认真真地写起来。这“太阳”的“日”和狗日的“日”能一样吗？他写了一连串的“狗日的”，合起小本子。一会儿，又展开，随着牛珍书记不停地“狗日的”讲话，继续记录着有关“狗”的内容。

“嘻，让我看一看，狗字怎么个写法，美国鬼子的鬼和小日本鬼子的鬼一样不一样？”

李明先合住小本子，扭头斜眼靠到身背后的长辫子姑娘，努了努嘴。“你问我，我问谁。鬼都一个样，‘鬼’字也一个样，都不是好东西，都是狗日的……”

“嘻，还是公家人，有文化的人。老的小的一个样，就会说个‘狗’啥的。”姑娘双手捂住嘴，挤眉弄眼，不出声地笑。

“笑啥，美国鬼子就是坏，就是狗日的。知道吗？狗急跳墙的成语听说过吗？就和老蒋、美国鬼子一样，不敢和解放军面对面打，跑到朝鲜杀人放火。”

“嘻，那不叫狗急跳墙，那叫狗急跳河，狗急跳海。”

“咔嚓，”他狠劲地折断铅笔，猛向后一扬头，又一句“狗”话还未出口，姑娘“哎哟”一声，眼睛淌出泪珠。他被吓得脸色变紫。

正在讲话的牛珍被一时的骚动打乱。“灰小子，搞什么鬼？”

李明先不敢抬头，心里一个劲地骂身后的姑娘。哼，等散会后，咱再算账。他憋了一肚子气，把小本子装入袄兜。牛珍走下台挤进人群，手指头扎住了李明先的鼻尖，“狗日的，不像话。从今天起，不再带你下乡，回到机关后，每天认十个字。”唾吐沫的小姑娘见牛书记训通讯员，又“哎哟”一声，口里掉出染血的牙齿。牛珍见状更是生气，拧住李明先的一只耳朵，“谁叫你打人，快给小姑娘认错。”李明先下沉着屁股，往人群外面躲，逗得人们哈哈大笑起来。

“算了吧。”另一个姑娘龇了龇牙，耍了个鬼脸讥笑牛珍书记“人家通讯员受了委屈，又挨批评。我要是通讯员，就不跟你这个官老爷，哈哈哈……”

“好一张利嘴。”牛珍放了李明先，关切地问那掉了牙的姑娘，“是这灰小子打你了？”

姑娘摇摇头不说话。

“没有调查，就没有发言权。”又一个姑娘讥讽说，“人家李明先没错，是贺秀丽自讨苦吃。她没识得三个字，就给区委书记的秘书当先生，没把鼻子碰歪，够她占便宜了。”

“灰小子，人家给你提意见，怎么搞报复，把姑娘的牙给打掉。”牛珍训斥通讯员。

李明先眼睛一挤，鼻梁凹滚下两串委屈的热泪。

贺秀丽捂着嘴对牛珍书记说，“我牙疼，换牙，与他无关。”

“是通讯员写字，贺秀丽扒在人家肩膀上看‘狗急跳河’，结果让通讯员的后脑勺把牙给碰掉了，哈哈……”

开会的人们听了都大笑不止。有人说粗话满口的牛珍书记的通讯员李明先，是个小色狗，拔小姑娘的牙，喝小姑娘的血，长大后三五个媳妇也挨不住。

牛珍引着李明先回到区上，翻看着李明先的小本子忍不住笑：“灰小子，你看，难怪贺姑娘揭你的短呢。不到一百个字，出现了十几个错别

牛珍嘴上凶狠地骂，心里却暗自得意。狗日的，比老子当年搞对象速度都快。老子是战火前线结婚，马背上一枪搞定女人。

牛珍通过调查，知道李明先家中的父母给儿子包办订婚，被儿子果断拒绝。李明先和贺秀丽尽管年龄小，但两人确实相互爱慕。他亲自到贺家畔小学和贺秀丽家中跑了两趟，了解情况，认为这桩喜事可以定下来。

“秀丽姑娘给你做媳妇，怎么样？”

“这？行吗？

“行。这是命令。”

“牛书记，我执行您的命令。嘿嘿……”

半年后，李明先调回王塔区委担任秘书。从王塔区到贺家畔村不到五十里，一封封充满热情的信像雪花一样来回飘舞。李明先把省吃俭用节约下来的钱捎给他的未婚妻，鼓励她认真读书。贺秀丽姑娘心里装着颗太阳，温度热到了极限。她利用星期日给李明先纳袜垫缝衣服。李明先来贺家畔下乡总要给岳父岳母带饼干等好吃的东西。

一九五五年春天，已经小学毕业的贺秀丽由少年步入了青年时期。抗美援朝的浪涛已经平静下来。欣欣向荣的万千景象吸引着年轻男女。贺秀丽不安心满足于在校的读书生活，放弃了升学考试的机会，希望走出社会投身到轰轰烈烈的社会主义建设中去。而正血气方刚的李明先，已调到北原县人民政府当秘书。他到县政府工作不到三个月，带头响应政府号召，支援商业系统增收集资，又调到县百货公司当售货员。柜台工作对他来说是陌生的行业。但是，他凭着对工作的热情，不久就熟悉了售货员的业务工作。他等待着未婚妻的到来。革命工作，干啥都一样，无条件服从组织的决定。爱情是一种力量。李明先对爱情加深了认识。

秋天的枣林里，贺秀丽提着一篮子红枣，沿着一条波光粼粼的水渠，走一步，停一停，理一理额前的刘海。她弯下腰探头照看自己的脸蛋，抿一抿嘴，摇摇头，再拢一拢两条长辫子，“扑哧”一声，唾沫飞溅到渠水里，泛个白泡飘走了。她放下篮子蹲到水渠旁，手伸进去来回搅动。

她搅啊摇啊，真想一口喝尽这哗哗流淌的渠水，占为己有。她嫉妒渠水的甜美。她拾起一块一块小石头，不住地往渠水里扔，边扔石块边“哧哧哧”地嬉笑不止。渠水的美丽勾起了她的情思。她停住了往水里扔石块，捡起一颗红枣，从右手放到左手，又从左手放回右手，反复洗了一遍又一遍，而后放在脸颊，轻轻地来回摩擦。她感到口里甜，心窝里甜，浑身甜。

她小心翼翼地把枣儿放入篮子，站起来，走一步，低头俯照一下渠水，咧一咧红唇。她唯恐渠水夺去了她的姿色，把篮子挂在胳膊弯，十个指头不时地来来回回地一个接一个地扳着。她在数着时间的进程。再过三个半月，也就是春节，她要品尝人生的那种神秘的生活滋味。那是一种什么样的生活滋味？男人与女人拥抱在一起会发生些什么事情呢？她感到双腿发软。不由地惊叫一声，双脚一滑踏进了水渠里。凉飕飕的渠水浸透了内衣。一颗颗甜脆的红枣漂浮在水里，顺着渠水的流淌漂走了。

她爬上水渠塄，抹着湿漉漉的水珠，急得哭起来。她手忙脚乱捞住空篮子，弓着腰捞一颗红枣，跑两步，再捞一颗。她心疼得直揪自己的头发。每一颗红枣寄着她的一片深情。她一直追，一直捞，一直捞到渠水流入黄河的尽头。

第二章　送夫参军

贺秀丽收到李明先的来信，一连几天睡不着觉。她不知是该生气他还是支持他，头伏在躺柜盖上两只手托按住眉脸，随着抽泣声肩膀不停地抖动。

“死姑子，又怎么啦？”

“怎么啦？”她跟妈顶着嘴。

“好乖乖哩，是不是明先来信咒你了？”

“哎呀，胡扯啥。”她急得跺脚摇头，“他要远走高飞。”

“啥？”妈惊得倒退了两步，“他要到哪儿去？是当了官，变了？老娘碰着他，狠狠地咒他一顿。”

“妈，你又想到哪儿去了。”贺秀丽忍不住笑起来，“明先问候你好。”

女婿当了县百货公司售货员，丈母娘感到十分光彩。过了阳历年，大女儿就要结婚，可喜事办到了眼前，大女儿却又哭又笑。

“明先要到哪儿去？”

贺秀丽的脸色由微红变成紫白，离开躺柜旁，靠着炕沿站下，手托住下巴，“妈，他要参军去。”

“参军？”

“当兵。”

“啥？去当兵吃粮？”贺秀丽的母亲愣怔住了。

“西藏一些喇嘛搞武装叛乱，他响应政府号召，自愿报名，应征入伍，去打仗剿匪。

“那婚事哩？”

“等西藏平叛回来再提。”

“老天爷，这不是自找苦吃哇。”贺秀丽的妈急得团团转，“不行，你赶快给明先写信，妈不同意。”

“他主意打定了。呜……他的脾气，谁说也不会听。”贺秀丽哭着说，“他说到了部队，生活过得紧张，进步快。”

“这个灰鬼，是不想活了，后方享够了福，到前方寻死去。”贺秀丽的妈脸色气得发紫，“他走了，叫我闺女当尼姑？啥进步快，打仗挨子弹才算进步？县城住洋房子，吃白面馍，就不如当兵，妈明日就去城里找这灰小子。”

“算了，去也不顶用。”

“反正不能让他走。”贺秀丽的妈叹了口气问，“新兵几时走？”

“过了阳历年。”

“对了，一过阳历年，你们就结婚，看他还走不走。”贺秀丽的妈恢复了笑容，去准备着大女儿的婚事。

新兵体检完毕第五天，李明先接到了入伍通知书。新兵就要开赴西藏的消息传出，贺秀丽和她妈急急忙忙赶到县城。李明先的父亲李锁平老汉也来到了北原县城。他们想阻止李明先参军已经来不及。李锁平老汉和贺秀丽的母亲临时商量，赶在李明先参军走之前把婚事办了。两亲家向李明先所在单位提出了要求。单位领导认为李明先身为国家干部能带头应征入伍，精神难能可贵，同意批准在入伍前办理结婚手续。县政府同时决定，为了解决少数新兵家属的生活困难，统一安排一批家属参加革命工作。在政策的照顾下，贺秀丽以妻子的身份替李明先当了县百货公司售货员。

仅有小学毕业文凭的贺秀丽参加了工作，好比喝了一杯甜蜜的糖茶。她品尝着甜蜜余香后说不出的苦涩。她知道李明先参军走了以后自己的日子将会是怎样的情景。

一九五六年一月一日。

二十岁的李明先和十九岁的贺秀丽的婚礼仪式，是在县百货公司会议室里举行的。山盟海誓诉不尽的甜言蜜语，恩爱柔情道不完的床头爱欲。洞房的生活牢牢地吸引着青春的滚烫身躯。贺秀丽把自己精选的最大的红枣一颗一颗洗干净，又一颗一颗在火炉烤干后穿成枣串儿塞入李明先的挂包里。所有的爱与情都在红枣的甜蜜里。新兵马上就要离开县城。他的容貌，他的言行，他的身躯，他的每一根血管都在牵动着她的魂魄颤动。那是一种什么力量的作用驱使他俩疯狂地拥抱在一起以致使理智失去分寸。

爱情的深度她理解得只有渠水那么深浅。时光每一秒钟的流逝都在折磨着她。有他在自己身旁她就会消除一切忧愁。她觉得李明先已经是自己生命和生活不可分割的内容。

李明先的心情与黄河两岸的山峰一样此起彼伏。黄河的波涛与窟野河的浪花一齐撞击着他的胸脯。爱情与事业同时出现在他人生的十字路口。贺秀丽俊俏伶俐，秀气活泼，贤惠聪明，惹人喜欢，占据了他的半个世界。他弄不懂爱情是什么，只是觉得自己需要漂亮姑娘来满足不可扼制的欲望。贺秀丽填补了他渴望的心灵世界。他搂住她恨不得一口把她的嫩脸蛋咬下来吞噬掉。进行那种疯狂动作时他把她的腰肢扭曲得像一根柔的面条。在她的胸口他闻到面条与红枣的混合香味。还有一股山风野花的味道。他还在她细腻白皙的脸颊上读出许多文字展示的蓝图。憧憬美好的理想画卷，他就钻进她的被窝里“啃红枣”和“揉面条”了。“丽，你知道吗，穿军装当解放军，有多美哇。我在区上当通讯员的时候，就盼着有这么一天。明天上午，你代表新兵家属在大会上发言，别害怕。”

“嗯。”贺秀丽半张半闭着眼睛，说不出是兴奋还是激动，感到脚与手的二十个指头都在喷射着滚烫的液体。她不想说话，体会到时间的宝贵。他和她只能一起待两个晚上和一个白天，后天他就要踏上去西藏的征途。

她享受着他本能进攻的狂风暴雨。他发泄着青春独有的烈火。

第二天上午，贺秀丽代表北原县全体新兵家属在县人民大礼堂的主席台上首次对着麦克风讲话：“我爱我的丈夫明先，我更爱伟大的社会主义新中国。我盼着明先等一个个新兵进军西藏，早日平定叛匪，建立功勋，胜利归来……”讲完话后，在雷鸣般的掌声中，她把一朵大红花亲手戴到李明先的胸前。她感到在这个世界上她是最光荣和最自豪的女人。

“还是人家军人的妻子，思想觉悟高，有水平。”

“就是嘛，结婚不到二十天，能支持丈夫去前线，二减三——不简单。”

“是呀，天生的一对儿，郎才女貌。到底还是受过新社会教育的青年，通情达理。”

接着，已经是当北原县县委书记兼县武装部第一政委的牛珍也作了重要讲话。还是老兵的那一套出言吐语。改变不了的粗俗。“狗日的，凭西藏几个臭喇嘛就想造反，球毛，那是搬起石头砸自己的脚。人民解放军是干啥吃的。你们这些年轻后生，给老子记住，进西藏后给老子狠狠地揍狗日的臭喇嘛……”

静悄悄的夜晚被骚动的碰撞声搅乱。北斗七星中的瑶光星渐渐地指向东方。御夫座的最亮星“五车二”靠近天顶。金牛座与猎户座构成了星空的中心。南方地平线上的老人星刚刚升起，而波江座的最亮星“水委一”却西沉下去。牛郎和织女在天空的幽暗角落约会。

县百货公司的二层小楼。月光偷偷地斜射进窗口，在木地板上铺洒下一层银白的雪霜。

“我走后，你要好好地工作，多读书。”

“嗯，放心吧。我就怕你到部队后——”

“怕我出危险？是不是？嘿，子弹不会打着我。”

“瞎说。”她按住了他的嘴，“你走了，两家的老人都在农村，不便照顾。”

“不要紧。”他推开她的手，“我的父母，有哥哥弟弟他们，你爹妈有你弟妹照料，不必多操心。我到部队后，一定干出一番事业，再回来看你……”

“呜……”她依偎在他的怀里，感情的藕丝牵动着灵肉颤抖。

她的两个乳头被他的牙齿咬得红肿快要流出血来。她觉得浑身的麻木占据了一切思维的空间。身子扭动得来来回回摇摆。呻吟与笑声嘶喊

声糅合一体。泪水淌到了褥子沾住肉体，滚烫得刮骨抽筋。

贺秀丽想哭。借着月光，她看清桌子上放的小闹钟时针已指向凌晨一点钟。她恨时间流逝得太快。

“我真恨你，恨你……”她挣命地发疯地抱住他，“我恨死你了，恨死你了……”

是恨还是爱？她感到整个躯体肢解了。空白与失落向她包围过来。天与地同时在挤压着她。

天刚亮，他们就起床，相互对视着笑。她的下嘴唇破了个血裂，是他的牙齿发野的标记。

李明先没有洗脸，随便吃了点东西就往车站走去。她提着挂包紧跟在他的后面。到了汽车站，全县二百多名新兵都已排好队等待出发。他从她手中接过挂包跑入队列里。汽车发动后，新兵们有秩序地上了编好顺序的大卡车。

他俩谁也再没有说一句分别的话。无话的分别比有话更情深意切。

汽车缓缓地驶出车站，贺秀丽猛地揪住自己的头发，边跑边从袄兜掏出一个小方纸片：“明先——给，我的相片。”

他接住了她最后送给他的礼物，挥手向她告别。汽车加大了油门离开车站驶出了县城，飞驰过新建的窟野河大桥，消失在西部丘陵与沙漠构成的尽头。

李明先带走了少妇的希望和世界。一个值得怀念的时代。新婚蜜月被青藏高原的枪炮声震碎。

第三章　婴儿出世

贺秀丽突然闭经，以为是患了病，跑去县医院做妇科检查。医生诊断一番后给她打了一支胎盘组织液，安慰她不要着急，病很快就会好的。她信以为真。过了二十多天，头晕脑涨，四肢乏困，一吃饭就想吐。她再次跑去医院治疗。

医生逗她："新娘子，恭贺你已身怀有孕。"

她惊喜："啥？"

"快给孩子爸报喜去吧……"

她相信新生命的诞生是事实，双手捂住小腹跑出医院。回到自己独住的房子，对着挂镜照来照去，心跳得一阵比一阵慌。

结婚才两个多月，就急着做母亲。对着挂镜细细端详，发现脸颊比原来稍胖了一些，白净中折射出几分嫩气。一双花眼犹如两个深泉，能读出她的过去。两片嘴唇，似七月深山里的红山丹，吐露着云霓。抚摸着脸颊与腰部，她才真正地明白了做女人的骄傲与不自由。

蒙蒙眬眬的幻觉中她被一条绳子牵着跑向了大西部的雪山。李明先由远而近走来，一下子就抱住她。她闭住眼，准备接受他的疯狂。她觉得嘴唇被两排尖细的牙齿叼住来回抽动。腰部也一扭一扭得不自在地摇摆开来。胸脯火辣辣地滚烫。

他突然挣脱她，身穿绿色军装，端着一支冲锋枪，骑一匹枣红马站列到长长的队伍里，大声喊："秀丽，你来干啥？"

"我来看你。"她从提包里拿出红枣，"给，挺好吃的。"

"红枣留下，快离开。马上要打仗。"李明先接过红枣，"你骑上我的马，朝东走，直达西安。”

“轰——”一颗炮弹在她不远处爆炸。她感到小腹一阵巨痛，用手一摸，妈呀。“明先，咱们的孩子——”

“嗵”！贺秀丽跌到床下，好一会儿才醒过来。她直起身子揉了揉眼睛，急拉起电灯。孤独的单人床，陪伴她的挂镜，清洁的房子，新婚之夜的被褥，枕头旁放着他的来信。一切没有改变。奇怪，明明是现实，怎么又成了梦？她爬上床，裹住身体，轻轻地抚摸着小肚子，担心睡眠过量，以至摔下床，惊吓到还是血块的小家伙。

看了看表还不到子夜十二点。上半夜的梦，梦啥就有啥。假如到了下半夜，就不灵验了。她穿上衣服下了床，仔细看着李明先的来信。春天的夜不算长也不算短。她坐到椅子上提笔给他回信。她祝愿他平安无事，英勇杀敌，努力进步，由战士升为排长、连长、营长……是呀，凭他的才华和聪明，过不了三年，当个连长不成一点儿问题。他在后方当过通讯员、文书、区委秘书、县政府秘书……够了，就凭这些，到前方一定是一个优秀的战士，能文能武的人才。

钢笔的“沙沙沙”声倾述着对丈夫的思恋。

李明先在大本营训练了两个月后，分到了兰州军区骑兵第一师。整天行军打仗，住帆布帐篷，吃青稞面饼干，同顽固叛匪展开捉迷藏般的战斗。开始，他没觉得戎马生涯艰苦。过了几个月，他才认识到前方要比后方艰苦得多。每次战斗首先是炮兵先行。“八二”炮弹的爆炸声震得他脑袋发麻。到了宿营地进行休整，他不由地想起美貌的新娘子来，悄悄地掏出贺秀丽的半身相片仔细端详。她的眉毛、眼睛、鼻子、嘴唇、脸腮、耳朵、头发、牙齿……每一个部位都散发着吸引力。自己的脸颊被狼烟熏烤得黝黑。草绿色的军装让树枝扯破成一个一个蜂窝般的窟窿。他看着她的每一次来信，过去的恋情一幕一幕浮现在眼前。那早已消化了的大红枣儿似乎还在他的肠胃里散发着醉人心脾的余香。那双纤柔的白手好像抚摸着他结实的胸脯。周围是连绵起伏的终年积雪大山。一座座帐篷燃烧着的一堆堆篝火点燃着他胸腔里的火苗飞溅。

剿匪战斗在继续进行着。李明先的足迹踏遍了青藏高原。巴颜喀拉山下的泉水日夜向东奔流，昆仑山上的花朵寄托着青春的思绪，战士的热血融化着唐古拉山的厚厚积雪。

李明先的心犹如一颗乒乓球台上的球，从青藏高原飞到陕北黄土高原，又从陕北黄土高原飞到青藏高原。枪林弹雨里有着他奋斗的人生航标，黄河岸边有着他温柔娇羞的妻子。爱情与事业两者间的关系是和谐的赞歌还是碰撞的火花？现实迫使他在思索着这个头疼的问题。

“开炮！”

“轰！轰！轰！”

“吹号！”

“嘟——嘟——嘟——”

“冲啊——杀啊——”

厮杀的海浪吞噬了爱情的花朵。

农历九月，青藏高原的气温下降到零下35℃。严寒考验着战士们的意志。大股的叛匪遭到追歼后，少数叛匪化装成猎人、牧民、喇嘛，躲到山林和寺院。李明先所在部队接到上级的命令后进行了重新整编。李明先被编制调整到了骑兵连当战士。在一次追剿战斗中，他所在的连队与大部队失去联系，与多于他们数十倍的叛匪相遇。他们孤军奋战，断了粮食、弹药、衣服的供应。面对恶劣的环境，李明先和战友们在连长的机智指挥下，经过几天几夜的周旋厮杀，终于冲出重围回到营房，受到军区的通报表扬。李明先等十多名战士受到二等功嘉奖。

早晨。通讯员手举一封信跑进帐篷喊：“好消息，李明先的太太来信啦！”

信还没到他的手，早被一个战士抢走。那战士往开一撕没来得及看，又让另一个战士夺去冲着大伙念道：“亲爱的，给你去信两个多月了，不知是怎么回事，收不到回音，真叫人挂念。”

“哈，还是人家职工小姐哇，多嘴甜。”那战士捏住鼻子学着女人说话：“亲爱的呀、亲爱的呀，你可想坏了娘子呀！”“哄——”战士们推拉着李明先闹翻了营房。

“喂，大家请注意听。”那战士继续念，“亲爱的，原谅我吧。你也许会感到惊讶。你听了一定会高兴地跳起来。你猜吧，我要告诉你一个什么特大喜讯。嘻，这叫我怎么开口哇？一开始，连我都不相信，以为是得了不治之症，嘻嘻，谁知是新的生命诞生了……”

“李明先的太太有喜啦！”

“哎呀呀，这婆娘是个大学生吧，还有股文学味哩。”几个北方籍战士逗笑李明先。

“亲爱的啊亲爱的……”羞涩带酸的词儿信里是没有的，全是战士们加上的。

“拿来。”李明先涨红了脸，既生气讨厌战友，又埋怨妻子。怎么写哇，三句也说不了就“亲爱的亲爱的”。这不是诚心要往死羞煞人吗？他想夺回信来，但死死地被几个战士抱住，只得红着脸往下听。

“亲爱的啊亲爱的，怀上小家伙后，可把我害苦了。我挺着个大肚子连柜台都不敢去。分娩的前几天，肚子疼得厉害，想来是小宝宝要出生了。亲爱的，就在国庆过后的第四天——十月四日，小宝出世了。是个男孩，长得太像你了，大眼睛，双眼皮，圆脸蛋。亲爱的，另外，征求你的意见，给小宝起个名字，要有新意。你可千万不要让战友们看信哇……”

单调与枯燥的军营里荡漾起一股暖流驱赶着寒霜。“人家李太太叫给小公子起个有含义的名，我看，陕北是革命老区，有着光荣的革命传统，孩子就叫个‘承光’吧。”

“李明先老家在古长城与黄河相交的纵横十字坐标上，是北宋杨家将镇守边关的要塞。杨家几代忠诚，抗辽保国。依我之见，孩子叫‘建国’吧。”

“不好不好，照这么讲那儿有长城，孩子就该叫‘秦始皇’了。”

“哄！”一阵大笑引出一片沸腾。

正在战士们为给李明先的孩子起名争执不下时，指导员从外面走进来。江西籍的指导员是“半个文秀才”，战士们选举他给李明先的孩子起个好名字。

指导员笑了笑，拍着李明先的肩膀："我这个江西佬，不了解陕北哇。一九四七年夏季，我跟随首长撤离延安，一直北上，见那里靠东南是沟壑错落的穷苦山区，西北面是滚滚的沙漠不长一草一木。根据地质学家和植物学者的考证，远在东汉光武帝时那里曾是山清水秀的林草之乡，直到宋、元、明三代森林和草场遭到自然破坏，水土流失严重。再到后来，清朝皇帝、北洋军阀、蒋光头时期，仍然是一片荒凉之地。"

"指导员，叫您给李明先的儿子起名字，怎么又给我们上开历史课啦？"

"嘿，不急嘛。所以，新中国建立后，尽快恢复战争给老区人民带来的创伤，彻底改变革命根据地贫穷落后的自然面貌，是一件刻不容缓的大事。至于李明先同志孩子的名字嘛，要起一个具有深刻含义的好名字。"指导员看着李明先，"你的故乡，最好是植树造林。"

"那就叫造林吧。"

"直白，土气。"

"叫田林，怎么样？"

"田林、田林……"

"好！好！好！"

"行，李姓者在《百家姓》中排行第四。李为乔木也。林多既可绿化河山，又能有效地防止水土流失。李田林这个名字不错，但愿小树苗茁壮成长，长成为参天大树。"

一个婴儿名字的诞生，寄托着一代军人的伟大夙愿和美好理想。李明先激动万分，给妻子写了一封信，跨上战马，驰骋在青藏高原的战火里。

第四章　迷惘上当

贺秀丽生下孩子刚满一个半月，为了急于上班，只好请保姆抚养孩子。按国家政策规定，现役军人的孩子，由县民政局每月支付给保姆八元。贺秀丽把孩子交给保姆养育后急匆匆地上了班。

生活的激流又一次给贺秀丽带来新的机遇。

一九五七年春天，许多干部职工开始跑龙套调动大调整。年轻的售货员贺秀丽，也搞不清楚组织上为什么要把她转到教育战线上来担任一名教师。这个神圣的职业对于她一个小学毕业生来说是很难胜任的。她到县教育局报到第二天，经组织上推荐和批准她去地区师范学校进修两年。

生命的风帆扬起了新的一页。

贺秀丽到地区师范学校读书，课程老是赶不上，常常陷入苦思之中，吃饭不香睡觉失眠。好几次她受到班主任老师孙飞的批评。她觉得自己脑瓜子不笨，只要利用好时间，抓紧学习是可以赶上来的。她开始与时间赛跑。下午放学了，她仍在教室里练习题写作文。这样坚持了两个学期，她列入了学习好的学生行列。一分一秒，对于她来说都是珍贵的。

她的进步很快引起了师生们的注意。语文老师兼班主任孙飞对她的态度转变了，开始在课堂上夸奖她学习认真，将来大有前途。她听了心里十分高兴，感到孙老师为人挺不错，有学问有修养，是自己学习的楷模。她几次到孙老师的宿舍请教问题，孙老师给她泡花茶，请她吃糖果，热情的程度火一样地咄咄逼人，使贺秀丽羞涩中兴奋不已。孙老师三十岁左右，白净的脸颊一说话就露出两排细密雪白的牙齿，笑起来两眼眯成两个缝儿，无论是谁见了都感受到有两股电光直射过来叫人浑身发痒发软。时间久了，贺秀丽出入孙飞的宿舍随便中增加了一种荣耀感。有时她进门喊报告被孙飞谢绝。为了求知，为了前途，为了丈夫，为了孩子，为了今天和明天，她把孙飞老师当作良师。渴望求知的吸引力把她一个中专女学生推到了老师的情感世界。她没有想到。

黄河畔上的枣花寄寓着绿色的春梦。相思的火种不时地在胸膛里燃烧。丈夫离别自己两年多的日子尽管有孩子给她的生活带来了喜悦和欢乐，但在学校下课后夜晚睡下与同宿舍的大多数已婚的女同学说起家里各自的丈夫时，思念男人的波涛撞击着她的胸脯跳动不止。女人，尤其是年轻的女人，丈夫常年不在身旁总感到缺少一种生活的支柱。那是一种什么样的支柱，她说不清。二十岁出头，贺秀丽来到地区所在地学习，眼界大大地开阔了，新时代的生活潮流不时地冲击着她固守的传统美德大坝。街道上公园里一对一对的恋人情人肩并肩地走着，电影院里银幕上的一对对恋人拥抱狂吻，多像她和李明先刚结婚时在洞房的情景。

星期六的夜晚，同宿舍的四个女同学看电影去了，她关上门伏在铺盖卷上给他写信。“明先，一个月没给你去信了，也没收到你的回信，真叫人担心。昨晚，我做了一个梦，梦见我和你吵架了，你把我打了一个耳光。该死的，你为啥打我？醒来时，我还骂你呢。你听见了吗？你为啥这么长时间不给我来信……”

突然，她听到院子外有节奏的脚步声由远而近传来。脚步声快到门口时听不见了。她停住笔侧耳听，什么也听不到，想是自己走神了。她们刚看电影去，有谁来这孤独的女光棍宿舍呢。钢笔又“沙沙沙”地响开，“你能不能请个假？回来走一回，看看咱的孩子。田林会叫爸爸妈妈了。明先，你们还打仗吗？叛匪何时才能消灭呀？

“沙沙沙……”院子外的脚步声又响起来，且节奏的韵律几乎能踩出音乐声。这是一种熟悉而又有着不同寻常的脚步声。惊喜与惊慌同时瞬间直蹿头皮。她赶快把还未写完的信压入铺盖底。

“秀丽，睡了吗？”

“没有，孙老师。”她忙乱中跳下床开了门。

“秀丽，又下功哇，要注意身体。”孙飞闪进了门内。

“闲坐着没事。”她忙招呼孙飞老师，“请坐，孙老师，我给您倒杯水。”

“不要了。”孙飞环扫了房子一圈，“其他同学做什么去了？”

“看电影。”

“噢——”孙飞抬左手看了看表，有些难为情的样子，“我早晨把棉被拆开来，洗干晒干了，缝了一天还有几道缝没缝合住，想请同学们帮一下忙。”孙飞的目光盯住贺秀丽征求意见。

贺秀丽明白孙飞老师的意思，忙说：“我给您缝。”

“那太感谢你了。”孙飞十分满意地点了点头。

贺秀丽跟着孙飞绕过女生宿舍的房子，穿过一条土质路延伸的石墙走廊，上了一层石台阶，朝一间拐角处的小平房走去。这是孙飞的宿舍。

房子比较宽敞。油漆木头书架挡着土炕的一半。一盏暗淡的坐灯闪烁着一缕残光。炕头展开着一块未缝合住边口的浅红色缎面被子。房子是刚修建好的，还没有安装电灯。贺秀丽没有了刚来时的紧张，脱了鞋爬上炕，拿起针线缝起来。孙飞先问贺秀丽的学习情况，过了一会儿走到炕沿旁揪住被子的一角嬉笑着说自己的针线不好，不住地夸赞贺秀丽的手艺精巧。她往里揪被头的一刹那间，正巧与孙飞的手碰在了一起。他的手神奇地躲开她的手，还没等她明白是怎么回事，孙飞的手指头又一次摆动着一种姿势向她的手掌直插过来。她的手掌被蜂蜇了一般麻痛，接着就是热热地麻木。她似乎才意识到她和孙飞是两种异性动物，而且都还是风华正茂的男女青年。她抬起头看了眼孙飞含羞一笑。女人的笑大部分内容是单纯而又复杂的。她认为刚才她与孙飞的手相碰完全是一种偶然，后来孙飞的手指头向她舞动一些怪动作，也许是开玩笑的一种形式而已。她还像孩提时那样在黄河边的枣林用两只小脚伸进渠水戏水那样单纯烂漫。孙飞的手指头已经由她的手掌传到手背，又由手背向胳膊肘逼过来，而且是两手的十个指头一拢一合配合着用一种近似亲吻的表达方式，捏捏摸摸地一弹一抽。几乎同一时间孙飞的身体也紧靠到她的肩膀头。她捏针线的手松开了针线，已经被孙飞双手抓住。她完全明白要发生的事情。油灯也真会制造时机，闪了闪就不知怎么回事熄灭了。她喊不出声，呼吸都非常困难，浑身燃烧着熊熊大火。她尽最大的努力想摆脱尴尬:“孙老师，这叫人家知道了，可——”

“师生们都回去过礼拜，谁也不会知道……”

“我已有男人了，你——”

“我知道。”孙飞用疯狂的吻和娴熟的手指技能征服着贺秀丽，“我爱你，答应我吧，我的妻子在西安工作。我真心帮助你，答应我吧……”

“孙老师，我已经有孩子了，不行……”

“你男人在部队，早晚和你分手，答应我吧，”

她该怎么办呢？良心的天平不容她这样去做，自己是现役军人的妻子，何况丈夫深深地爱着她。不答应吧，自己的老师又不能拒绝。她从孙飞老师身上学到了许多知识。前者是夫妻间的真情，后者是师生间的感情。

爱情与感情，感情与爱情，都有真情与爱欲交织着她的魂魄。眼前的处境不容她去多想，她已完全处于被动的局面，失去了反驳与反抗孙飞的勇气。他熟练的动作撩拨得她只有喘气与呻吟的份儿。

她满足了他的爱欲与性欲，也缓解了少妇压抑的欲火。老师把学生彻底征服了。

贺秀丽完全成了孙飞的秘密夫人。她以为两个人做的事情是谁也不会知道的，发生一次和一百次是一样的。玩一玩又不会失去皮肉，何必自己折磨自己。明先要是在自己身旁的话，她也不会过这种偷偷摸摸的日子。

世界上没有不透风的墙。事情暴露非常之快。起因是由孙飞与另外一个女学生发生关系造成严重后果，女方父母上诉到地区中级人民法院而引发出来的。贺秀丽和孙飞之间的不正当关系早被学校领导注意。孙飞受到法律惩办，判决有期徒刑十年。到处张贴的布告上面有孙飞奸污现役军人之妻贺 ×× 的简要案例。校园里不知是谁编了一段粗俗的信天游在师生之间互相传唱，羞辱贺秀丽的不正经。

哥哥在前方挨子弹，
妹妹在家里偷野汉；
豆腐脑子灌进大腿弯，
聪明女人变成糊涂蛋。

贺秀丽如梦初醒，方知上当受骗是什么滋味。任何悔恨都无法弥补心灵的创伤。她盼望早点儿毕业，丈夫早点儿转业。时光进入冬天，她结束了两年的学习，被分配到北原县枣树湾初级中学任教。

第五章　西藏归来

西藏平叛结束后，李明先转业回到了后方。

县百货公司又腾出了他原来住的二层小楼的那间房子。一捆灰白色的军被褥，一箱杂七杂八的书籍，搬上了小楼。小楼没有变，依旧洁白亮丽，干干净净。他已回来三天，给她打了电话。他双手摸着脸颊，走出小楼的过道，点着一支烟。大街忽明忽暗的灯光映照着他焦黄色的脸颊。他紧皱着眉头来来回回地踱步。步子沉重，不时发出“噔噔噔”的响声。那双明亮的眼睛不见了，有的是愤怒与忧悒，好像他使用过的“八二”炮的炮口一样，黑洞随时都会飞出炮弹。叼着香烟的嘴不时地咒骂:“狗日的！还不来？狗日的！”

他甩了烟头，手扶着水泥筑的护道墙，两眼怒视着西南方向。狗日的，鬼地方，害的老子好苦哇！盯着，盯着，两眼角滚出一串串的泪珠。他的上牙咬着下唇，手简直要推倒护墙。他的耳朵旁“嗡嗡”地响，仿佛他又回到了军营——

西藏剿匪的枪炮声渐渐地停止下来。荣获过二等功的李明先凭着才能调到团报道组当新闻干事。这项工作满足不了他的追求。过了三个月，另两名干事一个调往军区报社当记者，另一名提干当了新闻科长，唯有他下到连队当文书。他的胸膛仿佛装满了炸药。狗日的，老子在后方工作时，十八岁就给区委书记和县太爷当秘书。想不到炮火里滚战了几年，反而降职了。他向组织写了申请，阐述了自己的辉煌经历，要求上军事院校。结果受到领导的批评。他不服气，给已调到北京给他孩子起名字的指导员写信，但没有得到回应。他大骂首长嫉妒他轻视他。回想自己

在后方工作时一切都很顺利，由通讯员升为乡文书、区委秘书、县政府秘书，他放弃了舒适的工作环境，丢下美貌的妻子，来到大西部爬冰卧雪，不但没有进步，反而降了职。早知如此，何必当初。在他犹豫不定的时刻，妻子来信，说她两年的中专学期已满，马上要毕业分配。妻子向他发牢骚，说他一走几年，扔下她和孩子，困难重重，几乎上学连书费也交不起。妻子还说他要是提不了干，就早点儿转业。

李明先一狠心，决定离开部队。临转业前，部队首长找他谈话，让他摆正思想，克服骄傲自满、个人英雄主义等错误思想，回到地方后好好地再进行革命的洪炉锻炼。他听了火冒三丈，满腹怨气，一怒之下，当着首长的面就把领章帽徽撕了。狗日的，打了几年仗，只得了个二等功荣誉。

青藏高原的美丽失去了吸引力。喝一口水是咸涩的，抓一把雪是冰冷的，望头顶的云是昏暗的。那蹬靴穿袍喝牛奶酥油茶的藏民与他的感情开始淡化。他再也不愿穿两个兜的服装和背笨重的钢铁。他对着高山下的湖水照着脸颊，不由地倒退几步，这难道就是当年的乡文书吗？下额的胡子和眉头的皱纹、两颊的焦黄、双手上的黑茧……刺激得他的神经疼痛。 他赌气填写了转业申请，办理着转业手续。

“明先呀，可要经得起考验，再干两年吧！”

“凭你的文化水平，只要好好总结一下教训，部队首长是会用你的。”

“我是没文化，农村兵，有的话也不复员。老伙计，你还是不要回去。西藏平叛结束了，在和平环境下当兵，不比后方生活条件差。”

“……”

部队首长挽留他，班里的老战友劝阻他，但都不能改变他的立场。“老实说，我要是不来这儿当兵打仗，地方上成立人民公社，最小也是个公社副书记啥的头头。”

“明先同志，你不应该有这种思想，革命嘛，难道是为了捞取地位。过去成千上万的先烈倒下去了，他们又是为的啥？如果不注意改造，不克服极端的名利思想，回去后方也一样，人民是不会把权力交给一个落后分子的。”

“首长，别给我上政治课了。我刚来部队时，你不过是带三十多个兵的小排长。现在，你凭啥带上千人的队伍！我的思想不好，我想捞官，我丢了官来这儿当小兵，又为的是啥？原指导员也不过是个连级干部，一下子成了团职干部，我呢？一个小班长——狗日的。我不服。”

“唉呀，你越说越远了，人家原指导员抗战时期就是警卫连长，后来是《靖绥日报》记者，解放战争时期又调延安当营教导员，而解放后进入大西北却当了个指导员，这又是为了什么？这次老指导员工作调动，是组织的决定，你怎么和老指导员相比。”

“反正，我认为组织上有偏见。我想回后方，让我走吧。”

李明先带上行李和书籍，抱着满肚子的怨气和迷惘，告别了战斗四年的青藏高原，回到养育他的黄颜色的厚重土地。

……不知过了多久，淌满泪水的脸颊像被什么东西碰撞了一下，发现自己仍旧伫立在小楼的过道。“呼——呼——”夜风把楼下长起的杨树枝梢吹拂得来来回回地横扫着眉脸。他狠劲地拆断一枝，止住回忆的流云，思念着妻子和孩子。枣树湾到城里不过一百二三十里路，她怎么还不回来，这几年还没煎熬够？儿子怎样了？李家沟的父母、兄弟妹妹又怎样了？贺家畔的岳父岳母身体如何？他的脚步“噔噔噔”震动得地面抖动，急急忙忙地下了楼走出大门，直穿过西街，朝挂着北原县人民政府木牌的大门而来。李明先来到县政府大门口，只见两扇厚重而古老的榆木大门已关闭。他用双手狠劲地推了几推也没推开。大门上边挂着的电灯闪了闪熄灭。黑乎乎的仄巷深处一股寒流随风卷来，他打了个冷战，心中升起一股怒火，挥起拳头对准大门晃了几晃，却落不下去。他愣怔，发傻，发怒。县政府的榆木大门已经不认识他这个县长的秘书了。他噙着委屈的泪水，几乎是呻吟着哭丧着离开县政府的大门。

李明先和贺秀丽相互讲述着分别后各自的生活经历。但是，他们谁也没有把各自最伤心的事情告诉对方。

“狗日的，我决不泄气，一定要闯出一条路来。”李明先瞪着眼睛大声喊，“战场太残酷了，部队也不是真空世界，若不是有人嫉妒我，我最小也混成个营级干部。”

“你也学会说粗话了。像牛珍书记的徒弟。还提那干啥，你平安回来就很好了。”贺秀丽伏在李明先的怀里泪水止不住地流淌。她发现丈夫和参军走之前竟成了两个人，开口“狗”长“狗”短的。也许这是军人的一种共同性格吧。好端端的一个青年变成了粗野汉子。战火硝烟给爱情带来了情感的陌生面孔，青藏高原的粗犷加重了转业兵个性的奔放。她的心里一阵酸痛。

“秀丽，你也变了？”

“我也变了？”贺秀丽内心颤抖得剧烈地跳动。

“你看你，长辫子剪成短帽盖，成了个大婆娘。狗——”李明先看见妻子虽和过去一样俊俏贤惠，可少女独有的那种姿色与稚气找不到了。那双晶莹的眼睛好像含有一缕淡淡的幽怨。脸颊皮肤也显得苍白而粗糙。腰肢似乎是肥胖了一些。连同说话时的嗓音都在变得有些不太好听。妻子每苦笑一声都夹杂着悲伤和无可奈何的哀怨腔调。李明先还是能理解。一个少妇等了他四年并为他生了个活泼的儿子，而且还在职期间脱产住了两年学校，实在是不容易。

“等你等得我快要头发白了。”贺秀丽掩饰着内心的隐痛，唯恐被丈夫看出一丝的破绽，“明先，往后你打算怎么办？”

“狗日的，我准备调到行政上，商业这行业我不喜欢。”他满腹怨气地叹了口气说，“前两天，我找过咱的婚姻介绍人。狗日的，老牛这家伙也学会了耍官僚主义，一见面就教训了我一顿，说我有浓厚的小资产阶级思想，有小知识分子的狂热性，名利主义……要不是看在老领导的脸面上，我叫‘牛日的’当时就下不了台。”

“哎呀，你和牛书记吵翻脸，休想改行。”贺秀丽着急地说。

“我怎敢顶撞老领导，只是心里有些不愿意。‘牛日的’已答应尽快把我调往王塔公社。”李明先从床头拿起本厚书翻了翻，长长地出了口气，“唉，当了几年穷兵，啥也没得到，只搞到一箱子书。狗日的，我要写作，当作家。”他疯狂地抱住了妻子。

贺秀丽闭住双眼，承受着狂爱的放荡。毕竟是过来人。经历过职业玩弄女性骗子的摆布，懂得怎样隐瞒女人的不足和如何对付丈夫。长时间不见女人的男人，面对着女人的性技巧表现方式，是很难从女人器官方面发现什么缺陷的。女人在市场上灵魂与肉体的价格是不协调的。这是两个不同价值的伦理学概念。拍卖灵魂与出卖肉体的差异就在于有一条道德高墙的隔离。贺秀丽对此认识得并不深刻。

原来的王塔区改革为王塔公社。李明先风尘仆仆地回到当年工作过的地方。大部分老人手已调走，有认识他的个别老同志向他投来疑惑的目光。那意思是不言而喻的。他在机关住了几天后便到农村下乡。他往那儿走，挂包塞得满满的。到了大队部，往炕上一躺，抱本大部头小说，看得走火入魔。文学最容易俘虏感情丰富与脆弱的浪漫主义者和理想主义者。

创作的欲望在李明先的脑子里萌动。狗日的，老子要当中国的高尔基，让全世界的人知道我李明先是个英雄，也叫那些穿绿狗皮的小子们看一看，李明先在部队提不了干部，转业回到地方照样可以闯出一条阳关大道。想到这些，他后悔自己有些鲁莽，为啥不叫“牛日的”把自己调到文化宣传单位，以便发挥自己的特长。

李明先振作精神，回县城来找牛珍书记，他把自己的想法如实告诉了老领导。

牛珍给李明先又是上了一堂政治课：“你小子，就不是一个好狗日的。不是东西。到部队怎么啦？部队是大学校。是培养人才、造就人才的大熔炉。老子当年参加八路军的时候，在吕梁山上打游击，三天吃一个黑豆面窝头，都能坚持下来，还行军打仗。知道吗？狗日的。黄河保卫战，老子带一个排，挡住日本鬼子一个大队，两天两夜不下火线。老子叫过苦吗？没有。你狗日的到青藏高原剿了一回土匪，追赶了几个和尚，就摆老资格。狗日的，老子革命的时候，你还在你妈肚子里睡着觉。你还想当作家？好哇，你真想当作家，那就别再来缠老子，请到南乡的

山沟里，看公鸡和母鸡是怎样睡觉的，骡子和驴是如何生孩子的，猫和老鼠是如何打架的……跳蚤戴的多少度的近视镜……”

一碗冷水泼向李明先。活见鬼，老二杆子，还是那一套老野八路的霸道作风。

看来这位靠山老爷是不为自己说话的。李明先迷惑不解，回到公社向领导请求，蹲点一个村子，好好地干一番事业。公社领导同意了他的请求，让他负责包贺家畔大队。贺家畔乡政府已在改革中撤销，并入王塔公社。他住在大队部，每天吃轮门派饭。

贺家畔村吵嘴打架、鸡斗狗咬的琐碎事几乎是天天发生。李明先作为这个村贺姓人家的女婿，一些夫妇磨牙齿的鸡毛蒜皮的家务事也要找他来解决。狗日的，老子又不是衙门的法官。

李明先白天把门关住，向书堆发起进攻。啃读着那些外国名作，他昏头昏脑，神志不清，一会儿骑上马驰骋在青藏高原追杀叛匪，一会儿又沉跌于黄河惊涛，一会儿又与穿着奇装异服的女人在床头缠缠绵绵……

口水顺着嘴角流入他的脖子里。几百页的厚书压住苍黄而憔悴的脸。乱蓬蓬的头发堆积在枕头上。一种可怕的魔影把他从噩梦中惊醒。他爬起来揉了揉血红的眼睛，扔开书跳下炕，急拉开门跑出外面。他朝着头顶火红的太阳打了个喷嚏，做了个伸腰的动作，向后一晃，差点儿栽倒。肚子里叽里咕噜地叫唤个不停。他感到饿，嘴也馋起来，淌着口水。他懒洋洋地离开大队部，横穿过还未发芽的枣林，来到丈母娘家。

高粱面糊糊搅拌着白菜叶子饭端到了他的面前。他接住碗喝了口直皱眉头。丈母娘的一片心意在高粱面白菜叶子糊糊饭中折射出来。李明先对此该理解。

其实人民公社机关大灶的生活更是艰苦。早饭黑豆面窝头就白菜，下午小米拌高粱面糊。狗日的，怎么搞的，想不到后方日子过的是这个样子。在部队还能吃大米白面，就是打仗时也能吃烧马肉和煮豌豆。穿军装当兵，回到地方没几天票子就贬值了，一个月领的三十八元五角钱，到集市上只换百十斤山药蛋。农民扛镢头开荒还能吃个饱肚子。一只鸡卖八块钱，一只羊一百二十元，一斗米百十元……商品与货币就这么交换下去，这公饭碗还能端吗？

咸涩的粗饭加重了年轻人生活滋味的涩酸浓度。

饥饿的锁链折磨得转业兵的意志呻吟。

李明先忍受不住人民公社机关大锅饭的煎熬，彷徨中给家中的父母捎去话。过了几天，他的长兄李明则给他背来二十斤白面。他在机关大灶一次性蒸成馒头，切成片，烤干当干粮吃。他端着大碗在公社机关大灶的炉台旁走过来走过去。一种从未有过的生活全部煮入大锅里七上八下翻滚着。说不来的是甜还是苦。

国家机关大灶干部职工的生活越来越艰苦，人民公社一般干部每月拿到的薪金只能到集市上换一筐子山药蛋。现实生活的惊涛骇浪对每一个吃公饭者提出了严峻的考验。

为了战胜困难，渡过难关，精减政府的财政压力，政府号召动员百分之四十的国家干部职工回到农村第一线，参加伟大的社会主义劳动大竞赛。一批一批的国家机关工作人员背上行李返乡。革命，一场深刻的革命，撕裂肝肺的革命，笑不出声的革命。

李明先站在人生的十字路口徘徊。怎么办？他的脑海里卷起了万顷波涛，撞击着情感世界的大门。是呀，当初去西藏剿匪，自己是第一个报名应征入伍。现在当农民比当干部生活还要好。既然这是政府的号召，不妨回去试一试，到时在农村干得不太理想的话，凭着转业军人的闪光牌子，再二次出来工作也不难。

李明先向组织递交了回乡务农的申请报告。北原县委书记牛珍看到李明先的回乡申请报告，一口气把李明先骂了十二个“狗日的”加“驴日的”。逃兵，逃兵。啥“掏个坡坡，能吃个窝窝”，尿包一个。老子当年跟着八路军，死人堆里钻出来，提着脑袋，就是不掉队。没出息的东西。然而，李明先在全县上千名精减干部的名单册上还是填写了姓名。

牛珍毕竟是延安时期走过来的老八路。不会为一个当年的通讯员和乡文书而失去本色。他没有采取实际行动挽留李明先。

“你……为啥不征求我的意见，就把孩子的户口转回老家。”贺秀丽

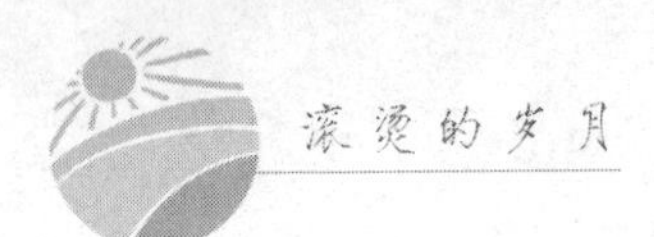

对李明先回乡务农的做法想不通。当年他入伍走还写信和她商量，现在要回家当农民，却连气也不给自己透一声。丈夫的做法使她感到不理解。回想起自己的失足上当，她觉得自己对丈夫是有罪的，自己只有踏踏实实地工作，关心和体贴他疼爱他，才能弥合心灵的创伤。丈夫不光自己要回农村当农民，还要扯着她也回李家沟种田，唾牛屁股。

“一筐子山药蛋的干部，有啥留恋的。牛书记骂我，你也不支持我。当农民有啥不好。至少现在能吃饱肚子。”李明先没想到妻子会阻止他的选择。

“好好好，好的个啥，我不回去。”

“你算一算，现在当干部，咱俩每月的工资合起来，还买不到一斗小米，而一个农民开一天荒，就能生产二斗谷子。这就是说，一个农民一天的劳动价值，等于两个干部两月挣的工资。”

“少给我讲大道理。我不回去，我教我的书。”贺秀丽气得满眼噙着泪水，“在那个小山沟待一辈子，又没住房，你考虑过没有。咱又不会种地，谁来养活孩子。你工作了十多年，半途而废，还说啥当作家。吹死牛。”她埋怨丈夫，若是当初不要去部队，也不至于变成这个样子。她心里甚至把自己曾经遭受的创伤也怪罪于丈夫。假如他在自己身旁，自己决不会中人家的圈套。她指责丈夫没有主张，不像个男子汉。

“你不回去，我和孩子怎么生活？当个孩子王，整天和孩子们吵吵闹闹，有啥前途？”

“你瞎说，反正我不愿自讨苦吃。”

李明先现在才明白，贺秀丽已不是过去的那个枣林里给他送红枣吃的小姑娘。那时她一切听从自己的，如今他回村务农，她却不跟自己走。狗日的。他尽量控制着感情，眉头的中间突起一个疙瘩，伤心地哭起来：“如果你不回去，我就带着孩子当乞丐，到你教书的学校待着不走。”

贺秀丽失去了精神支柱。心软下来。为了弥补自己的过失，使他满意，她默认了。但是，她向丈夫提出一个要求，希望到一个大村子落户，叫她能做个民办教师。

李明先一口答应：“离李家沟南十里，有个李家庄村，几十户人家。

我老家原是那里人，有咱老祖宗留下的两孔窑洞。咱带着儿子就回李家庄村落户。”

几天后，贺秀丽也向组织写了申请，跟着丈夫回了农村。

第六章　鸳鸯分离

李家沟村住的三户人家原本是一家。宣统三年，李明先的祖父在李家沟山顶的四周租种了一家富人的四十亩山梁地。为种地方便，他的祖父离开李家庄村，来到李家沟的山根下掏了两孔土窑洞安了家。李明先的祖父去世后，留下两个儿子，长子锁平，次子振平。两兄弟长大后都娶过媳妇分了家。振平是李明先的二叔父，他娶过媳妇三年后，生了个儿子叫明全，与明先同年同月生。振平跟着红军闹革命，牺牲后尸骨都未找到。明全妈把明全抚养到四岁后改嫁走了。李明先和贺秀丽结婚后的第二年，李锁平老汉给他的侄儿明全也娶过媳妇，分家居住，另立了一户。

李明先的大哥李明则，已三十几岁，生了五个孩子，分家十多年了。不要看三户人家是父子村，还不上三十口人，人民公社成立时，竟单独划了一个生产小队。两个村隔一座山，山头的东坡是李家沟，山头的西坡是李家峁村。两个村子，男人都姓李，上十五辈子是一家。

二儿子明先带着老婆孩子一家三口回到李家沟居住，给李锁平老汉增添了新的喜悦，也带来了说不出口的烦恼。老实忠厚的李锁平老汉十多岁时念过两年书，在孔圣人、孟圣人的门前跑了一圈，读过《三字经》《百家姓》《论语》《千字文》《五言》《六言》等相命占卜的一些杂书。老汉学一套相命算卜开八字术，平日里给小孩子驱邪逐鬼治病。老汉养了四男二女，长子明则，二子明先，三子明连，四子明富，大女美莲，小女水莲。明则和明先已成家，有了孩子，老三明连刚找到对象，老四明富不上学，在家放羊。大女儿美莲出嫁，小女儿水莲在家烧火做饭。老汉的老伴是个只有一只眼的半瞎子。在众多儿女中，李锁平老汉最放心不下二儿子明先。这孩子吃了十多年公饭，能说会写，是株好苗子。明先小时候，调皮捣蛋，出去山里就惹祸。那一年，明先十三岁，与明全上山挽猪草，见大路上走过来一个胖男人，就当成汉奸抓，结果叫胖男人捆起来。也是该二小子出去山外见见世面，那胖子竟是共产党的区委书记，是个大官儿。没多久，明先被那胖子带走。后来老汉才从二儿子口里得知，那人叫牛珍，是个老八路，和阎锡山的晋绥军一起打过日本鬼子，开口就骂人“狗日的”。

二儿子明先出去山外闹世事这么多年，早把庄稼地里的活儿忘光了。二儿媳妇是个学生出身的读书女人，能经得住大山里的风吹雨淋吗？李锁平老汉想来想去，觉得叫明先一家三口回老家李家庄居住。他把自己的想法对二儿子两口子说了，两口子表示同意。李锁平老汉的三儿子和四儿子还没有成家，只能给二儿子分了一些手头用的锅盆碗筷等灶具。两口子自然没啥说的，办理了户口，迁往李家庄村。

李家庄村和李家沟村，只有十里山路，中间夹个李家峁村。两个村子属两个公社所管。李家庄村划归王塔公社所辖，李家沟村划归杨洼公社管辖。村子与村子，公社与公社，在大山里把大山里人严格地禁锢起来。

李明先、贺秀丽夫妇回李家庄村临走时，宝贝儿子田林哭闹着不跟他们去，整天哭着叫着要“爸爸妈妈”，他两口子大惑不解。儿子要回城里去找爸爸妈妈。全家人感到很伤心。年轻的夫妇明白，在儿子幼小的记忆摇篮里，只有养育他的保姆和保姆的男人，才是亲生父母，难怪从县城回李家沟，儿子挣命地哭叫着不走。儿子的奶奶心疼地去抱孙子，被孙子拿起棍子乱打得不能靠近，李明先、贺秀丽夫妇去抱儿子，儿子陌生地躲避着他们。李锁平老汉给孙子挤羊奶吃。开始，小家伙不吃，抓着碗就摔。孩子性格倔强，对刚见面的爷爷有些好感，吃饭要爷爷喂，睡觉也要和爷爷睡。尽管全家人都把小田林亲得当宝贝，给挤羊奶和炒鸡蛋吃，可小田林的身体显得一天不如一天。自从回到李家沟，小田林剃了头发的光头上生起两块黄水疮，疼得小田林满脑袋乱挠乱抓。全家人怀疑是三弟明连给传染上了秃疮，李锁平老汉的三儿子明连是个害秃疮的青年。从三岁生秃疮到如今二十岁出头了还没有完全好转。

李田林逐渐地开始认识小山沟的陌生世界。他吃喝饱肚子，就和小姑水莲、叔伯弟弟俊宝、俊利他们一起玩耍滚石头，捉迷藏。年轻的父母搬家去李家庄村，他怯生生地跟着去了。

李明先、贺秀丽夫妇回到了李家庄村，搬进了老祖宗遗留下来的石窑洞里。把简单的家安置好，李明先就忙跑到王塔公社给妻子联系教书的事情。李家庄大队根据公社和学区的意见，同意贺秀丽在本村当民办教师。贺秀丽由一个公办教师转变为民办小学教师当然是很不高兴的。

是出于一种无奈的迁就和盲目的屈从。她对丈夫与孩子的依恋，胜过对事业的追求。

李家庄村坐落在一道靠东朝西的半山洼里。全村四十多户人家，有四分之三姓李，只有十几户姓王。李明先的祖宗修的两孔石窑，位于村子南侧的阳面山坡。两孔石窑围了石墙。东窑是他祖父临死前给李明先二叔父李振平分的，如今自然产权归李明全所有。西窑是分给李明先父亲李锁平的。李明先回到了李家庄村，西窑也就属于他的资产。两孔石窑都是安的松木门窗，窗格雕刻得十分精致。双扇门，八扇窗。虽然木质有些显得陈旧，但仍能看出优质木料的贵重。太阳落到西山时，窗洞里依然照进一缕鲜红的阳光闪烁。要说漂亮，西窑比东窑还显得清洁。白灰刷墙，油漆炕围，青砖铺地，像个鸡蛋壳一样有几分温馨。李明全在李家沟已新修了三孔石窑，也不准备回李家庄居住。石窑洞也就成了闲置的房地产。让李明先没想到的是西窑早已被一户同姓的远房爷爷占去了。

李明先的远房爷爷叫李银喜，上七辈子和李明先的祖宗的老祖宗是同胞兄弟。到李银喜这辈，因人口多，没窑洞居住，用十八块大洋以四十年为限租赁着西窑居住，而把东窑当作库房使用。李明先回到李家庄，本想住西窑，可又说不出口，只得让李银喜给他腾出东窑安下家来。

李明先夫妇回到李家庄，李银喜很不满意。这个二杆子，不吃公家饭，跑回山圪塄干啥？这不是要赶老祖爷一家走吗？小小年纪，操啥心。快六十岁的李银喜，有三个儿子。大儿子已结婚分家，在东窑的一旁又修了一孔新石窑住着。三孔石窑实际上形成一条直线，面向正西方向。东窑已成了中间窑，只是中间隔着一道墙，把三孔一新两旧的石窑分为两个院子。李银喜的老婆要拆了墙，搞个独院子，再修一个大门，可李银喜不同意，他怕李锁平父子和外人说闲话，想占人家的便宜。李银喜有自己的小算盘，李锁平父子迁居到李家沟住了近七十年，如今是一家人家一个生产队，永远不会再回到李家庄村的，两孔石窑迟早还不是归他。不久前，他粉刷过东窑，准备再过几年，给二儿子娶媳妇居住。没料到李锁平的二儿子李明先夫妇被国家精减后，竟会回来占去窑洞。一个老种田人的心机被碾碎。李银喜感到坐不安稳。村里的人给他起了一个绰号叫“不吃亏”。“不吃亏”在李明先夫妇面前每说一句话就咧嘴笑，眼睛眯成缝儿。怎么办哇，二儿子、三儿子将来住啥？李银喜猜疑是李锁平撵他走。他们父子在李家沟独霸一方，有地方不修建，偏叫李明先回来凑热闹。

“不吃亏”翻来覆去想不通，认定是李锁平和他过意不去。哼！老祖爷是好欺负的吗？走着瞧吧。李银喜在谋算着占据李明先祖宗遗留下来的两孔石窑洞。

晌午了，李明先到别人家串门儿还没回来。贺秀丽边哄着儿子边烧火做饭。地下立着一个黑色的粗糙的水瓮，旁边垒着百十斤黑炭和一堆湿青柴。炕头放的除了她和丈夫回来时带的两木箱书籍以外，只有结婚时的两卷旧被褥。地下紧靠水瓮的一旁，还有一张半新半旧的长条桌，是和村里学校借来的。桌兜里面摆放着勺子碗筷等灶具，上面还放着两个小盆，盛着些小米和豆子。她往锅里舀进水，煮入豆子，而后寻火柴点火。可是柴湿，一连擦了五根火柴都没有点燃。她揉着眼泪，急得在地下团团转。她跳上炕，抓起两张报纸，揉成纸团塞进灶火里。火烧毁着报纸，也烧毁着报纸里刊登的新闻和产生新闻的时代。

倒霉的烟囱偏偏不吸烟，烟从灶火口向外冒出来。浓浓的烟雾塞满了空荡荡的窑洞。浓烟翻滚着挤出了窑洞。李田林哭着跑出外面，逃避

浓烟的刺激。贺秀丽也捂住眉脸，咳嗽着出去门外。母子俩望着冒烟的窑洞，抽泣迷惑。烟从哪里来，又到哪里去，母子俩不清楚。“哎呀呀，灶火冒烟，是不是？”坐在院子外磨扇上的“不吃亏”，看见贺秀丽搂着儿子抽泣，忙对门口站着的老婆说：“狗蛋妈，赶快拿一把干柴，替明先媳妇引一引烟火。”

“不吃亏”的老婆急抱着一捆干燃柴过来东窑，帮助贺秀丽引火，制止了烟火倒向窑洞外冒的自然现象。

贺秀丽很感动。还是自家人好哇。“不吃亏”的老婆叮嘱了几句出去了。“不吃亏”手握一杆黄铜水烟锅，点着双煨香火，“咕噜噜”地吸着。抽烟的习性是清朝衰败时政府面对鸦片侵略的无奈产物。近代史的丑陋部分是从吸烟开始产生的。李银喜迈着八字步，走进东窑，而后坐到炕沿。他吹了口烟，对贺秀丽表示说：“你们闹书之人，应好好地吃公家饭，为啥跑回来受死罪？唉——”

“好爷爷哩，我本不愿回来，可田林的爸非要返乡务农不行。”贺秀丽无可奈何地说。

“明先这孩子，脑瓜子长到了脚跟，连形势都看不开。”“不吃亏”认认真真地说，“自古以来，穷了几个公家人？哪朝哪代的当官的跑腿的，都不是肚皮吃得白白的。你们扔了公饭碗，回村抓粪种地，唾牛屁股，太傻了。”

“爷爷，如今走到这个地步，能怎么办。明先不嫌农村苦，我也只能跟着他。”贺秀丽一手抚摸儿子的头，一边擦着脸颊上的烟尘说，“咱农村的确条件不如人家城里，点灯、烧炭、乘车都很困难，买包火柴还要跑几十里路。”

“可不是哇，人家城里人都是住的洋房子，吃的商品粮，比咱掏荒地的受苦人强多了。别看干部们如今待遇低，挣的工资只够买一筐子山药蛋，往后市场一变，工资、票子，就值钱了。”“不吃亏”又吸了口烟说，“前两天我见明先跑公社，说是叫你在咱村当民办教师，这事怎么着？”

“差不多定了。”

“定了？”

“定了。”贺秀丽的眉宇间掠过一丝笑容，“过两天，我就到学校上课。只要我能继续教书，明先参加生产队劳动，日子会过好的。”

“不吃亏”心里想，李明先的媳妇思想还挺先进的，要在李家庄住一辈子。“不吃亏”又闲扯了几句叫贺秀丽好听的话，然后溜下炕沿正准备走，突然见李明先怒冲冲地闯进来，两只拳头攥得紧紧的。“不吃亏”吓了一跳。这个兵痞，哪来的火气？贺秀丽见丈夫满脸凶神恶煞的样子，丈二和尚摸不着头脑。她拿着勺子，搅动着锅里刚下进去的小米，瞟了一眼李明先：“到哪儿闲溜？看你凶神恶煞的样子。”

“你说我到哪儿？老子凶谁了？”李明先向贺秀丽投去恶狠狠的目光。

“你看你，到底出了啥事。”贺秀丽着急着问，“是不是我的教书问题又——”

“你还想教书？”李明先当着“不吃亏”的面骂妻子，“这小山村根本就留不下你，你太——”李明先见儿子哭着抱住妻子的大腿，又有李银喜在面前，只好把一股怒火暂时压在胸膛。

“哎呀呀，有啥话慢慢地说，动不动就起火冒烟的”。“不吃亏”训斥李明先，“瞧你还是给县太爷当过秘书的人。真是个二杆子。”

“唉，好爷爷哩，别瞒我了。”李明先一指头扎住贺秀丽，脸色气得惨白，“狗日的，好个狼心狗肺的东西，你还有良心吗？”李明先以为李银喜早知道他所气愤的事情，只是瞒着他一个人，委屈得流出了痛苦的泪水。

贺秀丽似乎明白了丈夫为啥要责骂她和受委屈的原因，但在丈夫没有说明究竟是为啥之前，她是不能开口的。也可能丈夫是为别的啥事情而发泄情绪。那件已过去很久的撕裂肝肺的事情，丈夫怎么会突然知道，还对自己冒冒失失地发脾气呢？贺秀丽尽量掩饰着内心的恐慌与不安。

“不吃亏”虽然不知道李明先因为啥给媳妇发火，可从这个远房孙子的话语中猜中了几分。

“家务事，过去就过去了，年轻人，谁没一点儿错，何必计较哇。”其实，“不吃亏”根本不知道贺秀丽在地区师范院校时受骗的事情。那张到处张贴的布告他见都没见过，就是看过布告的人也不可能看出贺××是指谁。

李明先叫“不吃亏”这么一挑逗，反而一股怒火直冲脑门顶。不必多问，分明是这个烂婊子做贼心虚，一切都是真的。他也不顾儿子啼哭，发疯般地骂：“你个忘恩负义的东西，老子在前方拼命，你在后方偷野汉，叫老子当王八蛋……”李明先把听到的闲言恶语全都挑出来。

“我冤枉啊，你听我给你说——”贺秀丽手中的勺子掉到了锅里，眼睛噙着泪花，双手搂住儿子的脑袋，断断续续地呜咽着。

“你还有脸说，狗日的，驴日的，你早就把老子不当人了。”李明先扑到贺秀丽面前，伸手就要打，被儿子抱住了双腿。

“哎呀呀，有这种事情”。“不吃亏”一把拉住李明先，“二杆子，不敢动手动脚，谁家锅底不抹黑的，不能冤枉秀丽。”

“冤枉？”李明先推开抱住自己双腿哭喊的儿子，给贺秀丽眉脸上唾了一团唾沫，“老子冤枉你？难道地区中级人民法院的布告也是冤枉你？”“啪——”他的手掌落到了贺秀丽的脸颊上。

贺秀丽的脑子“嗡”的一声，双眼直冒火星，脸颊像火烧一样疼。一时间，天旋地转，什么也看不清。她没有马上给李明先认错，心里说不出的委屈：“你……你还是当过国家干部的人，参加过西藏平叛的功臣……你打吧，你打吧……唔唔唔——”

儿子挣命地在地下哭喊着打滚。每哭一声都撕裂着贺秀丽的心肝。她觉得丈夫不讲人情，打自己就是打孩子。她一头撞在李明先的怀里，“你打死我算了……”

“烂货，还要有理，我叫你再卖屄——”拳头像雨点般地落到了贺秀丽身上。

李田林的嗓子哭哑了，在地下滚过来滚过去。“妈——爸——”一个破烂的夹杂着时代噪声的家庭摆在了不成熟的幼童面前。

“不吃亏”边拉李明先边训斥说：“哎呀，不敢在头上乱打哇，灰二杆子。”

“不吃亏”这么一说，反激怒了失去理智的李明先。他一手抓住贺秀丽的头发，一手展开来，照着贺秀丽的脸颊左右开弓："狗日的，人面兽心的东西，为啥老子转业回来，打电话请不到，叫你再开妓院，老子要吃你的活人心。"

贺秀丽已失去了知觉，嘴角鼻孔冒出了血汁。

"不吃亏"见此情景心里也害怕，变着脸举起黄铜水烟锅，朝着李明先的后背一击，以老长者的口气骂："把你个灰二杆子，媳妇有啥不对的地方，慢慢地说。打死人要偿命的。""不吃亏"的老婆和全家人从隔壁听见，都一齐跑了过来，把李明先劝说住。周围的邻家们听到哭骂声也都来劝架。李明先夹说带骂，向公布罪犯的罪行一样，把刚听到的消息向众人讲述着："狗日的，老子在前方卖命，你在家寻欢，你还有没有良心？破鞋，骗子，流氓……"

远处的山峦上空飘逸的浓云遮住了西坠的落日。大山的深处传来阵阵夜风声与男人女人的悲泣声。

李明先打了老婆的第三天，李锁平老汉就回李家庄村把孙子李田林带回李家沟。

李家庄村里人围绕着李明先打老婆事件，编造了一连串的村头新闻。有的骂贺秀丽比婊子还肮脏，偷的野汉有一个班的人数，何止只是一个老师。李明先参军去西藏后，贺秀丽在县百货公司暗开着"破鞋窑子"。她能到地区师范学校读书，就是靠的女人大腿的功夫和肚皮的弹力。他俩结婚还不到一个月，李明先就参军走了，那个孩子也是一个杂种……

贺秀丽的双眼肿得像核桃般大小，什么也看不清。头发乱蓬蓬的披在脑后，与两鬓淌出的血水粘连一起。浑身上下青一块紫一块，几乎找不到手掌大的一块好肉。衣服被撕成布条儿，难以遮住羞丑。她躺在"不吃亏"家铺着羊毛毡的土炕上，口里喘着微弱的气："田林——田林——你是妈亲生的呀，是你爸爸的亲骨血呀。"

她的耳朵里只听到丈夫的怒骂声。"狗日的，你还有脸见老子，老子要看你的心，是红的还是黑的？"

她没有骂，也没跟他顶嘴。她绝望中希望丈夫原谅她，同情她，安

慰她。然而，丈夫把她看成是世界上最卑贱的女人，她就是把心挖出来给他看他也不会相信自己的。她的污点在丈夫看来不用说用清澈的泉水洗不净，就是抛到万里黄河也洗刷不掉。在噩梦里死神把她押到阴曹地府，她看到了凡是在阳间作恶的人来到这里后没有一个得到好的下场。掐了舌头，挖眼，割鼻子，活活地喂了蛇蝎虎狼或下油锅煎煮。

她醒来的时候，疼痛占据了一切。她曾想过，永远不把那件不幸的事情告诉丈夫，愿一个人忍受失身的痛苦。李明先从部队转业回来到县百货公司见她，还像刚结婚时那样在她的怀里快活。不想伤心事过去了才几年就被丈夫知道。丈夫连亲生儿子都怀疑是她与野男人搞出的野种，把自己当成天下最肮脏的女人，粗暴地毒打自己，绝情地要赶她走。他还把在部队提不了干，转业回来后方也指责成是她拉后腿造成的。

她像一棵小草在暴风雨里随时都有被冲走的危险。希望的曙光越来越渺茫。丈夫扬言要扒下她的裤子，把她缚在树上，用刀子剖开她的胸膛，把她的肝肺当下酒菜吃。她的心由炉火一样滚烫变得似冰雪那般冰冷。

她跟着他从城里回到农村，本想补偿过去所亏欠他的情感，帮助他克服生活中的一切困难。而他变得与参军前成为两个人，开口骂人，动手打人。在处理感情方面的事情上表现得愚蠢，缺少涵养。她受到了创伤，他不但不给予她慰藉，反用蛮横的做法摧残。为了丈夫和孩子，她忍着痛填写了那张“干部职工精减名册。”她盼望能够在本村当个小学教师。

贺秀丽躺在“不吃亏”家的土炕上无力地呻吟着，每翻一下身浑身锥子扎一样疼痛。她的眼里流尽了泪水，积郁的只有悲愤的怨恨和翻来覆去的苦思。她恨丈夫不讲一点儿旧情，连说话的权利和改错的机会也不给她。她仍希望有人能劝说丈夫，可惜，除了老公公李锁平来劝说了一次儿子后，再没有人能说服丈夫改变对她的看法。

“离婚！离婚！狗日的！”

她的双耳灌进去野狼狂叫一样的嘶喊声，“狗娘养的，臭婊子……离婚……”粗俗的辱骂声，使她的精神大厦倒塌下来，裸露出一堆血肉模糊的腥物。她仰望窑洞顶裂开倒连的被烟火长年累月烧烤的泥皮，觉得自己就是一块随时会掉下去的没有黏性的泥皮而被抛弃，失去价值。老天爷，生活的天平怎么会如此不公！

过了两天，李家庄村的队干部害怕出人命死人，派了两名社员把贺秀丽用担架抬到王塔公社医院治疗。她的伤刚好转，贺家畔村贺秀丽的父亲把她接走。她又看到了黄河与枣林。

李明先睡不着觉。嘴唇裂着裂瓣，脸色苍白。眼角挂着血丝，扩散着忧伤的暗光。他不敢想，自己参军走时妻子对他那样海誓山盟，难分难舍地把他送到车站。他在部队的四年里，妻子给自己写了一封封表达恩爱的信。她曾在乒乓球台上以三比一战胜自己；是她把一颗颗的大红枣塞到自己的嘴里；是她给自己生了一个活泼可爱的男孩，使他看到了未来世界的另一面。她的容貌，她的举止，她的言谈，甚至脚步移动的每一个微妙动作，都对他产生着强大的吸引力。他认为自己的生活不能没有贺秀丽。他从部队转业回来看到她的进步，感到无比的光荣。特别是她给自己生了个宝贝儿子。这是她的最大功劳。他回乡务农，贺秀丽竟然也辞了职，随他一起回到离别多年的老家。不容易。然而，过去的爱和当年的情，一去不复返。到今天，不但没有加深他对她的感情，反而加深了他对她的痛恨。爱与恨汇集的山洪同时冲击着他的情感世界。每条血管里犹如万马奔腾，翻江倒海，电闪雷鸣，暴雨倾泻。当他第一次听到她的丑闻时，简直像摔下万丈深谷，跌撞在刀刃上一样刺痛。难道那些丑闻是真的吗？不可能，绝对不可能。既然没有那回事情，村里人又为啥议论呢？难道地区中级人民法院还会造假不成？贺秀丽，狗日的，狗娘养的，人面兽心的东西。

李明先站在门槛，回想着那天二光棍给自己说有关妻子偷野汉的情景。

二光棍比李明先大好几岁，因弟兄多，其他三个哥弟都娶过媳妇成了家，唯有他经常赌博在村里惹人讨厌，三十多岁了还是单身一人。村里人都不叫他的真实名字。二光棍的绰号取代了光棍的真名。二光棍平时和村里的丑笛子、三癞子等几个光棍汉混得不错，专爱起哄夫妻之间吵架引发出的一些带有艳色的绯闻。李明先夫妇俩回到李家庄村的当天，二光棍等几个光棍，就把贺秀丽当年住地区师范学校时的不光彩史打听得一清二楚。女人的不守贞洁永远是山村光棍汉们谈论不休的话题。小山村突然飞来个有文化的漂亮女人，光棍汉们的夜晚变得沸腾起来。他们在山洼里和院街下调侃得津津有味。

二光棍一见李明先，就拍一掌李明先的肩膀咧嘴大笑："老弟，你是个有福人，吃了十多年公饭，娶回个'赛貂蝉'。嘿，不简单哇。看老哥哥，打光棍多难受哇。"

"那你也娶一个老婆嘛。"李明先停住脚步，"没老婆倒也省心，有老婆也有难处。你看老弟为老婆教书的问题，跑跑跳跳，忙得连饭也顾不上吃。"

"省心？"二光棍拍着自己的胸口，"我要是能讨个老婆，就不赌钱，不串门子搞女人，嘿嘿。"

"狗日的，老哥，你这是啥意思，人家谁的老婆叫你搞？"

"嘿嘿，我要是当县太爷，有票子——"二光棍朝李明先挤眉弄眼一笑，"兄弟媳贺秀丽也会喜欢我的，嘻嘻……"

"狗日的，呸——"李明先心里非常生气，可外表又不好变脸，夹笑带骂二光棍，"我的老婆不是那种女人，不用说有权的有钱的打动不了她的心，就是皇帝万岁爷也休想碰她一下。像你这个猪模样，还想吃天鹅肉，尿下一泡，照一照自己那个塄样。狗日的。"

二光棍一听十二分生气："哼，我有大洋的话，你那个烂货老婆，还看不上呢。"

"胡说，不许侮辱我的老婆。"李明先忍不住发怒了。

"嘿嘿，老弟，谁侮辱我兄弟媳哩，是她自己给老弟脸上抹黑哩。"二光棍嘴一滑，直来直去地挑，"你还护老婆哩，你当兵走了，她在学校野汉嫁了不知够多少，叫人家抓住，连情夫一同上了布告……"

"你把话说明点儿，狗日的。"李明先原以为二光棍和他逗玩，不以为然。听着听着，感到话里有话，很不痛快。

"你别装蒜了，谁不知道这事。中级人民法院贴出的布告上，清清楚楚地写着 ×× 与你老婆勾勾搭搭一例。你还问我，不嫌害臊。"二光棍嘴头子上揭李明先的短处，可心里却不敢再往下胡扯。不想李明先反而追问个不停，非要二光棍说个明白不行。二光棍这才醒悟，原来李明先还不清楚老婆偷野汉的事情。他有些后悔，怪自己多嘴。二光棍赔笑着对李明先说，"和你开开心，逗逗乐，就当真呢。谁不晓得秀丽是个贤惠媳妇。"

"二光棍"的搪塞，反引起了李明先的更加疑惑。他觉得二光棍最后的丑话，说的并不是没有根据，甚至连人名都点出来。妻子到底有啥见不了人的勾当。他拧住二光棍的一只胳膊，盘问来查问去，弄得个二光棍脱不了身。二光棍只得走到没有人的墙根下，把他所听到的情况，如实告诉了李明先，还再三叮咛："老弟，可要沉住气哇，千万别回去跟兄弟媳闹起来。如今是解放时代，不是旧社会，妇女大解放，哪个女人不风流，哪个好女人没有三个五个相好的男人。嘻，武则天和杨贵妃还找情夫哩……"

"狗日的，放屁！"李明先气得眼珠子突了出来，一把推倒二光棍，转身就往家里跑……

李明先忽儿哭，忽儿骂，忽儿笑。他一切都明白。二光棍的话是真实的。他感到受到最大的愚弄，把全部的怨恨集中在贺秀丽身上。他认为只有狠狠地揍贺秀丽才解心头的恨。他不允许自己的名誉和人格受侮辱。而要挽回名誉和人格受侮辱的面子，只有一条，就是赶走这个狗娘养的臭女人。否则，他出去村院里，连人都羞得见不了。面对种种流言蜚语，他对她的看法由表面到内在都产生了变化。她住师范学校敢和一个教师通奸，那么在县百货公司偷三个五个野汉，也是正常的事情。在荒唐逻辑驱使下，他的神经产生了更偏见的错觉。狗日的，儿子是不是他的骨血也很难说。难怪自己从部队转业回来到县百货公司还没几天，公司领导就向牛珍反映自己的工作情况。这说明她偷野男人是从他入伍走后就开始的。这次他返乡务农她就不大愿意回来，原来她早就变心了。贺秀丽呀，你良心何在，败坏老子的名声。既然已经做错了，当初为啥

不写信说明？李明先的整个精神世界像燃烧着的熊熊烈火无法熄灭！

自从贺秀丽回到贺家畔养伤走后，李明先首先向队干部声明，不准老婆在本村教书，要和老婆一刀两断。李明先夫妇的爱情出现了裂痕，户家爷爷“不吃亏”李银喜对着村里人当面劝架评理，要两口子好好地过日子，不要听别人的闲言闲语，做调解的好人。而对着李明先一个人，添油加醋，把贺秀丽说得不值一分钱，像狗屎堆上滚过一般。贺秀丽住院走后，“不吃亏”向李明先火上加油：“凭你的本事，再找十个八个媳妇也不愁，咱李家的门槛上，要这种贱货做啥，丢人背信。”李银喜这样挑拨，也不全是想借机拆散李明先夫妇，占有李锁平的财产，家族长辈对伤风败俗之事不能宽容也是一个原因。

李明先听到的一片责骂老婆的声音，一连给在贺家畔养伤的贺秀丽写了几封信捎话，催促快到王塔公社办理离婚手续。贺秀丽的母亲知道后，专程赶到李家庄劝说女婿，可无济于事。

贺秀丽见母亲也劝说不了丈夫回心转意，准备给当年的红娘牛珍写一封信，可思来想去下不了笔。牛珍书记如今当县长了，还记得她这个当年的小学生吗？她在迷迷糊糊的困境与彷徨中给李明先写了回信，同意离婚。

一九六零年农历六月初五，李明先和贺秀丽办了离婚手续。

在处理子女和财产问题时，贺秀丽提出要把儿子李田林带走，李明先开始同意，但是中途李明先的父亲李锁平赶来，非要把孙子留下不行。最后孩子还是归了李明先。

贺秀丽拿到离婚证，当即撕碎，晕倒在公社大院。撕碎的结婚证纸片载着仇恨与情感被一阵旋风刮得无影无踪。贺秀丽回到生养她的贺家畔。门前黄河的浪花依旧，涛声依旧。一个离婚女人回到了娘家。贺秀丽的父母羞气得见不了村里人。

第七章　深山牧羊

李田林渐渐地忘记了城里的生活。他只记得爸爸和妈妈发生争吵，自己怕得哭过鼻子。后来就再也没有见到妈妈的人模样。随着时间的推移，妈妈的面孔也就模糊不清了。

也不知道从哪一天起，自己头上生了秃疮，经常流脓血。遇到天阴下雨，秃疮疼痛难忍，他抱住脑袋躺到爷爷的怀里啼哭。爷爷一边给他揉秃疮，一边拿本麻纸订成的黄纸书给他教“盘古初分天地，老君治理乾坤……”还要他“一不许撩鸡逗狗，二不许傻呆看人”。爷爷给他教字时，大叔父的二儿子俊宝弟弟也跑来，他俩一起缠住爷爷认字，背“孔融四岁能让梨”的故事。爷爷给父子生产小队放羊，他也跟着去爬山跳沟，追赶羊群，跟着爷爷学放羊的本领。

冬天的半前晌，白云掠过李家沟村子头顶的大山，西北风吹得院子内的榆树枝吱吱地发响。雪花随着风的吹拂纷纷扬扬地像一团团柔柔的棉絮飘落下来。门对面的大山变成了厚厚的银色世界。山坡上裸露的柠条枝梢挂满了一串串的白雪球。院子内的磨盘、鸡窝顶、猪圈棚都堆满了积雪。远山近峁，以至整个北方都走进了透明的童话世界。亮丽与纯洁把一切原本的个性全都包装起来。

李田林拉开一扇门，拿着野榆木制作的牧羊鞭，站立当门槛，凝望着外面的雪景。惊讶与兴奋直逼胸腔。他弯腰抓起团雪塞入嘴咽下肚里。寒意凉透肠子。他又抓起一团雪，捏得流出热水。他高兴地蹦出院子，踏着没至小腿肚子的雪，扭头向窑洞里喊：“爷爷，快走，放羊走吧。”

“灰和尚儿子，快进来，小心冻了脚。”

李田林不听爷爷的话，径直朝羊圈跑过去。一只只的羊子头探出圈门栏“咩咩”地叫着。花纹般的羊角，碰撞的栅栏木板“咔嚓咔嚓”地响个不停。他急拉开栅栏门。

“田林，听话。”爷爷追出来抱起他，用长胡子的嘴吻着他的脸蛋，“大雪压得封了山，羊子出去吃不到草。”

“有草，让羊子啃柠条。”李田林摇头，蹬脚，与爷爷争辩。

“傻小子，吃柠条也不行，小羊羔出去，要冻坏的。”爷爷说着把他抱回家。李田林的奶奶正拿一把盛着半铁勺子蓖麻油的勺子，支到灶火口烧烤。蓖麻油沸腾后，放进辣椒面，炸成稀糊。李田林明白，这是给他治疗秃疮的药。他从爷爷身上溜下来，脱了粘着油腻的棉帽，闭上眼睛，咬紧牙关，等待着滚烫的油辣面往头上浇。爷爷将蘸满辣油面的棉团，闪电般地对准他头上的秃疮，一阵猛擦。他“哇”的一声，双眼挤出泪珠，但是，他一动不动，知道爷爷和奶奶是为了给他治疗秃疮。烫油辣面是有毒的，秃疮是有毒的。毒与毒相攻，都要一个孩子来承受。每用油辣面糊治疗一次秃疮，李田林要经受一次死亡的折磨。

搽完秃疮，李田林催着爷爷放羊走。李锁平老汉不说话，背朝孙子，揉眼睛叹气。李田林绕到爷爷怀前，抬头仰视：“爷爷，你别哭，我听话。”

“傻小子，爷爷没有哭。”李锁平老汉笑了起来，双手抱起孙子，亲吻着脸蛋，“走，跟上爷爷到大山里放羊，看雪花花飘。”

爷孙俩赶着羊群出了院子，踏着积雪来到村背后的驴尾巴峁大山。羊子在啃雪草，李田林用雪洗手。一老一少，搅动着严寒的冬天。雪天雪地的山洼，最数老人的心和孩子的童心纯洁。雪花飘舞的冬日，远处的山头传来雄浑的信天游：

羊皮袄翻穿暖身身，
裤裆里热成火洞洞；
羊羔羔爱吃嫩草草，
喜得老山羊咩咩叫；

山羊绵羊一搭搭卧，
走着站着上一道坡；
公羊母羊一搭搭躺，
死死活活相跟上。

李田林在李家沟的大山里，迎送着太阳的一次次升山与一次次落山。他的个头一天一天长高。

夏季到来了，李田林脱了鞋，光着脚丫，跟着爷爷上山放羊。他紧紧地跟在爷爷的屁股后，一步也不离开。爷爷下山，他跟着下山；爷爷爬坡，他也爬坡；爷爷喊羊子发出啥声音，他也照着爷爷的呼叫发出啥声音。爷爷扳着指头，给他教算命的学问，他也跟着念：

猪见猴，泪常流，老鼠咬羊头；
甲子乙丑海中金，丙寅丁卯炉中火……

爷爷给堂弟俊利治病，一手握住烧得通红的铁火柱把，一边唾着吐沫，一边手摸一把火柱，口里念念有词：

太上老君送旨来，
各路小鬼快闪开；
惹恼本神命难保，
阎王殿前定不饶。

李田林也照着爷爷的动作，抄起一只筷子，抹一把，念一句，逗得奶奶和全家人都大笑不止。

爷爷给别人算命，他缠住爷爷叫给他算命。爷爷捋胡子笑说：“你是公元1956年——丙申年生，属猴子的。是山上火命，将来要做朝廷一品大官……”

李田林听不懂一品大官是啥意思。黄昏的时候，他抱住“大拧角”

母羊，在山沟里抬起头，数天空的星星。

李家沟村背后的沟叫驴尾巴沟，山叫驴尾巴峁。驴尾巴沟里有九道阴黄土坡；每一道阴黄土坡上又有九道小土洼；每道小土洼里长满了各式各样的花草。墨绿的草丛里山丹开着血红的花，小柴胡开着金黄花，黄芩草开着紫蓝花。草与花的缝隙里，一只只玉色蝴蝶翩翩起舞，一群群的蜜蜂忙碌地采蜜。草色，花色，给山色平添了神秘。

李田林被驴尾巴沟里的景色迷住。多好的花哟！他钻进草丛里，打几个滚，爬起来，再躺下翻几个滚，掐几朵山丹花，摇一摇，按在鼻子上闻。“爷爷，这是啥花？”

“山丹花。”

“有用吗？”

“有用。”爷爷搂住他说，“这花红是珍贵的中草药。能治百病。”

他从爷爷的怀里挣脱，又掐一朵小黄花和一串小兰花，叫爷爷给他讲花的故事。李锁平老汉一一地给孙子说着。“小黄花是苦菜花，一年开两次花，夏季一次，秋天一次。不管是天旱雨涝，总要开花。苦菜花开花落，都与人的日子是苦是甜有关。一串一串的小兰花，叫胡卜草花，一年花开一次，也是深山里的名花。有的地方长出来是单独一朵，像一把独立撑起的小伞，听爷爷的爷爷说，此花又叫兰花花。”

李田林听得入了迷，贪婪地看蝴蝶追花草。李锁平老汉看着孙子光着脚在荒坡里蹦，心疼得淌血。“灰小子，怎不穿鞋？”

“爷爷，我的脚扎不进刺。”

“唉——”李锁平老汉摇摇头叹气。

李田林跟上爷爷放羊，跑遍了李家沟村子周围的每一架山，每一条沟，每一道坡，每一块荒梁。他对山里的大部分花草树木，都能点出名来。他给几十只羊子起了绰号，“大拧角”“花四面”“白脑星”等。

大山给李田林种下了深刻的烙印。稚嫩的小双脚，踏着湿润的泥土，重叠了无数个看不清的脚踪。是被山风和雨雪淋洗掉的。

太阳移到天空正中，火辣辣的毒。爷孙俩赶着羊群下了沟。羊子在大石岩盖下乘凉。李田林习惯地从羊毛编织的网套里，拿出一碗黄灿灿的黄米饭和几颗熟山药蛋，而后把碗里的黄米饭倒在包碗的笼布上，指着石岩下的羊子，乐呵呵地对爷爷撒娇起来："挤羊奶，挤羊奶。"他边说边跑到石岩下追捉"大拧角"母羊。"大拧角"不听话，挣命地跑，他一个劲儿地追。"死'大拧角'，看你往哪里躲。"他把"大拧角"撵到一块石头下，一把抓住它的后腿，左手端着碗，伸到羊肚皮底下，右手的拇指、食指与中指三个指头夹住奶头，有节奏地挤着。一股细白的奶水喷了出来，带着泉水的叮咚声落入碗里。"大拧角"扭头用奇异的目光瞪着他，"咩"的一声，后腿一踹，把李田林撞倒在地下。他气得哭骂"大拧角"："狼咬死的，听爷爷的话，不听我的，我打死你。唔……"

"田林，别哭，爷爷给你挤。"李锁平老汉走过来抓住"大拧角"的后腿，捡起滚在地下的老瓷碗，熟练地挤开羊奶。"大拧角"面对老主人乖乖地一动不动地任由摆布。动物是有情感亲疏距离的本能。李田林看着"大拧角"顺从地接受，心里一阵颤动。他突然觉得"大拧角"很可爱，止住抽泣，轻轻地抚摸着"大拧角"的脊背，表示道歉和理解。

挤羊奶的李锁平老汉被孙子想吃羊奶反被"大拧角"撞翻的情景弄糊涂。一个失去母爱的孩子，对母羊的渴望所表现出来的心理企盼。老人心里掂量着。二媳妇秀丽离婚走后，二儿子明先的精神受到严重刺激。老汉的日子一年比一年过得艰苦。看着田林这个可爱的孙子，他把全家人生活的希望全寄托在给父子生产队放羊上来。二儿媳是个多么好的媳妇，他从没听人说长道短，谁料回到老家几天，就出了许多事非。好好的一对夫妻，硬是被拆散。明先这小子也太不争气，把带回的书和写下的书稿几乎全部放火烧掉，唯一从火堆里抢出来是一套《三国演义》和几套外国人写的书。二儿子变成了一个疯子，连自己都不认识自己是谁。明先甚至怀疑田林是外人的种子，惹出一些难听的辱没祖宗的丑话来。三年多了，田林在李家庄断断续续跑得还没有住满半年，孩子的所需穿吃全靠他这个爷爷供给。是啊，人常言：亲孙子，正根子。这是千古不变的古训和道理。田林是他李家的后代，他从那本翻了不知多少遍的黄纸书上占卜掐算田林的命相，确认这孩子生得不凡。李锁平也给四个儿子和其他侄子都算过命。二儿子明先是"长流水命"。这是一个好命，有福的命。没想到二儿子不争气，连属“土命”的人都不如。他认为孙子田林是“山上火命”，必定是做大官的命。人命，在李锁平的眼里是上天决定的。刚生下田林还不满百日，他就给孩子算定是“一品官命”。李家沟的风水好，出贵人，出官人。老汉在心里暗暗向上帝祈祷。一场婚变毁灭了二儿子的家庭。老汉面对“相命天书”心里沉甸甸的。难道天书里的天机泄露了？

白羊奶流满了老瓷碗。李田林从爷爷手中接过老瓷碗，“咕咚咕咚”地喝着。嘴角沾着奶珠。他喝羊奶的姿态与羊羔吃母亲奶汁的姿态一样。喝着喝着，他就把自己也当成是一只小羊羔了。他只吃了四十天母亲的奶，那还是刚生下他的日子里。他不知道妈妈的奶水是啥滋味。他只知道吃“大拧角”的奶汁最香甜。“爷爷，你也喝羊奶。”他将老瓷碗伸到爷爷面前。

“爷爷不喝。”李锁平老汉对孙子田林喝羊奶表现出来的神气很满意。像个有出息的孩子。

以二儿子明先为代表的李家沟的第二代人是没有多大指望了。希望寄托在第三代人的头上。孙子是爷爷的希望，也是爷爷生命的延续。

李锁平老汉额头的一道道犁沟显得越来越深邃，越来越弯曲。忧悒的眼神折射出对未来生活的美好憧憬。孙子失去母爱的孤独使李锁平老汉的灵魂在颤抖。他的肠子像被一条绳索套住扭曲成弯弯曲曲的山路，正向漫无天际的荒野山峁延伸。他的双眼遭到了强烈的刺激，夹着血与火的泪滴，卷动着沉淀的山洪淌了出来，一滴一滴，滚到地下的青石板，慢慢地渗入石层的内核。

“爷爷——你又哭了？”李田林的眼眸投向爷爷。

“没……没有。”李锁平用手背擦了鼻梁凹下凝聚的泪水，指着一只飞翔的蜻蜓，笑了笑，“田林，快，捉住这家伙，是它扎了爷爷的眼。”

“我不信。”李田林忙放下喝得剩下半碗羊奶的老瓷碗，去捕捉棕色的蜻蜓。他像一只小猫，躬腰斜头，向蜻蜓扑过去。

“吱——”蜻蜓掠过他的头，美丽的羽翅横扫着他戴着的帽子。他往起一跳，一个腾空抓鸡的动作，抓住了小蜻蜓。“你再捣蛋。”他握着

“俘虏”，转身跑到爷爷的面前，展开手掌一看，小蜻蜓抖落着翅膀，挣扎了一下，不动了。“叫你再扎爷爷的眼睛。”

李锁平皱皱眉头，两个指头提起小蜻蜓，惋惜地叹了一声：“田林，它是有用的虫，专门捕捉蚊子，不该害了它的性命。”

“它咬爷爷的眼睛。”李田林原是要抓住小蜻蜓逗玩，让爷爷看。不想用力过猛，捏死了它。爷爷的话，使他感到心里难过。其实，他心里明白，爷爷掉眼泪，并不是小蜻蜓的错。爷爷在哄他。

李田林在湿润的草滩里挖了个拳头大的坑，而后轻轻地把小蜻蜓放进去，盖着石块，撒上黄土，崛起一个小土堆，表示哀悼和悔过。

安葬了小蜻蜓，李田林跟着爷爷，赶着羊群上了驴尾巴峁。太阳落山的时候，爷孙俩赶着羊群下了山。深山里又传来了委婉的陕北信天游：

太阳下山秋蝉蝉吼，
放羊的猴哥哥往回走；
羊羔羔吃奶眼望着妈，
没妈的孩子光脚丫。

山歌鸣奏，河水奔流，陈旧的都在消逝。永恒的只有自然托起的山魂和山里流传久远的山歌。

第八章　读书荒野

孤独的光棍生活将李明先脑海里的信念灯塔淹没。信念与理想，前途与功名，狗日的，一切都完蛋了，全是那个忘恩负义的臭婊子造成的。当年的有情人，再也没有回来。永远地走了。他呐喊，他狂呼，他哭骂，一切粗野的表现方式都不起任何作用。他盼望天穹间突然伸出一只巨手帮他摆脱困境。可是，上天不曾因他的可怜而恩赐他一个大美人。他的神经系统不能自控，时不时乱说瞎撞，闹出许多笑话来。凡接触过他的人，都认为他是一个疯子。

家里空荡荡的，没有几件值钱的家具。除了地下立的一只水瓮和炕角卷的一捆旧被褥而外，只有做饭用的一些灶具。自从他老婆离婚走后，儿子田林就到李家沟的老父亲家居住，一年也只在他的身边待二三十天。他的窑洞，成了二光棍、丑笛子、三癞子等光棍汉们聚众宣泄的场所。

晚饭后，二光棍、丑笛子、三癞子等一伙又准时来到李明先的“光棍堂”。二光棍调侃李明先说：“兵……兵痞，你……你是咱村光棍委员会合格的成员。”

李明先一手提着一条羊后腿，一手拿着两个烧酒瓶，前脚刚踏进门槛，光棍委员们就一个接一个跟着进来。

“兄弟，又发财了吧？嘿嘿，咱弟兄们今天好好地玩一玩，开开心。”外号叫丑笛子的李过怀，点头哈腰地伸手夺过李明先手里的一个酒瓶子，用牙齿“嘎嘣”咬开瓶盖，“咕咚”一声，两腮顿时绯红，“嘿嘿，真货，地道的老北京二锅头。怎么样？这回出门挣了多少？”丑笛子伸出三个指头，“三百，还是五百？”

“滚开！”李明先一听二光棍讥笑他是“兵痞”，心里很不高兴。他一把夺回丑笛子手里的酒瓶，“那是票子，不是纸条。你有本事，还不去娶姑娘。”

“这……这是咋啦？光棍委员会的副主任特向主任报到。挣了钱……钱就得有福同享，发这么大脾气干啥？”二光棍顺手又从李明先手里夺过酒瓶，猛喝了一口，“哎哟，不错，真二锅头，是老北……北京货。”

三癞子等几个光棍汉一齐嬉笑着恭维李明先，把另一瓶酒也打开来，轮流着狂饮。他们七手八脚，把一条羊后腿用菜刀剁成拳头大的块炖入锅里。羊肉还没有完全煮熟，他们就争抢着吃，把七斤重的一条羊后腿消灭得差不多了。这是一群有着狼性与人性混合一体的饿狼。见肉如见到女人，恨不得生吃羊肉和活吞女人。饮食饥饿与性饥饿同时折磨着这些属于狼与狗与人混合的群体。

“狗日的，给老子都闭嘴。”李明先夺下大家的筷子，舀了一碗肉，用一个小盆子反扣住，朝二光棍他们大骂，“老子的儿子回来了，贪耍的没在家，你们吃了，叫孩子饿死？”众光棍一听，才揩着油嘴，表示了几句不好意思的话。他们跳上炕，点着煤油灯，习惯性地围坐成一个圆圈。

“主任，好啦，闲话少说，开始干吧。”

“我看，叫副主任出宝咱们大家一起押宝。”

“行，最多二元的红星，一回过一回，不欠账。”李明先喝得东摇西晃，坐在铺着毛毡的土炕上。一条细麻绳子围成十字线，按四个方位分开，布局成“一、二、三、四”四门赌注。二光棍双腿盘坐，居于“一”字口，作为出宝的东道主。他的下半身裹着一件黑夹袄，神秘地拿出一个闪闪发光的黄铜色小盒。众人各自从袄兜掏出面值不等的人民币，叠折成各种形状，分别放到各自认为是正确的方位。赌博在某种意义上讲是一种智力竞赛。罪恶是在掺入金钱的贪婪才使智力变质。他们都弯着腰，伸长脖子，瞪大眼睛，盯住小黄盒，盼望那里飞出一个活财神来解救他们的贫穷，一下子变成百万富翁。一位赌徒拿起小铜盒，准备往开揭第一宝，每个赌徒的心都随着小铜盒盖的升起而悬吊在半空。只听

“咯吱”一声，“不是三还能是几？哈，三块红星，三三得九，去皮九角，总共赢八元一角。”头一宝，除了开宝的赌棍赢了而外，其余的李明先、李过怀等人都输了。票子像纸片一样在小铜盒旋转声中从众人的手里来来回回传递。灵魂与道德已经赌得干干净净。

“十赶头。”

“凳腿子。”

“锥尖子。”

“红豆仁子”

“……”

他们赌得正在兴致上，门外一声叫喊，把赌钱的“英雄们”震醒过来。李田林带着春夜的童话扑入窑洞。爸爸与众人的狂欢作乱，使他感到惊讶与费解。这是干啥呢？票子怎么能乱抢呢？他不懂，好奇地问：“这是个啥盒子？”他伸手去拿小铜盒，被二光棍一把夺下：“啥……啥盒子，日……日你妈的，躲开！”

“你——”李田林双手推了推二光棍：“走，我要睡觉。”他看着脸色难看的爸爸，要二光棍他们快走。李明先从扣饭盆的下面端出那碗羊肉：“儿子，不要瞎闹，吃了快去睡觉。”

“我不吃，我不睡。”李田林觉得二光棍欺负了他，非要赶他们走不行，但爸爸不让他撵他们走。他吃着羊肉，审视着爸爸他们疯玩。好奇，发傻。李田林第一次认识了赌钱的市场。赌钱的市场与李家沟放羊的草场大不一样。没有山丹花、马兰花、柠条花、苦菜花，也见不到玉色蝴蝶和美丽的蜜蜂、蜻蜓。闪光的小铜盒，怎么有那样大的吸引力，叫爸爸他们拿着票子乱猜乱放？爸爸的票子都被小铜盒张开的大嘴吞噬了。

他吃完羊肉，挤在下炕角睡下后，还听得爸爸在发火：“狗日的，十块钱又放到黑风洞了……”

一九六四年农历四月，八岁的李田林还不能正常地到学校读书。不过，李明先对儿子的教育是挺有一套方法的。他把全世界二百多个国家和地区的每一个名字写在一个小纸条上，用糨糊贴到墙壁上，给儿子命令式地强行硬教。小田林一时背不会，李明先让儿子光着身，站到院子外的太阳下背诵。小田林在爸爸的体罚下，竟找到了速记的方法。他把自己浑身的每一个部位，都能与某一个国家或地区的某些特征联系起来。日本称之为是“小牛牛”、屁股称之为是古巴、眼睛是葡萄牙、肚子是印度、尼泊尔是奶头、土耳其是耳朵……后脑勺叫尼加拉瓜。中国是心脏，美国是右手，苏联是左手……总之，李田林的光身子成为一幅缩小了的世界地图。

从李家沟到李家庄，从李家庄到李家沟，在这条只有十华里的弯曲山路上，留下李田林千千万万个看不见的脚印。由于爸爸经常出门，他不得不长时间地在李家沟和爷爷一家吃住。爸爸回来了，他回到李家庄，爸爸出门走了，他又跑到李家沟。虽然李家庄有一所小学，可他没有上学的机会。去年和今春开学，到校只报了个名，买了一套课本，乘爸爸回村，到校念三五天，就又辍学了。学校的老师只好把他编在半日制学生的序列。开始，他对念书并不像放羊那样留恋。他对学校的认识，远远没有对大山的感情深厚。每次当爸爸要准备出门走时，他便自觉地拿着那套一年级课本上了山路，去李家沟见他的“大拧角”“花四面”“白脑星”……

天刚蒙蒙亮，院子外老榆树上的麻雀“叽叽喳喳”地吵醒了李田林。奶奶在烧火做饭，爷爷和四叔父、小姑早已上山到地里劳动。“奶奶，为啥不叫醒我？”他忙穿好衣服，跳下炕，埋怨起奶奶来，“黑夜睡觉前，小姑说好让我跟她去挽猪菜，怎又不叫我。”他跑出门外，从墙角提上篮子，朝头顶的大山追赶去。

李家沟头顶连绵起伏的驴尾巴峁山，被早晨的烟霭笼罩着看不清原有的姿色。露珠从山路两边的榆树枝上滴下来浸湿了他的脖颈。他感到凉飕飕的像有无数条小虫钻进了肚皮。他顺着一条盘山土路，爬上了一座小山峁。站在一株小榆树下，他喘了口气，而后又飞快地穿过一块麦田，朝一片柠条林跑去。“小姑——小姑——”

“小姑——小姑——”大山与大山夹着的峡谷立刻传来长久的回声。他一手提着篮子，一手拨拉着淹没脑袋的柠条梢，钻入密密麻麻的柠条

地里。

噙着露水的柠条枝横扫着他的眉脸，每一株就像把大扫帚一样，枝梢与枝梢相互搭在一起，离远望去，又好似一块巨大的绿色油布遮盖着整个大山。正在开放金色黄花与浅灰色绿叶的柠条，花叶相互映辉，流香溢彩，给大山增添了绚丽的姿色和深邃的风韵。李田林在柠条林里穿来转去，生气着小姑，哄骗人，说好挽猪草带我，为啥不叫一声就独自上山。回去非给爷爷告小姑的状不行。血红的太阳从东边远处的大山越升越高，光线透过柠条枝与柠条枝相搭形成的缝隙斜射到了李田林身上。他觉得头顶的秃疮痒痒地痛，伸手去挠，反刺激得更痒疼。秃疮沾了露水，浑身水淋淋的。晨露沁润着童心，也加剧着秃疮恶化。他来到一块倾斜的洼地。突然，一个雪白的东西从一株大柠条底下蹿出，从他身边急速跑过，机灵地躲藏到离他只有十几步远的柠条下。他不顾秃疮的疼痛，心里一阵高兴。小白兔，小白兔！他屏住呼吸，放下篮子，展开双手，猛扑过去。

他捕住了小白兔，不想再去挽猪菜，抱着小白兔往家赶。他回到家时，见小姑已经吃了饭，爷爷正用筐子担土垫羊圈，四叔父从牛圈拉出黄牛要犁地去。“爷爷，看，小白兔。”他走到爷爷面前夸耀。小姑见他抱只小白兔，忙抢着要看。他赌气不让小姑看小白兔，“你骗人，挽猪草不叫我。”他一手抱着小白兔，一手抄起根细柳棍在院子追打小姑。

“田林，下一次小姑一定带你上山挽猪草，来，让小姑看一看小白兔。”比李田林大五岁的小姑向侄儿子表示认错。李田林把小白兔递给小姑。

“嗖——”小白兔趁李田林的小姑往过接的一瞬间，朝地下一跳，箭一样地跑出院子，向村子头顶的大山逃走了。望着小白兔远去的影子，李田林伤心地哭鼻子。他扔了细柳棍，抄起放羊鞭，又追打开来小姑，要小姑赔他的小白兔。

李锁平老汉说不出的一种滋味，他抱住孙子：“田林，别哭，爷爷给你捉只大白兔。”小姑也赶快向侄儿子承诺，再上山挽猪草时，一定捉一只大白兔。李田林擦着眼泪，抬头望头顶的山峦，默不作声。他感到心里空空的，多美丽的小白兔，刚抱了一会儿，就失去了。半晌午时分，李田林啃了几口窝头，就跟着爷爷去放羊。驴尾巴峁山还是驴尾巴峁山，太阳依旧还是那颗太阳。抬头看去，离山顶很近，红彤彤的。有时候，又被云彩遮住，不见了红色。李田林每日在看着日升与日落中跟着爷爷放羊。

李田林一直在李家沟跟着爷爷放羊。一个多月过去了，小姑还没给他捉到小白兔。伴随着对“大拧角”“花四面”“白脑星”感情的加深，他对小白兔的思念渐渐地淡忘。而疯爸爸对他进行世界各国名称的强化教育方式，越来越让他对大山以外的世界好奇。爷爷让他死背硬记那些孔圣人、孟圣人的八股句子，使他像走进了一个很久远很古老的神话王国。从新课本里接触到古代锯是怎样发明的道理和西方 19 世纪关于壶盖为什么会跳动的故事，展开了他想象的翅膀。他的叔伯弟弟俊宝、俊利他们从李家峁村小学念书，带回许多描写英雄人物的连环画，他看着看着，就仿佛自己也成了大英雄。

他跟随着爷爷上山放羊，挂包的羊毛套子里又增加了两样工具：书本、青石板制作的小黑板。在“大拧角”它们觅吃青草的时候，伏在爷爷的膝盖上，掏出小黑板，认认真真地写着鲁班、张衡、李白、哥白尼、达尔文、爱迪生、瓦特等众多古今中外英雄的名字。

养育动物的荒山草坡变成了牧童求知的学堂。爷孙俩蹲在一个土塄下，背靠着一棵野榆树，头顶蓝天红日，胸抱大山黛色。从远古的甲骨文时代说起，又向未来的科幻世界扯去。

李锁平老汉对孙子说，写《西游记》的吴承恩不只是一个写书的人，还是一位创造了宇宙的科学家。咱中国的吴承恩老先生，比那个外国数星星和追太阳的哥白尼还要厉害。

李锁平老汉还对孙子说，中华的祖先轩辕黄帝死后就埋在李家沟远处的黄陵山脉。小孩子从小就要爱读书，爱劳动，向英雄学习。长大后大腿间连着的“牛牛”才能硬起来，尿得高，有出息。

长大后要做一个撒一泡尿，就能汇成江河的大英雄。李田林记着爷爷的教诲。

第九章　泪洒校园

李家庄对面的沙地，长着碗口粗的一片槐树。槐树花在春夏之交羞羞答答地裹着一身洁白的棉絮扭扭捏捏地走来。午后，学生娃娃放学了，跑到槐树林里捏土蛋，分成两大阵营玩打仗游戏。落在槐树枝头的喜鹊摇尾抖翅。槐树中间的土路走过一个个婆姨女子。树子的墙根下老者们谈古论今，讲述着与槐树有关又无关的故事。远处的山坡里锄草的一对对青年对唱信天游。

李田林还没有到李家庄村小学正式读书。他已超过了小学儿童的入学年龄。每当听到爸爸回到李家庄的消息，他就告别爷爷和日夜守护的羊群回到李家庄。他懂得了血缘关系最亲的道理。他吃住在爷爷家，尽管爷爷疼爱他，可他不能跟着叔伯弟弟俊宝、俊利他们一起去李家峁村小学念书。因为爷爷还有四叔父和小姑他们，爷爷还需在晚年把他们抚养成人，尽应尽的义务。他要读书，只能由爸爸来承担。爷爷的亲孙子不只是他一个。每一个爷爷的孙子，都是年迈爷爷的牵挂。爸爸才是自己能走进校门读书的靠山。

太阳躲藏到西边远处的山峦，晚霞染红半边点缀着云朵的天空。沟底流淌的小溪冲击着叠折的石岩，发出音乐般的回荡声。穿梭在槐树林里飞翔的一群群麻雀诱发了幼童梦幻般的遐想。李田林站在大槐树下，整整一个下午，水汪汪的眼睛盯住村子正中的三间瓦房，表现出无奈的缄默与伤心。不时有脱落飘坠下来的槐树花，轻轻地降在他戴帽子的头上打个旋儿落到地下。他仰起头，只见头顶罩着的白绸缎般的彩云连成一片。槐树花就像嵌镶在半空里的一幅图画，把天与地的所有姿色全部聚集在一起，衬托出大自然的无比壮观。他忘记了不能戴着红领巾上学的郁闷，用手攀，用脚蹬，像一只灵巧的猴子，鼓足勇气，不一会儿，就出现在槐树枝的顶端。他感到自己成了一位小科学家。上了天，摸着了太阳的额头和月亮的眉毛。

枝头的喜鹊被惊得飞走。他骑在一个树杈上，折下一枝小槐树枝，轻轻地摸着一串串的小白花。香气钻入他的胸腔。如同山丹花、马兰花、苦菜花、柠条花、桑牛牛花一样，香喷喷的甜死人。他认为自己真的是在天堂最好的地方。看见了爷爷给他讲的那个追赶星星的外国人。萦绕的烟雾，从山头旋舞过来飘荡过去。他的幻想又回到槐树枝头。一条条狭仄的弯曲土路上，影影绰绰出现行走的男男女女，他们扛着工具进了山村。

李家庄村正中的三间瓦房，又一次映入他的眼帘。青色砖，红色瓦，绿油漆门，玻璃窗结构的建筑，十分醒目。院子中央的水泥乒乓球台横架着渔网似的网子，两个与他年龄相仿的孩子正对打比赛，旁边还站立着一群男女学生。他们不时地发出"咯咯咯"的笑声。笑声刺痛着他的尊严，亵渎着他的情操。他在心窝里羡慕他们，可他又嫉恨他们，那个大个子的所作所为叫他生气。他伸手按住头上的秃疮，委屈的泪水"哗哗哗"地流出来，似露珠一样滴到槐树花蕊，然后又飘落向沙地，渗透进地层。

他想起了那天上午发生的事，泪水就忍不住地流出来。他跟着"不吃亏"李银喜的小儿子狗蛋去学校，坐在教室最后排。他坐在凳子上，一切都感到新奇。挂在墙壁的汉语拼音表，比他爷爷的那本《地理五卷》还难懂。五颜六色的中国地图和世界地图，比他身上的"地图"更难分辨。贴在墙壁的几张伟人像，除了伟大领袖毛主席外，沈老师告诉他说，那两个长胡子老头是德国人，他们的奋斗理想，就是所有全世界受苦人的奋斗理想。好长的胡子，比爷爷的胡子还要长好多。长胡子是天底下最大的英雄！他要好好读书，长大做个有出息的人。尽管他曾进过多次李家庄小学的大门，坐在凳子上念过"日月水火，山石田土"，但时间短促，每次走进校门，还来不及拿起粉笔在黑板上把每个字写一遍，就因爸爸的出门，而被逼去李家沟与爷爷一起到大山里放羊。这一次，爸爸说要在家住好长日子，一定要自己念书识字。整整一节课的时间，他的眼睛不是瞧墙壁贴着的汉语拼音表，就是看花花绿绿的地图和领袖画像。

“秃小子，看啥，没见碟子大的天。”

他听见心里“咯噔”一下，感受到了讥讽和侮辱。

大个子和狗蛋打乒乓球。银色的小白球来回飞旋，他羡慕得手心发痒。“狗蛋，让我玩玩。”他伸向狗蛋要拍子。

“啪——”随着一声响亮，他头上戴的帽子被打得飞掉。大个子冲着他瞪眼睛：“你不是正式学生，不能打乒乓球，走开。”他双手抱住头，没哭出声来。却滚出一颗颗泪珠。

“哈哈，害秃小子，脏死啦……”

他捡起帽子，戴到流淌着脓血的脑袋。

“秃疮治不好，谁碰着就给谁传染。”

“再不要和他玩。”

“呸，脏死啦，治好秃疮，再来念书。”

“……”

同伴的傻笑声和歧视，使他说不出的难受。他的泪水像山泉往外涌。他忍受羞辱，穿着奶奶做的早已破了的布鞋，愤愤不平地走出学校大门外。

“为啥欺负田林？他会说故事，还会……”狗蛋为他辩护，向教室内喊，“沈老师，田林又不念书了——”

“回来——”姓沈的女教师，名叫亚芳。听到喊声，马上走出来，叫住李田林，“别哭，谁欺负你，看我怎么收拾他。”沈老师掏出手帕给李田林擦着眼泪。李田林只摇头不说话，他不明白大个子伙伴为啥要欺负自己。李田林带上书本和小黑板，向沈老师敬了一个礼，也不管沈老师再三开导，低着头又一次走出学校大门……

李田林望着校园里打乒乓球的伙伴，想着两天前发生的事情。想着想着，又思念起离婚走了的妈妈。

妈妈到哪里去了？为啥俊宝、俊利、狗蛋他们都有妈妈，而自己没有呢？要是自己也有妈妈的话，到学校读书，大个子他们就不敢欺负自己。夜幕笼罩住了槐树林。夜风中发出悲泣的山歌。槐树下的土路上，走过劳动完回村的男女社员。他们的说话声打断了李田林无止尽的思绪。他两手牢牢地握住槐树枝干，一动不动地骑着审视着夜晚到来时山村的世界。从槐树下走过四五个中年女人，叽里哇啦说话，低一声高两声，听得他心跳脸红。

“喂，他二妈，慢点儿走，你真是好福气，前辈子积了德，娶了个好儿媳妇，又贤孝，又老实，打上二十八只灯笼也难找。我要是娶上这么个好儿媳妇，今天晚上闭了眼，也不后悔。”

“哎哟，你还给老嫂子眉脸上抹香油哩。如今的女孩子，思想解放，刚过门几天对老人还不错，过不了半个月，就摔盆子掼碗的。唉，我娘家的侄儿媳妇，好一个母夜叉，娶过没三天，就吵着分了家，还脱臭鞋打我那七十岁的老爹……前几年，咱村李明先离了的那个老婆，听说还是个师范中专生，吃过公家饭。哎哟，那女人脸皮可厚哩，见男人就脱裤子。老汉当兵走了，偷了十几个野汉……”

“老天爷，这女人太没人品了，难怪李明先要离她哩。”

“可不是嘛，你光顾挣集体的八分工，抱孩子，唉，那时候，村里唱大戏，听‘不吃亏’的老婆说，贺秀丽回来时，头发梳得溜光，穿得花里胡哨的，我一看就不是个正经货。”

“嫂子，咱是瞎扯哩，掏心窝说，夫妻之间的事情，这一只手拍不响，人家贺秀丽是不好，可李明先也太狠心了，把贺秀丽打得死去活来。要我看，李明先也不是个好东西。他当干部时，整天是说人的人，管人的人，而今连个一般社员也不如。啥干部，还不如擦屁股的石头干净。”

“唉，人倒志气倒。前天早上，我家那口子派他给队里干活儿，到光棍委员会办公室门外喊了半天没人应声，嘻，原来人家还睡大觉哩。”

“哈哈哈……给‘烂花鞋’刘花瓶又多了一个送票子的傻瓜。”

“真是个二流子，看那个样子，一年四季，东溜西窜，不好好地参加集体劳动，到了秋季还要分吃粮食。”

“没有一点儿男子汉的骨气，哪还像个当过兵的军人和回乡的国家干

部……”

成年女人的吵闹声，刺痛着李田林幼小的心灵。他把槐树抱得紧紧的，让皱巴巴的槐树皮摩擦着自己的眉脸。他感到槐树的心脏在跳动，撞击着自己的心脏颤动。

爸爸和妈妈真像别人说的那样坏吗？他们之间到底有啥矛盾？妈妈又为啥和爸爸离婚？村里的这些野女人为啥要瞎说爸爸和妈妈呢？他找不到答案。

不知过了多久，满天的星星挂在了槐树枝头，李田林从迷惘与忧伤中挣脱出来。他溜下槐树，借着星光回到家里。

爸爸正烧火做饭。他跳上炕，摆弄着小人书，望着烧火的爸爸，委屈地把堵塞在心窝的话端出来："爸爸，我妈妈哪儿去了？"他希望爸爸给他一个满意的回答。

李明先听到儿子的发问，先是一愣，如挨了一棍，接着把饭勺往地下一扔，大骂起来："儿子，别提那个臭婊子！记住，那是个忘恩负义的坏女人，嫌贫爱富，背叛了老子。"李明先骂了一通后，猛地扑过来抱住儿子，声音颤抖着发出悲哀的绝望。"命啊，这是命运啊。小子，以后要听老子的话，听爷爷的话。老子要挣钱，供你上学读书，给老子争气。怎么样？全世界二百多个国家背会没有？."

"背会了。"

"好，狗日的。再背一遍。日本、美国、苏联……在你身上的哪个地方？"

李田林伏在爸爸的怀里，回答着爸爸提问的作业题。"日本是'小牛'，印度是肚皮、约旦是蛋……"他向爸爸回答着世界各国与他身体有关的问题，而心里在问，爸爸为啥憎恨妈妈呢？爸爸骂妈妈不是个好女人。村里的人又为啥咒爸爸的不三不四？爸爸和妈妈谁好谁坏，他答不上来。提起妈妈，爸爸就大骂又伤心。为叫爸爸不伤心，他不再向爸爸提起有关妈妈的事情。也许自己是枣树枝和槐树枝上结出来的野孩子。

夜空吞噬了智慧的星星。粗野与简单加重着天真向成熟靠近。李田林对爸爸的世界里装的是些啥东西看不清楚。他不能了解爸爸头脑里的世界。

半夜鸡叫的时候，李田林耳畔回荡着爷爷教他的信天游。

> 羊羔羔上树吃柳梢，
> 山里的孩子成熟得早；
> 红豆角角烩南瓜，
> 吃饱肚子不想妈。

窑洞里什么陈设也没有增加。粗瓷水瓮还是粗瓷水瓮，生铁锅依旧是生铁锅。褪色的被褥早已失去了干净的肌体。用墨水瓶改制的小油灯，一年四季放到炕头的砖头沿。盛过多次饭食的老碗，粘着干巴巴的饭渣倒扣在高粱秆纳的锅盖上，陪着的还有勺子、筷子一起横七竖八地睡在锅盖上一动不动。青灰色的烟雾随着破窗口吹进来的风而翻滚。李明先蹲到炕沿，两手托着下额，眼睛死死地盯住破烂的灶火口。燃烧过后的柴灰被风吸进黑黑的炕洞里，又被大气层从烟囱挤压下来倒吹出灶火口。烟雾塞满的窑洞，压迫得李明先感到出气非常困难。他侧耳细听，门外传来一声接一声的猫头鹰的尖叫声。寂静的夜被风声与猫头鹰的叫声打破。光棍汉的夜晚是十分难熬的夜晚。孤独与苦闷同时困扰着精神与灵魂呻吟。

他想在小山村活出个样子来，叫贺秀丽那个婊子和世界上所有的女人都看一看，李明先不是“兵痞，”是优秀的转业军人。然而，现实生活的一阵阵狂风暴雨，把他的精神支柱吹得摇摇晃晃。他搞不清楚为啥憎恨她的时候，总要想到她的过去。一条无形的铁绳死死地紧系着他和她的灵肉扭动。如今，他走到“二流子”“兵痞”的地步，成为二十世纪六十年代初的“流氓无产者”，狗日的，全是那个婊子的背叛造成的。他教育儿子李田林，要永远忘记那个野女人。

早已逝去的烟云时儿飘忽起，叫他的神经不能安静下来，唯有赌博的小铜盒和纸牌，可减轻一些他大脑的过度思虑。自从与妻子离婚后，他多次走太原，逛包头，下西安，奔郑州，闯关东，在花花绿绿的大千世界里苦苦地挣扎，在城乡之间的路途中往返着寻求着自己的出路。他越是不停地奋力拼搏，越是感到灵魂深处像有一把钢刀在搅动着，叫他死不成，活不成，喊地地不应，叫天天无声。

他把自己仕途遭遇的不幸，归咎于蹲在机关里批阅文件的发号施令者。部队服役提不了干部，是部队的头头们给他使绊子。做官的都不是好东西，说的一套，做的一套。肝肺不算肉，女人不算人。人的感情都是虚假的。他感到自己当初太老实，怎么竟抛下结婚还不到一个月的妻子，就跑去青藏高原剿匪。怪自己过于信任女人。如果不是“二光棍”告知，那个臭婆娘要欺骗他一辈子。他要做一辈子王八蛋。

造成他今天打光棍的原因是啥？是客观的命运捉弄还是人为的原因？他大致理出了个头绪：当官的争名夺利，图财谋私。做女人的水性杨花，遍地是野汉。他后悔当初不该回农村来自找苦吃，过着流浪者加光棍汉的艰难生活。早知如此，八抬大轿也把他抬不回山村。如今，公饭碗丢了，老婆离了，活着还有啥意思？

空空荡荡的窑洞里，传出李明先自暴自弃的喘气声和责骂声。山村夜晚的吵闹声永无宁静。“操他祖宗的，狗日的们，都管起老子。老子不劳动，就不给分粮食，你们刚从屄里爬出来的孩子，劳动了几天？为啥能分粮食？”

昨晚，他正独自守着空窑洞苦思忧闷，队长李拴牛上门向他催要去年的缺粮款。他和李拴牛吵翻了脸。狗日的，生产队这些毛小子也不是好鬼。去年他出工五十天，挣得五百工分，吃了全成粮，欠三十元，只要他一回到村，李拴牛就追上要个没完没了。他实在掏不出钱付缺粮款，真想挥拳揍一顿队长。老子当兵加工作十多年，难道回到农村连顿饱饭也不能吃？老子就是不付缺粮款，看能把我球咬一口。

他的眉头挽着疙瘩，挂在两眉的正中。尖细的下颚长出黑楂楂的胡子。头发无规则地背在脑后。浑身穿的衣服粘满了油污灰尘。岁月的惊涛淹到了他的头额。他蹲在锅台边，吸着纸烟，喷一个烟圈，骂一声“狗日的”“操祖宗”。几位光棍汉横七竖八躺到炕头，添油加醋地倾诉着他们共同的人生感叹。

“老弟，像你还有个害秃小子，活得有点奔头，我三十几岁的人了，打了半……半辈子光棍，甭说给生产队劳动了，就是生产队给自己分三分自留地，也没心思去耕种。要是不怕饿……饿死，我连饭也不……不想吃。”二光棍李二蛋跳到炕上，背靠着前炕墙壁，蹲下发牢骚。

“对，我才不跟着众人到地里磨洋工，没明没黑劳动一年，分的二百多斤粮，最多够吃半年。嘿，咱赌一次博，碰着好运气，也闹百二八十元。”丑笛子李过怀咧嘴拍着胸脯，在地下跺着脚喊：“球毛，啥尿队干部，就会咬咱几个光棍汉的屌子，逼着去唾牛屁股。哼，我这辈子不劳动，谁敢把我咬一口。来来，咱弟兄们今天好好地玩个痛快。”

李明先甩了烟头，跳到地下，拉开早已陈旧褪色的单扇门。太阳照得满山血红。他觉得肚子发饿，浑身乏困，小腹一阵收缩，一股气体从消化管的末端排了出去，发出沉闷的响声，震荡着空空的窑洞。众光棍吃惊好奇，为一个屁的响声大笑起来。

“呸，臭死了啦。哈哈哈……”

“狗日的，笑啥，屁大的事也装不住。”李明先感到二光棍他们有伤自己的脸面，“老子再不和你们这些家伙打交道，往后少来。”他说他曾工作过十多年，啥大世面都见过，啥大人物也遇过，还没遇着连一个响屁也装不了的小人。

“嘿，又摆开官……官架子了。老伙计，光棍还嫌……嫌棍光哩，干部成了受苦汉，连咱这平顶子也不如。就说你老弟吧，当年在台上，手里握个本本，嘴唇一咧，说得比唱……唱得还好听。”二光棍脱下布衫，翻来翻去捉着虱虫。往死掐一个，说一句话，然后再捕住一个虱虫，往死掐着。“凤凰落架，就该学鸡……鸡样。打光棍也要打得像个样子。有老婆，有孩子的，是男子汉，死了后照样进……进棺材。咱光棍一条，也是男子汉，死后还不是入土……土进坟。”

“一个人活得最自由。”丑笛子拍了拍二光棍的光脊背，嘻嘻地一笑：“谁能管住咱？我就喜欢耍牌，成一个三十弧的全红片，一回赢十几元。猜住一宝红星，能闹大几十块。这生活多好哇。”

“对，咱们‘光棍委员会’的任务有三条”，三癞子挤眉弄眼，朝李

明先龇着牙哼着小调：

男人嫖赌喝烧酒，
死了做鬼也风流；
女人嫁汉不害羞，
只认票子不认球。

“放屁！”李明先一听三癞子是讥讽他，一股怒火直冲脑门，“不嫌害臊！”

“害臊？”三癞子溜下炕沿，闪电般地夺过李明先又刚点着的一支纸烟，吸了一口。随着两股青灰的烟柱射向李明先，他抹了把脸颊说，“你赌不赌钱？喝不喝烧酒？搞不搞女人？老实说，我就搞女人。搞过‘烂花鞋’刘花瓶。嘿嘿，好几十次呢。你不搞，我就不信。你离了老婆这几年，真的就没有和一个女人睡过觉？鬼才信呢。嘿嘿……”

“狗日的，老子要你的脑袋。”李明先的脸颊烧得发烫，挥拳就打三癞子。三癞子把个光滑的和尚头抹了一把，伸到李明先的怀里：“给，我这颗夜壶不值三分钱，砸烂我就不活了。”

李明先的拳头举起，好一阵子落不下来，又急又气，在地下团团转。

三癞子乘势又数落傻笑李明先，“老弟，你还自命清高，啥转业军人？啥回乡干部？啥共产党员？呸，人家谁把你当转业军人和回乡干部看？光棍就是光棍，二流子就是二流子。天底下打光棍的不是光咱几个，有啥不好？”

李明先摇晃着身子，像尊泥塑倒在旁门喘着气，一句话也说不出来。虽然，他像他的引路人牛珍那样，开口“狗日的”长“狗日的”短，默认了自己是二流子、兵痞等难听的外号，可是，要把自己与那些乱搞男女关系的男人相提并论，他不能接受。

李明先父子俩的生活越来越艰苦。

他毕竟吃了十多年公饭。当年的热情似乎又激发出来。当年他回农村时认为当农民比当干部好。现在，他后悔了，无法追回已失去的工作证，只得在他人的驱使下，三天打鱼、两日晒网去田里挣工分。“二流子”“兵痞”的名声，他慢慢地听习惯了，也不觉得害臊和刺耳。只是无法忍受寂寞的光棍生活。

是啊，女人都不是人。但是，她们又为啥有那样大的吸引力使所有的男人钻她们的被窝？他想起了女人。他在耍赌热闹之后，又想到了自己的孩子。田林该有个安定的时间，进校读书。

李明先开始把自己的寄托往下一代身上转移。“老子打光棍也要有点儿骨气！”他把儿子从李家沟接回来，再一次报了名，叫儿子继续读书。而儿子却不愿去学校，他发脾气，骂儿子不争气。

“为啥不去，非去不行，好好地读书。给老子争气。”

“他们欺负我。”李田林给爸爸说到学校受大个子欺负。

“不怕，谁敢打你，我揍死他们。”李明先哄着儿子。

李田林听得爸爸叫他念书，嘴上说大个子欺负他，不去学校，心里却高兴。他忙寻火柴，点着小煤油灯，订着本子。夜已很深，他脱衣睡下后，怎么也睡不着，盼望天快点亮。突然，门“砰”地开了，接着有人问：

“老伙计，走，到司令家玩一玩。”

“狗日的，老子不去，输的连一分钱也没有了。”

“嘿嘿，走吧，输了，有老公家给你救济，怕个啥。”

李田林听得三癞子缠着爸爸去赌钱，一口吹灭了灯。李明先也脱了上衣，和儿子一块睡下。“三癞子，今晚老子不去了，你们耍吧。”

“二流子，前几天，一喊你就到，今晚为啥不去，嘻嘻……”三癞子刚进门时见灯亮着，突然见被窝里的一个人把灯吹灭，也没看清是谁。他脑子里马上产生下意识，肯定是接回哪个婊子。“二流子，兵痞，老实交代吧，把谁家老婆拉到了被窝？还装好人哇。”

“狗日的，我日你祖宗，老子拉回谁来了？”

“二流子，你不要打肿脸充胖子。”三癞子摸黑走进来，两手伸进了李明先父子俩的被窝，抓住了一只细柔的小手。他倒退两步，尖叫一声，

“哎呀，狗日的，抱的谁家的姑娘……”

“哇……”李田林吓得哭出了声。

李明先光着上身跳下地，“啪”地一掌，赏了三癞子一个巴掌：“你把老子看成了啥人，我打死你这个嫖头。”

“哎哟哟……”三癞子捂住火辣辣的脸颊，听出是李明先儿子的哭声，明知说错了话，又羞又疼，只好赔情。

灯又点着了。三癞子缠住李明先不放，说二光棍家今晚有酒有肉，摆开了好战场，催促他快点儿去，迟了就连油汤也沾不着。李明先一听，火劲退了大半，嘴上说不去，而往身上穿着衣服。他叫儿子好好地睡觉，不要害怕，自己跟着三癞子走了。

清早起来，李田林与狗蛋一起相跟着到学校念书。怎么能不高兴呢？早晨的清风和雨露滋润着童心。沈亚芳老师双手抱起他，放下；又抱起，再放下。心情久久不能平静。这是她的神圣职责。她看着李田林的神情，明白了这孩子的心思：“不要怕，谁再欺负你，我决不轻饶。”

李田林一言不吐，只是低着头揉袄襟。沈亚芳把他抱到凳子上，而后开始上课。阳光射进窗口，照亮教室戴着红领巾的孩子们整整齐齐地坐着，一双双黑眸子盯住黑板。沈亚芳今天十分激动，打破正常的课程安排，在黑板上写下一首孩子们唱了无数遍的歌词：

社会主义好，
社会主义好，
社会主义国家人民地位高。
反动派被打倒，
帝国主义夹着尾巴逃跑了。
全国人民大团结，
掀起了社会主义建设高潮，
建设高潮——
……

写好后，她叫每一个一年级、二年级的学生往本子上写一遍，再读一遍。然后，又叫一至六年级的四十多个学生全体连唱三遍，背三遍……洪亮的歌唱，激发了孩子们的读书热情。

可是，李田林只读了七天书，爸爸赌博欠下二光棍他们二百多元，没法还清，只叮嘱让他快去找爷爷，忙扔下他，就偷偷地溜走了。他收拾好课本，告别了沈老师和狗蛋他们，独自去了李家沟。

第十章　老鼠出洞

一九六六年三月。

李家沟村发生了几件奇怪的事情。先是农历正月十五那天，李田林的独眼奶奶患腿肿病不到十天，还没来得及请医生治就病情恶化，浑身浮肿得像一头吹鼓的肥猪，躺到土炕不能动弹，滴水不进，吃啥吐啥，第十天头上就断气合眼了。三天后，安葬了老人，过老年时刚结婚的李田林的三叔父李明连嚷着分了家。按爷爷的说法，奶奶的死，是得了邪病，是惹恼了山神爷。因为一只眼的瞎眼奶奶去年秋天某一日，到驴尾巴峁搂柴，遇到一只狐狸撒尿。那只狐狸是公的，提起一只后腿，面朝奶奶，露出那玩意，似一个大男人一样，一摇一晃耍流氓。奶奶气急了，抓起土疙瘩投过去。公狐狸放下后腿，"嗷嗷"叫了两声，扭头跑进深沟。奶奶回家给爷爷说了公狐狸对着她撒尿的过程，爷爷说可能奶奶上辈子是只母狐狸，欠人家公狐狸的情。奶奶说爷爷是耍笑她，嫌她丑，人老了。爷爷认定撒野的公狐狸是山神爷显身，是奶奶搂柴触动了山里的"土地神灵"。

李田林的奶奶死了后，爷爷更坚信他的看法是有道理的。要不然，奶奶右大腿黑豆粒大的一块红斑点，刚十天就扩散肿遍全身，还要了奶奶一条老命。奶奶其实还不算老，才五十八岁，只是嫁给爷爷时还不到十四岁。十六岁就怀孩子，生养下大叔父。奶奶的死，使平日里说话多的爷爷变得少言寡语，放羊回到家，翻看着那本黄纸书，用毛笔蘸着墨汁，往一堆枣木片写字。每一块枣木片，只有萝卜片大小，写的全是"安土敬神"四个字。写完了，爷爷提着柳条筐子装着枣木片，先在窑洞门旁各放一片，而后到院外的猪圈墙、羊圈墙、鸡窝旁、石磨下、老榆树下……各挖一个小坑，把枣木片埋进去。爷爷这样做，是为了不让奶奶的悲剧再次发生。

李田林相信爷爷埋枣木片的做法是对的。一定能制服和镇住山神爷，不会让活着的大妈、婶子，以及刚结婚的三妈她们上山时，也会遇着公狐狸撒尿的晦气事。由于奶奶的死，李田林的爸爸过了正月十五一直不能回李家庄。李明先一直打光棍，过着三天在村、两日外出的游荡日子。李家庄生产大队虽然条条框框制定不少，不准社员请假出门外遛，不允许到外面搞副业和做小本生意挣钱，可对李明先这样吃过公饭，又有“兵痞”外号的特殊社员，实在是没有办法管理。李明先是文化人，见过世面，啥道理也懂，对爹妈还是有孝心的。李田林奶奶的不幸，对他是一个不小的打击。他十分清楚，老妈的命丧黄泉，最痛心的是老爹，最受伤害的是他的儿子李田林。自从贺秀丽离婚走了，他能自由自在地想走就走，想去哪里就到哪里，是因老爹老妈健在，给他抚养儿子。如今，老妈不在人世了，四弟明富和小妹水莲还都未婚成人，老爹肩头的担子不轻，再把儿子推给老爹照管，老爹能照管了吗？

老妈啊，您老人家走得真不是时候，您真的像老爹说的，是前世欠公狐狸的情感债？李明先来到李家沟村对面黄土山峁不远处的另一座山峁，跪到老妈坟前，烧着纸钱，揉着发红的眼睛，不紧不慢地磕了三个头，心里对老妈说：老妈啊，别怪儿子不孝，儿子也很想给您老人家争气，当干部，有出息，让您过上好日子，将来有一日，儿子带着您和老爹到省城、北京逛一回，看看外面的世界。可是，天下之大，世事难测。国家的政策一天一个变化，儿子就是长飞毛腿也追不上。老妈啊，儿子当年若是不参军去西藏，一直在地方干到现在，倒霉也混个人民公社的头头。就是到了西藏，在那些当官的手下坚持熬三年，也当上了连长、营长啥军官的。儿子就不信，我就是个打光棍命、赌博命、穷汉命、叫人家看不起的二流子命。老妈啊，现在机会又来了。国内形势一派大好。外面都在喊着关心国家大事，将革命进行到底。啥叫革命，革命就是重新当干部，吃公饭，挣工资。自古忠孝不能两全。儿子要把田林留给老

爹，再给您守三天墓，烧三天纸，磕三天头，就要响应祖国的召唤，离开老爹和大哥、兄弟、小妹他们，到革命最需要的地方，肩负起光荣使命，干一番轰轰烈烈的事业……儿子还年轻，才三十岁……

李明先在老妈的坟头表了一番孝心和信心，离开坟墓时，来了一场小阵雨，淋得他精神格外爽快。他是在李家庄村大队订的报纸上看到许多形势变化的信息。一场史无前例的革命马上就要来临。他还没有完全消化了那些革命字眼的全部内容，偏偏四弟明富跑来李家庄找他，传来了老妈病危即将离开人世的坏消息。他不信鬼神。他认为他是无神论者，在这方面与老爹是两种世界观。李明先一边走，一边想着再次参加革命的设想和前景。回到李家沟时，小阵雨结束。雨过天晴，正是晌午。老爹今天没有去放羊，四弟明富代替老爹赶着羊群进村后面的驴尾巴峁了。小妹水莲已经做熟玉米粒、黑豆和菜饭。儿子田林正在地下的躺柜旁，伏到老爹怀里，一起翻看老掉牙的黄纸书《地理五卷》。

"爹，又给田林教老八股。那里面写的是迷信，全是牛鬼蛇神的东西。"

"谁说的？这是老祖宗留下来的宝书。东、西、南、北、中，金、木、水、火、土。谁为大，谁为先，谁为正，谁为贵，谁为真，这里面都有提示。山、水、江、河，草、木、花、叶，天、地、阴、阳，贫、穷、富、贵……一切都在命中注定。明先，记住，爹给你说过，田林这孩子命好，一定要想办法让孩子上学读书。唉，你一年四季，东跑西转，不务正事，要耽搁田林的前程。"

"爹，我正是要和您商量田林读书的事。我准备第二次参加革命工作，暂时让田林再和您老人家住着，等我找到工作，有了稳定的工作环境，再回来接田林。"

"你又去革命，爹不反对。可你穷成这个样子，不吃公家饭几年了，公家还会再要你这种好吃懒做、赌博遛道、游手好闲的人？你看你，自从被政府精减回来，哪还像个当过国家干部、当过兵的人？！唉，这是命。穷命。老二，认了吧。"

"爹，您怎么也看不起自己的儿子？我倒霉的是后悔当初不该回农村，听那些狗日的当官们的大话、屁话。啥回乡闹革命是响应政府的号召，建设社会主义新农村。狗日的，说得好听，他们怎么不‘响应’？爹，别提了，全怪那个臭女人拉后腿造成的。要不然，我就是在西藏待下去，也能混出个人模样来。”

“唉，你还怪秀丽。田林妈是不好，是不该做那种败坏家门的事。可她人比你有心眼，有远见。这一点上，她比你看得准。秀丽当初就不愿回咱这穷土圪塄，而你就是当男子汉没主意，硬把秀丽拉回山沟沟受死罪。她是喝黄河水长大的，是大村大镇子里出来的姑娘，是读过师范、当过教师的女人，还攀配不上你？再说，秀丽给你生养下田林，再不好也是孩子的亲生妈。你倒逞强好胜，抖威风是堂堂正正的男子汉，为咱李家争个好名声。老二，如今该头脑清醒了吧！打光棍，不好受哇。你看看，你妈走了刚几天，爹心里就空空的。爹才六十岁，不知啥时跟着你妈去——”

“爹——”李明先正要和爹争辩，证明自己走到“二流子”“兵痞”的地步，责任就在离婚走了的贺秀丽身上，突然，门外传来“轰隆隆——轰隆隆——轰隆隆”的三声巨响，震动得窗纸抖动，墙壁铁丝钩上挂的勺子、铁匙、筷子盒都摇晃起来。李明先急忙跑出门外，李锁平也手拖着孙子田林快步走出院外。李家沟头顶四面大山撑起通红的太阳血红地吐火。刚才下过小雨后，云彩散去。这片不大的浓云是从西北方向飘来的。李锁平手搭额头上面，仰头避开太阳热光，惊慌不安。这真是奇怪了。农历二月就响春雷，而且云彩只有一面打谷子场大小，怎能响起这么大的雷声。李锁平老汉正发慌着又对二儿子父子俩解释二月响雷的不祥之兆，紧接着天空又是三声“轰隆——轰隆——轰隆”的响雷劈下来，惊吓得田林急忙双手捂住脑袋，蹲在地下。李明先也大惊失色，忙弓腰护住儿子，对春天里响旱雷表示出满脸疑惑。

“奇怪了，简直是晴天上响雷。手巴掌大的一团乌云也能打雷。”他的话音还没落，猛然一声“咔嚓”，院子内靠羊圈旁土墙的大榆树上一枝胳膊粗的榆树枝掉到地下，刚泛青快要结出的榆钱嫩芽抖落地面。

“快，躲开！”李锁平老汉惊恐地呼喊着，已来不及躲闪，急展开双

臂，用身子护住二儿子和孙子。榆树枝干没有砸着李锁平、李明先、李田林一家三代人。只是榆树枝梢扫着了父子、爷孙的衣服。往起推压在身上的榆树枝时，李明先的左手背被枯黄的一枝小枝划破了黑豆大小的一点儿皮，溢渗出一滴血。好在老爹和儿子没有受伤，也未被榆树枝划破脸皮、手背。李明先长长地出了口气，一个劲地喊："怪事，怪事。"

"是怪事。爹活了六十岁，还是头一回见天上有红格彤彤的太阳就响雷。"李锁平搂紧孙子，看着被响雷劈下来的榆树枝，接着在窑洞里对二儿子说的话题说，"老二，听爹的话，别再去搞你那啥'革命'了。自古以来，公家饭，谁不想着吃。你十四岁跟着牛珍书记参加工作走时，爹就盼你成个才，有大出息，成个龙，变个虎的。不行哇，别再折腾了。好好地回李家庄，听人家生产队干部指派，弯下腰来，参加劳动。生产队穷是穷，产不下多少粮食，可也比爹小时候好。旧社会，民国十八年，天大旱，光咱老家李家庄就饿死三十多口子老少。如今，大家凑合在一起劳动，是有些出工不出勤，你干他不干，腰来腿不来，磨洋工，混日子，但只要大家一条心，劲往一处使，不你争我斗，互相乱嚷瞎吵，这穷日子总会熬过去的。李家庄土地多，人口少，大都是咱姓李的，最远的也没出了十辈子。你一个男子汉，有腿有胳膊的，养活一个孩子，还吃不饱个肚子？"李锁平老汉还要继续说下去，见到沟底担水的小女儿水莲挑着铁桶走进院子，接着，上午出工耕地的大儿子李明则、三儿子李明连、侄子李明全和他们的媳妇，还有几个孙子，听到突如其来的雷声，都相继跑来，大家站到院子内，都对农历二月早响雷表示出惊慌和置疑。他们看着坠落地下的老榆树枝，更是对雷声表示出害怕的神情。

大儿子李明则唉声叹气说："一定是妈在阴间过得不舒畅，连个烂土窑也住不着。我就说嘛，咱弟兄几个再怎么穷，也给妈做一个纸糊的住房，请石匠，修建一座石墓。这倒好，准是妈发脾气，怪咱弟兄几个不孝。"

"对着哩。说不定是公狐狸成仙作怪哩，嫌咱给妈出嫁陪的彩礼少。"李明则的老婆讥笑着说。

"胡扯。再糟踏妈，我打死你。"李明则手拿着牛鞭，朝老婆瞪了一眼。

一家人正七嘴八舌，议论着春天的闷雷劈断榆树枝的征兆，忽然，李田林双手捂住脑袋，蹲到黄土院内，一会儿喊叫着说头疼，一会儿又说胸脯痛。李锁平抚摸着田林的头问，是不是让榆树枝砸了头引起秃疮发作。李明先也着急地抓摸着儿子的胸脯，也以为是榆树枝坠落下来打了儿子。一时间全家人，又把视线转移到李田林突发头疼、胸疼的急病上来。李田林呻吟了一阵子，站起来跺了跺脚说："不疼了，不疼了。就是有点儿痒。"

大家见田林不喊叫疼了，也就放下心来，又扯到雷劈老榆树与田林奶奶病死的话题上。天空的云团全被西北风吹走了。一个朗朗的春天的天空。他们各自回家吃过中午饭后，李明则和他的老婆、李明连和他的新媳妇，又都挤到老爹的窑洞。他们是来安慰老爹的，毕竟老爹已经是六十岁的人了，老妈这一走，永离人世，最受困苦的还是老爹。因为是父子村一个生产小队，老大李明则任生产小队长，上午赶着两头牛去山上耕种春豌豆，下午也就没啥营生可做。李明则说下午放假，陪老爹在家，正好老二明先也在家，弟兄几个也说说家常话。李明先刚又想提把儿子田林留给老爹，自己准备出远门，二次投身"革命"的事，突然，地下左侧的躺柜圪塄、右侧的水瓮圪塄，"嗖——嗖——嗖——"三只灰溜溜的东西窜出，大家都惊得叫喊起来。

"哎呀，老鼠！老鼠！"

"天哇，真是老鼠。"

三只老鼠，每只腰部有大人的小胳膊粗，身长一筷子，跑出地下，瞪着眼睛，疯了似的乱跳乱蹦。有一只窜到李田林脚底，"吱"地叫了一声，跑出门外。另两只老鼠也几乎像受惊的小兔，连跳带滚，窜出了院子。大家还在惊呼发傻时，又有好几只大小不等的灰褐色老鼠，从窑洞地下的鼠洞窜出来，嘶喊着相伴着逃出外面。

"奇怪了，大白天的，哪儿来的这么多老鼠？……"

"是哇，爹住了几十年，也没见过成群结队的老鼠，会白天当着人的面，跑出来叫喊。"

“老鼠白天往飞跑，是有说法。我听娘家我奶奶活着时说，老鼠白天出洞，一起乱窜，国家要出大事，与村与家没啥事。”李明则的老婆忙解释着老鼠白天成群出洞的吉凶。

“对对，有一定道理。《万法归宗》里就有老鼠为啥乱窜的记载。”李锁平走到门槛，望着满院子还在乱窜的老鼠，脸色变得十分难看，“《西游记》里也有老鼠成精的故事。唉，不是好兆头。穷山沟也不能安静了。”

“我不信。老鼠还能成神，闹翻天。”李明先顺手拿起门旁的柳木顶门棍，用力扔出门外，大声喊道，“老子捉住，就当下酒菜吃了。西藏平叛剿匪时，我还吃过死猫头鹰肉。”

“瞎说。还称好汉。”李明则埋怨老二说话不吉利。

大家正在议论着老鼠成群往外跑是祸是福，突然，李明全夫妻俩和几个孩子也慌慌张张跑来，说他家住的窑洞和放柴草的窑洞里一下子跑出几十只老鼠，像赶会一样，跳上窜下，把院子外的鸡娃子都惊吓得乱飞乱叫。不得了啦，是不是天上的雷公把地下的老鼠都给赶出来，要搞啥老鼠集会。全村老少还都在说老鼠出洞引出的怪事，又见关在院子内牛圈里的两头牛，也“哞哞”地叫着，挣脱缰绳，跑出圈外，翘起尾巴，往山坡上奔。这下子连李明先也给惊傻了，不敢说不信神的大话。整个下午到天黑，李家沟父子村老少的话题都围绕着响雷、老鼠出洞、牛拱圈上。他们的看法基本一致，不是李家沟村有神鬼作怪，就是外面的世道要变了。天完全黑暗下来时，李明富赶着羊群也慌慌张张回家说：“大拧角”“花四面”“白脑星”“小弯角”“黑肚皮”等领头羊，白天在驴尾峁寻着吃嫩草芽，几次像有人后面追赶着，不管是崖还是沟，乱跳乱蹦，差一点儿掉下高崖摔死。李明富往羊圈里赶羊，所有的羊子都不往圈里走，坠着屁股往外退。羊圈里好似有狼，惊吓得羊子耸耳“呲”鼻子。

羊子不进圈，牛不进圈，鸡也不回窝，狗也乱咬，连猪也哼哼着要往圈外拱。而老鼠到了夜晚，更是活跃得到处乱窜。整个一个通宵，李家沟父子村鸡犬不得安宁。牲畜反常，动物变异，搞得一大家子人只能在窑洞土炕内聚一阵子，又点着蜡烛到院子外追牛赶羊。到了后半夜，西北风刮起，给春天增加了寒气。李田林在院子外冻得直哆嗦，又难受地说头疼、胸脯痛。李明先抱住儿子，看着动物乱窜的情景，显得狼狈不堪。难道李家沟村真的是有鬼神作怪？

直闹腾到天快要亮的时候，李锁平和他的儿孙们，几乎同时都感觉到土质的院子晃了几晃。好像老榆树枝都在摇摆起来。只有那么喘几口气的工夫，院子不摇了，老榆树枝也不摇摆了。

“不好，是地震。”李明先第一个反应过来。抱起儿子，以最快速度，跑到院子正中，呼喊着还在窑洞内的所有亲人到院内。

“快，土牛翻身了。”李锁平手忙脚乱地呼喊，“老天爷哇，保佑我李家全家人平安无事，躲过这一灾难。”

其实，土院子再没有摇晃，老榆树上的枝梢也未见摆动。成群的老鼠经过大地一摇晃，反而一眨眼间，不知跑到哪儿去了。羊子开始陆陆续续入圈，两头牛也进了圈棚。鸡不再飞，狗不再咬，猪不再哼。太阳满山红遍的时候，李家沟又恢复了往日的平静。

三天后，李明先到王塔公社走了一趟，回来李家沟时带着一份报纸。他向老爹和全家人说，报纸上都登了，阳历三月八日早晨那天，在离咱这地方一千多公里之外的河北省邢台地区发生了6.8级地震。时间是5时28分。死伤多少人，报纸上没有介绍，估计不会少。看来，老鼠这东西不是一般动物，能测出地震来。李明先的老爹听了，还是心有余悸，觉得远处的“土牛翻身”，与老鼠出洞和牛羊鸡狗闹圈不是一种简单事情，若没有神仙和妖魔作乱，黄土地怎么可能就会摇晃起来？

是啊，李明先也感到有些不可思议，老鼠和牛、羊、猪、狗、鸡这些动物能够预测出来地震，那为啥人就不能预测地震呢？他想着想着，突然心里“咯噔”一下，看着患秃疮的儿子，想起地震之前儿子头疼、胸痛的症状来。他抱起儿子，抚摸着额头，溜到嘴边的话又倒回去。自己的儿子，又不是老鼠牛羊，与地震有啥关系。他必须马上二次参加工作，不光给自己谋求一条出路，也为儿子创造一个好条件，离开这个穷地方。这么一想，为自己不能给儿子创造一个上学读书的环境而愧疚起来。不行，一定要走，去王塔公社，去县城，找熟人，找牛珍老书记，重新参加工作，革命出一个样子来。他摸了一把儿子的裤裆，笑了笑，“小子，牛牛又长了吧，嘿嘿，给老子再背一遍。全世界的国家在身上的哪些地方？全国省市怎么个记法，能在肚皮上找到吗？”

“能找到。二十二个省，三个直辖市、五个自治区，比二百多个国家和地区好记多啦。”

“行哇，给你爷爷和老子背一遍。”李明先放下儿子，对老爹说，“田林能在自己的身上，标出全国各省市、自治区的位置，还能找到全世界各国来。”

“嘿嘿，田林，给爷爷找一找，让爷爷看一看，咱们国家有多大，全世界的国家都在哪里。”李锁平听得二儿子夸奖孙子，心里自然高兴。他认为二儿子明先是挑好听的话让自己开心，根本不可能在孙子身上找到啥国家和地名的。

李田林见爷爷和爸爸都挺欢喜，抿了抿嘴，思索了一会儿，用两只手比画着、指点着全身的每个部位，不紧不慢，有节奏地背开来。“左胳膊是东北部，有黑龙江、吉林、辽宁；右胳膊是西部，有甘肃、青海、宁夏回族自治区、新疆维吾尔自治区；左大腿是东南部，有江苏、浙江、上海；右大腿是西南部，有四川、广西、云南、西藏；脑袋是北京，左耳是内蒙古自治区东部，右耳是内蒙古自治区西部；左胸是河北省，左肩是天津市，右胸是山西省，右肩是陕西省北面……河南省，还有湖北佬……都在两条大腿中间倒连着。”

“哈哈哈……”

“嘿嘿嘿……”

“嘻嘻嘻……”

“有出息。好，老二，革你的命去吧。田林由爹和你哥你弟他们一起抚养。”李锁平摘下田林戴的帽子，轻轻地抚着秃疮，又捏捏孙子的耳朵，抓起两只小手，展开手掌，看过来看过去，欢乐的胡子一抖一抖的。他是不喜欢二儿子好吃懒做、赌博喝酒的坏毛病，更是生气二儿子毒打媳妇、离老婆的做法，但对二儿子采用奇招给孙子教字学本事，十分满意。田林是个怪孩子，聪明，娘胎里带的好命，就是遭逢了一对不争气的爹妈。新时代的年轻人，动不动就情呀、爱呀、恨呀、仇呀的。夫妻过日子，谁家不磕磕碰碰，争争吵吵。就是女人真外面有了野男人，只要改了，再不做败坏家门的瞎事，也就忍着闭住眼，全当没发生。何必非要认真，像仇人一样，闹得你死我活，各奔东西，连家和孩子都不管。李锁平老汉心情很复杂，既看着孙子心疼，又叹惜二儿子没给他争光。尤其是老婆刚死了不到一个月，面对还没有成家的四儿子明富和小女儿水莲，胸口好比压着一块石头，闷得气都出不上来。人啊，这一辈子，图个啥？庄稼人，讨老婆，生孩子，种田，过日子。公家人又为的个啥？忧国忧民，安邦兴国，争名夺利。唉，难哇！家事，国事，天下事，人人都有难事，忙不完的事，做不完的事，了不完的麻烦事，当紧事、喜事、愁事……

李锁平老人赞成二儿子到外面找工作的做法，只是等老妈安葬满三十天后，再去“革命”也不误事。李明先一口答应，趁着在李家沟多住几日，一来表达对老妈死后的孝心和怀念，二来也给儿子教得多识些字，增加知识。他对老爹交代，尽可能让李田林跟着大哥的二儿子他们一起，相跟着到李家峁村上学。李锁平老汉同意二儿子的意见。

就在李明先等着老妈过一个月安葬祭奠日的最后几天，李家沟又接二连三发生了老鼠成群出洞乱窜，牛、羊、猪、狗、鸡不进圈窝，到处乱跑乱叫的不正常现象。说来也怪的，李田林的脑袋、胸脯、肚子、甚至胳膊、双腿，也一阵一阵地疼痛开来。有一天半夜里，李田林竟说梦话，醒来时，耳朵烧，眼皮跳，鼻子都一扭一扭地左右抽动。

对此症状，李明先认为，儿子是特殊肉体，一定又要发生地震，不必惊慌。

李锁平却摇头，不对，这是因为孙子的火命太硬，太贵重，不知引起哪路毛鬼神和妖魔的忌恨，搞“土牛翻身”，有意给他的孙子设置灾难。

果然，两天后的三月二十二日下午，李家沟村四周的山坡摇晃起来，且比前一次还摇晃得厉害。过了一天，李明先给老妈做完了死后三十天入土上坟烧纸的祭奠，又到王塔公社、杨洼公社走了一回，从报纸上看到，方知那天下午整个北原县都发生了地震，但不是地震中心地带。地震最强烈的地方与上次一样，是在上千公里之外的河北省邢台地区的宁晋县。是一次7.2级的大地震。据王塔公社和杨洼公社传达上面印发的地震情况通报：估计两次地震死亡人数超过八千人，受伤三万八千多人，经济损失十多亿元。

报纸上还公开报道：国务院总理周恩来亲自去了灾区慰问。

李明先对老爹说：报纸上介绍了，地震是自然现象。不是牛鬼神蛇作怪。

李锁平对二儿子说：地震就是“土牛翻身”，要么就是土地爷、山神爷、阎王爷等诸神乱世。

李明先又对老爹和大哥李明则、三弟李明连、四弟李明富、小妹水莲和堂哥李明亮他们说，反正，不管是自然现象还是神鬼做怪作乱，地震已经过去，老妈的一月死亡祭奠日也过了，他是不能在家待下去，必须到革命最需要的地方。他还年轻，又有了农村生活经验，一定会干出一番名堂来。

李锁平对二儿子叮嘱：去吧，出去把身上的“二流子”灰习气好好地改一改，别再老是叫人家骂“兵痞”。

李田林也对爸爸说：爸爸革命走了后，他听爷爷的话，好好地认字，好好地读书，好好地背中国和全世界的地名。

……

李明先怀揣着他想的那个“革命”，爬上了李家沟村对面的黄土坡。

第十一章　土里捡豆

爸爸"革命"走后，好长时间没有回李家沟看望望爷爷和他，还有大叔父、三叔父、堂叔父、小姑他们。他头上的秃疮越来越严重。后脑勺、两鬓、脑门顶生遍了秃疮。秃疮淹没了头发，流淌着脏臭的浓血，侵袭着每一根头发。他习惯地用手掌拍，指甲抠，烧热水洗。他也没有能相伴着与俊宝、俊利弟弟到李家峁村读书。俊宝和俊利左臂都戴着红小兵袖章，有时去学校，有时一星期也不去。李家峁村学校的老师说不敢接受他这个学生。说他爸爸乱"革命"，有一次半夜来李家峁村，带着一帮子人，"革"了队干部的"命"。爷爷知道这事后，气得唉声叹气。不争气的老二，跑回李家峁村"革"啥命？折腾得连孩子都不能上学。他只能跟着爷爷，抄起放羊的鞭子，面对深深的大山爬上去，滚下来。李家沟背后的驴尾巴峁的阴洼洼里的红山丹凋零了一次又一次。他爱慕的"大拧角""花四面""白脑星"母羊又生养了年轻的小羊羔，先后结束了它们的生命。他在爷爷的教育下，懂得了不少道理。尽管他没有进学校读书的机会，可他一直订着课本，靠爷爷和俊宝、俊利给他教字。他学会了查字典，打算盘，还能看懂一些爷爷的黄纸书和爸爸的那些杂书里的内容。

在这段长长的日子里，他回李家庄跑了几回，共住了一个多月，有机会进了几次校门，听沈亚芳老师讲了几节课。

在李家沟，他见到过爸爸。爸爸"革命"很勇敢。那是在秋天的某一日，爸爸身穿草绿色军装，臂上戴着红袖章，与十几个人抱着一捆捆纸，提着墨汁桶，拿着扫帚般的笔，端着一锅的糨糊……前面的人贴，

后面的人写，一张张白纸上写着黑字的整张纸贴遍了每一道墙壁……爸爸忙得连饭都顾不上吃，带领着一帮青年人在学校院子里召开大会。

又是一个春天的三月，李田林还在李家沟的爷爷家吃住着。他已看出来，虽然爷爷疼爱他，偏爱他，四叔父和小姑亲疼他，可是自己长时间吃住在爷爷家，心里总是觉得不是滋味。他渐渐地明白了爸爸和叔父之间存在着的差别。他想着想着，思念起爸爸来。

“爷爷，我要去找爸爸。”

“唉，别听你四叔父瞎说，爷爷活一天，你就住一天。”

“我想爸爸……想念书。”

“你爸爸不在家，不知跑到哪里去了，回去李家庄吃喝啥？没吃没烧，还念个啥书。好孩子，听爷爷的话，等李家峁村的老师回来了，爷爷送你去上学。”

“我不去李家峁念书，我要回李家庄上学。——”

“回……唉……”李锁平老汉说一句话，唉三声叹两声，止不住流出泪来。他叫田林去李家峁村念书，是自己在哄自己。他明明知道，从去年后半年以后，杨洼公社、王塔公社、枣林公社的小学都停课了，老师们都忙顾“闹革命”去，哪里还顾得上开课教学。他的另两个孙子俊宝、俊利到李家峁村小学读书，也是在校瞎闹哄，学不来个啥。即使李家峁村正常开课，田林也是不能去的。四小子明富长高了，他老汉说话不再是说一句顶一句了。儿女们长大后，一个个违背了“三纲五常”的做人道理。三天前，李锁平去杨洼公社所在地的供销社买食盐、点灯油、火柴之类的生活品，被山外面发生的事情惊得目瞪口呆。天老爷，世事变了。他这个半截子“算命先生”也要倒霉了。一支支打红旗、拆庙宇、打神像、收古董的娃娃队伍，挨村挨户搜。他从杨洼回来后，赶快把黄麻纸书放进箱子，藏到不住人的烂窑洞里。李锁平最关心的还是他的“一品官命”的孙子田林。他相信古人写的书是有科学依据的，不能不信。眼下，田林还不能进校读书，他心头沉闷不解，满腹心思，把田林搂在怀里，揉抚着患秃疮的头，无奈地长出了一口气。“好，爷爷送你回李家庄。”

“爷爷……不用你送，我熟悉路。一会儿就回李家庄了。”李田林实在不愿离开爷爷！心窝里酸楚楚地难受。过了好长时间，他从爷爷的怀里挣脱，装好他经常带在身旁的书本。

李锁平寻的两条白布袋子，拿起老碗，走到米瓮旁，揭开盖瓮的圆石盖，手伸进去。

“爷爷——”李田林拽住爷爷的手，“我不带粮，我——”

“好孩子，带着，你是吃爷爷的米。谁也管不了。”

“爷爷，留下米叫四叔父和小姑吃，他们吃了能劳动，能产很多粮食。”

李锁平老汉双手抖动着，老碗里堆起的金黄色小米粒掉到了地下。“孩子，听爷爷说，回去李家庄，若是你爸不在家，过两天，就回来找爷爷。”他推开孙子的一双小手，分别把小米和豆子装入两只白布袋子。而后反复叮嘱，“烧火做饭，小心烫手。晚上睡觉，把门关好。出去村院里，千万别跟别的孩子吵嘴打架。不认识的字，查字典。”李锁平摸着田林的头说，“一天用热水洗一次，洗头时，热水里放点盐，消毒，伤口不化脓。记住。”

李田林心里默默地记着爷爷的话。半前晌了，他揪着小米袋和豆子袋，出来院子，又跑去羊圈栏门口，看了看他熟悉的“小拧角”“小弯角”它们，噙着泪花，向握起羊鞭子的爷爷看了好一会儿，才调头出了敞开的墙口，下了土圪塄，跳过土渠，抬起脚步，向村子对面的大山爬去。他爬上山顶，止住步，又回头俯视着赶着羊群下了村子背后深沟的爷爷。他感到目光凝滞，浑身的血管梗阻了一样。他似乎懂得了做爷爷的亲孙子的道理。

他终于看不见爷爷和羊群的影子，抹着泪珠，背着米袋、豆子袋，掉转身朝西边的弯曲土路走去。走了不到三里路，忽然听到背后传来叫声：

“哥哥——哥哥——”

“田林哥——田林哥——”

开始他以为是叫别人，随着喊声越来越高，听到了追赶的脚步声。

知道是谁在追赶他，停住脚步，坐到一个土塄上，放下小米、豆子袋子。

“哥哥，怎么悄悄地就走了？”

“哥哥，你不能回李家庄去。”

李田林瞭眼两个堂弟，低下了头，没有说话。

“哥哥，回李家庄要受饿，住在我家，给我们讲故事。”

“回去李家庄，我二叔父不在家，没吃没穿，有啥好住的。”

“俊宝、俊利，哥不会受饿的。”李田林摇着头，抹去噙在眼眶的泪水，哽噎着说：“我住在爷爷家，啥事顶不上，逼得爷爷他们生活也紧张。”

“到我家吃住。”俊宝提起了两只米豆袋子说，“反正，哥不能走。”

“哥哥上一次讲的孙悟空三打白骨精，还没完呢，走走走，明天，我和俊宝都跟着爷爷去放羊，听哥哥继续说完孙悟空借芭蕉扇——”

“哥哥，我知道你不愿离开爷爷。”已是小学二年级学生的俊宝，掂量着米豆袋子的轻重，气呼呼地说，“四叔父再骂你，你就说是吃爷爷的米面。”

“别瞎说，哥哥的户口、土地都不在爷爷家。”他手指着远处的李家庄说，“李家庄队里给我分的粮，还存放着。有了吃的，就能上学。”他又对俊利说，“等再次回来后，我给你们讲完唐僧取经的故事。”

“不行。”俊宝和俊利两个推着田林往回走。田林转过身，向两个堂弟解释。俊宝一着急，把两个袋子往地下一掼，“哗啦”，装豆子的袋子细绳子挣脱，豆子倒出来，滚进泥土里。俊宝见状，又羞又心疼，急得直用拳头砸自己的脑袋。

“你怎么把豆子也倒了？”俊利忙拾着豆子，埋怨着俊宝。

李田林拉住俊宝的手：“打啥自己的头，是我的不对。”说完，兄弟三个蹲在黄土路上捡着豆子。

他们一直捡豆子到日头当空，才把撒了的大部分豆子捡起来。有些豆粒混入了泥土，实在是找不着。他们刨呀抓呀的，也没再寻着一粒。李田林对两个堂弟说：“别找了，让野雀、兔子捡了吃去吧。”

俊宝说：“不，让豆子埋到地里，长成大豆苗，秋天了，咱来摘豆子。”

俊利说：“就怕长不起来，不等发芽，就被过路的人踩死了。”

李田林又说：“那就叫土地爷去吃吧。嘻——”他苦笑了一声，“不行，还是让野雀和兔子去吃。”

他们又捡了一会儿撒在泥土里的豆子，实在再也捡不着一粒了，只好坐到路边说些与捡豆子有关又无关的话题。太阳快移到了天空正中，李田林又想赶路，忙揪起两只米豆袋子。俊宝和俊利挽留不住哥哥。

俊宝说：“哥哥，过一个月后一定回来。”

俊利说：“哥哥，讲一个最好的故事。”

李田林答：“一定会回来的。”

“……”

一股小旋风刮过，李田林闪进了西边拐弯的山路。

李田林回来到李家庄，爸爸不在家。村里的人说，爸爸走的地方没个固定。邻家李银喜老爷爷说，他到王塔赶集时见过爸爸。爸爸参加了一个叫“红总部”的革命造反派组织，还是一个头头。爸爸连家也不顾。原来真的又投身“革命”了。爸爸啥时能回村看自己，他再不能白吃爷爷的饭。要安下心来，好好读书。

可是，每天有到王塔公社所在的供销部门买盐打油的人回来捎话：爸爸的工作很忙，没有时间回家看望他。

李田林独自住进了“光棍堂”。

靠地下的小瓮旁，堆放着一堆半干半湿的柳枝。炕上扔的全是撕烂的碎纸片。锅台上面铺了一层厚厚的纸烟头和瓜子皮、猪骨头。炉坑里塞着一只只的空墨汁瓶，一股酸臭的腥味刺鼻难闻。正面的墙壁贴着的五张伟人像，由于上边的图钉掉了，倒连下来摇晃着。窗纸破烂残留着蜂窝般的透明洞。窑顶一角一个密密麻麻的蜘蛛网，一只核桃大的蜘蛛吐着纤柔的丝遮住了倒连的伟人像。看不到以前的小铜盒、纸牌、十字线……

李田林一声不吭，收拾了垃圾，重新贴端正五张伟人像，洗刷净碗

筷、锅盆，糊好窗纸。

生活，煎熬着无娘儿的身躯。日子一天一天过去。李田林的爸爸还没回村。他等呀等呀，直等到夏天下开了大暴雨，仍不见爸爸的影子。米豆吃光了，柴炭烧完了，脚底磨起的茧皮退了一层又一层，爸爸总是不归。他又跑到村子对面的沙地，爬上槐树，远望西南边的王塔公社。

怎么办？

他的脸皮像一张薄薄的黄纸，没有血色。流脓的秃疮还在恶化。单袄上的纽扣掉光，裤筒上的边子磨烂，脚后跟擦出了血。他全不以为然。他不能到学校上学。学校早已停了课，沈亚芳也被抽调回公社“革命”去了。过了半个多月，沈亚芳老师回到李家庄，召开全体家长会，动员全村辍学儿童到校复课。四十多名学生娃娃陆续重新进了教室。沈亚芳很高兴。她让李田林再次报名上学。通过对李田林的测试，沈亚芳觉得这孩子虽在校读书的时间少，但自学能力强，掌握了一定的语文、地理和历史方面的常识，有培养潜力。沈亚芳根据已经改变了的课本内容，破格让李田林插班四年级。为了安排好李田林的生活，沈亚芳给他借了一百斤粮。村里的干部们说，他们不敢得罪公社的“大红干部”李明先。那是个兵痞、二杆子。

李田林吃着饱饭，下着苦功，努力求知。但是，上学没几天，柴炭烧完，他只好每天下午放学后，去山里捡干柴。这天午后放了学，他回到家，站到院子里，挠着秃疮，一双眼睛死死地盯住李银喜家西墙下的大炭堆，好像熊熊的大火燃烧着胸脯。

他正在看炭堆的时刻，李银喜的老伴从窑洞走出来。“唉，好恓惶的孩孩，吃没吃，烧没烧，待在这空窑里，等着往死饿？还不去李家沟你爷爷家。真是个傻小子。”狗蛋妈站在院子内说，“老东西，快出来。”她朝着西窑喊，“把咱家的炭，送给田林几十斤烧。听见没？”

“老奶奶，不用了，我去捡柴。”

“捡啥柴？唉，你爸呀，真是个二流子，家里粮尽柴断，扔下你个孩子，也不回来看看。”狗蛋妈又向西窑吼，“老不死的，聋了？快，田林还等着生火吃饭哇。”

“不吃亏”还是那个老样子，握着黄铜水烟锅，拿的双香火，迈着八字步，斜吊着眼，一摇一晃，文绉绉地走出院子：“怎么？又没烧的啦？”

“嗯。”李田林不知说啥好。因为前十多天，烧得没柴了，狗蛋给他抱了一捆干柠条，狗蛋妈和“不吃亏”老爷爷天天嘴上挂着这件事，唠叨对他的好。

“不要愁，歪好你是咱李家的后代。有老爷爷在，就让你烧着火。”“不吃亏”寻的一条黑毛绳，缚好一捆炭，拿来一杆抬秤，用磨棍穿过抬秤的铁环里，叫李田林和他老婆抬，自己移动着系秤锤的绳子。他的口里数着：“一十、二十、三十、四十……好啦，七十五斤，高高的。”

李田林的心里一阵激动：还是院邻自家人亲啊！他一鼓气，抱起了炭，放回家里，一点儿也不觉得重。

“田林，烧完了，尽管说。”“不吃亏”笑眯眯地说了一番后，又迈着八字步，品着“水路”烟锅，晃进西窑。他的老婆也说了一番关切的话，闪进门里。

李田林烧着火，怎么也不会想到，他一个身体瘦弱的孩子，能抱起一块七十五斤的大炭？原来，“不吃亏”把秤锤移到四十斤的位置时就做了手脚。他占了便宜，一个孩子身上，他敲了一杠。不就是二三十斤黑炭吗？李田林是天真无邪的。他只有感恩和激动。老爷爷和老奶奶，真好。

又是一个午后放学的日子，天空上有一团一团的彩云，风向不稳的近似旋风的山里野风，乱得路旁的小草摇摇晃晃。李田林和狗蛋约定好，他们要到山里捡一次柴。他们一前一后相跟着，一人手里提个柠条编的筐子，爬上村子背靠的土坡路。他们绕过一座沙土梁，跳了个马鞍形的山坬，又沿着一条沙土路向一条深沟走去。李田林光着脚走在前面，狗蛋穿着凉鞋紧跟在身后。突然，狗蛋指着李田林的脚，吃惊地大叫起来：“快，你的脚流血了。”

“不要紧，磨破个皮。”李田林扭头笑了笑，“我的脚磨炼出来了，扎

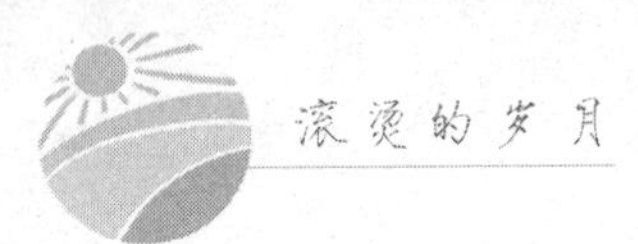

不进刺。”

“来，把我的鞋穿上。”狗蛋说着就脱凉鞋。

“我不穿。”李田林制止狗蛋往下脱凉鞋，抬起自己的脚一晃说，“你看，我的脚比你的鞋都大。”他把渗出血的脚往软土里一踩，说，“这不是就不流血了吗？”

“哎，你为啥老是不穿鞋？”

“我不爱穿？”

“不爱！你骗人。”狗蛋紧走两步，追上田林，“你妈离婚了，你奶奶又死了，没人给你做鞋。”

“不要说了”李田林一直往沟底走着。

“不说就不说。反正你要穿鞋。不穿鞋，到了冬天，脚趾要冻得裂开血口。”

“我爸爸回来，一定给我买双胶鞋。还有我小姑也会给我做布鞋。”

他俩边说边走，一会儿，下了沟底。狭仄阴暗的深沟里，湿漉漉的水草滩，长着一株株或弯或直的水桐树，有的高有数丈，有的粗如大盆，有的似一把把雨伞，枝叶婆娑，苍翠深邃。还有一棵棵的大柳树，长着碗口粗的树枝。有两棵水桐树斜躺倒，身子横空架过对面的崖畔，构成空中“树桥”。树身皮斑，似黑蟒结疤。根露在外面，盘根错节，毛毛楂楂浸到清粼粼的溪水里。一只一只的青蛙，一会儿在水里游弋，一会儿又跳到树根上，鼓着黑豆般的眼睛仰视山外的世界。溪水两旁长满了水芦草、光明草、野灰菜、车前子、牛芒芒……有一株水桐树顶端垒着喜鹊窝，喜鹊正孵着小鹊；水桐树的半身有个黑乎乎的啄木鸟洞。一对夫妻啄木鸟警惕地巡视着一切来犯之敌。它们最讨厌那些调皮的牧童和捡柴的小孩。每年到季节，它们的新一代出世，讨厌的孩子们攀上树身掏走了它们的儿女。

“喳喳喳……”

“叽——咯——呱——”

喜鹊和啄木鸟同时发出了警报。它们两家是同一棵树上的友邦邻国，一家住在黑暗的洞里，一家安在明亮亮的枝头。当啄木鸟的洞穴受到威胁时，喜鹊的房子也面临着危险。

李田林和狗蛋跑到树下，忙碌地捡着干树枝。他们每人捡得半筐，够做一顿饭。狗蛋不耐烦："三天也捡不来一筐。"他蹲到一块大石头上面，唱起了大人们唱了千百遍的山曲儿式的信天游：

一根鸡毛满天飞，
那是谁家的没头鬼；
关着双门窗子开，
半夜里想来你就来。

李田林捡着小树枝，听的狗蛋瞎唱酸山曲，瞪眼道："胡唱啥，羞死人啦。"

"羞啥？村里大人们谁不唱。"狗蛋挥着树枝，又学着大人的腔调唱起来：

公鸡母鸡一对对，
光棍看见了寡妇的腿；
凤凰落到灰土堆，
大姑娘挺肚子没人爱。

太阳快要下山，狗蛋不再唱了，他也感到刚才唱的句子，就像是嘲笑田林的爸爸和二光棍他们。狗蛋手指着一株水桐树，惊喜地叫："有柴啦！有柴啦！"他跑到水桐树下，脱了凉鞋，往手心唾了团唾沫，抱住树身往上攀。

"让沈老师听到瞎唱，非批评你不可。"李田林脸红着不让狗蛋再唱。他觉得酸曲是在骂他的爸爸和妈妈。

"快下来。"李田林抬头看去，只见水桐树的顶端树杈，垒了三个喜鹊窝。狗蛋正抱住树身，翘高屁股攀。

"夺下这三个喜鹊窝，够烧三天。"狗蛋向地下的李田林说，"我家有

柴炭，我上去给你打柴。”

“不要。沈老师叫咱们不能爬树，保护益鸟。”李田林大声说。

“咱保护益鸟，谁来保护咱？没柴炭烧，你吃生米？”狗蛋爬到半树身，朝地下的田林说。

“再不下来，我就拿石头打你。”李田林急得直叫唤。可是狗蛋不听，还是往上爬。李田林脑子一转，想出个点子，便扯谎说，“听我爷爷说，谁夺了喜鹊窝，谁就害秃疮；谁烧了喜鹊窝，谁家着天火。从前，有个放羊孩子，掏了喜鹊窝……”

狗蛋一听，果然害怕，嘴上厉害，而脚往下溜。他下了地，抹着鼻梁凹的汗水，指着树顶叫唤的喜鹊说：“今天饶了你们，等下一次来，看看我的本领。”狗蛋真害怕像田林一样，患上秃疮。他对田林说，“我拾不得柴，不当紧。可你一天捡不来柴，就要生吃米。”

他俩说着每人提着半筐柴动身回家。狗蛋说，“咱走空中飞桥。”

李田林说：“好。这回我听你的。”

狗蛋在前，李田林在后，像两只小猴，爬上横空的树身。狗蛋很快地过去。李田林跟爷爷放羊时，练下一手上树、跳沟、翻山、追兔、抓鸡的本领。过这个横空的“树桥”本是不在乎的。但这些天他除到学校才穿奶奶活着时做的那双早已踏烂的布鞋外，回到家里，上山捡柴，都赤脚跑。他的两只脚被石片、带刺的草划破血裂，每走一步，都要付出很大的气力。为不愿在伙伴面前流露出痛苦的表情，他哄骗着伙伴。当他的双脚一靠近斑斑皱皱的树皮，痛得如针扎心窝。顿时，他感到头晕目眩，双脚打战。他朝下看去，溪水如湖，深不可测。两壁上，毛根交错，渔网一般。

他的右脚掌像锥子扎一样刺痛。“哎哟——”随着一声痛苦的呼叫，他握筐子的手和拽枝干的手失去了作用。先是筐子掉下去。几乎是同一时间，李田林离开了树身……一声巨响，溪水飞溅，震动得狗蛋瘫倒地上。

成群的喜鹊绕着溪水上面盘旋叽喳。受惊的青蛙乱蹦。

狗蛋拼命的呼喊震撼着两面的大山。

“田林——田林——”

“快来人哇——快来人哇——”

李田林没有摔死。

做了一个又一个长长的梦。他梦见坐在宽敞明亮的教室里，听沈亚芳老师讲抗金名将岳飞父子的故事。岳飞和他的儿子南征北战，屡建奇功，平定中原，驱走胡虏……宋天子给父子俩加官一级，斩了误国妒贤的秦桧……爷爷给他讲“土牛”为啥“翻身”的传说。爷爷说“土牛翻身”其实就是地震。“土牛”是啥？“土牛”就是地里的“土地爷”和地上的“山神爷”。谁能掐算出“土牛”啥时“翻身”？谁也掐算不出来。只有一个人能掐算出来。他叫张衡，是东汉人，家住在如今的河南省南阳城。这老张哇，比天上的神仙还厉害，“土地爷”和“山神爷”都怕他。因为老张发明了两个宝贝，一个是“浑天仪”，一个是“地动仪”，能准时看见“土牛”啥时“翻身”。所以哇，这老张就变成了神仙，专门看管“土牛翻身”……他苏醒过来的时候，才明白原来真的是做梦。

回想着那天黄昏摔下水坑里的情景，真有些害怕。头部被树根擦破几处血绽。全身沉落于水里。由于狗蛋的呼喊，山顶上正赶着羊群回村的两个放牧社员听见了，赶来把昏迷于水中的他救上来。当晚村里的四个社员又把他抬到王塔医院。他住医院后，把正在王塔公社大搞“革命”运动的爸爸吃了一惊。李明先见儿子跌得受了伤，心里很难过。他一指头扎住村里社员，大骂一顿，责怪本队的社员对自己的孩子关心不够，没有阶级感情……

李田林住了十多天医院，伤口愈合，恢复了健康，出院回到李家庄。所花费的五十元治疗费，经爸爸出面与公社的领导负责人协商，在民政救济款中给予解决报销。

护送儿子回到家后，李明先想马上返回王塔公社，投身到轰轰烈烈的革命潮流中去，可是，儿子抱住他的腿哭着不让他走。李明先十分为难。是啊，自己30岁出头的人了，就这么一个独生苗子，再娶妻子是不可能的。不能不管独子田林，他无可奈何地暂时住到了光棍窑。

自从参加了前所未有的造反革命运动后，他对于赌钱没多大兴趣。他也知道这种恶习是人们唾弃的。当他住进好久没住的光棍堂后，连二光棍和丑笛子、三癞子等光棍也不敢接触他了。

李明先被一片口号声、辩论的烟雾所陶醉。狗日的，老子命里不注定唾牛屁股，祖宗前辈子积了德……再过几个月，公社的书记、社长、学区校长等大大小小的头头一定都要更换。谁来掌管大权呢，还不是参加过红卫兵的这些人。想不到偏偏他的灾难降临了到儿子头上，田林是他工作十多年换来的本钱。他真想马上回王塔，可是，看一看面黄肌瘦的儿子，他又停住了脚步。公社的领导给他捎来信，叫他立刻返回接受新的任务。他高兴地收拾着东西："田林，爸爸不能在家待了，你去李家沟爷爷家住吧。"

"爸，我不去。"田林摇着头，"我要念书。"

"念啥书？"李明先有些生气，"爸也想叫你到校读书，可现在到处都停课闹革命。你个傻小子。拿上书报，让你爷爷给你教字。"

"沈老师不让我再退学。咱村不停课，沈老师不光给我们讲课本上的知识，还给我们讲故事。爸，沈老师还给我们讲地理，我把全国的省市自治区都能在地图上找到。我不想回李家沟白吃爷爷的饭。爸——"田林眼眶噙着泪花，抬头望着要走的爸爸。

"唉——"李明先手握着报纸卷的筒子，在地下急得来回打转，"还上啥课？这个女人……现在是啥时候了，还这么认真当教书匠。"李明先急于到王塔公社，又对儿子说，"田林，听爸的话，等爸干出名堂来，再供养你上学。爸这回走，最多一个月就回来。"

"唔……那一个月一定回来……"李田林哭出了声，知道自己不能挽留住爸爸。爸爸的事情当紧。爸爸要革命去，也是为自己往后好好读书。他揉着眼睛，收拾着课本、纸笔，"我向沈老师请个假。唔……"

李明先抱起儿子，眼睛湿润："好，去学校向沈老师请个假。等爸革命回来，一定供你上初中、读高中、读大学。"

李田林赤脚出了门，朝后村的学校走去。带着一股炎热的风，他扑进了沈亚芳老师住的房子。站在沈老师面前，他一句话也说不出来。呜咽的抽泣声表达了他所要说的话。正在给丈夫写信的沈亚芳收住了笔，一副苍白的脸色，似乎明白了这个小学生的来意。她的心里要比她的学生更惆怅。她来陕北农村教学整整十年。有四年时间是在李家庄度过的。悲愤的呐喊与欢乐的笑语都曾经历过。西北高原的风霜将要染白她这个北京女子的鬓发。北大中文系才女，只因当年讲了一个天真且幽默的故事，毕业后莫名其妙地被分配到贫困的山区当小学教员……她三十岁的时候，与一家出版社的一位比她大十岁的资深编辑结了婚。她的男人来信告诉了她一系列外面世界发生的事情。沈亚芳看了丈夫的信后，心情沉重而激动。提笔唰唰地给丈夫写着回信。突然，被李田林的抽泣声打断。她合住信纸，拢了拢当地农村女人留着的传统的二毛子头发，轻轻地按着李田林坐在椅子上："别难过，孩子。我都知道了。你爸又要走吧？让他去吧。就是你爸不去，咱李家庄学校也要关门。"

"沈老师，你不是说咱村学校不停课吗？"李田林擦着泪惊讶地说。

"田林，还是听你爸的话，回李家沟住在你爷爷家，让你爷爷给你教字，讲故事。"沈亚芳抚摸着李田林戴帽子的头，心情十分复杂地说，"你们这些孩子，有些事情现在弄不明白，以后长大了，读的书多了，经历的事多了，就会慢慢地搞清楚。我也要到公社学区闹革命。啥时候回来复课，只能由上级决定。噢，田林，不说这些了，你是个聪明的孩子，记住，回到李家沟，多向你爷爷请教。村里人都说，你爷爷是土秀才，肚子里装的全是'四书五经'。不过，你千万不要对李家庄、李家峁村的那些红卫兵说你爷爷是孔圣人、孟圣人的徒孙。他们会斗你爷爷。"

"为啥？"李田林抬头望着沈老师发愣，"我爷爷最尊敬孔子、孟子，还经常教我向孔融学习。我爷爷还说中国古时候有个大能人叫张衡，他可有本事哩，他发明了宝贝，还能测算出啥时'土牛翻身'，对，啥时候发生地震来。"李田林直地表达着自己的心里话，爷爷又不是当权派、坏蛋，李家庄、李家峁谁会跑去拔爷爷的胡子呢！

"对，你爷爷是个有学问的老秀才。有你爸爸这个大红卫兵保护，谁敢斗他。不过，田林，千万记住，回到李家沟，让你爷爷多给你讲故事，讲张衡是怎么测算出'土牛翻身'的道理。"沈亚芳紧皱着眉头，脸色变

得红一阵紫一阵，面对自己又要辍学的学生，她有说不出的苦衷。她要响应上级的指示，又一次停课，暂时离开自己的学生，回王塔公社。上级的指示，对于一个山村女教师来说，就是命令，就得绝对服从。公社新组建的小组领导说了，暂时的停课，就得为了更好地改革教育体制，为以后办好学校寻求一条更好的路子。她只能让自己的学生暂时回家。

李田林听了沈老师的话，才知道不是爸爸不让他念书，是全王塔公社的农村学校都要暂时停下来，老师也和爸爸一样，去干革命。他斜视着沈老师左臂戴着的红布烫黄字的袖章，觉得与爸爸左臂戴的袖章一模一样。红色布条，圈圆筒，绣镶着三个金光闪闪的黄字，显得真好看，牛气。李田林正看得发愣，只见大个子和狗蛋等十几个学生也从院子相跟走进沈老师的房子，每人左臂都戴上了统一的袖章。他感到好奇，有些不理解，多少还有点儿心里不服气。你们都戴袖章，我为啥不能？

“哈哈，田林就不戴红袖章了。”沈亚芳早已看出李田林的心情，勉强一笑说，“不是不让你戴，是生产队买的红布料不够了。全村大男人都戴一个袖章，用了不少红布料。供销门市都脱销了。这样，你回到李家沟放羊累了，晚上睡下做梦时，梦见了孔夫子、孟夫子、张衡老先生，他们就不会躲着你走，还会收你做学生，给你吃红枣、山药蛋……嘻嘻……”

“哈哈……”

“嘿嘿……”

“嘻嘻……”

李田林、大个子、狗蛋等学生都被沈亚芳老师的笑话逗乐了。

李田林向沈亚芳老师请了假，又回到家向爸爸告别，带上全部书本、纸笔，要去李家沟找爷爷和四叔父、小姑他们。爸爸一直把他送到村背靠的山峁土路，还一再叮嘱他回到李家沟，放羊时不能忘了读书，不能忘了在光身子上标着的全世界的国名、全中国的地名。

李田林伸手揪了揪爸爸左臂戴着的红袖章，认认真真地看了一遍，默默地记着爸爸的话，一直朝东北的山路走了。

李明先又一次把儿子说服到李家沟他父亲家后，暂时减轻了负担。他要集中精力投身于革命事业。一把乌黑的锁子挂在门上。他挂着时兴的黄挂包，拍了拍褪色的军装，正了正没有头徽的军帽，紧扎腰间的宽皮带，满意地一咧嘴，还真有点儿转业军人的风度！尤其是左臂围着的红色袖章上印的三个烫金黄字，光彩夺目，惹他心醉。他又像回到了当年当乡文书的岁月，激动地唱起了刚流行的一首最革命的歌曲："马克思主义的道理，归根到底就是一句话，造反有理，造反有理！"他反复唱着走出院子，恨不得马上赶到王塔公社。

"喂，贤孙子，你又要走？"

"是哇，要走。"

"嘿嘿，你回来，咱爷孙俩商量个事。""不吃亏"迈着八字步从西窑闪出来。

"啥事？"李明先停住了唱，不乐意地问。

"嘿嘿。别急，来，回家坐下，咱爷孙俩慢慢拉扯。""不吃亏"吸了口"水路"黄铜烟锅，眼睛笑得合成了两条缝，拉扯着叫李明先回家喝两盅。

"有啥话，尽管说吧，我还忙着哇。"李明先拍着胸脯，得意地一笑，"今日回去公社机关，我有的是酒肉。"他已不是刚离了老婆的光棍委员会的李明先，见了酒肉就软成一摊烂泥。自从跑到王塔公社参加革命运动后，他哪里把喝两盅当回事。

"嘿嘿。""不吃亏"见李明先不吃软的，一眨眼睛说："明先孙子，爷爷把话先说到。你看，咱爷孙俩在一个院子里住了好几年了，谁也没和谁高言一句。""不吃亏"指着窑洞，"你从小工作在外，不知咱李家的事。这东窑是你家的，西窑是明全的，爷爷以十八块白洋典着住，准备买这孔西窑。不过嘛，嘿嘿，要买也得先让贤孙子买，你们是亲叔伯兄弟哇。"

"你要买西窑？"

"对。爷爷不是说了，先让你买。你买的话，我马上腾窑。""不吃亏"试探地说。

“我买。”李明先推了推“不吃亏”，生气地说，“你要暂时住，就住着。不准再提买窑一事。明全住在李家沟，把西窑给我了，怎么又要卖。我不同意。”

“哎呀呀，贤孙子，你可是个闹书之人。咱这一家人，话可不能这么说。只要明全白给你窑，我也不眼红。”“不吃亏”进一步说，“我问过好几回明全，他说你买就买，不买的话，不要不屙屎占茅坑。”

“不行，我要买。”李明先心里明白，明全根本就没有说过卖窑的事情。他听了“不吃亏”要买明全的窑，心里还真有点儿着急。这孔窑是明全的，他愿卖给谁，谁也挡不住。若“不吃亏”已和明全真的商量过，自己不早掏钱买的话，这孔漂亮的窑洞不就成了这老家伙的吗？

“嘿嘿。我把话说明白，如果你半个月不买，我就给明全数票子。价也说好了，总共二百八十块。”

“球毛！”李明先的肝火冲上了脑门顶，“不识抬举的老混蛋，老地主，得寸进尺。”

“放肆！”“不吃亏”感到是说话的时候了，摆出一副受委屈的样子，“那年，我听说你回来了，给你把东窑收拾好。你的老婆离了，你日子过不下去，我给你借过钱，借过粮。你参加革命走了，田林做饭没柴烧，我给田林借了七八十斤大炭。你说，是谁不识抬举？把你个二流子。难怪村里人都骂你是兵痞。”

“狗日的，少给老子摆功劳。”李明先气得脸色红一阵，紫一阵。自己工作了多少年，回来农村这么长时间，也没受过人的气。不想一个远辈爷爷竟敢骂自己。他一怒之下，端出了更难听的话，“老叫驴，你想逼老子离开这儿？瞎了你的狗眼。”

“上有老天爷，下有土地爷，谁要安上鬼心，正打午时三刻，五雷霹顶。”李明先父子住在东窑，是“不吃亏”眼里的沙子。当年他利用李明先夫妇闹矛盾，散布流言蜚语，加快李明先夫妇的离婚。每当想到这件事情，“不吃亏”觉得六神不安，惊慌失措。李明先的堕落和倒霉，使他暗自捋着胡须笑，嘿嘿，看你这父子两条棍还能在李家庄待多久？哼，你这个二流子，耍赌，不劳动，成天价鬼混，还跑去整造别人。好哇，咱看谁斗过谁。老祖爷爷不怕你。“好小子，你是猪八戒的耙子倒打开了。当年给区上的领导提了两天夜壶，当了两天穷兵，能球个啥？瞎吃了十多年公饭？你当干部，为啥精减回来？总不是个好鬼。走到哪儿，也和人家尿不到一个夜壶里……这几年，你搞得些啥鬼名堂，赌博、耍牌、外流……啥坏事不干……。”“不吃亏”这么一揭短，把李明先搞得稀松成个软蛋。他乘势一把抓住李明先的腰带，“走，咱爷爷孙子俩去公社打官司，叫你们的头头评个理。”

李明先下沉着屁股，好一阵子挣不脱。他现在才意识到李银喜是一个不好惹的老头子。假如这狗日的老东西真要去王塔公社张扬自己的丑，公社的所有人对自己会产生很不好的看法。他看出了“不吃亏”的用心，不仅是想霸占明全的西窑，还想吞并了东窑，把自己赶出这个院子。在自己处于这样一个转折的关键时刻，还是缓和一下矛盾为好，等自己出去干出一番事业来，再回来和这个老家伙算账。

“好吧，看在你老脸面上，让你一步，只要明全给你卖，我没意见。不过，要等我回来后，再商量。”

“这才像个话。”“不吃亏”深知李明先穷得叮当响，手无一文钱，不敢当好汉，才假意让一番，自己低价买了窑，还要里外做好人，“好，等你一个月。过了时间，你不回来，那就别再逞好汉。明先，爷爷给你说一句不好听的话，不要动不动拿你臂上的红袖章吓唬人，到处造别人的反。你骂我家是老地主，有啥凭据？不要胡说八道。要说成分，你家合作化时，有一百多亩耕地，大地主也够条件了。还有，你爹一辈子口不离孔孟之道，长的一个牛鬼蛇神脑袋，你怎不去革你爹的命？造你爹的反？唉，不要再称二杆子了。往后哇，往好学着点儿。”“不吃亏”说完扭头走进了窑洞，又转身摆了摆手，“去吧，爷爷等着你回来”

李明先傻了好一阵子，才提上挂包走出院子，满肚子的苦处倒不出来。他要赶快返回王塔公社。

第十二章　半夜枪声

爸爸对他说好，一个月后就回家看他来，让他重新到学校读书。可是，他回到李家沟爷爷的身旁，一等就是整整两年。爸爸两年没有回李家沟看望爷爷和他，还有大叔、三叔、四叔父、小姑他们。

爸爸到哪儿去了，怎么还不回来呀？

山洼里的百草绿了黄，黄了又绿，沟道里的水结成冰，又融化成水，远飞的大雁飞去了南方又飞回了北方寻找它们的巢穴。李田林的爸爸还是没有回村。

众议不一的恐怖消息伴随着时高时低的枪声传到了偏僻的小山沟……

一件一件的奇闻，惊得李锁平老汉牧羊鞭都握不住，几乎要从驴尾巴山上滚下去。他暗暗祈祷着：上帝保佑二儿子明先平安无事，躲过挨枪之灾。可怜可怜自己的孙子田林啊！李家峁、李家庄村每逢有人去杨洼、枣树湾、王塔买盐打油的人，李锁平总要跑去打问二儿子的下落。

老二哇，快回来吧，别跟人瞎撞瞎闹了。千万不敢耍二杆子，动枪动炮的，闹出人命来要造孽的……

李田林更是想念爸爸，盼望爸爸早点儿回来，供养自己念书。他跟在爷爷的屁股后面，吆喝着羊群，问爷爷："爸爸几时能回来。"

李锁平双手紧紧地握住牧羊鞭，举在怀前，仰头望着山头的太阳祈祷。天老爷，别让那些年轻人瞎打了。老二啊，你在哪里？他朝着红太阳祈祷一阵子，又哄骗一番孙子："快了，摘柠条角的时候，你爸爸一定会回来的。"他不愿对孙子回答那些令人难以揣测的"龙虎相斗"而庶民遭殃的国事。他还是像以前那样，给这个命里带有“一品官”的孙子传授《地理五卷》。

可是，到了采摘柠条角的季节，田林的爸爸还是音信全无，打问不到一点儿消息。田林想爸爸想得晚上连觉都睡不着。

今天，李田林没有跟着爷爷去放羊，在家侍候感冒了的小姑水莲。爷爷赶着羊群走后，李田林一连下井沟挑了三回水，担满了水瓮。他又提起篮子，去驴尾巴峁沟的菜园子摘红豆角。他沿着一条小路，踏上一段石台阶，穿过一片湿漉漉的草滩，来到菜园子里。这是一排向阳的菜园子，种着红豆、山药、倭瓜、茄子、黄瓜、夏白菜……一股香气扑入李田林的鼻腔，兴奋得他在绿色菜园旁的草滩上打了几个滚。打完滚后，他提上篮子走进菜园，赶快撇好白菜，摘下豆角，又掐了一把葱叶，然后离开菜园子，从原路回村。快到村了，只见俊宝提个篮子迎面走来，还没到跟前，就大声问：“哥哥，为啥不叫我一声？”

“你不是去李家峁念书了吗？”

“念啥书？”俊宝跑到路旁的一块石头上坐下来，手拉住田林说，“我也不去学校了，咱一起跟着爷爷放羊。”

“为啥不去念书？”

“老师跑了。”

“跑了？”

“跑回县城了。”俊宝惊慌而又神秘地比画着说，“李家峁村李买牛大队长说，城里的一些中学生抢走了县武装部的枪，和城南的农民打了一仗，受伤了十几个人。我们的老师听了，吓得跑回城了。我们老师的儿子在城里读高一……”

“别听人瞎说。”李田林大俊宝一岁，是兄长，俊宝很尊敬他。

“老师走时，给全体学生布置了作业。”俊宝从袄兜里掏出红彤彤的“红宝书”一晃说，“一字不差，全会背。”

“这有啥难。我已背会了。”李田林从袄兜也掏出一本来，“这是李家庄学校给我发的。”

“哥哥，我班的同学壮考的妈去杨洼门市部买布，在半路上被人拦住背语录，因壮考妈不会背，被押到公社关了一天禁闭。我怕王老师回来，我背不会，挨——打。”

“真的？”李田林吃惊地问。

“你不信？”俊宝装进去红宝书又说，“怪事可多哩。你看，”俊宝又掏出几张油印传单，递给田林，“可有意思啦。我和班里的同学，把传单当票子，赌输赢。还拿传单当票子买的吃鸡蛋。”

李田林又看了看油印传单还给俊宝，感到迷惑不解，忙提着篮子往家走。他进了院子一看，哎呀，迟了，给生产队锄地的四叔父已经回来，正自己动手烧火做饭。他埋怨自己不该和俊宝闲扯，误了给四叔父煮饭和给小姑熬药。他忙走到门旁，把篮子里的菜倒出来，跑过门外安的炉台替四叔父拉风箱。

舀水的李明富把水瓢一掼，冲到李田林的跟前瞪着双眼，指头扎住他的头额怒冲冲地骂：“到哪儿去喂狼，为啥半天还不烧火？”

“到菜园子摘红豆角……”

“还嘴硬！白吃饭的东西。”李明富火冒三丈，伸开手掌，对准侄儿子的左右腮，“啪——啪——”接着，抬起右脚，朝李田林的屁股踹去，“回李家庄寻你老子去！你个懒鬼！”

“呜呜呜——”李田林抱住脸颊哭起来。李明富肚子正饿得着火，见害秃侄子大哭开了，更是火气难忍，又向李田林的头上扇了两巴掌。一股脓血渗出了油腻帽子顺着耳鬓向下流。李田林疼得栽倒在地，抱住头打滚。

“四哥——四哥——”躺在炕头发高烧的李水莲，听得四哥在外面打侄子，挣扎着爬起来喊叫。

李明富见田林索性躺下哭闹，年轻人独具的那种家长制的性子实在无法克制，他顺手抄起炉旁立的铁火柱：“你还背《三字经》，学孔圣人。嚷着要到学校读书。看你也不是个成才的料。和你老子一样，好吃懒鬼。十二岁的小子了，营生不做，火不烧，要你做啥！”李明富举起了铁火柱砸下来。

李田林翻身爬起，躲开砸下的铁火柱，抱住头号哭着跑出院子，朝井沟跑去。他跑了好长时间，好像还听得四叔父在恶狠狠地骂：“叫你白吃饭，死了，少一张嘴！”

他光着的脚趾碰破流出热血，在踏过去的青石板上留下一个又一个的血印。他如一匹受惊吓的小马失去了控制，挣命奔跑，把两面的一座座大山甩在了身后。他跌进了一个水坑，又挣扎着爬出来，咬紧牙，一步一步，向一堆乱石草滩挪去。他躺在荒沙托起的绿茸茸的草滩上，揉了揉模糊不清的眼睛，仰头向上望去，好险哪！这是个啥地方呀？

悬崖陡峭，荆棘丛生，深不见底。常年被风雨淋洗的风化石悬掉半空，随时都会落下来砸在他的身上。他喘着气，撕下袄襟，裹着淌血的脚趾。他没有哭，忘记了危险与害怕，闭上眼睛，忍着疼痛叫了一声“爷爷——”

爷爷在哪里放羊？他叫了一声，再没有叫第二声。他知道爷爷是听不到他的喊声的。

风化的石子没掉到他身上。峡谷的昏暗说明太阳已经西沉。“哗哗哗”的流水声拨动得山谷传出悠扬而委婉的音乐声来。他背靠着草丛耸立的一块红石头，侧耳倾听身旁的流水声。这声音给了他想象和回忆。像是“大柠角”“小弯角”的“咩咩”声，像是爷爷背《论语》和《三字经》声音，又像是沈老师的唱歌声……他鼓足了吃羊奶的劲儿，猛地爬了起来，晃了晃又跌倒，又支撑着身子，边爬边走，向前沟爬去，滚去，走去，来到一块宽阔的沙滩。

他好像听到又有人在不远处的山沟唱信天游：

东沟西沟沟套着沟，
谁家都喂着偷吃狗；
黑豆白豆红小豆，
寡妇生娃娃古来有。

这是谁在瞎唱，不害羞。他向两山望去，没有人影。一会儿，唱的

声音又一阵一阵传来，且悠扬委婉，野味十足。

> 黄土窑洞洞暖身身，
> 一黑夜日二姨妹三阵阵；
> 叫驴驹驹球挺起硬棍棍.
> 弄得老母马哼哼哼。

他向传来声音的一条小沟爬去，不到二三十步，只见半崖的石缝里冒出碗口粗的一股水，从几丈高的石岩飞泻而下，周围几十步的草滩飞溅着晶莹的水珠……瀑布声将粗野的信天游声淹没。李田林不清楚是谁在唱酸曲儿。晚霞布满天空，夜幕撒开黑网。眨眼间，上帝造就的黑色天窗出现了无数颗璀璨的繁星闪烁。李田林绕开小瀑布向北面的一条小路走去，寻找今晚的归宿。

他爬到半山腰的一块石岩下，半坐半躺着，看见对面的大山顶遗落下了一颗又一颗的流星。看着坠地的流星，他想爸爸也该回来了。两年多了，爸爸走得无踪无影。那些听了叫他心碎的恐怖消息，如惊雷撞击着他的头脑。爸爸怎么还不回来看一看自己呀？

李田林合不上眼，大脑飞出的火花撞击着大山抖动。他生气四叔父小看他，把自己当作一个不懂事的小孩子打骂。太阳下山的时候，他以为四叔父会来寻找他。要是今天爷爷在家的话，四叔父就不敢打他。四叔父和小姑都不来找他，说明爷爷还没有放羊回到家。他不清楚自己跑到了啥地方。就是爷爷在找他，能找着他吗？爷爷他们不来找自己，自己再回去，四叔父还要打骂自己。怎么办哇？今天的夜晚好度过，明天去哪里？他不知道。回李家沟不行，到李家庄也不成，去寻找爸爸，谁知道爸爸在哪里？到底该怎么办？

他双手掌支撑着下颌，抬起头用心数着天空的星星：一颗，两颗，三颗……哪一颗是属于自己生命的那一颗？爷爷不是说，凡地上的人，天上都有属于自己的生命之星。何况爷爷还说他是“一品官命”，天上有一颗最大的星，那就是他生命的星，永远不灭的星。他想着想着，双眼一闪，又一闭，蒙蒙眬眬中，来到一个陌生的地方，见一条大河里漂来一只小船，船里坐着一个女人，惊呼着救人。他见了忙跳进惊涛，朝小船游去，跳上船舱，接过桨用力向岸边划来。他把那女人搬到岸边，那女人就大声哭起来：“我的孩子——田林——田林”他急回身看时，一个惊涛卷来，把小船吞没了。那女人掉进了激流，向他挥了下手，他吓得急忙惊喊：“妈妈——妈妈——我是田林，我是你儿子，我来救你——”。

“嘣”一声，他的脑袋撞在石岩壁。他揉着酸疼的额头，用力睁开眼睛，看见星星仍旧布满天空。天还没有亮。他明白自己做了一个从没有做过的梦。妈妈的面庞、身影浮现在他眼前……

爸爸粗暴的喊声又同时在耳边回响：田林，记住，这个女人不是你妈，是个狼心狗肺的东西。狗日的，再不准提起这个女人……

他思念着被河水吞没了的妈妈，揉着疼痛的脚趾，等待着黎明的到来。

又等了好长时间，天终于明亮起来。他离开石岩，走出十几步，又扭头看了一看，有一点儿不愿离开的惜别之情。他感谢石岩昨晚给他的温暖。给他一次梦中遇到妈妈的机会。生活中的妈妈一定不会掉到河里。肯定生活得比爸爸和他好。

他恋恋不舍地告别了石岩向山顶走去。太阳满山红的时候，沉睡了一夜的万物都载着不同的梦醒来。李田林擦了头额角的脏臭汗水，向着阳光打了个喷嚏，揉了把冒火星的眼，向四周一看，见东南方向的半山洼里冒起一股股炊烟。那一定是一个村庄。他拖着两只疼痛的脚朝冒烟的山洼走着。好一阵子，他才进了村。劳动的人们已出工走了，大部分人家门上挂着锁。他已一天一夜滴水未进，口干舌燥，喉咙似着了火。他一连走了几家，幸好有一家人家正在吃饭。门槛正中坐着一个中年婆姨，碗里端得一个窝头啃着。他走到一旁，一句话也不会说，只是眼光向碗里投去。中年女人打量他几眼，出言有些埋怨：“你这孩子，讨饭连门子也赶不上。”边说边把碗里吃得剩下的半个窝头夹着递给他又说，“是第一次吧？讨饭也是本事，要学会嘴巧，会说话。看你也是个诚实孩子。是家里揭不开锅了，还是遭逢了后妈？”

“啊？”他接住窝头后才又后悔，知道了讨饭是啥意思。他双手捧着粗糙的红色高粱面拌苦菜窝头，颤抖得摇摆不停。窝头从手里脱落掉到黄土地下滚了几滚，在一堆烧过的炭渣旁停住。他急走过去拾起粘满炭渣和灰土的窝头，“噗——噗——”一连吹了两口，也不去看吹干净没有，忙塞进嘴里咬了一块。他用感激又内疚的目光向中年女人表示谢意。他吃着窝头，站到院子内，还是一句话也不说，只是向前深深地躬下腰，作了一个揖，再次表达了自己的感激之情，而后拖着疼痛的双脚离开这家没有院墙人家的院子。他离开院子十几步远，还听得中年女人说：“这孩子，一定是饿昏了，怪可怜的。还挺有脾气，懂得感恩，可惜命不好，成了讨饭人……”

他拐着腿上了一个山峁，坐在一道地塄上，吃完窝头，又苦思起来。人穷也不能做讨饭孩子。再不能要第二次饭了。那个婶婶是同情他，给他半个窝头吃，比四叔父打他还要难受。怎么办呀，是回李家沟找爷爷，给四叔父认错？还是去李家庄、王塔寻找爸爸？他拿不定主张，直愣愣地呆坐在土塄上发愁。

他也弄不清从昨天中午跑出爷爷家后，这个地方到李家沟到底有多少路。环看四面的山坡，熟悉又陌生。驴尾巴峁在哪个方向？怎么不见一片一片苍翠的柠条？

天空出现了黄黑的云彩，一会儿将整个蓝天遮住。夏天在没有太阳阴沉沉的天时，辨不清东西南北，也不知是上午还是中午。他想念爸爸和梦中的妈妈。不，要去找爸爸。他揉摸着肿痛的脚趾，一步一步朝他认为爸爸去了的远处山头的方向走去。他走着走着，天就暗淡下来。一会儿，就形成了一个黑天黑地的世界。就在他伸手不见五指、双脚不知往哪儿迈步的时候，前面闪现出一点一点的火光。他豁然明白，这肯定是一个村子。从灯光的数量看，有不少人家。他恨不得马上走到有灯光闪亮的村子，打问清楚这个村子叫啥名，离李家庄、王塔还有多远。他移动着脚步，怀揣着激动向灯光明亮的地方投去追寻的希望。一定要找到去投身革命的爸爸。两年多了，爸爸肯定改变了二流子、兵痞的坏习气，成了一个像故事里的大英雄。可是，当他快要赶到有亮光的地方，那亮光又向远处漂走了，在另一个山头一闪一闪地散发着星光。这是村里人家点的灯，还是啥鬼火？他正惊讶猜测，突然“叭叭叭”“嗒嗒嗒”“嗵嗵嗵”的响声震动得他脚下的山峁都抖动起来。离他不远处的两个山头上，闪光的红色线条划过夜空，到处熊熊的烈火燃烧。

“嘘——嘘——”冷弹在空中飞啸。他急忙伏卧到路边的庄稼地，探头向右侧看去，只见有十几条黑影向他移动，还不时地放着枪。是什么人在打仗呀？他顾不得思考，冒着呼啸的子弹，忍着双脚疼痛，转身向东南方向奔跑。他翻过了一条沟，爬上了一架坡，还听得对面的山头上有人大骂：“不要跑了，武总小子……”

“嗒嗒嗒……”机枪子弹从他的头顶飞过。这一回他听清楚了。这是两个对立的造反组织在夜战，误把他当成是对方的人员。他不敢再去思念寻找他的爸爸。他认为他的爸爸肯定不会参加这种打枪投手榴弹的杀人革命。他现在的唯一出路是赶快躲开这些打仗的人们。他继续向没有目标的方向逃奔。大山淹没了他。大山也保佑了他。枪声渐渐地平息下来。

大约是到了快要东方亮起来的时候，李田林又听到附近的两个土山头各打了一枪，接着传来许多男男女女的对骂声。他们先是用十分难听的粗话和脏话对骂，互相指责、攻击，后来又不乱骂了，而是采用打游诗式的粗野信天游夹说带唱讥讽对方。

“叭——”

“叭——”

几声零星对打的冷枪，又取代了不堪入耳的唱骂声。东方远处的山头冉冉升起了血红的太阳，枪声和骂唱声终于再也没有骤起。李田林半蹲半跪在豆子地里，似做了一场噩梦。枪声与对唱的骂声给他心灵的天窗笼罩上一层不可穿透的云雾。他不敢再去想象爸爸去参加的革命。爸爸也是要在这样的半夜里打枪投手榴弹，以流氓式的粗话脏话糟蹋人吗？但愿爸爸不要辜负了爷爷的期望，在外面的世界干出一个样子来，能给他创造一个重新走进学校读书的机会。他远远地望着那些举着旗子、背着枪支、穿着各种服装的男男女女消逝在西北方向的山峦，直立起身子，拍打着浑身的泥土，长长地对着面前的土山头吸了一口气。他实在不明白和不理解，这些半夜里打仗骂仗的男人女人，谁是好人？谁是坏人？爸爸若也投身于他们的革命，那又是好人还是坏人？李田林越想越糊涂，觉得爸爸的去向一时很难找到，还是赶快回李家沟跟着爷爷继续放羊，向四叔父认错，往后好好地放羊，挽猪草、扫院子、搂柴……帮助四叔父承担一些家务活。十二岁的男孩子了，该有出息，再也不能白吃爷爷和四叔父、小姑他们劳动换来的粮食。他想着想着，感到浑身有了一股力量，双脚趾也没有原来疼痛得厉害。他走上土山峁的最高处，见远近满是太阳照的通红的山峁、山坡、山沟、山洼里，到处都有炊烟飘逸，传来狗吠、鸡鸣、牛嚎、驴叫之声。一幅山村农家的画卷浮现在他的面前，喜悦又涌上他的心窝。仿佛，昨晚发生的枪战和以打游诗、信天游的恶作剧交战像没有发生过一样。

李田林正处于彷徨与激动的时刻，忽然看见身旁的土路走过十几个扛锄头的男男女女，他们一边走一边指手画脚地描画着昨晚发生过的枪战和骂仗。

李田林听得迷迷糊糊，有些话他明白是啥意思，有些话他听不懂，不知是说的一些啥事情，啥道理。但是，这些出工男女集中说的有一条他听清楚了，昨晚两家和造反队打仗是虚打、假打，双方都没有死伤人。好险哇！原来是一场游戏。像他和狗蛋他们在李家庄村对面的槐树林打泥蛋仗一样。大人们的游戏，与他们的游戏不一样，动真格的，放真枪，投真手榴弹。李田林感到肚子饿得实在受不了，等那些出工说闲话的男女走过去后，又沿着一条小土路向另一座山头走来。他想赶快回到爷爷和四叔父、小姑他们身边。他们一定找不着他，急得不知成了个啥样子。他弯腰把双脚缠的布条往紧勒了一勒，又把裤带往紧系了系，双手挠着头部疼痒化脓的秃疮，迎着冉冉上升的太阳，朝西南方向走去。

突然，两声“妈妈呀——妈妈呀”的哭声传来。他吓了一跳，止住脚步，侧耳细听，判断出哭声就在脚下这座小山头右侧的向阳坡上，很近。

“妈妈呀——你死的好命苦哇，我想你哇，你把女儿带上吧——唔唔唔……”

李田林这一回可听清楚了，是一个小女孩子在哭她已死去的母亲。还要让她已经死了的母亲带着她一同去死。还有这样的傻女孩，妈妈死了，她也要跟着去死。不容他去多想，急急忙忙朝哭声传来的地方跑过来。果然，只见一堆新崛起的土堆坟头，插着一条湿柳棍，上端弯曲成一个弧形的小弓，飘连着一束白纸条和白纸花。土堆一旁插着几根粘贴着白纸须的棍子。三块砖头垒的墓门楼上面摆放着鸡蛋、油炸麻花、饼子、红枣之类最好吃的供品。一个与他年龄大小差不了多少的女孩子，戴着的黑帽子上缀着一块倒后连着的白布，在徐徐的微风吹拂下随着小女孩号哭时肩膀的抖动一摆一晃的。小女孩半趴伏在坟墓，几乎是头部的前额紧靠着墓门楼。

“妈妈呀——你走了，留下爸爸和我们姐弟几个怎么活呀？妈妈呀——”

李田林被小女孩子痛哭她母亲所表现出来的感情姿态而触动，全身的血液都涌到了心窝，憋得喉咙都要向嘴里吐出来。他不知道自己是迈动着怎样的脚步走到小女孩身边的，是用双手往起搀扶小女孩和劝说小女孩不要哭坏身子，还是自己也身子跪下陪着小女孩一起悲伤大哭一场。总之，他也想大哭一场，把积郁在心头的所有思念和苦闷全部哭出来，哪怕就是用哭腔哭调放声喊几声信天游和山曲儿，也比站在小女孩的身旁好受一些。小女孩的妈妈活着时一定是一位很疼爱自己孩子的漂亮妈妈，一定是一位最会缝补衣服的好妈妈……

“妈妈——”李田林再也控制不住自己脆弱而清纯的感情，被小女孩痛哭所表现的神情和周围群山映衬出来的浓厚气氛所感染，不由自主地从两片丰满的嘴唇发出一声接一声的对“妈妈”的呼唤。

“你——”小女孩伸直身子斜过头，手背擦着眼泪，用一种揣测与好奇的目光打量着陌生的男孩子。她无法理解一个从未见过面的男孩子，自己根本就不认识的男孩子会突然从山洼里走来，与自己一起以上坟哭丧的方式来表达对妈妈的怀念。这怎么可能是眼前活生生的事实呢？这个男孩子一举一动所表现出来的忧伤、思念的神色，说明了男孩子是真诚地对她妈妈的死去表示悼念和哀思。男孩子这样做没有别的坏意，也是对她的安慰和劝解。她投去感激的目光注视他，以表达在这夏季的时光他给予她精神上的支持和鼓舞。她感激男孩子在妈妈坟墓旁以痛哭的方式来给予自己抚慰。不管他是从哪里来的，不管他姓啥叫啥，也不管他是做啥的，逃荒的，要饭的，过路的，她都会感激他。她能看得出来，他一定经历了饥饿与最痛苦的折磨，他可能比她经受了死去妈妈还要更伤心的打击。他是被饥饿和昨晚的枪声惊吓得跑到妈妈坟墓旁，还是听到了自己的哭声而出于同病相怜来安慰她的。她找不到答案。反正，他肯定饿得很难坚持走到任何一个村子了。她犹豫了一下，将供在妈妈墓门楼的煮鸡蛋、油炸麻花、白面饼子、红枣，分别拿起来掰下一小块，留下作为妈妈阴间的食品，而将剩余的两个不完整的煮鸡蛋，一根炸麻花、两个饼子，还有红枣，全部递到他的面前。

“给，吃吧。”

“不，不行，这是给你妈的供品。我不能吃。”

“能吃。我妈得病去世一个多月了。我是家中姐弟中的老大，今天特意来给我妈上坟。供品只是表达心意和孝心，留一小部分就行了。”

“那——”他已经饥饿得几乎连双腿都抬不起来，顾不得再考虑脸面和尊严。他为了表达得到这些好吃的东西产生的心理平衡，以及对女孩子的感激之情，紧挨着小女孩跪下，深深地低下头一连磕了三个头。做完了这些对死人的表达哀悼和敬意的动作，他没有再说一句推辞的话便双手接过了所有供品，走到离坟堆十几步远的地方，背靠着土塄的一株水桐树，狼吞虎咽地吃起来。这是他平时在爷爷家很少吃到的美餐。油炸麻花、白面饼子不是任何庄稼人都能吃到的家常饭。李田林很快地解决了得到的意外的食品。他从心底里对小女孩的仁慈报以感激，他也对埋在土堆里的小女孩的妈妈再次致以默哀，或者说是请求对他的没有礼貌给予原谅。他实在是饥饿得没有办法，从一个已经死了入土的女人嘴里抢夺粮食。

李田林填饱了肚子，惭愧与羞涩全部挂在脸部。他这才想起问小女孩的姓名：“你叫啥？这是个啥村子？”

“我叫刘彩云，是刘堡村的。”她手指不远处的村子说，“这就是我们村，黑夜里城南乡下的红色兵团和城里来的武大总部造反队，就在我村周围的山头打了一夜仗，吓得全村人不敢睡觉，都躲到各家的墙根底。你叫啥？哪个村的？你这脚是不是——”

“我叫李田林，李家沟村的。我的脚是自己跑得碰了的，不是被子弹打的。”他记住了刘彩云的名字和知道了她的村子，也告诉了她要知道的。虽然他可以在他的身上能找到中国的地名和全世界的国名在哪个位置，可是他面对四周全是延绵起伏的群山和头顶的太阳，却不能找到回李家沟的道路，他问刘彩云知道不知道去李家沟村的路程有多远。她转身手指对面东南的大山说：

“到李家沟的路有多远，我也不清楚。我听我爸爸说过，翻过这架山，沿着一条沟走到拐弯处，再爬上一架黄土坡，有个村子只有一家姓李的人家，那就是李家沟。”

“对，是我爷爷家。你去过？”

“没有。听我爸爸说过。那个村有个土秀才，年轻的时候给人还占卜算命。”

“太对了，那就是我爷爷。”

“是你爷爷？”

“是我爷爷，给我教的识字，还给我讲孔子、孟子、张衡的故事。”

“是吗？你爷爷会讲刘秀的故事吗？”

“可能会吧？反正没有给我讲过。”

“我爸爸会讲，我妈妈活着时也会讲。你知道我村为啥叫刘堡村吗？听我妈妈活着时说，很久以前，汉刘秀带兵打仗来到这里，一住就住了整整三年，修了许多许多的石堡和窑洞。我村和周围八个村子姓刘的人，都是刘秀的子孙。你爷爷给你讲故事里说的张衡，也是那个时候的英雄。是不是？

“是是是……”李田林望着刘彩云，心里充满了敬佩之意，没想到她是一个知道很多故事的女孩，比自己知道的故事还要多。他用深情的目光向她作着最后的告别，按她指出的大山的方向踏上回家的路。

“再见——”

“再见——”

深深的大山流传着的千古传奇和神话故事把两个孩子的呼唤声淹没。他们说好了以后还要见面。

第十三章　母子重逢

李田林是太阳快要坠落到李家沟村对面的大山时分才回来的。他出走的两天两夜，李家沟父子村闹翻了天。爷爷生气四儿子明富不知礼数，快娶媳妇成家立业的人了，还与十来岁的侄子一般见识，爷爷一怒之下，抄起顶门棍，照着四叔父明富的屁股就是一棍，坏小子，找不回田林来，老子就没有你这个儿子。四叔父在爷爷的训斥下，放下生产队的营生，到李家峁、李家庄周围的村子寻找他。爷爷叫三叔父明连替他放羊，自己到驴尾巴周围几里的一座座大山里寻找他的影子。大叔父明则、叔伯明全也给生产队田里忙完，就专程到枣林公社、王塔公社一些大村寻找他。他们害怕他在外发生意外，万一遇到狼和两家造反派真枪真刀打仗怎么办……

他回到了李家沟，爷爷和四叔父明富、小姑水莲，还有大叔父明则、三叔父明连、叔伯明全、大妈、三妈、俊宝、俊利他们一齐围住他争吵不休。有的指责四叔父明富不该打骂他，这个家又不是四叔父一个人的，有的埋怨他脾气倔强，没妈的孩子，缺少教养……爷爷大发脾气，都闭嘴，谁再要动不动打他的孙子，就不是他养的。爷爷又怒斥四叔父，没有兄弟之情，不讲“仁义”，成不了真正的男子汉。

李明富经历了他出走的事情后也很害怕，万一侄子真有个三长两短，二哥回来后怎么给交代！田林回来，李明富是既恼火又高兴，不管怎样，总算一块石头落了地。李田林见四叔父改变了凶恶的样子，又抄起了牧羊鞭，跟着爷爷上驴尾巴峁放羊了。

他的个子在承受着秃疮的压力往高长。四叔父明富打他的事情发生

半个月后，爷爷得了一种气喘病，行路困难，说上几句话就“咳咳”两声。在崎岖小道上，也大口大口喘气。本来就劳力少的父子村，为了便于集中劳力耕种贫瘠的山梁地，只得还让老人承担起牧羊的重任。他们可能心里都很明白，放羊的重任不久将会落在李家沟的第三代人李田林的身上。因为李田林这孩子太爱牧羊了，掌握了放羊的许多本领。

又是一年过去了，爸爸仍没有回村。叔父们都在夸赞李田林是个好羊倌。

李明富对年迈的父亲安慰：“爹，养活上田林，总不能待在家吃闲饭。十几岁的小子了，放七八十只羊，也能管照的。男孩子不吃十年闲饭呀，您老人家就别再放羊了。”

“唉，田林爱念书，聪明，记忆好，他有‘一品官命’哇，唉……可惜，遭逢了不争气的父母。你二哥，也不知道这几年在外混成个啥样子了。”

“如今好多学校还在停课，再说老二又穷得那个样子，田林还念啥书。爹，别说了，就让田林当个放羊状元吧。要是他真有那么大的福气，迟早还会出头的。”

李锁平噙着泪不说话了。把那根饱经风霜的沉重牧羊鞭交给田林，实在是违背了他的心愿。他在一生的坎坷经历中悟出了两句话：家有黄金百斗粮，不如养子上学堂。万般皆下品，唯有读书高。他的四个儿子都没有进过正规书房。只有二儿子明先十几岁出去闹革命，读书学文化，可半途而废，落了个妻离家破的结局。如今，他李家的第三代田林、俊宝、俊利……一个个的孙子又都失学，不能到校读书。

老天爷，难道天命与人命都要一起违背人的意志。古人书里写定的事一点儿也不灵验了，全都真的是牛呀鬼呀蛇呀神呀的。老人在复杂的精神世界找不到天命与人命皆不如愿的答案。他不情愿从事实上把牧羊鞭交给他最疼爱最希望有出息的孙子田林。

李田林接过了牧羊鞭，感到肩头的担子沉沉的。他不知道要握多长时间的牧羊鞭。他知道爷爷是很不愿意把牧羊鞭交给自己的。爷爷是实在没有别的办法。但是，爷爷还是要与天命、和人命抗争，叮嘱他一定要利用放羊时间好好地复习各种杂书，一定要等到爸爸回来，一定要等到李家庄学校重新开学。李田林一刻也不敢忘记爷爷的教诲，让爷爷在家做家务活儿，自己独自担当起放羊的重任，羊子一出坡，把羊子赶到坡洼里吃草，就翻开了不离身的那几本书。

从开春到夏季，李田林赶着七八十只羊子，半前晌走坡，黄昏后回村。他挚爱着欢蹦乱跳的羊子，依恋着深山的风景。爷爷的气喘病越来越加重，有时候晚上咳得连觉都睡不成。爷爷对他一个人放羊总是放不下心，有时捂着腰咳嗽着，也要随他一起去放羊。可是，四叔父、小姑和他又说服不了爷爷。他明白爷爷是为多帮助他照看羊子，挤出时间好让他利用羊吃草的空隙，多读一会儿书和翻看看字典。“田林，能看懂了《三国演义》吧？咳……刘备小时候还编卖过席子，猛张飞还杀过猪……咳……那个汉刘邦哇，小时候是有名的赖皮……咳……放羊好，放羊好，共产党里头打天下的就有放过羊的将军……”老人挤到羊群里，盯住手捧着《三国演义》的孙子，摇摇头，又点点头，咳了两声又说，“不知你爸混成个啥模样了。三年不回家，信不寄，话不捎。革的个啥命嘛。咳……”

“爷爷，我一个人放羊，也误不了看书识字，往后就不要再爬山上坡了。”李田林一手握着《三国演义》，一手用羊鞭杆指着山坡上的野草说，“我爸爸一定会回来的。爷爷放心好了。这山里长的草，都是中药材。我大妈、三妈、婶娘她们都挖黄芩、细精草、小柴胡晒干给供销社卖钱。我也从明天开始挖药材，卖了钱给爷爷治病。”

“咳……爷爷不要你挖药材，爷爷要你好好地读书，咳……”

“我要挖药材，也要读书……”

“有出息，是爷爷的好孙子。长大后，鸡子挺起来，准能尿两丈高。嘿……咳……”田林被爷爷说得笑起来，不由地摸了把他的裤裆。

自从入夏以后，王塔、枣树湾、杨洼公社所在的供销社收购门市部开始了收购中药药材。一天挣十分工只能换来一毛八分钱人民币的庄稼人喜出望外，在一日苦干两个半天的空隙里勒着肚子向深山开始要钱，以弥补无米之炊。李田林不会放过这个挣钱给爷爷治病的机会。他把羊

子赶到四面没有庄稼的山坡，让“小弯角”“小四面”“小柠角”它们乖乖地觅草，自己舞起闪光的小镢头，掏挖取之不尽的山里宝贝。

李家沟除了背靠的是沟套沟、坡连坡的驴毛巴峁大山外，其余南、北、西三面都是连绵起伏的群山叠峦，荒草坡洼，陡直崖畔。

黄芩、知母、细精、小柴胡、山丹、芦草、光明草……柠条、石榆……赠予深山姿色与贵重，也给庄稼人带来生存和幸福。李田林爬上南山的半山腰，掏啊刨啊……一棵棵的黄芩，从泥土里拔出，放入篮子里。他握镢把的小手腕青筋一鼓一鼓地抽动，汗水从粘满泥土的肉纹渗出滚到山洼里。挖药材的收获把失学的痛苦与思念亲人的惆怅暂时忘记。他找到了情趣和信心，追着梦幻，在大山里与他的羊群一起爬上滚下，为挖到一株株的黄芩、知母、细精、小柴胡而高兴、欢唱。

两个月过去后，季节还不到寒露，早霜就降临。大雁有规则地排成各种队形在天空展翅飞翔。李田林利用放羊的时间挖的药材，李明富背到枣树湾收购门市部一连卖了两回，换来八十五元人民币，除了买了布，称了盐，打了油，还有五十五元。李明富对能够自食其力的侄子田林感到满意，害秃疮的侄子不但能独立放一群羊，挣回十工分，还能利用放牧时间掏药材，换回一笔可观的收入。经刘堡村刘老汉介绍，李锁平给四儿子明富订了一门亲事。对象是刘堡村刘老汉的侄女柳翠香。李田林挖药材卖的剩余的五十五元做了四叔父订婚的彩礼钱。二十岁的李明富高兴得走路都摇脑袋。趁地还未冻，李明富忙顾收秋，李田林和小姑又挖了百十斤黄芩、小柴胡。李明富叫妹妹和侄子去枣树湾收购门市部出售药材。李田林听了很乐意，和小姑一起往口袋里装着黄芩。

“田林，卖了，买上一双鞋。咳咳咳……”李锁平老汉捂着胸口说。

“啥？要买鞋？”李明富埋怨着老爹。“叫水莲给田林做鞋穿。要不，让田林穿俊宝他们换下的旧鞋也行。”

“你懂得穿新衣新鞋，他就不能穿？咳咳咳……”

“爹，我是说——”李明富不好意思再说下去。

“我不买新鞋。”李田林看着爷爷和四叔父为他穿鞋的事发生争辩，忙说，“我穿旧鞋也挺好的，要娶四妈，需要花很多钱。爷爷，省着点吧。”

李锁平躺到铺盖卷上喘着气干咳嗽。他滞郁的目光盯着被烟火熏黑的窑洞顶，过了好一阵子，闭上眼睛不说话。李田林和小姑把黄芩分装到两个口袋里，向爷爷和四叔说了几句临别话，忙和小姑每人背着一个袋子，出了窑洞。

李田林穿着一双露脚指头的布鞋，一顶褪色的蓝卡其夹帽洗得干干净净，戴在头上，遮住了仍然化脓的秃疮。一身补丁打补丁的灰色劳动布衣服，虽然有些陈旧，倒也显得干净、别致、大方。一早起来，他特意烧了一小锅开水，放入一把盐，洗了洗秃疮和眉脸，感到头上像搬掉了一块石头。

农历九月初五，是枣树湾公社所在地每月三次集的第一个集。

与李田林和小姑水莲一起卖药材的还有俊宝、俊利。上了村头顶的大山，翻下一条沟，走了 20 多里，快到镇子时，正好相遇上李田林的大姑姑李美莲。李美莲出嫁快 10 年了，婆家就在离枣树湾不远的一个山区村子。她今天也是去赶集的，顺便去卖些小柴胡等药材。

一路上李美莲和她的妹妹李水莲、三个侄子东拉西扯，唠叨个不停。作为一个姑母，对于一个失去母亲的侄子不能不关心。李美莲问了一顿李田林的情况后又惊喜地说:“田林，今日到了枣树湾，看看你妈去。”

李田林止住步愣住了。

“你妈找了枣树湾供销社的黄主任。你见到他，他会给你穿一身衣服。”李美莲见李田林呆呆地愣着，估计侄子可能不知道二嫂走后改嫁的情况，“这些年，见过你妈没有？”

李田林摇头说:“没有。”

“我二妈肯定认得田林哥。”俊宝惊叫起来。

“走，咱也去寻个吃好的。”俊利拍着手喊，“快走，快走。”他推着李田林的后腰背。

“我不去。”大姑提出的问题使李田林感到意外。多少年了，他从没

听到有关妈妈走后的一点儿消息。爸爸不让他提起妈妈的长短，避免听众人说闲言闲语。然而生活中泛起的浪花有时候飞溅到他的心灵上，使他那颗幼小的童心不时地产生出思念妈妈的渴望。去年夏，他出走家门，睡到那个石岩下迷迷糊糊做了一个梦。他见到了妈妈，可他谁也没给告诉，只是心里思索着。他认为现实中的妈妈不可能处于那样的情况。

“儿女是娘身上的肉。你怎不去？田林，你妈扔下你走，也不能光怪你妈，你爸也有不对处。一只手拍不响。人常说，儿不嫌母丑，你可别听你爸……”

“大姑，不要提这些了。”李田林抬脚跳过列石，朝前面的枣林走着。他们也相随着钻进枣林。说话声低低的。黄河的波涛声响得越来越厉害。

枣树湾供销收购门市部人来人往，熙熙攘攘。一台笨重的磅秤稳稳当当地安放在里院正中。一群卖药材、烂棉花、动物骨头的女人小孩，围了一层又一层。他们抱着口袋，提着篮子，踮起脚尖，伸长脖子，往里硬挤。

“哎，轮到我啦。来，给我称。”

“怎么？这个婆姨迟来，为啥先给她称？”

“她多长两个角？啥做法……”有些嘴巴子油滑的少年挤眉弄眼，悄悄地指着一个女人，对麻子脸收购员说开了风骚话。那个女人过完秤后，又挤进了一个年轻女子放上了口袋。在外圈等了好久的姑娘和小伙子见了，一个个气得眼冒火星。有人又议论开了刺耳的话。

“这个又是他的……”

“别瞎说，当心挨耳光。这女子是麻子脸的小姨子。”

“唉，这啥辈子才能轮上我们。”

“来，给我称。”

“先看看我的。”

“……”

李田林、俊宝、俊利也跟着往里挤。过了好一阵子，总算等到李田林他们过秤了。那个讥笑麻子脸和小姨子勾搭的少年，说的难听话让麻子脸收购员听见了，可是，他错以为是李田林在揭他的底。顿时脸颊红得像猪肝子一样。他抓起两根黄芩，看了眼，两个指头一折，推开来说：“太湿，刮得不干净。”

李田林急得直挠耳朵。怎么办？明明晒干了，刮得黄澄澄，偏说药材是湿的……唉。

大姑、小姑、俊宝、俊利的黄芩都过秤了，只留下李田林的还没有。他们都替他说情，他也求告麻子脸收购员：“叔叔，收了吧。我还要买……”

“你这黑皮，我不是说了吗？太湿，不收。少啰唆。”

“我的黄芩挺干的，你再看看。”

“嘿嘿，好一张利嘴。”麻子脸打量了李田林一番，嘿了两声又说，“看你的两鬓白渗渗的，是个害秃小子吧？不行，背上回去晒干后再来吧。”

李田林忍着难受，双手端着黄芩递到麻子脸的面前。“这不是挺干的吗？”

“哗啦。”麻子脸抬手一掌，打落了李田林手里的黄芩，变脸喊道：“躲开！你说成个天，也不收。”

李田林的双手抖动着，往起捡着地下的黄芩。一根根的黄芩渗透着他的血汗，也凝集着他的一片童心。

“为啥不收？为啥不收？”俊宝和俊利生气了，大声嚷吵起来，“啥服务态度？一样的货，为啥两样看待？”

“好哇，你们是大风大浪里闯出来的革命小将吧？嘿嘿，再见。”麻子脸一挥手，转身就走。大姑和小姑忙拦住向麻子脸收购员赔情：“不要和他们见怪。”

麻子脸这才站住，把个记斤数的夹子一合，一本正经地说：“这些孩子太野了，要好好教训教训。小小年纪，就无法无天。长大了，还要反天……”一句大帽子话吓得两个姑姑舌根都僵了。

李田林受了一肚子委屈。

突然，大姑高兴地叫了一声：“二嫂、二嫂，你看，田林来了。”

一个 30 来岁的女人，抱着一个小孩，从铁栅栏门外进来，经过磅秤

旁。大姑忙拉着李田林迎头挡住，“二嫂，不认得我了？我是李家沟的，田林的大姑姑。”李美莲又推了把李田林，“还傻啥，这是你的亲生妈。”

抱孩子的女人愣怔住了。

李田林惊呆了。

“是田林吗？”

“是……妈……妈。”

这个女人就是李田林的妈妈，现在的枣树湾供销社黄主任的老婆贺秀丽。她的目光盯住了面前这个瘦弱孩子的眉脸，但是，她很快地像蜻蜓点水那样移开了目光：“田林……我不能……”

“妈妈——”他想鼓足浑身力气喊，可没有发出声音来，只是张开了圆润的嘴，喷出一股热烘烘的气流。他的目光避开了那张蜡白的脸皮，顷刻模糊了视线。

“我不能认你这个儿子。我……”

贺秀丽紧紧地抱住怀里的孩子，闭上双眼，急速地闪进了胡同，再没有出来。母子相逢结束了。

瞬间发生的事情让所有的人震惊。不过，他们都马上醒悟过来。那位麻子脸收购员的灵敏脑瓜最先看出了其中的奥妙关系。他在这不到眨眼的时间里，好像变成了另一个人，似乎刚才那个害羞小子在他的面前突然成了一个可敬的贵少爷。他的风凉语言没有了，笑眯眯地拍了拍还在发傻的李田林：“嘿嘿，没料到，你就是黄主任老婆跟前夫的儿子，嘿嘿，可别见怪老叔，来，过秤吧。”

李田林的药材很快卖了，而且价格算了头等价格。

李田林陷入了痛苦的沉思之中。妈妈不认他这个儿子，他不能理解。妈妈突然来了，不明而去，又帮助他把药材变为人民币。他的心情矛盾起来，跟着姑姑他们很快离开枣树湾收购门市部。

第十四章　教子读书

李明先没有忘记青藏高原剿匪的残酷战斗情景。那时候他爬冰卧雪，枪林炮火里同叛匪厮杀了长达四年，弹片没擦破一个血绽，还立过功。谁想今天和那些没经过正规训练的毛娃娃交战却吃了大亏，流血，负伤，几乎送了性命。狗日的，他妈的，白白地瞎混了几年啊！李明先委屈地哭骂着，老子是完蛋了，可是要叫儿子闯出一条大路来。李家庄小学刚刚恢复开课后，他把儿子接回来马上送到了学校。

伤痕强烈地刺激着神经复苏。

伤痕也麻木着愚昧挣扎。

李明先的老父亲李锁平尽到了他一生最后的一次义务。他带着眉宇间纵横交错的皱纹又微笑了。四儿子李明富娶过了媳妇，成了家，小女水莲也出嫁了。是啊，即使马上到阎王殿报到寻找新的职业也该放心了。四男两女都活成了人，这叫他怎么不高兴！

不过，二儿子李明先离婚的事情一直让他牵挂着。二儿子明先在动枪炮的造反日子里有些愚蠢做法叫他哭笑不得。是啊，西藏平叛老兵不愧是久经考验的战士。武斗即将结束的时刻，双方红卫兵造反总头目为争谁是代表正确路线互不相让，几乎又到了动枪动炮的地步。二儿子明先终于找到了自己显露才能的机会。拿起一把马上要上交的半自动步枪，走在两位红卫兵造反头目中间，大声说，你们谁也不用争。老子当年在西藏剿匪时，千米距离能打夜间煨香火头。这样吧，在五百米距离内，立一块砖头，若我一枪击准，你两方都是无产阶级革命路线的正确、坚定捍卫者、继承者，若是子弹打歪了，你们双方什么路线也不代表，统

统都是王八蛋、龟孙子。

不等双方红卫兵造反头目表态，二儿子李明先立刻开始表演。子弹上膛，端枪“砰”的一声，砖头成碎片飞溅。

双方大大小小的红卫兵个个目瞪口呆，都被老兵的枪法征服。他们都代表了正确路线。二儿子李明先为此有了自豪的资本。

尽管老人的家规那么严，儿女们尊敬他，怕那陈旧的“三纲”束缚他们的手脚。可是，四儿子李明富夫妇身上的时代气质总是与八股的老人生活上格格不入。他们度着蜜月的时候生怕有人出现在他们的窑洞，妨碍他们生活的自由和快活。也是李锁平老汉晚年命里注定受两天恓惶，四媳妇柳翠香过门还不到半年，时常因鸡骂狗，掼碗甩勺，折腾得老汉心里好不难受。为避免是非，不引起四媳妇的嫌弃，老人咳嗽要捂住嘴。他休息都要到大儿子李明则家。而孙子李田林三天两头住在这个家里，日子长了，四媳妇老是看不入眼，嫌这张嘴往空腾米瓮。把那个秃小子请来，白白吃干饭。谁养活他？

“咳咳咳……我……养活。”老汉气得胡子抖动，“行了，我给你们腾地方。”过罢老年的几天，老汉卷着捆好的旧被褥，带了几件锅盆灶具，住进了一孔原来放柴草的破土窑里，另立了炉灶，度着他的晚年生活。李田林也自然和爷爷一块吃住。他跟随爷爷断断续续地握了 10 年的牧羊鞭。李家沟的羊子已在这 10 年里超过了 150 只，分成了两群。一群由李田林的大叔父李明则放，另一群由三叔父李明连放。李田林的牧童生涯还没有结束。因父子村劳力少的原因，爷爷还不能安静地欢度晚年，不得不挑起喂养大畜的担子。爷爷肩头的担子，也是他肩上的一副重担。他不能叫爷爷一个人赶着那不懂人性的动物下沟爬山。

16 岁的李田林为爷爷放牛驴，但是他又不能长时间放下去。自从去年夏天爸爸回村后，他有时候回李家庄去上学；当爸爸出门走了，他只得向沈老师请假，带上课本回李家沟牧牛驴。他是大山的儿子。三天去书海里吸吮乳汁，两天又到荒山寻觅果实。

李田林又一次回到李家庄。沈老师叫他上了五年级班。“田林，你

16岁啦，如果不要耽搁的话，该是中学毕业考中专了。”他理解沈老师的心。要是按照他的进校时间算，还够不上一个念了整整两个学期的一年级学生。

“加一把劲，后半年完全有把握考上初中。”沈亚芳鼓励他，“田林，从现在起，一切从零开始，也不迟。努力吧，明天是属于你们的。”

李田林对这位严肃、庄重、慈善、见多识广的女教师万分尊敬。经过一场风雨的冲击，她还没离开贫瘠的黄土高原。人的接受能力是有限的。干渴的嘴唇和刚从肚皮里爬出来的婴儿，是难以一口饮尽山涧的清泉的。李田林在拼命地和时间赛跑着。

可能是因年龄的增大，或许是10年的艰苦生活，他开始同情自己的爸爸。而这种同情又夹杂着遗憾与幽怨。他怨气爸爸这10来年老是过着吃了上顿无下顿的饥寒日子，生气爸爸不该扔下自己，跟着别人走了搞武斗，以至几乎送了性命。他把自己不能上学的责任推到爸爸头上，为爸爸而可怜羞愧。爸爸太不争气了！

第二次受过烟火洗礼的李明先伴随着岁月的流逝，人模样又发生了变化。焦黄色的脸皮，深凹的眼睛，蓬乱的黄发，黄楂楂的胡子，沟渠纵横式的皱纹……真真切切分部于脑袋的各部位。尤其是每说一句话，那一双失去固定着力的眼眸子溜溜地转个不停，随时都有脱落地下的危险。他半蹲到后炕的墙壁点着小油灯，掏出弹壳制作的水烟锅，拿着根高粱杆做煨香。“吱——”他像三年没吸的烟鬼一样，随着猛劲地往里吸，嘴唇周围一鼓一鼓地抽动，接着两个鼻孔冒出两股青灰色的烟雾污染着本来就不太清洁的窑洞。足足抽了有一顿饭的工夫，再也不见呛人的烟雾从鼻孔冒出来。他握着烟锅点晃着，好像在思考着什么。

“小子，记住，你要给老子争气，好好地读书。”李明先向烧火的儿子呼喊起来。

“爸，光叫我争气，可是……”李田林往灶火里塞着柴说。

“没吃的？他妈的，都是那个臭婊子造成的。”李明先第一次听到儿子说埋怨他的话，心头感到很不舒服，但自知儿子讲得有理，又不肯承认自己的浪荡带来生活穷困的过错，恼羞地反骂离婚十多年的老婆。“咱

父子的穷，全是狼心狗肺的贺秀丽害的。她不是你妈，坏了良心，忘恩负义。你要与她划清界线。前年秋，老子没回来，你跑去认她，她不认你。”李明先去年春回村后，听了水莲他们说田林见到他妈的过程，气得暴跳如雷，一连骂了几天贺秀丽。现在儿子指责他这个做父亲的，他把一切羞恨全集中在早已和他没有关系的贺秀丽身上。

“争气。给老子争气。咱父子俩的生活会好起来的。”李明先狂吼着……

李田林做了十几道算术题，还不见爸爸回家。他挣扎着身子坐起来下了炕，拉开单扇门，向外望去。天空的星星一闪一闪，仿佛要对大地说什么话。他呆呆地看着，往事一桩桩一件件从心头涌起……

那是一个秋天的日子，爸爸负伤回村后，又和二光棍、丑笛子、三癞子一伙打得火热起来。爸爸不会过日子，每做一顿饭，不是稠，就是稀。早饭做得太迟，他上午上学回来还不熟，等吃过饭到校后，他误了课，而爸爸到地劳动迟了又扣工分。爸爸不让扣工分，有时候和会计、队长吵起来。他知道造成吃早饭迟的原因，一是爸爸起得迟，二是少柴没炭。他记得，有时烧得没柴了，爸爸随便到狗蛋家的柴堆上拿。自从那年为买窑一事，爸爸跟狗蛋爹变了脸，爸爸和狗蛋的父母成了仇人。爸爸赌气，宁愿生吃小米，也不向李银喜要一根柴。可是爸爸又不去荒坡搂柴。爸爸每天晚上睡得很迟，脱下衣服后，总要抽半天水烟。抽完水烟后双胳膊搁在枕头上，两个拳头垫到后脑勺，噘着嘴唇，转着眼珠子，一会儿摇头，一会儿叹气。当他睡了一觉醒来后，爸爸还是这个样子，不知在思考着什么。真叫他伤心。

夜风吹开了，对面坡上的槐树枝叶“沙沙”的响声打断了他的思索。他头上的秃疮又疼得厉害了。他轻轻地出了门，走到院子内的磨道下，坐在磨盘上等待着爸爸记工分回来。他真担心爸爸又跟会计吵架。

突然，院子外有人叫：“二流子，哎哟，还没睡，是不是想老婆了？”轻贱的声音，刺着李田林的心灵。他明白这是谁在叫爸爸，没有回话。

“嘻嘻，怎么不透气，给你报喜了，快请客吧。”二光棍进了院子，也没朝磨盘上看，径直走到门旁，见单扇门敞开着，向里唾了团唾沫“总是受不了啦，又钻烂花鞋的被窝去。”

“你瞎说。”李田林溜下磨盘，走到二光棍的面前，“我爸记工分去了，有啥事？”

“记工分？”二光棍转过身来，借着星光，嘿嘿地一笑，“你还替那个打游击老子当保和派？他早和烂花鞋刘花瓶打伙计去。”二光棍说完就走了。

李田林的心窝比扎了两锥子还难受。他回到窑洞，闭上门，脱衣睡下。不知过了多久，鸡叫了，接着传来一阵狗咬声。忽又听得外面响起了脚步声。爸爸回来了，连衣服也没脱，吹灭了灯，就和衣睡了。

李田林没有问爸爸做什么去，也没给爸爸说二光棍来找他的事。他的心里很难受，思考着一些自己还不懂的事情，直到闭上眼睛，进入梦中。

他做开了梦。梦见许多许多的羊群在大山里吃草……

放了暑假，李田林和其他五年级的同学去王塔学区参加了小学升初中考试。他的心情很激动。第一门考算术。他害怕。算术课是他的弱点。进考场的前二十分钟，他的脑子里像被什么东西在搅动着。是呀，如果考上了，一定要下苦功夫学，把耽搁了的课程赶上来。万一考不上，就回李家沟放一辈子羊，侍侯爷爷度过晚年。

十道数学题，他看了一遍，心里直发慌。考题并不难，但对他来说十分艰难。前面的几道刚做完，时间就过去了一半。第五道不会做，第六道、第七道……他的神经不由自己控制。手中的铅笔也抖开了。时间一分一秒地过去。

“丁零——”铃声响了，他瘫倒在了地下，差一点儿碰着了流脓的秃头。语文、政治……各门功课都考完后，他很失望，难过地匆匆离开考场，离开王塔中学的大院，顺着窟野河畔向上游走去，向去李家沟村的山路走去。

李田林回到了李家沟，把考试的过程说给了爷爷听。爷爷鼓励安慰他。他接过了爷爷的放牛鞭，赶着牛下了井沟。李家沟的孩子又多了几

个。李田林的三叔父李明连也生了几个孩子，最大已有七八岁，连同俊宝、俊利他们，共有八九个小兄弟小妹妹。除过俊宝和俊利念书外，其他的小弟弟小妹妹因年龄小，都不能跑李家峁村上学，每天就是挽猪草。今天前晌，他们都赶着牛羊，也到井沟的驴尾巴峁山根下放牧。离开学的时间只留下两周，李田林还没接到录取通知书。他坐到一块石头上，用细榆条枝编织着草帽，心里闷闷的。

天气很热，小兄弟们都光着屁股钻进清水里玩。他们拍着手打水仗。一会儿小脑袋都潜入水里，一会儿又似葫芦露了出来。水珠飞溅，一起一落。

“田林哥，你喜欢什么？”

“我？我喜欢放牛。”

“哼，你骗人，那你为啥还念书？”

他不作声，低下头，拿起一根剥了皮的白白的细榆条儿又编了起来。俊宝瞅了一眼哥哥，向头顶的驴尾巴峁大叫一声，“冲哇，给我抓住坏蛋。”小兄弟们浑身一丝不挂，光着脚向山上爬去，只有李田林还在编草帽。山坡上的绿草丛中，一个个赤条条的孩子向上攀着。李田林看着看着，也高兴地放下没有编好的草帽冲向山坡。

当他上了半山腰，猛听得沟底有人大叫：“田林，田林——快下来，考上啦——考上啦——”

李田林站到半坡向下看去，只见爸爸手里挥动着一张纸片，在红彤彤的阳光下闪闪发光。俊宝、俊利他们也停住了登山。

“傻小子，快，你考上秀才啦！”李明先一个劲地挥舞着，几乎似发疯般地狂叫：“快，下来，这是通知书——”

“田林哥考上啦——田林哥考上初中啦——”小兄弟们一齐围住了李田林大喊。

山对面传来长长的回声，折过来，又折过去。声音是从大山里传来的，又向大山里钻了进去。李田林和小兄弟们打着滚向山下滚去。他从爸爸手中接过通知书，眼泪汪汪地抽泣着……

第十五章　被逼为贼

开学两个多月后，李田林才知道他之所以能考上初中，主要是因为全县的考生成绩普遍考得不好。另外，小学上初中的升学率是百分之九十，加之，他的语文试题还答得不错。由于他用功学习，刚到王塔中学读书就受到代课老师的表扬，夸奖他的作文写得好。但是他也很内疚：我能算一个合格的初中生吗？

他觉得压力很重，连一分一秒也不放过。数理化课程老是赶不上别的同学，受到了数学老师的点名批评。他对语文、历史、地理很感兴趣，而学习数理化却觉得很枯燥。在全校初一 4 个班近 200 名学生中，他算是中上等学生。

爷爷把省吃俭用下的小米和窝头面给他送到学校。他知道爸爸分的粮连爸爸一个人也不够吃，他在校吃的口粮，全靠爷爷供给着。当上了初中生，他还是穿的旧衣服。同学们见他穿得破烂不堪，又满头害着秃疮，都不愿和他同桌读书，同宿舍的学生又不愿和他挨着睡觉。他暗暗下决心一定要治好秃疮。天天早晨坚持用盐开水洗头，有效地控制了秃疮的继续恶化。

他到校时爷爷给他了 10 块钱，交过学费、书钱和伙食费后，还剩 3 块钱，他又订了一份文学杂志，把钱就都花光了。

星期日，李家庄村在王塔中学上学的几个学生回村去拿口粮。半后晌时分，李田林和同学们刚进村，迎面碰着二光棍、丑笛子等几个好赌钱的人正在村子的十字路口，围成一圈耍扑克。他们一见李田林回来了就酸溜溜地咯吵开来。

"秃小子，你爸的腿叫人家打断了。"

"嘻嘻，你爸串门子也没本事，叫烂花鞋……"

"昨天夜里，我听到号叫声，忙穿上衣服跑去一看，哈哈，李明先光着身子，被烂花鞋和她老汉绑到树上给浇了一身屎尿。"

李田林的头上如挨了一棒。他瞪了这几个人一眼，急忙往家里跑。

他推开门，见炕头铺盖卷上躺着睡着一个人，他想一定是爸爸。李田林放下黄挂包，推了一把："起来吧，爸——"

李明先掀开被子，打着哆嗦翻身爬起来，揉了揉迷迷糊糊的眼睛，见是儿子，才镇静下来问："饿了吧，爸去做饭"说着跳下炕，趿拉着鞋，摘了儿子的帽子问，"秃疮好了没有？"

"不好。"李田林嗅到一股臭味，忙捂住鼻子。李明先看见转着眼珠倒退了几步，抖动着嘴唇说："爸爸不……不小心，一只腿踏进了茅坑。"

李田林一愣，脸"唰"地红了。难道刚才二光棍他们说得是真的？他感到害怕，不敢再想下去，忙动手烧火做饭。

他揭开小锣锅盖，里面还剩下够一碗高粱面拌汤，像糨糊一样。大锅盖上扣着一个碗，碗底下横放着一双筷子。虽然是八月天气，但是家里还苍蝇嗡嗡乱飞。和过去一样，地下铺了厚厚一层灰尘，水瓮里没一瓢水，炉坑里的柴灰满得流了出来。铲饭的铁匙、舀饭的勺子、切菜的刀子都生了锈。窑洞被烟火熏得漆黑，窑洞顶倒挂着一些蜘蛛网。正面贴的换了几次的伟人画像已颠倒掉着。后炕是爸爸的一卷烂铺盖，前炕是几个放粮用的瓷罐破盆。地下的炉台旁除了立着一个空水瓮以外，只有堆放的一堆湿柴草。枕头旁放着小墨水瓶做的煤油灯和水烟锅、烟兜。子弹做的水烟锅，这是爸爸必不可少的"宝贝"。

李田林看着这一切，鼻子一酸，眼泪倒流进肚子里。看来，他到校的口粮是带不成了。晚上父子俩吃了顿高粱面拌汤。

第二天，李田林没吃早饭，也没叫相随的同学，就到学校去了。他没带口粮，也没拿一分钱。他实在不敢想爸爸做下了见不得人的事情。

又过了两周，李家庄村的同学回家走了一回，给李田林带来了更加耻辱的丑闻。家里发生的事情如特大新闻迅速在学校传开。同学们都在议论着向他投来各种奇异的目光，他气得只能用眼泪来安慰自己。

李明先在人生道路上的反复急剧变化，用他今天的话说：狗日的，妈的，老子算看破红尘，世上没有几个好人。过去，他讲道德，讲纯真，讲大公无私，干革命，追求进步，酷爱文学……而今统统变成了空的。

在他看来，贺秀丽表面对他是一片真心，而背后搞两面三刀，把他推上了绝路。当年最关心他的牛珍书记，比谁都讲原则，可在武斗最凶的时候回去老家休养，而自己跟着干了三年选择派，不但一无所获，反而小腿肚子上挨了一枪，差一点伤着骨头。

李明先在回到农村的十多年里，完全背叛了他青年时代的崇高理想。当人们第一次叫他二流子时，他怨恨人家低估了他，可是，后来他的言行却堕落成了个地地道道的二流子，光棍汉的生活把他回农村之前的宏伟理想冲洗得无影无踪。当年他痛恨贺秀丽不贞洁坏了良心，如今他的所作所为连贺秀丽都不如。

刚回村的几年里，他赌过钱，吵过架，也争过气，在那些卖弄风骚的女人面前眼皮都不眨一下。在造反战斗的三年里，他想闯出一条阳关大道，好好地再继续革命下去，可是无情的现实把他差点送了命。五十年代末，他没有在西藏平叛的战斗里划破一个血裂，而在今天却让一些毛娃娃的冷弹穿过了他的腿肚子。在三年困难时代他没有饿过肚皮，而在这几年里却几乎是吃了上顿无下顿。都怪自己命不好！什么老爹算的是“长流水命”，是比“金命”还好的富命。妈的，原来是地地道道的“土命”、穷命。

他认为自己落到了今天这个下场，主要是离婚走了的老婆贺秀丽造成的。

他再也经受不住孤独的折磨，拍着自身的胸脯，他妈的，何必要这般认真呢。十年了，自从老婆离了婚，还没敢拉女人的手一下，可村里谁不说自己是二光棍一类的人。球毛，一不做，二不休，玩个女人有何不可？在单相思的苦日子中，他不知不觉地和 40 岁出头的烂花鞋刘花瓶勾搭上了。他的钱财流进了刘花瓶的腰包。开始他还有些心虚，慢慢地

就不以为然起来。他妈的，干一次和十次、一百次一样，比我李明先强的人照样玩女人，我怕个啥，还不叫当老百姓！他被烂花鞋迷住了，每次去刘花瓶家，总得拿三元、五元的，日子长了，他就不带钱，甚至还要吃喝烂花鞋一顿。刘花瓶很不高兴，给他暗暗操上心。

李明先按照刘花瓶下午约好的暗号，说她老汉今天又出门走了，叫晚上一定来。李明先听了喜得眉飞色舞。

掌灯时分，李明先梳了梳偏头，洗了洗脸，抽足了烟，得意扬扬地出了院子。不一会儿，他来到刘花瓶的家里。

刘花瓶一生只生了一个女孩，两年前已嫁出去。她的老汉是个爱钱不要脸的人。只要能挣钱，别人给他脸上撒尿也行。刘花瓶一年四季不参加劳动，40 多岁的人了，一天三打扮，梳洗得油头滑脑。二光棍、丑笛子、三癞子的钱财大都被她榨干吸干。她凭着这套本事，把村里的光棍汉一个个整得当了俘虏。唯有李明先这小子上门来，吃了肉，还不想付钱，她拍着肚皮骂：“哼，瞎了你的狗眼，老娘的肚皮是你好爬的？”

李明先按着以往的老规矩，轻轻地走到门旁，手指头“叭叭叭”地敲了三下门扇。顷刻，门开了，月影下刘花瓶披着头发，光着身子，娇滴滴地说：“哎哟，到哪儿去了，叫人等得心痒魂散。”说着把李明先一把拉进去。

李明先正和刘花瓶寻欢到了高潮，忽然听得外面响起脚步声。接着有人喊叫开门。李明先一听，吓得神魂颠倒，直往刘花瓶的腿圪塄钻。

门“砰”地打开了。一道雪亮的手电光直射进来。刚才还抱着李明先取乐的刘花瓶，猛然跳到地下大哭大叫：“捉奸贼呀，二流子李明先欺负老娘啊！我的老天爷呀……”

李明先赤条子被捆在外面的水桐树上，浑身打战，苦苦求饶。刘花瓶的老汉向他要 200 块钱，不然，就要往公社送他。李明先哪有这么多钱，好话说了千千万万也不顶用。已穿上衣服的刘花瓶，早给他准备好了。只听“呼”一声，一桶茅粪浇到李明先的头上。刘花瓶的老汉手里握着一根带刺的柠条，狠劲地抽打着李明先。李明先觉得又臭又疼，杀猪般地号叫着救命。

静静的夜晚被这突如其来的嘶叫声划破。还没有睡下的人们被惊动了。霎时间，刘花瓶家院子内挤满了二三百男女老少。当人们知道发生了什么事的时候，多数人唾着唾沫各自回家睡去。有的人骂李明先这种人，就要这么割治，当年他离婚骂老婆偷野汉，嘿嘿，想不到他也有今天。

“哼，李明先不好了，烂花鞋爱钱也太不要脸，只有二光棍、李明先这种人才上她的当，人家有头脑的人谁进她的门，真是一只烂花鞋。”有的人为李明先打抱不平。

刘花瓶婆姨汉打得李明先终于应承给 200 块钱。刘花瓶非要现钱不可，要不，就往公社送李明先。看热闹的人们快走完了，李明先还被紧紧地缚在水桐树身上。

“住手，打狗还要看主人。”就在此时，只见李银喜迈着八字步，手里握着白铜水烟锅走了过来。

刘花瓶调头一看，见是村里很有威信的李银喜。她“扑通”跪到地下，大哭大叫说：“我冤枉啊，李明先骗了我家的钱，又糟蹋了我，我非上告不可。”刘花瓶的老汉是个看老婆眼色行事的王八蛋。他一见老婆要开了无赖，就趁着又打着李明先骂：“我操你十八辈子祖宗，你仗着吃了两天公饭，竟敢进家偷盗奸污，老子要剥你的皮！”

李明先彻底软蛋了，口口声声哀求宁愿出 200 块钱。借着月光，他看见眼前只有李银喜一个人，也顾不得过去的事，好比找到了救星：“爷爷，我——我……我实在手里没钱呀，你看——”他疼得说不上话来。

“不怕，不用说是 200 块钱，就是三千、五千块，爷爷也有。”李银喜走到刘花瓶老汉面前，一把拉住说，“放开，凡狼没主子，凡狗有主子。200 块钱，包在我身上。”说着动手解绳。刘花瓶怕放了李明先后翻脸不认账，忙缠住李银喜：“这二流子原来拿了我家 200 块钱，如今，欺负老娘又不还钱。”李银喜一本正经地说：“难道我六十几的人还哄骗人。我老汉胡说过谁，放了，你跟我到家拿钱，一分也不少。”

李明先被放了，抱着衣服出了烂花鞋的院子。李银喜说话果然算数，他带着刘花瓶婆姨汉俩来到自家，从箱子里拿出 20 张 10 元的人民币，当场交给刘花瓶。烂花鞋和她老汉拿上钱得意地走了。

李明先回到家后，把浑身上下洗了一遍，还是又臭又疼。他简直恨死了刘花瓶："你这老婊子，他妈的，好心狠呀，老子和你前世无仇，今世无冤，你不愿意，就拉倒，怎敢如此！"

他躺到炕上怎么也睡不着。他不明白，几年前，李银喜为买叔伯哥哥李明全的石窑，同自己吵翻了脸。好几年了，一个门上谁也和谁很少说话。当时，李银喜就买。如果不是自己顶得硬，不但明全的西窑被他低价买去，连自己的东窑也要被他夺走。想不到他今天被烂花鞋设美人计缚住时，李银喜竟出了200元解脱了他。李银喜到底安的是什么心？真叫他捉摸不着。

"明先，睡下没有？"李银喜过来了东窑，手里提着一瓶二锅头，端的一碟子炒鸡蛋，拿的一盒大前门，摆出一副家长的姿态说，"亲不亲，一家人，爷爷还能见难不救，来，咱爷孙俩喝两盅，别哭了。"

"我——"。李明先还真吸取了教训，心想，"这老家伙又搞什么鬼？不管怎样，他总是解了自己的围。现在又拿得来这么多好吃的，也不能不给人家情面。"他连连不断地向李银喜说着感谢的话。

李明先受了一场惊吓后，又恢复了神经。一瓶酒喝光了，一碟炒鸡蛋吃光了，他的脸色忽儿变白忽儿变红。觉得像坐上飞机一样，轻飘飘地飞上了空中。嘴也不由使唤，他把自己从十几岁上参加工作，当通讯员、文书、百货公司保管，一直讲到参军、转业后回到行政上下乡；又从搞创作到老婆离婚、聚众耍赌到"文化大革命"的经历滔滔不绝地讲述着。李银喜见他有几分醉，嬉皮笑脸地说："唉，你父子俩过得恓恓惶惶，吃了上顿无下顿，还常受人欺负。你看看李家沟你爹和明则、明全、明连、明富他们弟兄们几个搞的一个生产队，比单干也强，我要是住在李家沟，两年就翻身了，还愁没穿没吃。唉，再说咱李家庄村吧，动弹一天挣得三毛钱，一年才分200多斤粗粮，有啥留恋的？"

"提这些干啥？"李明先转着发红的眼珠子，喷着唾沫吼道，"他妈的，老子就是不劳动，一年挣上3000工分能分几颗粮。球毛，那几个队干算老几，逼着要我劳动，老子偏不干，烂花鞋这个老婊子，我日她祖宗的，白白骗了我的200块钱，我要上告。”李明先一把抓起空酒瓶朝地下摔去，“叭——”碎玻璃片穿透了窗纸，飞溅出了外面。

“哎呀，使不得呀！”李银喜说。

“不行，老子要上告！”李明先又抓起碟子投到地下。李银喜假意伸手掌挡李明先的嘴，压低声音说：“万万不能，你听爷爷的话，谁也不要告，200块钱算个啥，让烂花鞋反告到县上，可不得了。”

李明先又砸了一拳头锅盖，“哇”的一声，喝进去的酒，吃进去的鸡蛋吐了出来，喷到锅盖上，接着说道：“不行，谁叫你给钱，我要上诉。”

“你是想倒霉了。”李银喜把手里提的白铜水烟锅向炕沿砸了一下，吓唬着李明先说：“你是往炉炕里探头寻灰，你能告倒烂花鞋？你以为自己是条好光棍，就因为吃过两天公饭？我说明先哇，你想得太简单了，烂花鞋可不是好惹的，咱村有名的二光棍、丑笛子、三癞子他们不比你心眼多，可都没跑出她的门槛子，一辈子挣的钱都填了她的口。”

“他妈的，老子不是二光棍他们，我是退职干部、转业军人……我——”

李银喜见李明先酒有些醒了，沉思了一下抽着水烟说：“老孙子，你不知道烂花鞋的厉害。你晓得她为啥叫烂花鞋？嘿，她上了14岁就红开了。打日本鬼子那阵子，她是山西吕梁山区的一个毛丫头，她们姐妹三个，她大姐找的是八路军的一个营教导员，她二姐嫁给了一个国民党的副团长。据说，有一次，刘花瓶到她二姐那儿去，偏偏二姐不在家，她二姐夫见她有几分姿色，就把她勾引上了。她二姐夫玩够了她，又把她送给手下的一个连长。打太原时，那连长死了，她跟着她二姐夫逃到咱这来，把她扔了，却被咱村的李二牛碰着。”李银喜见李明先竖着耳朵听，又说，“你说你当过干部，以为衙门里有粗腿，哼，刘花瓶伸出小指头也有你的胸腰粗。听刘花瓶说，她二姐夫当了俘虏，解放后，改造了十几年，竟当上了省政协委员，每月工资200元。还有——”

“他妈的，我不怕，什么委员不委员，我要到地区上诉，我当年的老上级牛珍书记最近调到地委当副书记了。”李明先大吹大擂地吼着。

“你说啥？”李银喜愣怔了一下，“牛珍书记？就是原王塔区上的牛书记吧？”

“对，就是他”。李明先仗着酒意吹嘘着。

“哎呀呀，我说老孙子，你真是瞎吃了十几年公饭，你知道牛书记是谁？他就是刘花瓶的大姐夫——那个八路军的营教导员。”

“什么？”李明先“哇”的一声，给李银喜吐了一脸，直挺挺地躺倒了。

第二天，李明先完全酒醒后，再也不敢提上告的事情。这时，李银喜一面劝他回李家沟早早发家，一面和他要200块钱。李明先真是哑巴吃苦瓜——苦挨。他连供儿子上学的钱都没有，到哪里寻这200块钱给李银喜。他急得直抓头皮。他明白李银喜主动替他出200块钱的真正用意，是打他和明全那两孔石窑的主意。他实在没法子还清这笔钱。几天后家里的口粮吃完，“怎么办？”他坐在空窑洞里发傻。

他今天才认识到，墙倒众人推，人穷众人欺。人为钱死，鸟为食亡。他怎么才能有钱有粮，生活过得好起来。他想不出办法。十多年前，他还没回农村之前，原以为掏个坡坡，就能吃个窝窝。想不到回农村后没几天，老婆离了，形势也变了，人民币又值价了。农村生活根本不像他那时所想象的单纯，从早到晚，东山的日头背到西山，还吃不饱肚子。文化大革命开始后，他一时又神气起来，总以为混上几年，再捞个“铁饭碗”，没料到却是水中捞月一场空，不但没捞到一根稻草，差一点儿连自己的脑袋也卖了。他终于死下了心，再也不吃公家饭了。

人出三十倒上运，吃了上顿没下顿。光棍生活，难哪，全是由贺秀丽狗日的造成的。李明先为给李银喜还这200块钱急得直发愁。他想上告刘花瓶，可是这怎么能说得过去，她的老汉明明把自己从被窝里抓住捆在树上，又在全村老少面前逼住要了200块钱。就是告到县上、地区、省上又能顶个啥用？原来他的老上级牛珍书记竟然是烂花鞋的亲大姐夫。罢罢罢，怨自己命运不好。这官司算是输了。

他什么希望也没有了。唯有忧虑、憎恨、混日子占据了他的整个大脑。他认为自己和烂花鞋勾搭并不奇怪，哪个光棍汉没有一两个女朋友。

男子汉大丈夫怕什么，豆腐掉到灰堆里，反正是个灰。

半夜里秋风刮开了，天空的星星眨着眼睛，劳动了一天的社员们睡熟了。一个黑影握着一把钳子，悄悄地向离学校不远的一孔窑洞蹿去。窑洞的门上落着锁，黑影扳烂了锁子，轻轻地走进去，摸到办公桌旁，撬开了抽屉上的小洋锁……

天亮后，李明先一清点票子，咦，300多块。他忙数得200元过来西窑还给了李银喜。李银喜见了钱，眼睛一斜："这是从哪儿搞来的？"

李明先忙说："我当干部回乡时带的"。他怎能哄骗过算破天、掐烂地的李银喜。李银喜从他的神色上断定这笔钱来路不明。

李明先见李银喜不要钱，后悔不该现在就给他还钱。李银喜又问："你还能存到现在？"

李明先一时又发起性子："你是认人还是认钱。"

李银喜笑嘻嘻地说："老孙子，你不要生气，实说吧，你的家庭底细谁不知道，手里有几毛钱，我也清楚，我是说——"李银喜虽然不怀疑这笔钱是盗窃的，可是他猜疑李明先可能是在几年前搞造反抢劫的。李银喜拿着钱，心里又在打小算盘。

一天后，李家庄村大队代销点的代销员大叫失盗了。案件传开来，全村的人在乱猜疑。有的说李明先串烂花鞋的门时，烂花鞋骂李明先偷了她家的钱，呸，可能是这老婊子偷盗了代销点假装演戏；有的说李银喜主动给李明先借200块奸款，说不定是这老东西搞的鬼；有的议论会不会是李明先被逼得生活过不下去，做出这种见不了人的事情。还有的人怀疑是二光棍、丑笛子、三癞子他们输光了钱合伙盗窃。众说不一，议论纷纷。公社的政法干部和派出所的警察来破案，从现场上看，丝毫找不到一点儿破绽。因此有的人又怀疑，也许是代销员贪污公款，假造现场。

失盗案单从现场上是无法侦破的。公社政法干部和派出所的警察根据群众提供的线索，首先抓住刘花瓶夫妇俩，叫他们说清楚究竟李明先偷过钱没有，如果没有，那么，这笔钱又是从何而来。刘花瓶情知卖身诈骗，王法难容，暗暗叫苦：偏偏自己哄骗了李明先的200块钱，代销点也失盗了。而钱又是李银喜给她支付的。她知道自己的名声，又怕落个卖淫骗人的臭名，连老本钱也刮了，只好从实交代。她把骗来的200块没给李明先，却退给了李银喜。

这一招，把李银喜吓坏了。他心里也明白了七八分。准是李明先这小子偷了代销点。他心里暗自一算，唉呀，李明先这小子，这一手真厉害，借刀杀人，还要当好人，吃了肉还想不油嘴。但是他身正不怕影子斜，为人没做亏心事，不怕半夜鬼叫门。他做好了准备，如果偷钱名声要强加到他头上，他要叫李明先左右不是人。如果做贼帽子扣不到自己头上，他要把李明先这200块钱白白地装入腰包里。当政法干部和警察查问他时，他把刘花瓶给他退回的200块钱拿了出来，并说着自己×年×月喂羊卖的多少块，五块的几张，十块的多少，总共是多少张，说得分文不差。

盗窃案与李银喜没有任何瓜葛。

真正的盗贼李明先如坐针毡。幸亏从现场上没有侦破。李明先最害怕的是李银喜再追问那笔钱的来由，他就完蛋了。他把还剩的130元用纸裹住埋在炉坑里，然后来到李银喜家想看看情况。不料，李银喜一把抓住他的头发，指头扎住他的鼻子，恶狠狠地骂他："我把你个锁平的灰爹，你干得好事。"李银喜从袄兜掏出200元钱朝李明先晃了晃，又装进去，"你说，这钱到底是哪儿来的，公家审问我老汉，你却装好人。这200元我不敢要，走，咱到个地方上去说。"

"妈呀"，李明先"扑通"跪到地下，磕头似鸡吃米，直叫"爷爷"饶命，千万不要去。

"这么说，代销点的钱是你——"

"老孙子也是实在穷得没办法啊。"李明先哭丧的脸上像灰刷过一样，一个劲地直叫爷爷饶命。

李银喜假装生气："行，只要你今后再不偷人嫖人，爷爷不会坏你的名声"。

奸诈的李银喜与愚蠢的李明先正在勾心斗角。

"不行，我不同意。"门外有人接话了，双扇门推开了，破案的公安和政法干部走进门来:“我们都听清楚了，失盗案现已查明，李明先是盗窃者，必须在二十分钟内退还全部赃款。”

李银喜呆住了，但是他马上清醒过来，一定是这些干部来了多时从门外偷听了他和李明先的拉话。他反大骂着李明先:“狗日的，回来农村学坏了，赌博，嫖人，偷人，啥坏事也干。”他急忙掏出那200元钱，把李明先给他200元钱的过程对公安和政法干部说了一遍。

李明先作了老实交代，得到宽大处理。他在全村男女社员大会上作了检查，退还了全部赃款，奇怪的是李银喜又为李明先支付出了130元。

原来，李明先埋在炉坑灰里的130元被灶火里掉下的火烧成了纸灰。

倒霉的李明先臭名声越传越远。

李家庄村在王塔中学上学的住校学生，返回学校后给李田林带来了父亲嫖人偷人的消息。李田林听了羞得连师生们也见不了。他气得一连病了几天。他的胸脯开始疼痛起来，觉得自己像没有说话权利的人一样。

秋天的校园周围铺满了白杨树落叶。教室里李田林含着耻辱发奋求知。正当李田林发奋读书的关键时刻，他的爷爷李锁平老人撒手离开人世。爷爷的去世是对他的一个沉重打击。李锁平老人是经受不了沉重的生活负荷而积劳成疾倒下的。老人临闭目前还叮嘱着他的儿子们，李家沟要出“一品官”，这个“一品官”就是他最疼爱的孙子李田林。

李田林回到李家沟参加完安葬爷爷的葬礼，又到爷爷的坟墓上烧纸磕头，然后含着泪水返回王塔中学。他把对爷爷的哀思化为在校读书的动力，忍着胸脯的剧烈疼痛向知识的高峰发起冲锋。不过李田林高兴的是他头上的秃疮正开始好转，脱落头发的地方又生出新头发。

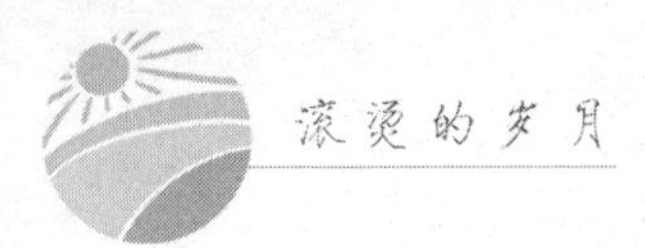

第十六章　卖窑迁家

一九七四年一月，李田林初中毕业后，由于他的勤奋学习，积极参加学校的活动，被推荐上了高中。

李田林对于自己能上高中读书非常高兴。而他的父亲李明先更是喜得眉飞眼跳，逢人就夸:“我的儿子考上高中了！”

然而，儿子的升学并不能解除李明先的惆怅。怎样才能把儿子培养出来，还有他在李家庄村再也待不下去了。他出去村院里，经常听的有人骂他是二流子，回到家中好像听的有人唾弃他是赖鬼。串烂花鞋，偷代销点的钱，耍赌外流……他感到自己在李家庄村失了威信，人家谁也不把他当人。他想好好劳动，重新过日子，当一个诚实的农民。可是夏天到了，田里太阳晒得他头皮疼。狗日的，再说我李明先父子两条光棍，参加不参加劳动一球样，反正吃的 20 斤粮，怕什么，国家一年给上几十元优抚补助款，不唾牛屁股照样也能过得下去。可是，儿子上了高中，家里无有钱粮，逼得他眼珠子转，又欠李银喜的 130 元至今没有还清，还有借众人 100 多元。要账的整天追一屁股。他再去偷盗吗？他实在是不敢去想。自己快 40 岁的人了，为了儿子的前程也得有个长远打算。

李明先思前想后，认为只有回李家沟才是唯一的出路。他知道自己离开了李家庄，正好给李银喜除了害。这些年来，李银喜一直和他明争暗斗，软一顿硬一顿，还不是为了这两孔窑。李银喜专给他便宜，实际上逼着他走。他也知道自己回李家沟后，两孔石窑等于白送给李银喜。李银喜多年的目的就达到了。如果自己再继续待在这里，生活更是没法子过下去，而且社会舆论也会把他糟蹋死。想当年他回农村时，立志要轰轰烈烈干一番事业，想不到现实生活竟是如此地残酷无情，一场春梦破灭。

李明先躺到炕上，“呜呜”地哭起来。哭得是那样的悲伤。

李明先的这种复杂心情早被神机妙算的李银喜看透看穿。李银喜暗自得意，嘿嘿，二流子，不说你个毛小子，比你强十倍的老光棍也得佩服我。好哇，你就支不住了，早识时务，也不会落得今天这个下场。哼，我要用一分钱换来一块大洋。

李明先在李银喜面前表现得无能为力。他要回李家沟，只好主动提出要卖石窑的事情。李银喜反装得手头无钱，暂时买不起，等再过几年看吧。李银喜深知别人是不会买的，有意刁难李明先。李明先一股怒火直冲脑门，好一个狡猾的老狐狸，老子用炸药包毁了窑洞也偏不卖给你。

李银喜见李明先被激怒了，又装出一副笑脸说：“老孙子，可别动肝火哩，自古道，胳膊弯弯往里扭，你叫我先买，哎，这也是抬举爷爷，没把爷爷当外人看待。你要回李家沟，迟早要卖窑，好吧，爷爷还能亏了你，价钱总要差不了多少。”

李明先的怒气马上平息下来。李银喜与李明先合请了中间人，商量买卖窑洞一事。李明先提出要800元，李银喜只给200元，相差太大。中间人说成400元。偏偏这个时候，三癞子、丑笛子等上门来嚷着要赌博钱。代销点的售货员上门要欠下的烟酒、盐油钱。李明先急得眼珠子转。

一家伙少了400元，李银喜早就心中有数，争来争去中间人说成350元。李明先只好同意，在卖窑的合同上画了押。

李明先拿到350元，还过赌博钱和其他债，又扣除了李银喜的130元，还剩余200多元。

过了几天，他办了户口迁移，背的一背烂行李回李家沟安家了。

迁家后，李田林为了就近上学，从王塔中学转学到枣树湾中学。对于爸爸的卖窑，李田林表示了极大的愤慨。爷爷分给爸爸的家产，全部卖光。他生气爸爸不该把祖宗的窑洞卖掉，而爸爸说是为了培养他上学

只有这么办。

捞到了一笔钱暂时解决了经济危机，李田林还清了王塔中学灶上的伙食费，离开了窟野河畔，来到了黄河岸边。有了钱，他开始医治疾病。经X光线检查，他有严重的胸膜炎和支气管淋巴结核，还有轻微的胃炎。他不相信自己得了这么多可怕的疾病。医生给他配了雷米分、鱼肝油丸、四环素等一般的西药，又开了一些青霉素和链霉素针剂。吃药打针了两个月后，病情得到了控制。

刚转学到枣树湾中学，一个宿舍的同学都怕传染上他身上的疾病。加之他头上的秃疮还未痊愈，又是刚转学来的新生，同学们向他投来疑义的目光。但是他并不由此而泄气，他认真听课，完成作业，练习写作，博览古今中外的名著。在一些经常给报刊投稿的同学们的影响下，他也开始向报刊电台投稿。虽然，报刊上没有采用他的稿子，可是报刊的编辑给他寄来不少学习资料给予他极大鼓舞。两个月后他的名声在新的学校传开了。班里的黑板报，学校团支部办的墙报，刊登了他的习作。老师们夸赞他，同学们敬佩他。

文化水平的提高使李田林对自己的家庭有了新的认识。爸爸在生活上的大手大脚，还是不改变。只是比在李家庄村时参加劳动多了。父子俩回李家沟落户，叔父们的意见也不一致的。他们弟兄中有的嫌老二是二流子、“具体人”。

叔父们对爸爸卖了李家庄的石窑，很不满意。爷爷去世之前并没把李家庄的石窟分给爸爸。爷爷去世后，叔父们也不提分窑长短。他们没料到爸爸来个先斩后奏。卖了窑又回到了李家沟。叔父们要和爸爸分卖了窑的钱，爸爸不给。叔父们看到弟兄的情面上才忍让了。李田林实在不愿多考虑这些家事，用未来的美好理想安慰自己，用好的学习成绩来悼念已故的爷爷。爷爷活着的时候给他和俊宝教字说故事。自己上了初中后，爷爷培养他。爸爸让他好好读书这种心情他是理解的。可是卖了家产培养他上学，这不能不使他气愤。爸爸回到农村十几年了，不但没有创下一点家业，反而把爷爷的家产也踢弄了。吃供应救济，不参加劳动，和二光棍、丑笛子、三癞子那些人鬼混……

爸爸的所作所为引起了人们的反对，这对已是中学生的李田林是极大的耻辱。师生们当面不好意思议论他，而在背后又是吵骂他父亲偷人，嫖人，诬告人。有的人甚至在他的面前，说他母亲青年时代在地区师范读书时偷野汉。

李田林的眉脸上像涂上一层墨汁，羞得连人都见不了。这能怨谁呢？他找不出准确的答案，默默地攀登着知识的高峰。

岁月如梭，光阴似箭。一年的高中生活过去了，李田林头上的秃疮已经完全愈合，个子又往高长了半个头。脸颊稍胖，显得微白而紫红。特别是那双内秀的花眼睛，含着聪明与智慧，虽然头上有几处脱了发，留下通红的伤疤，朝前看是看不出害过秃疮的。

自从迁家回到李家沟后，父子俩暂时住在爷爷原来住的窑洞。爸爸还算争了一口气，第二年挣了 2300 工分，分的两担五斗粮，折合的 780 斤。还分的 650 斤山药，3 斤黄油，500 斤大炭。生产队又给每户卖了一只山羊羝子。到了小雪，爸爸一刀捅死山羊羝子，杀的 40 斤肉，3 斤油。

爸爸第一次发出时代的声音：生产队好！人民公社好！社会主义好！

星期日，李田林回到家里见有吃的了，很高兴。他建议爸爸仔细过日子，再不能大手大脚。爸爸对他的话还能听一半句，并一再叫他好好读书，毕业后找个工作。爸爸有了变化，李田林感到美滋滋的。他对自己出生在这个家庭里而苦恼。他觉得爸爸要比妈妈好三分。爸爸培养他上学，而妈妈却抛弃了他，不认他这个儿子。14 岁那年他在枣树湾收购门市部见了妈妈一面，18 岁那年给母亲写了一封信，希望恢复母子关系，弥补心灵中的创伤。可是他等了快两年，一直毫无结果。妈妈没有收到他的信，还是有其他原因。

社会上的一些人对他的父母议论纷纷。有的人像讲故事一样给他讲父母的往事。也有人认为母亲的选择是对的，如果认下她，等于向爸爸屈服低头，并赞扬母亲是有骨气的女人。

李田林在胡思乱想着家里发生的事情。不过，他为爸爸回到李家沟父子村参加劳动而分到粮食感到高兴。他觉得爸爸有点像人民公社的好社员的样子。

又是一个星期天，李田林没回家，拿着本《岳飞传》来到黄河边散步。阳光透过密密麻麻的枣枝射到一条水渠里，闪烁着碎银般的光泽缓缓地流淌着。水渠两边长着翠绿的白草昭示着生命的顽强。河滩里红豆上了架搭起遮住阳光的凉棚。夏白菜吐着绿，倭瓜条爬上了枣枝，枣花散发着芳香，蜜蜂嗡嗡地叫唤。一个丰满夏天的世界覆盖着黄河岸边。李田林坐到水渠畔，卷起裤腿，双脚伸进水里来来回回地晃着。他已不戴帽子了，上身穿件半袖白褂。

他紧闭嘴唇，屏着呼吸，聚精会神地看着书。他觉得自己正爬上一座雪山，挥舞着大刀，跟随岳飞的大军作战。

“扑通”一声，厚厚的黄纸书掉到了水渠里。李田林急忙从南宋回到了公元二十世纪七十年代。他跳进水渠把书打捞上来。

“哈哈……又是看关公战秦琼。”枣林里传出“咯咯咯”的笑声。他向四周看，不见有人来。他以为是神经过敏了，抖落着书上的水珠。他沿水渠畔向前走了十几步，坐到一块石头上面。

“哈哈……书呆子，孔圣人刚从鲁国拍来加急电说，他的七十二贤人少了一个，特邀请你去。”

他听清楚了，朝笑声传来的枣林走去看看究竟是谁。

“嘻嘻，钻不钻——瞎子点灯白费蜡，学不学——到时一起都毕业。”

“真见鬼。”他扭头向身后看，也不见个人影。

“书呆子”突然背后大喊一声，他吓了一跳，这才看清楚是本班和他相处很好的两个同学在开玩笑。

“田林，一心只读圣贤书，当心吃亏。”一个瘦个子同学说。

“我不怕。”李田林习惯地摇着头说。

“班主任沈亚芳老师叫你去，说有人给你捎来钱。”另一个小个子同学说。

“给我？”李田林一怔。

瘦高个同学轻轻地砸了一拳头李田林，笑嘻嘻地说：“你刚转学来，我还以为是王塔中学的泼皮学生，不想咱有眼不识货。”

“少戴高帽子。”李田林推开瘦个子同学。

小个子同学惊讶地说：“你这家伙，一天不说一句话，不想长得一颗灵脑袋，满肚子文章。”小个子同学又拍拍自己的脑袋说，“看咱这灰脑瓜，装的全是尿——”

瘦个子同学拧住小个子同学的耳朵说：“你是过分地虚心，谁不晓得你是筷子里选旗杆。”

“旗杆？”小个子同学“哈哈”地大笑起来，“我要是学得像田林一样好，老实说，毕业了不愁没工作。”

李田林要去找班主任，看是谁给他捎来了钱，而两个同学拉住了他，叫他谈学习体会。

“我俩猜你在这里，特意请你介绍学习的方法。”

李田林掐的一棵小白草摇头拒绝说：“我有啥好方法”。他把小白草伸进水里盥洗着。突然，水面掠过一只蜻蜓，拍击起晶莹的水珠，溅落到李田林的脸颊。李田林看着蜻蜓飞进了枣林，眉梢掠过欢喜的笑容。他又和两个同学拉了一阵子话后，相跟着返校，到院子内三人分手，李田林来见班主任沈亚芳。

“是谁给我捎的钱？”李田林进了学校大门后心里一直在乱猜测。

他走进班主任沈亚芳的房子。

“田林，今年多少岁了。”

“20 虚岁”。李田林感到惊奇。

“你见过你的母亲吗？”

“没有。”

“县里来枣树湾公社下乡的一位同志给你捎的 40 元。”班主任沈亚芳老师从抽屉里拿出一叠票子说，“田林，不能由性子来，母亲毕竟是母亲，天下没有不可怜孩子的妈妈。接住，这是你妈捎给你的。”

“嗡——”李田林的脑子里冲起了万丈波浪，颤抖着双手，嘴唇一张一合，一句话也说不出来。

“傻什么，你不认亲母亲，那就不对了。”

李田林抖动着手接过钱，班主任沈亚芳老师摸摸他的头笑着说：“好好写封信，安慰安慰你妈。”沈亚芳是三年前由李家庄小学调杨洼中学的，两年前又由杨洼中学调枣树湾中学，给高中一年级代班主任兼语文老师。李田林能够由小学进入初中，又由初中进到高中读书，女教师沈亚芳起到了重要作用。李田林不会忘记沈亚芳老师对他的关心和鼓励。他似乎在沈老师的身上看到了亲生母亲的影子。

晚上，同学们都熟睡了，李田林趴在枕头边给母亲写着信。

深夜，黄河的波涛拍击着岸边的石壁发出震天动地的响声。

李田林手中的笔在“沙沙沙”地写着写着。

亲爱的妈妈：

您好！这是我给您写的第二封信……

第十七章　情化春愁

妈妈给他捎来 40 块钱，一半交了伙食费，剩余的当作零花钱用。农历六月上旬，离放暑假只有一周，学校统一放了住校生，让回家拿钱粮，结算半学期的伙食费。李田林和叔伯弟弟李俊宝相随着回家。李俊宝是在杨洼中学初中毕业后考上高中后被分到枣树湾中学的。

李田林大李俊宝一岁，高李俊宝一级。李俊宝长得比李田林个子高。李俊宝 13 岁时母亲得病死后，第二年春他父亲李明则就给他包办地订了婚，结果不到两年，那个女娃嫌李家沟村子小，再怎么也不来而退了婚。李明则白扔了 400 多块钱。这件事对李俊宝的影响很深。他上了初中后不久，就与同班的一个女学生有了感情，临毕业时两个互相倾吐着心中的话儿，表示将来生活在一起，将爱情进行到底。

李俊宝到了枣树湾中学，而女同学因父亲的工作调动转学回县城读书了。李俊宝连续给女同学写了两封信都没有回音。他佩服李田林的顽强学习精神。在他看来，哥哥是一个很有知识的青年学生。对于李田林的家庭贫困，他心有余而力不足。李俊宝的家庭比李田林的家庭强得多，因此李俊宝上学零花钱比较宽裕。李俊宝来到枣树湾中学后，为了帮助哥哥，买纸墨时就多买一些。有时把家里带的熟食和李田林一块吃。他知道哥哥的生活太苦。如果二妈不要离婚走，二叔父也不要回农村，现在田林哥大学也毕业了。要是爷爷不要死的话，田林哥也不至于穷成这个样子。还不成熟的李俊宝被爱情这个网给套住了，觉得自己的苦恼应该告诉给哥哥。

晌午过后天空没有一丝云彩，大地热得像一个火盆。地里的豆叶子打着卷卷。梯田里的高粱发了黄，地畔上的鸡碗草匍卧着，崖畔上的酸枣晒红了。山顶上的柠条叶子被毒日烤得发紫。兄弟俩满头淌着热汗大口大口地喘气。他们回到了李家沟村背靠的山顶上。一条从县城到枣树湾的公路盘绕着山顶而过。李俊宝挂着“北京牌”黑皮包揩着额头的汗珠，追赶上走在前面的李田林：“哥，下了山坡就到家了，休息一会儿吧。”李俊宝坐到公路畔的小水桐树下，李田林也坐到另一株小水桐树旁。

“哥，你身体不好，又有啥惆怅事？”李俊宝问。

“什么也没有。”李田林摇摇头，擦着脖颈上的汗水。

“是不是又为交不了学校的口粮？”李俊宝又问。

“不是。”李田林沉着脸回答。

“那么是因为什么？”李俊宝从皮包里掏出两个面包，“尝一尝，昨天才买的。”他递给李田林一个，又拿出几个糖果，“给，挺甜的。”

李田林吃着李俊宝给的面包和糖块长出了口气说：“没什么。”

“我不信。”李俊宝不高兴地说，“是不是为我二妈难过？”

“不是。”李田林瞅了眼李俊宝说：“不要提这些事了。”

“不，人家不好意思在哥面前说，认为哥哥应该去认我二妈。”李俊宝一扬眉毛说，“前几天，我听你班的班主任沈老师说，二妈给你捎来40块钱，是真的吗？”

“你——”李田林避开李俊宝的目光向县城的方向望了望，而后又对李俊宝说，“瞎问啥，你千万不要告诉咱李家沟叔父们。”

“我明白。”李俊宝给李田林解释着说，“有的人叫哥不要认我二妈，说二妈既然忍心抛弃你，你又何必去认她。我认为这种看法是不对的。二妈是和二叔父不行，与哥有什么过不去。”

“我也是这么想。”李田林又长出了一口气。

过了一会儿，兄弟俩又拉到了李俊宝的女同学上来。李俊宝生气地说：“准是变心了。哥，你看怎么办？”

李俊宝提出的这个问题出李田林的意料之外。这个李俊宝的爱情大事对他来说确实不知如何解答。用什么办法使那位女同学给弟弟回信呢？对于个人感情方面的事情李田林还没有考虑过，他也不敢去想。他只能对李俊宝说些安慰的话。“原来你没对我说过这件事情，我又没见过那位女同学，不知道她的学习、性格和为人怎样。你年龄还小，急啥呢？等毕业了再过几年结婚也不算迟。”

“哎呀，如今已谈上了，怎么能扔下呢？”李俊宝苦恼地说，“扔不下。”李田林不赞成李俊宝的看法：“这样纠缠下去，会影响你的学习的”。

“我准备再给她去信。如果不同意，干脆算了。”李俊宝气呼呼地说。

“别急。”李田林劝李俊宝说。太阳偏西了，兄弟俩才离开了公路下了山。

李田林回到家，爸爸用刚磨下的新白面给他做吃的。李田林揭开瓮一看，最多有三升麦子。“爸，不用吃了，留下过年吃吧。”

“怕什么，吃你的吧。”李明先用菜刀切着白面条，嘴里还哼着小曲。过了一会儿，白面条煮熟了，可是没调料和食盐。李明先看着儿子笑了笑说：“先吃一顿吧，吃了爸去李家峁代销点买。”

李田林看一眼爸爸说：“没盐，我去借。”他拿起一个小碗就走，被李明先一把夺下：“不用了，爸和他们借过了，狗日的，你那几个叔父不是人，说老子是木匠斧子一面子。”李明先端起碗边吃边说：“那天晚上，点不着灯了，你四妈连一灯油都不给借，又向你三妈借，也不给，还骂老子把祖宗的窑卖了，为啥不给他们分钱。我又去和你大叔借，偏偏没油了，罢罢罢，干脆算了。他们都不是好鬼，口上说的一套，实际做的一套，狗舔饭碗只顾自己。”

李明先不叫儿子去借盐，硬是淡淡地吃了白面条。吃完饭后，李明先要去李家峁村代销点买盐打油，可是手里没一分钱。李田林掏出仅留下的 5 块钱递给爸爸。李明先一见钱，也没问儿子是哪里搞来的，一把拿过就走。李明先到了李家峁代销点称了 3 斤盐，1 斤煤油，还没花了 1 元钱。他听代销员说又回来一批救济款，乐得一拍大腿说：“还是社会主义好哇。”因此，他把剩余的 4 元 2 角 8 分买了 1 瓶长城大曲，5 盒三门峡。出村时，又遇上李家峁村的一个社员卖猪肉。李明先见了，馋得垂涎三尺，称了 6 斤的一块。可是兜里只留下几分钢镚了。那个卖猪肉的人看在同族同姓的面子上，排起辈数来，还叫李明先叔叔，只好给他欠了猪肉钱。李明先满口说："不要怕，有老公家在，不愁没钱花，等优抚救济款下来一定给你。"

李明先咧着嘴回到家，浓浓的酒味直扑李田林的鼻腔。他见爸爸拿母亲给他的钱买了烟酒和猪肉，心里就像揉进沙子一样难受，忍不住讥笑爸爸说："又发财了。"

"你说啥？"李明先一听儿子的话带刺，顿时一股火星从鼻孔冒出："狗日的，你小子也糟蹋老子。老子卖窑是谁造成的？如果不是为供你小子读书，老子一个人还用饿肚子？别人骂老子是二流子，你也跟着起哄。"

李田林见爸爸发火，只好忍耐着性子不说话。李明先给儿子发了一顿脾气后，见天气已晚，点着灯又煮猪肉。煮熟了猪肉，李明先喝一口烧酒吃一口猪肉，还不住地吸着纸烟。他叫儿子吃肉喝酒，李田林再怎么也吃喝不下去。李明先吃喝着，独自发表着讲演。一瓶长城大曲喝空了，一碗猪肉吃完了，一盒三门峡也抽空了。李明先的脸颊红得似一块猪肝子，他一手挥舞着空酒瓶，一手握着筷子，咧开嘴手舞足蹈地喊叫起来："狗日的，谁的日子能比过老子，我是有功之臣，当过文书下过乡，进军西藏打过仗，文化大革命造过反，如今是人民公社的好社员，十八般武艺件件通。"李明先的神经不由他控制。他狂热地吹了一顿后又骂起了贺秀丽。他把酒瓶子伸到儿子的面前说："小子，记住，要和那个臭婊子贺秀丽划清界线。亲不亲，敌我分。贺秀丽是叛徒，背叛了老子。老子培养她上师范读书，她却搞两面派，在困难面前抛弃了咱父子俩，求荣华，贪富贵。她是地地道道的女流氓、特务、敌人……"李明先唾着吐沫星，东摇西晃骂不绝口。

"爸，不要喝了。"李田林夺下酒瓶子扶着烂醉了的爸爸，不知如何是好。"哇"的一声，肉沫酒汤吐到了李田林的身上。李明先似一堆烂泥倒在了土炕。"唉，爸，这么不争气。"李田林掩面掉眼泪。

第二天半前晌，李明先酒醒后，翻身跳起来，打了个喷嚏，出来外面。他见儿子担水去了，懒洋洋地背靠到院子的土墙晒太阳，感到浑身疲倦，四肢乏困，喉咙里像着了火一样。他正要回家去喝口水，只见侄子李俊宝来了。

“二叔，田林哥在不在？”李俊宝进了院子问。

“担水去了。”李明先瞪了眼侄子问：“有啥事？”

“有啥事？”李俊宝不高兴地说：“下午还要到学校，给田林哥准备好伙食费没有？”

“什么伙食费？”李明先打了个怔惊，转了转眼珠子说，“学校助学金不是发放了吗？”

“助学金？”李俊宝抱着两颗西葫芦瓜，唾了团口沫说，“还没有。”他把西葫芦瓜递到李明先的面前说，“二叔，你没种窝瓜，尝一尝味道。”

“算了。”李明先眉头一皱，张嘴就对侄子发火，“我穷也穷得有骨气，没见吃个东西。”

“啊？”李俊宝气得脸色发白，手里的西葫芦掉到地上砸烂了。

李明先怒冲冲地说：“不是二叔不识抬举，实在是你老子够不到长兄。那天我去借壶煤油都不给。”

李俊宝被二叔骂得心里怪不好受。他真想骂一顿二叔父，想一想自己是个侄子，与二叔父这种“具体人”不能见怪。他生气二叔父不识好歹。把摔烂的瓜捡的扔了。他走了几步又转身说：“给田林哥多带几块钱。”

“助学金都花不过，还要钱干啥？”李明先说。

“谁说的，我们还没评助学金。”李俊宝生气地说。

“这——”李明先挠着头发，急得瞪眼珠子。

“半年也不给田林哥10块钱，他有病不能治，伙食费交不起，衣服换不成，买纸墨没一分钱，光记得吃救济款，不嫌——”李俊宝一句难听的话没说出来，改了口气又接着说，“这学期完了，二叔没有给田林哥一分钱，要不是我二妈捎的40块钱，又要失学。”

李俊宝还要说下去，被李明先一声喝断了：“你说，谁是你二妈？”李明先似乎明白了，“贺秀丽为什么给田林钱？”

“还有几个我二妈，离婚走了的。”

“住口！”李明先顿时火冒三丈，头发倒竖起来，牙齿咬得咯咯地响。他叫李俊宝说清楚。李俊宝猛然省悟，觉得自己不该说这些事情。这时候，李田林担水上来了。李明先不等儿子放下水桶，夺过扁担，一脚踢倒了水桶，破口大骂：“狗日的，把老子的话当作耳边风，你说，什么时候与贺秀丽挂上钩的？为什么要拿她的臭钱。你还有没有骨气？”

李田林被爸爸骂了个狗血喷头，他瞟了一眼发愣的李俊宝，知道是弟弟给爸爸说了母亲捎钱一事。他尽量忍着性子给爸爸解释说：“爸爸，我妈与你不和，与我有什么过不去。再说我不认妈，社会上的人要谴责我。”

“狗日的，什么你妈，贺秀丽不是你妈。她把你五岁扔了，早已不记得你。如今，老子培养你快高中毕业了，贺秀丽突然给你捎钱，夜猫子进屋不安好心，要拉你下水。”李明先大声喊叫着要儿子马上把钱退还给贺秀丽。

李田林真是哭笑不得：“爸，事情哪能这样做，她毕竟是我的生母。从古到今，哪有儿子不认生母的道理。”

“放屁！”李明先挥着扁担打儿子。李俊宝一看，急忙拦腰抱住二叔父。李明先用力甩开了李俊宝，又朝儿子打来，“你个不争气的东西，老子卖光家产，也不要贺秀丽的臭钱。”

李田林见爸爸一时怒气难消，说不起作用，失手了还要打伤自己。他闪开扁担。李明先把对贺秀丽的恨全都集中到了儿子的身上，“他妈的，你还姓不姓李，是不是老子养的！”他又举着扁担朝儿子打来。

“哥哥，快跑。”李俊宝拽住二叔父的衽襟喊着。李田林跑出院子，向下面的大叔家跑去。李明先一直赶到大哥李明则的院子，正遇担土垫猪圈的李明则。李明则见二弟打侄子，早听的是为啥了，他一把夺过李明先手里的扁担边说边骂：“老婆离婚十几年了，与孩子有啥过，也不撒下泡尿照一照。你争的个啥气？”李明则见二弟住了手，咳嗽了几声又说，“我和你一样长的两只手，老婆死了几年了，照样活人。修了三孔石窑，做了四只躺柜，大儿子娶过了媳妇，孙子也抱上了。你养活的一个儿子，还吃了上顿没下顿。”李明则抖了自己的一番威风后又说，“田林快二十岁的人了，你还追着打，不嫌害羞。”

李明先被大哥李明则训斥了一顿后，羞得说不上话来，退出李明则院子，像一个疯子又大骂大哥：“你能行，你能行，你有钱，我不稀罕。”

下午李田林和李俊宝就到了学校。晚上李田林给母亲写了第三封信。他的心里犹如万马奔腾，像被滚滚的河水卷入了深深的峡谷。他尽量排除精神上的痛苦，以顽强的求知精神来弥补心灵的创伤。放暑假后，他要求留到学校，和其他十几个同学浇灌学校农场的庄稼。

暑假过去了，后半学期也过去了。李田林在想高中毕业后自己该面对怎样的生活。他的心跳到了校园外的世界。

第十八章　思念母亲

李田林结束了中学时代的生活。总想离开李家沟找到一个理想的工作，出乎他意料的是，已经发展成十多户人家的李家沟要办小学，叔父们一致推荐他来当老师教书，免得再向外请教师，加重生产队的负担。

李田林是李家沟村的第一代秀才。李家沟村是开天辟地首次办学校。经杨洼公社学区批准，同意李家沟村办一所小学，并由李田林任教师，全年挣 2600 工分，每月补助工资 5 元。

李田林头上的秃疮已经痊愈，留下了几块明显的红伤疤。两鬓长出了稀稀花花的几根白发。随着身体的发育，脸颊长成了长圆形，两颊泛着红晕，双眼皮显得更加清晰。他穿着的学生服在大山映衬下显得清洁帅气。头上已经不戴帽子，稀疏的偏发遮盖着少半个额头，透出一股英俊的豪气。当上了教师，有了更充足的学习时间。他一共教的八个学生，三个是二年级，原来跑到李家峁村念书，其余五个是新入学的一年级，课程是比较轻松的。

由于爸爸与四叔父明富为了争的要爷爷活着时留下的五块水桐板，四叔父咒爸爸不讲道理，要他家腾出爷爷住过的那空破土窑。这是爷爷生前分给四叔父的财产。爸爸先是赖着不走，后来答应下半年腾窑。四叔父又对他说，不是四叔不要兄弟情面，追撵侄子，实在是爸爸太不像话。这几块水桐板，爷爷活着的时候，就分给四叔了。李田林明白四叔父的意思。

李明先卖了李家庄村的石窑后，遭到弟兄们的指责。他们心里都不满意，骂他是“败家子”。李家峁等周围村子的人见了李明先也开玩笑说他是“五包户”。李明先一横心：狗日的，公家这碗饭，这辈子我是吃不上了，但是我的儿子一定要吃上。我要修一孔窑洞，叫李家沟的兄弟们看一看。如今，我的儿子高中毕业了，给他们的孩子当老师，挣的工分补的钱，将来还会有大发展。

李明先又神气起来。

李田林利用教学时间，与爸爸一起，在下井沟的向阳坡处，亲自动手掏窑洞。一天、两天、十天……两个月过去了，一孔小土窑掏成了。又过了半个月，盘好了炕，杵下了烟囱。李田林拿半年的补助工资买了一副门窗。父子俩搬进了新土窑。

李明先感到有了活儿法。他下决心要挣钱，赶超大哥、三弟、四弟、叔伯哥哥和侄子们。他觉得跟生产大队劳动一天，才挣两毛钱，而赌一次，用不了眨眼工夫也能捞几十块钱。然而，赌博、偷盗、搞女人……这些歪门邪道的事情，他实在是不敢再去想。他看到李家峁村有一个木匠，挺能挣钱，又自由，又吃得好。于是他粜了些口粮，买了一套木匠家具，开始学木匠手艺。

李田林见爸爸有信心过日子，心里很高兴，对爸爸学木匠，表示支持。他看到爸爸比以前有所改变，趁着给做工作，叫他好好劳动，仔细过日子。有时候他的口气有点过火，爸爸听后反感了，骂他也坏了心，每每遇到这种情况，李田林就回避，等爸爸火气下去后再去劝说。爸爸也对他一再警告：必须彻底与贺秀丽断绝来往。还要他把念书时花费了的那 40 块钱退回去。李田林见爸爸还记着往事，就再向爸爸解释，不要与母亲记前仇了。爸爸听不进去，只答应他可以认外祖母一家。李田林觉得实在好笑。

李明先在紧张地学木匠。自制了尺子、推刨、锛子、锯子、墨斗，买了几块木料，做箱子、柜子、凳子……

李田林不满当教师的现状，心中的烈火逐渐烧起来。他随时想离开这个抬头只见青天的小山村。对面坡上的柠条，驴尾巴沟的水草，阴洼洼里的山丹花，虽然可爱又迷人魂魄，可是并不能挡住他心灵深处逐渐涨起的大潮向外奔腾。

每天下午放学后，他动笔写日记写散文写小说写诗歌。他把上中学时的日记本和笔记本一本一本地装订起来，把给报刊电台投寄的底稿修改了又修改。夜晚大地入睡后，他还在学校伏案看书学习。每次回学区开教师会，他感到自己脸上像抹着一层黑灰，羞得见不了人，嘴唇也被针线缝住一样。他寄出去一篇又一篇的习作没有消息。他没有泄气，继续练笔。在一种他也说不清的压力驱使下，他又背着爸爸给妈妈写了一封信。他问妈妈为什么自己写了两次信都不回信。如今他已经高中毕业，当上了人民教师，成了一个自食其力的青年。他还把自己照的单人脱帽半身相寄给妈妈，说自己头上的秃疮已经好了。他盼望妈妈给他回信。可是好长时间没有收到妈妈的回信。他不明白为什么妈妈给他捎钱而不写信的理由。

放了暑假后，李田林得到爸爸的同意，去贺家畔村看望外祖父和外祖母。外祖父早在李田林10来岁的时候就去世了。两个姨姨也早已出嫁。大舅结婚后，招工到了北原县农机厂，户口都落到了城郊生产队，家里只留下外祖母和小舅两个人。

李田林第一次上门探望外祖母。

外祖母抱住他的头痛哭。一会儿她骂李明先不是人，一会儿又埋怨贺秀丽不该离婚，一会儿又捶胸责备自己。李田林听外祖母讲述父母的青少年时代……

贺秀丽和李明先离婚后回到了贺家畔。她从十五岁与李明先订婚到十九岁结婚，二十四岁离婚。整整十个春秋，眨眼间，多少憧憬多少梦幻，如一江春水付之东流。

少女时代，她刻苦学习，热爱生活，向往美好的理想。她在爱情上没有经历任何曲折，得到了李明先的追求，她把自己的生命和那颗忠贞的心奉献给了心爱的人。他们结婚后没有度过蜜月，李明先就离开了她，赴西藏平叛去了。在这段日子里，她为李明先操尽了心，睡梦里都在想念着他。在那个金秋10月的一个美好日子里，他们的新的生命诞生，婴儿的一声啼哭，给正在西藏剿匪的丈夫极大的鼓舞。她总以为生活是这样的幸福这样的美好。生活的道路也就是那么直来直去。而她万万没有料到可恶的事情在她身上发生了。她被最关心她的老师拖下了水。她有悔恨的决心，以弥补心灵中的伤痕。她曾经按压住自己的胸口问过自己：如果旧社会一个被逼当妓女的女人重新获得自由，组成了新的家庭得到人们的同情的话，那么，她也应该得到丈夫的原谅和怜悯。她愿自己一个人承受凌辱与痛苦，永远不把自己心灵中的痛苦告诉丈夫。与她的心愿相反的是，丈夫从前线转业到行政，又从行政返回农村不久，她心灵中的刀伤被丈夫看见了。李明先责备她，她能理解。然而，李明先不容她把事实的真相讲清楚，对她进行惨无人道的拷打，还逼着她抛弃了唯一的儿子。

她如做了一场噩梦。少女时代那种活泼天真的性格消失了。她红扑扑的脸颊变成了一张苍白色的粗纸。晶莹的眼睛挂满了一串串血泪，乌黑的头发散乱成一堆无根的柴草。她一会儿傻呆呆地神思，一会儿又号啕大哭。她如失去了灵魂，披头散发跑出院子，穿过门前的枣林，奔向黄河岸边新筑的石头大堤。

她傻傻看着飞奔的惊涛，一个接一个的漩涡迂回着圈子，似老虎张开的大口要把她吞没。她恨自己不该是一个女人。恨自己当初真不该听信牛珍书记的话，恨自己不该过早地结婚生孩子，恨自己不该去地区师范学校读书……

十年，幸福的十年，也是苦难的十年。她想不到李明先参了四年军，人性竟变成像野兽一般，把夫妻恩情全都抛弃，逼得她无家可归。为了他，自己扔了工作，回到了农村。

怒涛冲击的浪花飞溅到她的头上。一天，两天，十天……半年……她每天站到河边啼哭。

深秋了，她还是穿着离婚时的那套海昌蓝衣服。蓝颜色已褪掉，几处开了窟窿。她不愿意去补。补是补不住的。补住了也是留下皱皱的疤。浪花淋湿了她的衣服，她一点儿也感觉不到冰冷。她对着黄河大声地呼叫：“我为什么不早死去呢？我冤枉啊！明先，我走了，祝你幸福，把田林抚养成人——”她翻身向下跳，却被紧紧盯着她的妹妹抱住了。

她曾几次投河自杀未成，决心再活下去。她发誓永不离开贺家畔，侍候爹娘，度过终生。一年过去了，两年过去了，妈妈一再催促她改嫁："妈妈的苦命娃哩，再找个合适的吧。"上年纪的妈想着那个胖乎乎的外甥，要捎话叫李明先把外甥送来，被她拒绝了："妈呀，你好糊涂，李明先留这个人情？你看到了孩子心情是怎样的滋味？这绝对不行。"

贺秀丽想着儿子。如果她不要生下李田林也不至于这样痛苦。虽然她生下儿子四十天后就雇了奶妈，没有尿一把屎一把地抚养，可是从怀孕到孩子出生整整九个月里，她不知操了多少心。眼看着儿子长高了，却被李明先一脚把她踢出门。儿子是自己的亲骨肉，也是李明先的骨血。她与李明先一刀两断，孩子归了李明先，孩子长大以后还认自己吗？

青春在贺秀丽的眉脸上消失，她离婚后的第五个年头，快三十岁的人了，还在娘家待着。不久，父亲病故，家里的生活过得十分贫困。

她到河滩掐猪菜，听的一些人咯吵："唉，二茬寡妇，待在娘家像个啥？"

"当年女婿参军走了几天，就嫁野汉，嘿嘿，如今一下子就变好了，咱才不相信。"

"是呀，养活上老女子，不嫌害羞。哼，还以为是十七八的大闺女，人家谁要她一个烂货。"

"……"

贺秀丽的脸上比挨了几个耳光还疼痛。接着上门来求婚的人几乎踢烂了门槛。有的光棍汉来了，瞎七八糟地乱说，有的对她吹牛："只要跟上我，包你一辈子有吃有穿，享受荣华富贵。"

"我哪里也不去。"她坚决地拒绝改嫁。

女儿寡妇百家求。恶运又向她袭来。那是一个晌午，她从河滩的园子里上来，见门扇紧闭着，听得家里妈妈和一个粗野的男人拉话。她悄悄站住听了下去。

"唉，自从离婚后，和我整整住了五年，叫她再找人家，就是不听。"

"老婶子，你别再多操心，只要你如意，秀丽没意见，不是吹牛皮，方圆几十里，谁不知道我？家里吃穿不愁，只是老婆去年得病死了，给我留下两个孩子没人照料。听说秀丽有文化，过去还当过公办教师，如果她愿意的话，我敢保证，叫她当教师。我大哥是地区文教局副局长，我三弟是公社党委书记，我妹夫是县公安局局长。至于秀丽过去的事情，那是一点儿小毛病，女人家哪个没有错。”

“唉，秀丽就是想当个教师，那时候，她不愿意回家，女婿非叫回农村不行。结果回家没三天就失散了。我倒是没啥，就看她吧。她回来了，说话要留心，以前来了几个，三句话说不对，就把人家赶跑了。”

“老婶子，放心吧，婚事成了，也要明媒正娶，总得让秀丽心满意足。”

“……”

她听着听着，心软了一半，这个人，虽然说话气派大，可是话说得有一定道理，也许是个诚实人。

她推门进去，以礼问候了来人。她仔细观察，这人约三十岁左右，不像一个长期参加劳动的庄稼人，说话句句打动人心窝。她也毫不拘束，与这人拉起话来。这个人还说叫她随着自己看一回家，贺秀丽开始不同意，后来便答应了。

晚饭后，贺秀丽一家睡窑洞，叫未来的女婿单独睡到隔壁的小厨房。刚熄灯，外面伸手不见五指，“哗哗”地下起了大雨。贺秀丽怎么也睡不着，推了一把身旁的母亲问：“他家真的有那么多人工作吗？”

“哎呀，这又不是哄人的事，你过门就知道了，枣树湾离咱村不过三十里路，明天，你去了打问一下。”

“这个人我从来不认识，还是多长一个心眼。”贺秀丽流出了眼泪，“过去的教训是深刻的。我相信世上有好心的男子。可像李明先那样的人，没有一点儿人味，我和他从订婚到离婚，整十个年头，我对他掏尽了心，到头来逼得我与亲骨肉分离。就说那个姓孙的老师吧，我把他当作父辈一般，可我做梦没想到原来是一个人面兽心的东西……唔唔……我真后悔。唔……男人，我真不愿再找第二个。”

“不用哭了。”妈妈安慰着她。

母女俩还在拉着。外面的雨声“嘀嗒嘀嗒”响个不停。贺秀丽听

见厨房传来“咿咿呀呀”的叫声，她吃了一惊：“妈，你听，那个人怎么了？”

妈爬起来侧耳细听，只听那人在呻吟：“哎哟哟，我的老妈呀，肚疼死了，肚疼死了。”哭叫声一阵比一阵高。母女俩急忙点灯穿衣。贺秀丽提着暖壶和妈妈过来小厨房。只见那人双手捂着小腹满炕滚，口里直哼叫，“哎哟，疼死我了——”母女俩很着急，忙给喂水，捶背揉肚。那人慢慢地肚子不疼了，感谢她母女俩，“哎呀，真倒霉，从来肚子没有疼过。”

外面又下起了大雨。那人眉头皱了一皱，又捂住小腹：“哎呀，怎么又疼开了？”那人瞟了眼贺秀丽说，“你们过去睡吧。”

母亲是最能理解女儿的心。妈妈对这个与女儿年龄相仿的女婿，看准了八九分。老人家心里一热，哎，秀丽也愿意了，过两天就跟上人家走，还有啥害羞的。老人家对女儿笑了笑说：“好好地照看人家。”说着开门出去。

贺秀丽真是又气又羞，想走，看看炕上呻吟的未来丈夫，心里不忍；不走吧，这怎么能成？这明明是妈妈有意让她与这个刚认识的男人接触。她站在地下急得直打转。而那人一手捂腰，一手指着她，挺严肃地说：“你也过去睡吧，我宁愿疼死也不能毁了你的名誉。”

“啊！”贺秀丽心中的火种又烧起来，天底下还有这样真正的男子汉，我怎么能看着他肚子疼痛而不管呢。她含羞上了炕，“不，你肚疼，我给你揉。”

“不好意思。”那人不住气地夸赞着贺秀丽，“谢谢你，谢谢你。”

贺秀丽的心像当初与李明先入洞房时那样跳得厉害。外面的雨越下越大。过了一会儿，那人的肚子又不疼了。小煤油灯里的油熬干了，灯芯眨了一下眼睛熄灭。窑洞黑洞洞的。贺秀丽意识到将要发生的事情。理智地等待着粗野的放纵。她在埋怨着母亲。一个守了五年寡的女人能得到一个善良男子的同情还有什么不愿意的呢？

几秒钟后，她被一双大手抱住。这是她守了五年寡后第一次与男人睡觉。男人的身躯压到她的身上并不觉得沉重。她希望这位新的丈夫为她争一口气，给她找到一个理想的职业。新丈夫一口答应着，并要求她明天同行，先过河东一个村子看一看他的姨妈，然后再回家住上几天，到地区文教局找他的哥哥。这是一位很会在灵肉方面处理女人的男人。贺秀丽感到整个身子被挑起来失去平衡。她顾不得去多想，浑身在享受着压力的抚弄。她需要啊！因为她是女人。

第二天吃过早饭，贺秀丽梳洗打扮了一番，告别了母亲与弟妹，随着新丈夫坐船过了黄河。他们步行了二十多里，突然新丈夫哭了起来。

“哎呀，你是怎么啦？”贺秀丽吃了一惊问。

“我真是太糊涂了，我老母亲在内蒙古看我妹妹去了，不幸得病住了医院，三天前拍来电报，叫我快去。”新丈夫握着贺秀丽的手一个劲地哭。

“离这有多少路？”贺秀丽问。

“七百多里。”新丈夫又央求说，“我求求你，如果不嫌的话，随我走一回。”

贺秀丽犹豫了。事到如今，怎么办呢。她心里七上八下。新丈夫又说，“今天有客车，搭着明天就到了。”

贺秀丽左右为难不说话。又过了一会儿，开往内蒙古的客车来了，新丈夫忙招手，拖着贺秀丽挤上车。

她跟着新丈夫一直坐了两天汽车，行了七百多里，来到了内蒙古河套平原。这里是历史上被称之为“西口”的地方。她着急地追问：“快到了吗？”

“到了，马上就到了。”新丈夫高兴地说着。

暴风卷动着内蒙古草原。贺秀丽喘着气，浑身淌汗，跟着新丈夫来到一座沙丘。她实在走不动了，又催问新丈夫怎么来到这里，新丈夫说过了这个沙丘就到了。她高一脚低一脚跟着来到一条沙渠：“这是什么地方？”

可是新丈夫不见了。只听得黑暗中一阵酸溜溜的奸笑：“哎哟，还是咱老二有两手，又搞来了一个女娇。”

贺秀丽的心也碎了。怒火在胸膛中燃烧。她大声喊着救命。但是一

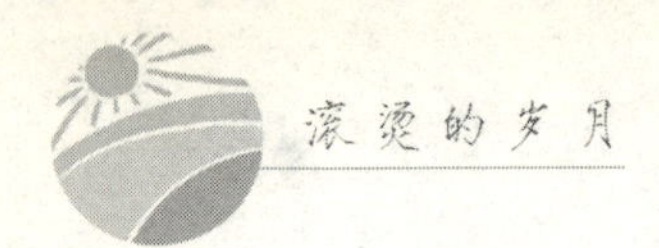

切都晚了。她失去了知觉。当她完全明白过来的时候，衣服被剥光了瘫软地躺在地下。一个很深的石洞，里面点着蜡烛。她斜眼一看，身旁还躺着两个十八九岁的陌生姑娘。她们赤着身子，没有一点人样子。

她不忍心看，真想马上死去，恨自己又上当受骗了。那个新丈夫抹了一把脸，领的几个长头发人进来，朝她笑了笑："贺秀丽，还认识我吗？八年前咱们还是师生关系哩，为了你，多判了我3年徒刑，嘿嘿，今天咱们又相会了。"

"啊——"她愣怔住了。这不是那个诱奸她的孙飞老师吗？

"流氓，骗子！"她使足浑身气力跳起来扑向骗她的恶棍。

"拍——"她的手掌打在了孙飞的脸上。

"妈的！老子要了你的命！"孙飞手持一把明晃晃的尖刀刺向她。

"慢，小弟还没玩够呢！"另一小流氓拦住孙飞。

"妈的，不信你不服。嘿嘿。"

"……"

她真想不到自己又会落入孙飞的陷阱。一个女人，做人实在难哪。事到如今，绝食，啼哭，反抗，痛骂，都不起任何作用。她成了流氓们玩乐的工具。她见不到阳光，终日过着人不人鬼不鬼的生活。一个月过去了，她的身体消瘦得站都站不起来，欲死不能，欲活不成。她彻底绝望了。这就是命啊！一天，孙飞恶狠狠地对她说："你可以走了，免你一死，我告诉你，你来这儿陪我们玩的这件事情，不要告诉任何人，否则，对你不利。即使你报告公安局，也没用。现在你知道在什么地方，恐怕你不知道。好了，委屈你一下吧，我送你回家。"

贺秀丽被装进一条麻袋抬出洞。她爬出麻袋，面前有一个村子。她真想死，但是死也要死到家乡。她到处打问，流浪乞讨，一个月后，回到了贺家畔。

贺秀丽的二次受骗，对全家也是一个沉重的打击。她没有向公安局报案，再说报案了，公安人员知道那个"洞"在哪里吗？她恨自己幼稚。后来，经她的一位同学介绍，找了枣树湾供销社的黄群主任。黄主任大贺秀丽十岁，为人老实忠厚。他的前妻得了肺结核病死。

贺秀丽找到了比较理想的丈夫。但是，她失去了工作的能力。她的神经受到了强烈刺激。多亏黄群请医生给她治疗，神经才恢复了正常。结婚后的第二年春，贺秀丽就生了一个女孩。她想把过去的一切忘掉，把前夫和儿子统统忘记，以减轻她的痛苦。每当人们在她的面前议论起李明先父子俩时，她就躲避开来。但是新的苦恼又折磨着她，黄群前妻留下的两个儿子和一个女孩，有时为一些穿衣吃饭的家务事，与她发生了争吵。她倒是不见怪，可是兄妹 3 个说她是后娘，不亲他们。贺秀丽对待老黄前妻留下的儿女与自己亲生的女儿一样。谁想，有一次那个十岁的女孩玩耍，把她亲生的女儿鼻孔打得流出血，她一时性子急，把前妻生的女孩头额打了一掌。偏偏前妻的女孩就得了慢性脑膜炎，怎么也治不好，半年后，孩子就死了。

贺秀丽真是又疼爱又害怕。老黄骂了她一顿后，也就不计较了。而前妻生的两个儿子骂她这个后娘的心太狠毒，害死他们的妹妹。老黄怕引起更大的家庭矛盾，把两个儿子教育了一顿，才平了这场风波。

……

李田林在外祖母家住了三天。外祖母断断续续地给他讲着父母从恋爱到订婚、从结婚到离婚的一些往事和不幸。李田林伏在外祖母的怀里放声大哭。他跑到当年妈妈站过的河岸边，看着飞奔的浪花大声地呼喊着：

“妈妈——我想你——”

妈妈的形象矗立在儿子的面前。越来越高大。一个牧羊孩子的思恋，割不断的血肉之情之爱。

第十九章　名扬山乡

李田林从外祖母家回来后，感到胸肋刺痛得一天比一天厉害。他到杨洼医院做了一次检查，医生说他有胸膜炎，要注意休息，并给他配了一些青链霉素等消炎药。他医治了半个月病情有所好转。下学期开学后，李田林继续在李家沟小学任教，由于他对教育工作认真，又加之县广播站采用了他的几篇稿子，他的名声很快在全社教师中间传开来。快放寒假了，他被评为全公社模范教师，并在全公社有线广播上作了经验介绍。人们听了他的经验介绍后都夸他有水平，口才好。就在这时候，县广播站又连续在学习节目里播送了他写的几篇体会文章，并被聘为县广播站的特约通讯员。报纸杂志也不断给他寄写作资料。他的名声在杨洼公社领导中也有谈及。

凡认识李明先的人见了李明先就伸出拇指夸，养了好儿子了。有两把刷子，文章写得很不错。

李明先听了喜得眉飞眼跳，摇头晃脑地咧嘴笑：狗日的，还是我的种子哇，听别人瞎造谣，什么贺秀丽嫁野汉生的，这明明是我的！他恨不得叫儿子马上当上一个公社的领导干部，为自己争口气。他为儿子的工作日夜盘算，简直连觉也睡不着。

“田林，爹去公社走一回，来——”他伸出手得意地捋着短胡子。李田林瞟了一眼爸爸，明白了爸爸的意思，从裤兜掏出钱包拿出仅有的5块钱递给爸爸。“到医院再买上几服药。”

“买药？”李明先接过钱，“再拿来5块。”

“没有了。”李田林摇头。

李明先把钱装入袄兜，瞅了眼儿子说：“下次买药吧，你懂得个啥？”然后调头出了门槛。

“早点儿回来，千万——”李田林的一句话说了半句。

“不怕，醉不了。”李明先笑着走了。

天空灰蒙蒙地遮住太阳，西北风呼呼地叫。公路两旁的柠条枝相互挽着手抵抗着西北风的吹拂。横悬在两山间的广播线被大风刮得吱吱地发响。路面冻开一道道裂缝。山坡里的百草被寒霜杀死伏卧于地层。

李明先头戴一顶破旧的棉帽，里身穿半年没有洗的白衬衫，外穿一领半旧的半身绵羊皮皮袄。袖口撕开几道口子。领子脱了线，朝后脊背倒连下去，被风吹得来回摇晃着。怀襟的纽带全掉了，用一条牛缰绳系着腰。下身穿条打了几块补丁的棉裤，分不清是什么颜色。脚蹬一双褪色的掉了鞋带、鞋头开了两个窟窿的黄胶鞋。因为不穿袜子，大拇指一半露在了外面。他已经是四十二岁的人了，完全成了一个地道的农民打扮。

李明先拥着袖筒，不时地手掌捂住嘴唇呵着气。一会儿他把手伸进胸口乱挠乱抓，好像在捕捉着什么。只听“嘎嘣”一声，李明先嘴唇咧开了：“狗日的，你再咬，老子换上了新衣，非煮死鬼虱虫不可。”

他从昨天起就断了烟，喉咙似猫儿抓一样，肚子里咕噜咕噜地直叫唤，浑身也感到骨软筋麻。但是他心里热乎乎的，眼珠子滴溜溜地转动着。

这几年他走路已养成了慢慢吞吞的习惯。今天他虽然发着烟瘾，可是走起路来特别有精神。

他走了二十里翻山公路后，朝一条向西的小黄土道走去，然后又爬了一个小土坡，便看见了杨洼供销门市部。他下了一片柠条地，直奔供销门市部。

“喂，来一瓶长城大曲，一条大前门。”他的嘴角流着唾涎，眼睛盯着货架上的烟酒，一边摇摆手，一边一声接一声地喊。售货员像没听见一样，只顾给几个姑娘挑选袜子。他急得脖子伸了几伸又大声喊，“耳朵

聋了？还是女人多长几个鼻子？”年轻售货员瞪了他一眼，嘴唇扭了一扭，轻蔑地嘲笑他。那几个买货的姑娘捂住嘴，弯着腰看着李明先傻笑。

“狗日的，老子不是人，啥服务态度！”李明先拍了掌柜台喊道，“老子站柜头时，你们这些毛小子、毛女子还在腿肚子里。”

“你骂谁？谁欠你二分钱。”年轻售货员也发火了。顾客们围着看热闹。有的说这个买货的人不解理，有的议论售货员看人下菜。李明先把帽子一把摘下，指着柜台里面的年轻售货员，一跳三尺高，大叫着：“你这个黄嘴麻雀，有啥了不起，走，到公社去说理，难道能卖给女人货，为什么卖不给老子。”李明先不干净地在骂着，那几个姑娘见吵起来，连袜子也没有买，羞气地跑出了门市部。这时，又来了一位老售货员，把那位年轻售货员劝说住，含着笑问李明先买啥，不要生气，并说他们今后一定改进服务态度。

“这还像个话。”李明先掏出5块钱递进去，“长城大曲一瓶，大前门一条。”

老售货员接过钱笑了笑说：“实在对不起，没有大前门香烟。”

“其他好烟也行。”

“墨菊烟一条3元2角，长城大曲一瓶2元1角，共是5元3角，还少3角。”

“这——”李明先转着眼珠子，张口说不出来，呆呆地愣住了。

李售货员心里明白，笑了笑又说：“那就把烟换成稍次一点的吧，大雁塔也不错，每条2元7角，加上一瓶长城大曲，总共4元8角，还余2角，正好买一包火柴。”

“就是吧。”李明先尴尬地又戴上帽子，拿上烟酒就走。

“喂，还有火柴。”

“回头再拿。”李明先头也没调，随便答一句，急急忙忙出了门市部。他一手提着酒瓶，一手拿着纸烟，哼着小曲，摇晃着朝杨洼公社走来。人们见了他，都以为是个醉汉，指着他的后脑勺傻笑，真有意思，地道的二流子。

快到了公社的大门，李明先放慢了脚步，心情有些紧张。正在迟疑，

“啪”的一声，他的肩膀挨了一掌。他手中的纸烟掉到地下，酒瓶子差一点儿滑脱手。他被惊出一身冷汗，扭头一看，高兴得一下子跳起舞来。他忙捡起地下的纸烟。

“哈，看你这个样子，我还以为是个酒疯子。”

“哎呀，把老弟吓了一跳，快二十年不见面了，你如今在——”

“刚调来三个月，就在公社。”

“我就认不得你了，看你当了干部还——”李明先一句话留了半截子。

“哪里话，老朋友吗，还能不认识。”这人是矮个子，约四十开外。戴副宽边眼镜，穿一身灰中山服。他仔细观察了李明先一番后热情地说，“走，到我宿舍聊一聊。”他看着李明先手里握的烟酒笑了笑问，“有瘾了。”

“嗯……”李明先慌张地回答。

李明先跟着这位老朋友高兴地进了公社的大门，见办公室的门前有十来个干部正围着下棋。干部们看见李明先，再瞧瞧新来的二把手，一个个都摸不着头脑，贺副书记与他是什么关系？沾亲还是带故？干部们都在心里猜测。但是从贺副书记与李明先这股亲热劲看，可能有一些特殊关系。

“贺副书记，老李是你——”

“刚参加工作时的老同事。”

“那可要热情招待招待，老战友相逢，机会难得。”

“当然，当然。”

李明先一听老朋友当了公社副书记，更是神气十足，挥舞了一下酒瓶子，紧走两步，与老朋友肩并着肩朝正下棋的干部走来。他向几个认识的干部打了个招呼，迈开穿烂棉裤的双腿，跟着老朋友向二排窑洞上去。

贺副书记带他进了自己的宿舍，给他倒了一杯开水，然后抽出自己的纸烟递给他一支。李明先把烟酒放到办公桌上，一把打开酒瓶盖子，递到老朋友的面前：

“来，喝几口吧？”

“你来吧，我还没有学会。”

“我不信。”李明先瞪着眼睛说，“是不是当官了，看不起咱这二流子？”

“哎呀，明先，说到哪里去了，我有胃炎，真的不能用酒。”贺副书记苦笑了一下。

“咕咚”一下，李明先猛喝了一口，抿了抿嘴唇，吸了一口烟，把当年的友情叙述了一番后，又讲了一顿他回农村十几年来的处境:“狗日的，不能提了，如今我的心死下了，希望寄托在儿子身上。”

贺副书记就是当年王塔区一乡的文书贺涛。当时，李明先是二乡的文书，他们彼此相识，交往得也不错。贺副书记是三个月前从枣树湾公社调来的。他调来不久，就听到李明先的一些消息，人们几乎都说李明先是个“具体人”，但是都夸他有个好儿子。刚才他从医院打过针，看见朝公社来了一个疯疯傻傻的人，看其走步，好像从哪里见过。李明先来到公社大门前，他猛然想起来了，这不是二乡文书李明先吗？

贺副书记咳嗽了两声，扶了扶眼镜，朝李明先点了点头，对他培养儿子念书表示赞称:“听说你的儿子写的广播稿很不错，要超过你了。”

“对对对。”李明先把自己的烟递给贺副书记一支，自己又点着一支急忙说，“县广播站经常采用他的文章，还是优秀通讯员。”李明先咧了咧嘴，扭头朝门看了眼低声说，“这小子虽然有点才干，就是胆子小。人家招工，上大学，转公办教师，而他——”

“噢，是这么回事情？”贺副书记站起来，离开椅子，走到门前，拉开了遮玻璃窗的花布帘，又打开褪色的单扇绿油漆门，一股冷风吹了进来。他瞟了眼办公桌上放的烟酒，又看了眼二十年前的老朋友，眉头突起了一片疙瘩。

李明先的话还没说完，见贺副书记皱眉头，他避开贺副书记那难以猜透的目光，低着头一个劲地吸烟，等待着老朋友说话。

贺副书记掐灭了烟头，倒背着双手，来来回回地踱着步，似乎像没看见李明先一样。他越是这样，椅子上坐着的李明先越是心里不安。过了一会儿，贺副书记突然问他：

“你认识雷书记吧？”

“认识，认识。”李明先喷了一口烟，心情稍平静下来。

“你对他谈过这些吗？”

“没有，没有。”李明先急忙回答，“我与雷书记是在一九六八年春上认识的，当时他是红总部造反派的副指挥兼宣传部长，我是武卫连的机枪射手。我是专门保卫他们的。”

“你说下去。”贺副书记抹了把头发，朝李明先笑了笑说，“你与老雷原是这么个关系，意外，意外。”

“在一次战斗中，我们被县城的联合兵团包围了。雷书记他们一伙文秀才吓成一摊烂泥，眼看就要当了俘虏，”李明先有意说得悬乎怕人，“不是咱吹牛皮，联合兵团那伙学生娃娃顶个屁，光放冷枪。我当年西藏剿匪时枪林弹雨里都冲杀出来，还怕他们这些毛孩子。我一见情况不妙，大喊一声，咔嚓压上一梭子，一阵猛烈扫射，杀开一条血路，掩护雷书记他们安全脱险。”李明先讲得手舞足蹈起来，又喝了一口酒，叹了口气说，“唉，狗日的，想不到战斗结束了，挨了毛小子们的一颗冷弹。”李明先说着卷起裤腿，让老朋友看。

“哈哈哈……”贺副书记干巴巴的笑声在窑洞里咯咯地响，“那你真是有功之臣，快去拜见雷书记。老雷是一把手。”

“我正是特意来拜访他的，又与老朋友相遇。”李明先手伸进皮袄里乱挠。

贺副书记觉得他实在好笑，像戏剧中扮演的人物一样。他完全明白了李明先的来意：“老雷刚从县上开会回来，消息灵通。我初来这里，人生地不熟。”他觉得这样有点太苛刻了，又掏出自己的烟给李明先一支：“不过，我还是一个头头嘛。”他强笑了一笑，瞭了眼酒瓶子，风趣地说：“老雷酒量大，恐怕一瓶子酒过不了瘾。”

“他的酒量我知道，一次一斤。”李明先高兴地说，“包准灌醉他。”

“快去吧，迟了，老雷可能要下乡走。”贺副书记捂着胸口咳嗽起来。

李明先拿着烟酒就走。出了门，他又转身说：“老朋友，你也要说话呀。”

“知道了，”贺副书记咳嗽着说，“古人言，老友不如新朋。当然，我

心中是有数的。”

李明先离开了贺涛副书记的宿舍便来找雷书记。他走到雷书记门前，见门不上锁，心里一阵欢喜。他用肩膀去推门没推开，忙压住嗓子喊：“雷书记，开门来。”

里面没有回声。

李明先大声地叫门：“雷书记！雷书记，我来看你。”

门开了。一个身材高大的人挡住门。他揉了揉眼睛，打了一个喷嚏，疑惑地盯着李明先。然后慢条斯理地问：“找我有什么事？”

“没啥，想和雷书记坐一坐。”李明先把酒瓶子晃了晃，点头哈腰地笑说，“和老朋友拉一拉知心话。”

“什么？”雷书记这才看清楚，鼻子哼一声，朝门外唾了一团吐沫，掏出花手帕抹了抹嘴唇又装进裤兜。他抬起左手腕看了看手表，顿时脸沉了下来，“你要干什么，这里是政府机关。”

“我知道，我知道。”李明先见雷书记变了脸，吓得倒退两步，差一点摔倒，他心里一闪：是不是雷书记不认识我了。他鼓足勇气说：“我是曾经用机关枪打冲锋救出你的李明先。”

“住口！”雷书记砸了一拳头门框，怒冲冲地喊道，“你想拉拢腐蚀干部，搞歪风邪气。好，明天就送你进劳教所。”

“扑通——”，李明先手中的酒瓶子掉到地下碎了。青砖铺的门台沿上流着酒水。李明先吓得面如土色，忙把纸烟装入怀里。

“嘿嘿，”雷书记的脸色马上又变了，他把李明先拉进了窑洞，按到自己的椅子上，笑嘻嘻地说：“和你开个玩笑，就把你吓得尿到裤裆里，我还能不认识你。”

李明先恢复了神经，掏出了怀里的纸烟。寒暄了几句后，他开门见山地说了一顿儿子的能力。

雷书记背靠在沙发上，右腿搁到左腿上摇晃着。他眯着两眼，双手相互搓着，按捺住胸口，自言自语地说：“是呀，公社好多单位急需人才。供销门市部少两个售货员，邮电所、信用社各短一个临时职工。还有……还有……还有公社广播放大站的专职编采员，急需聘用一个摇笔杆子的小伙子。”

李明先听着听着，乐得笑出了声。他忙抽烟给雷书记点火，雷书记又鼻子一哼说：“听说李家沟村人口少，羊子发展速度快。是吗？”

“是是是。”李明先忙说，“草场好，羊子多，怀羔母羊长得很不错。”

“一年能发展多少羊羔？”雷书记很有兴趣地问，“公羊和母羊各占百分之多少？”

“这个——”李明先转着眼珠子，心里很不耐烦，狗日的，问这干啥？我又不是来给你汇报工作。而口上却撒谎说，“两群羊子，公羊和母羊各占一半。哎，大母羊长得特别好，有的母羊，一肚生两个羊羔。”李明先还想把儿子小时候放羊的事说一说，却被雷书记打断了。

“好了。”雷书记摆了摆手，抹了一把下颌嬉笑着说：“回去吧，没事情少跑机关，要好好参加劳动。对于你儿子的情况，我不太了解。”雷书记离开了沙发，再看看李明先这一身穿戴，忙掏出手帕捂住嘴，做出送客的样子，“我要去开电话会议。”

“雷书记——”李明先的话还没说完急得直挠耳朵，忙求情道，“雷书记，这几盒烟你就——”他把大雁塔香烟放到办公桌子上，离开椅子说，“小意思，看在咱们当年的友情上，你——”

“胡说！”雷书记一指头扎住李明先的鼻子，干笑了两声，“你把我雷某看成什么人了？难道我是看重几盒纸烟的人？去！”

李明先吓得抖成一团，忙拿着纸烟溜出了雷书记的门。他头也不敢抬，也没去找贺副书记，慌慌张张出了公社大院。

李明先走到回家的公路上，雷书记的话还在耳边响着：“李家沟的羊子不错吗？现在急需人才呀？老子是看重几盒纸烟的人？”

第二十章　明走后门

李明先从杨洼公社回来带着一副沮丧的脸。他脱了烂羊皮袄蜷着身子，躺到炕上，眉脸朝着崖壁，唉声叹气地打滚。

“爸，又喝醉了？”李田林烧着火，锅里煮着豆子，“老是这个样子，也听一听人家说啥，几十岁的人了。”

“什么？”李明先跳起来，背靠着墙壁，拿起炕沿放着的烟锅，用劲敲了敲锅盖，气汹汹地喊道，“你还教训老子？老子不如你小子？老子十几岁上就当乡文书，上了你这个年龄走南闯北，你小子二十岁出的人了，连门都不敢出，还跑去当教师，真笨蛋！”

“你——”李田林拿着切刀剁山药，脸色气得惨白，瞭了眼摆功劳的爸爸，克制着感情尽量不使眼泪流出来。

“你以为老子今天又喝酒了。人家把老子不当人，咬老子的球。”李明先点着煤油灯，抽着大雁塔纸烟吹胡子瞪眼睛地喊，“你懂个屁，老子活了四十几岁，胡子也洗白了，吃的盐比你小子吃的米面也多。老子不是为你，尿也不尿公社那几个头头一道，给他们喝酒？”他喷了个烟圈，抹了把脸，伸了伸脖子，朝着门外大叫起来，“狗日的，姓雷的，当了公社书记就认不得人，那一年打那一仗，要不是凭老子的机关枪开路，你狗日的休想活命。如今当了官，连水都不让老子喝一口，还要拿老子开心。”

“你瞎骂啥？”李田林生气地劝着爸爸。

“骂啥？”李明先在儿子面前逞着好汉，“公社的那几个头头，狗日的，贺副书记还不错，讲点人情，雷彪那小子，给老子还摆臭架子，讲什么原则，老子又不是不知道他，老鼠肉也不嫌，而我给他白喝酒还嫌酒淡。狗日的，姓雷的，若不是老子当初五百米距离‘飞枪射砖’平风波，全县各派造反派打仗能停下来？他小子又凭什么能当公社一把手？”

李田林的眉脸如火烤一样难受，明白了爸爸去杨洼公社的意图。他不相信依靠爸爸与公社两位书记的一点儿老关系，就能解决自己的工作问题。他放下切刀，挖了一勺小米，下入沸腾的水锅里。他又往火炉里加了几块炭，把切下的山药块放入小脸盆，洗净后捞到锅内。“叫你去买药，偏跑去送人情。”李田林不高兴地说。

“送人情？你知道个什么。”李明先一支接一支地吸着烟，心里在盘算着，贺副书记不成问题，难为情也会出力的。姓雷的话不太好说。他明明说供销社、邮电所、信用社、广播放大站都缺少人，却又胡扯什么李家沟的羊子多少、母羊、羯子、老山羊……老子又不是生产队队长？李明先的脑子不停地旋转着，姓雷的到底想怎么样？

“田林哥，我二叔父回来没有？”

“回来了，俊利。”李田林回答说。

俊利端着一碗羊肉粉条说：“小雪时，我家杀了两只绵羯子和一只山羯子，全家还没舍得吃一顿，今天才煮了 3 斤。”俊利把羊肉粉条端到二叔父的面前说，“二叔，尝一尝羊肉。”

“经常吃你们的，这不行。”李田林不好意思地把羊肉菜倒在自家的碗里。

李明先见了，嘴角直流唾涎，但是嘴巴却咒俊利：“我人穷也不用你们来五包。”他从儿子手里夺过碗边吃边说。李田林和俊利都被搞得哭笑不得。李明先吃完了羊肉粉条，才笑嘻嘻地着问：

“俊利，把绵羯子肉给二叔称上几斤。”

“不给，”俊利笑着讽刺说，“二叔不是不吃别人的肉吗？”

“傻小子，你——”李明先厚着脸皮又笑了笑说，“真的，二叔不是和你开玩笑。”他的鼻尖上沾着点点腥汤。

俊利脸一沉认认真真地说:“对不起，我倒是忘了，两只绵羯子，一只杀的45斤，全白送给了供销社的胡主任。”

“白送给了？”李明先惊讶地问。

“嗯。”俊利不高兴地说，“今年夏，我家买了一架缝纫机，我爸承认给胡主任一只绵羊。

“这是真的？”

“那还有假。刚杀了绵羯子，我爸就背送给胡主任。”

李田林搅着锅里的饭，听了后很气愤:“唉，为什么非要这样做？”

李明先手托住下颌，好比吃了一碗冷粉皮，一下子凉到了心窝。他的耳朵里又响起了雷书记的话:“李家沟的羊子不错哇？哈哈哈……”

夜，黑洞洞的。

西北风又吹开了。

李俊利走后，李明先扔下饭碗，拍了掌大腿，披上烂羊皮袄，趿拉着烂胶鞋，拿起烟锅就走。

“不早了，还要到哪儿去？”李田林洗刷着锅盆问爸爸。

“到你大叔父家。”李明先如拾到什么宝贝似的，朝儿子嘻嘻一笑说:“明天爸还要到公社。嘿嘿……”

李田林慢慢地揩着碗，感到浑身疲困，也再没多问爸爸做什么去。

李明先出了门，摸着黑向大哥家走来。他进了李明则的院子，见窗纸亮着，拉着嗓子喊:“大哥，没睡了吧？”

“谁？”

李明先推开门进去，见大哥背靠着躺柜，坐个木墩，口咬着细麻线，腰里系一根黑毛绳，一端挽着擀面杖，双脚蹬着，正扎笤帚。

“大哥，我还以为你睡了。”李明先坐到枣木炕沿上抽起水烟来。

“哼，睡睡睡，睡了谁给我吃？”李明则口咬着麻线头，斜了眼老二挖苦说，“我有三个儿子还没娶过媳妇，怎和你比，当老太爷。”

“问你个平常话，就发脾气，我又——”李明先真想发火，见两侄子在跟前，只好忍住性子，溜下炕沿，走到大哥面前笑了一笑，讨好地让大哥抽水烟，“抽上一锅，挺不错。”

“不抽了，还要扎十五把笤帚。”李明则爱理不理地说。

“鬼孙子！”李明先心里直冒火星，“真不识抬举。”而嘴上没话找话说。他拿起一把新扎好的笤帚看了看说：“哎哟，大哥的手艺真好。”

“啥？”李明则停住手，一把夺过笤帚摇晃了一下，“1把5毛钱。那天俊宝他姐说，扫地没笤帚，拿了5把，1把算3毛5分。”李明则撒谎说。

“我不要，看把你吓成啥样子。”李明先在躺柜盖磕了磕烟锅，吹了吹烟灰，抖着皮袄襟，滴溜着眼珠子，嘻嘻地笑了一声说：“大哥，我想和你买——”

“买啥？”李明则挪了挪身子，往手心唾了团唾沫，脚用劲一蹬，细麻线“嘎嘣”地断了，“呸，你要啥？我老大不是和你一样长的两只手。”他忙收拾着笤帚，生气地给李明先皮袄襟里塞了一把，“拿上，我少花上几毛钱。唉，给你送了，也不说我老大好。”

“唉呀，我不要这——”李明先扔下笤帚，打了个手势低声说，“二弟想和大哥买绵羯子肉。”

“你说啥？”李明则吃了一惊。

“我想解一解口馋，”李明先抹了把嘴，眯了眯眼说，“要一只全羊。我知道大哥今年宰了两只绵羯子。”

“我不卖，我们父子几个过年还要吃。”李明则一个劲地摇头说，“不卖，不卖。”

“大哥前几天还说到枣树湾赶集卖羊肉，为啥又不卖了，我又不是白吃肉。”李明先跳起来，又蹲到炕沿，一手掩着羊皮袄襟，一手举着烟锅大声地说，“你卖肉，是认人还是认钱？你以为我老二还是李家庄时那阵子，吃了上顿无下顿？”李明先眼睛一转心想，不用大话吓唬他一家伙，也不知道我老二的厉害。

“哼，今年田林教书，要工分有工分，要粮有粮。老实对大哥说吧，公社雷书记、贺副书记都是我的老朋友，他们已经答应给田林安排工作。再过几天，田林就要去公社工作。那时，我老二不如谁？想不到大哥连一只羊都不给我卖。”李明先高声地喊叫起来。

“你真的买？”李明则叫二弟吓唬了一顿，立即软蛋下来，晃着一颗小蒜头，满脸堆笑地问，“有一只52斤5两重，每斤1块1毛5分，共是……是……”他比画着码子说，“嘻，60元零3毛5分，现在称肉也行。”

“这才像我的大哥。”李明先乐得摇起头来说，“我几天之内就给大哥钱。”

夜很深了，李明则、李明先兄弟俩做成了一笔买卖羊肉的生意。

第二天吃过早饭，李田林到校上课去了。李明先拍了拍烂棉裤上的黄土，外套了一条半旧的灰卡其单裤。羊皮袄怀襟两边各缀了5条布条子，缝住了连着的皮袄领子，补住了胶鞋头上的窟窿。李明先又和大哥李明则借一条口袋，把羊肉装进去，背起来晃了晃：“狗日的，这么重。”

李明先爬上村子头顶的山峁，沿着公路向杨洼走去。他感到脊背发麻，双腿酸疼，但是今天心情非常激动，忘记了乏困。现在他完全明白了雷书记的话意。

李明先走了一段沙土公路，觉得怪不好受。他咬了咬牙，躬一躬腰，大口大口地喘着气。西北风刮个不停，风沙卷着公路两旁的树叶。李明先揪了揪帽檐，半睁着眼睛，紧闭嘴唇，吃力地走着。

“呜——”突然迎面响起了汽车的喇叭声。李明先一抬头，一辆汽车已经到了离他三尺远的地方停住。

“妈呀！”他吓得栽倒在地，仰面朝天。口袋垫到了脊背上，硌得他直叫唤，“哎哟，我的妈呀。”

一个大个子司机跳出驾驶室，戴着一副墨镜，一手掐着腰，一指头扎住他发脾气：“你是个聋子，还是个瞎子，轧死你，老子顶不起命！”

“狗日的，撞到老子还不讲理？”李明先爬起来，瞪着眼珠子顶司机，“你才是个瞎子，为什么不早停车？你为谁开车？”

“娘的！你还要倒打一耙。老子开了3年车，还没见你这么个龟孙子！”

“我操你十八辈子祖宗，老子见了千万个司机也没遇你这个浑小子。”李明先甩着皮袄袖大骂起来，“你个小小的司机有什么了不起，老子小汽车也坐过，还没见你个烂卡车。”

司机气得摘了墨镜，一把推到李明先：“老子砸死你这癞皮！”说着摆出一副打架的架势。

不好，真要打起来，可要吃大亏。李明先吓得直哆嗦，爬起来向路旁退着。但是嘴里却很硬：“20年前，老子单枪匹马冲入敌阵，以一当十。今天不说你个毛司机，来。”

“去你妈的！”大个子司机朝李明先左胸上方用力一推，李明先跌倒在公路旁的土塄下。而大个子司机转身跳上驾驶室，一踏油门，“呜——”车轮碾过拦路的口袋扬起一道黄尘飞奔而去。

李明先跌到土塄的一眨眼间，吓得大叫一声，以为完蛋了。当他头脑清醒过来时，只觉得脸腮上湿腻腻的，鼻子嗅到一股臭味。他站起来，看了眼土塄才一人高。他抹了把脸腮上沾着的腻物惊叫不止：“啊，呸呸呸，狗日的狗屎。”他一边脱下棉帽子擦着脸，一边还在骂远去的汽车：“好一个狗日的，老子迟早不饶你，要是在七八年前，老子埋一颗炸弹，送你回老家。呸呸呸。”

李明先擦完了脸上的稀狗屎，只好扔了棉帽子，爬上公路，见车从口袋碾过去，又大骂不止。李明先背起口袋又忙赶路。风越刮越大。他走一阵子，休息一阵子，走走停停，停停走走，等赶到了杨洼时，已是掌灯时分。他把背着的口袋放到供销门市部外面的墙根下，蹲下来等待着天完全黑下来，再去见雷书记。他没有带烟锅，掏出纸烟点着一支。他饿了，但是等一会儿，他相信雷书记一定会热情地招待自己。他尽量忍着性子，考虑着见了雷书记怎么开口。如果雷书记要是和昨天一样的话，可就又白跑了。他的心在“嗵嗵”地跳动着。对面广播放大站大门外的电杆上挂着的高音喇叭正播送着一首《青年之歌》。歌曲奏完了，只听的广播里传出一个清脆的女声音：

北原县广播站，现在是青年节目。青年同志们，在这次节目里，先

播送共青团北原县委的文章，题目是：青年是时代的未来。然后播送杨洼公社李家沟民办教师、本站特约通讯员李田林写的一篇广播稿，题目是：家乡的早晨……

“啊，我儿子的作品！”李明先跳了起来，朝着对面模糊不清的高音喇叭望去。

他再看看公社大院，只见上排窑洞的电灯都亮了。他想马上去见雷书记，又急于听儿子的作品，忙续上一支烟。

风渐渐小了。密云罩着夜空。李明先侧着耳朵在听广播。

……

是的，家乡的早晨是美丽的。

我的家乡李家沟就坐落在一座小山峁下。村子下面是一座大坝，长着郁郁葱葱的玉米；坝塄外长满了笔直的杨树，茶杯一样粗细，耸立在家门前的渠口，像两堵齐刷刷的绿色高墙。坝地低于院塄圪五尺，与对面崖相平；塄圪畔从前到后是一条人行道，每隔两三步就有新长起的黄榆树、水桐树；从门对面横空架过来的广播线穿过树枝梢拉入窑洞，燕子落到铁丝上摇晃着尾巴叽叽喳喳地叫着……

夏天红日从村子背靠的两山隔的沟壑射过来，像远程探照灯一样射到村子底下的大坝上，霎时玉米叶上含着的露珠变成乳色雾状升向天空，扩散成朵朵白云飘逸在蓝蓝的天空里。

我经常在想，一个青年人生活在这样一个美丽的小山村，未必就不如那些在大城市逛公园的青年幸福。曾记得在小时候跟爷爷放羊时，爷爷说过一句话，数山村早晨和傍晚的景色优美。我今日才体验到了早晨给人的欢乐与爽快……

李明先听得心情激动，抖着皮袄袖筒，扔了烟头，背上口袋，得意扬扬地迈着步子。狗日的，姓雷的如果再不认人，老子不怕，有老上级牛珍书记做后台，还有贺副书记说话。

李明先怀着种种心思，来到公社大门外。他探头向里望去，见有两个人影走进秘书的办公室，他忙闪入大门，鼓足劲，上了石台阶，向二排窑洞走来。他走到贺副书记的门旁，连气都不敢呼吸，唯恐脚尖踩烂地下的青砖。他盯着每一孔窑洞，害怕有人出来问他是干什么的。他轻轻地挪着脚步走到了雷书记的门前，心里又激动又惊慌，慢慢地放下口袋，立到门的一旁。他斜着一只眼，爬到玻璃窗缝边，向里窥探，只见电灯光下，雷书记正仰面睡在床上。一旁的茶几上放着一只酒瓶子和空碟子、茶筒、茶杯、香烟、花生、红枣等。

李明先轻轻地敲了一下门，见雷书记没有动。他不敢冒然乱闯。突然身后响起了脚步声。他一扭头，模模糊糊见一个人影朝雷书记的窑洞走来。他忙闪到一旁的一个水泥礅下，急速躲到背后。脚步声从他头上响过去，又听到有人敲了下门低声说："雷书记。"门"咯吱"地响了下又闭上了。藏到水泥礅背后的李明先被吓出了一身冷汗，像猫儿似的蹿到门下，从门缝上向里瞭：妈呀，狗日的，原来是一个姑娘，坐到雷书记的椅子上，笑嘻嘻地和雷书记拉话。雷书记坐到沙发上品着香烟，笑眯眯听姑娘说话。

"雷叔叔，我大叔父给您寄的半斤人参收到没有？"

"收到了，挺不错。"

"大叔父说他给雷叔叔写了一封信，叫我再——"

"我知道，这次招工，可以考虑你。不过嘛，今年招工，农村名额不多，咱们公社只分配了两个名额，都是商业系统的。还有公社推荐是初步意见，最终要县劳动人事局来决定。"

"我知道。雷叔叔，我父母都去世了，留下我们姐弟两个，全靠大叔父抚养，可是大叔父的问题如今还没结论，职务没有恢复，生活也不好维持。要是我能招到商业系统，最好安排到咱们公社。"

"公社给县里报，你不存在问题，只要县劳动人事局批准，我和商业局联系。"

"那真是太好啦。"姑娘从袄兜掏出一对银镯和两个元宝轻轻地放到

桌子上，感激地说，“雷叔叔，银镯是我母亲结婚时的陪礼，两个元宝是祖传的文物，雷叔叔收下……”

“哎呀，这不行。”雷书记很惊讶，拿起两个元宝看了看，磕了磕说，“不错，明朝朱元璋时期的真货，纯银。”他又推让了一番，而后忙放手拉开抽屉放进去接着说，“你放心吧，叔叔一定尽力。”

姑娘又说了一顿答谢的话后就转身出来院子。

李明先又忙藏到水泥礅背后，等姑娘走了他才爬起来。他的双手冻得发疼，肚子叽里咕噜地叫着，浑身虱子咬得直发痒。他正要推门，只见电灯闪了一下熄灭了。

“雷书记，雷书记？”李明先一边喊一边用劲推门。可是，门朝里关上了。他急得直叫唤，又不敢高声。

“谁？休息了。”雷彪不耐烦地说。

“雷书记，快开门，是我，我给你送——”

“什么？”雷彪似乎听清楚了，凶恶地问道。

“嗯……”李明先挠了挠耳朵说，“雷书记，我给你汇报工作来了。”

“嘿嘿……”随着笑声，电灯又着了，门也开了。李明先双手抱着口袋走进去。

“这是什么？”雷彪的目光盯着李明先，“你又来干什么？”

“雷书记，谁也没看见我，别生气。”李明先抱着口袋站到地上惊慌地说，“小意思，一只绵羯子，52 斤。”

“我没叫你买。”雷彪一摆手，推着李明先说，“好啦，你快背上走吧。”

“这这……”李明先求告说，“我背上走了二十几里路，想咱俩是老朋友了，好心抬举你，你却翻脸不认人。”李明先硬着头皮说。

“对啦，对啦，何必生气呢。”雷彪转怒为喜，招呼李明先把肉放到床底下，坐在椅子上抽烟喝茶。

李明先饿得肚子直响，又不敢要吃的。刚才还从门上看见桌子摆的花生、红枣，一下子就不见了。而雷书记也不提吃饭，躺到沙发上，习惯地半合着眼睛。李明先喝着茶水，等待得实在不耐烦，便直截了当地求情说："雷书记，你昨天说的话，我明白了，田林的工作，你就抬抬手吧。"

"嗯？"雷彪眯了眯眼睛，跷着二郎腿摇晃着脑袋说，"难哪，如今嘛，形势可不同喽，北京又打倒了几个大人物，全党要开始整党整风，弄不好，唉——"

"雷书记，这我知道，不过，田林确实有两下子，刚才县广播站还广播了他的一篇文章。"

雷彪斜了眼床底下的羊肉，又瞟了一眼这个二流子人物，两手按着胸口，淡淡地一笑说："不管怎样，总不能不要原则，把你儿子塞机关进来，再说嘛，这也不是我一个人说了算，还有贺副书记和其他领导，最主要问题还在县里的衙门。"

"雷书记是一把手，说一是一，说二是二，谁敢不听。"

雷彪皱着眉头，向后抹了把大背头又笑了笑说："你不愧是当年的机枪手。对于你儿子的工作嘛——"雷彪坐起来，喝了一口茶水，慢条斯理地说，"可以考虑，但是很难肯定，就说叫你儿子到广播放大站做临时编采员吧，这又不同于其他工作，必须拿出点真水平来。去年全社开教师会，我只见过你儿子一次面，倒是有点儿礼貌。只要其他领导同意，我不存在什么问题。

"雷书记，我是不行了，不然也想出来再干一场。"李明先见一把手说话了，忙吹了起来，"牛书记要是知道的话，肯定一声不吭也会优先安排田林。"

"牛书记？"雷彪惊奇地问，"什么牛书记？"

"哈……"李明先大笑着，把自己放到了与雷书记同等的地位上，接连喷了两个烟圈，朝雷书记神气地炫耀着说："老伙计，不要看我身上穿的烂羊皮袄。狗日的，有的人骂我是二流子。想当年，谁不抬举咱。如今地委牛珍书记，他还是我婚姻的介绍人，第一个老上级。"李明先一个劲地吸着烟说，"狗日的，只怪自己当初没听牛书记的话，扔了工作跑回家，要不然，县委书记也当上了。如果在部队上干下去，早已经当上团长、师长。唉，狗日的，贺秀丽的背叛，毁了我的一切。如今，那个烂货找了一个县外贸局副局长，又神气起来了。我要是再小 10 年，娶她一个 18 岁的大姑娘。”

“你与牛书记真的是这么个关系？”雷彪睁开双眼，不相信这个愚蠢的二流子曾还是一个显赫的人物，并与地委书记是老同事。

“这还有什么假，当年我是王塔区上的通讯员，牛珍是区委书记。我 14 岁上参加工作，还是他亲自要的。后来，他又把我提拔成二乡文书，现在咱公社的贺涛副书记是当时的一乡文书。牛书记调到县委组织部后，我调到了县政府。”李明先还要说下去，被雷书记打断了。

“啊呀，原来牛书记是你婚姻的介绍人？”这时电灯灭了，雷彪离开了沙发，忙点着座灯，拿出中华烟给李明先敬了一支，又用自己的打火机“咔嚓”点着。他忙从书架上取出一瓶葡萄酒，两盒饼干，一小盆冷猪头肉，热情地招待着李明先，“对不起，只顾给孩子谈工作问题，忘了叫你吃饭。”

李明先放开了胆子，喝一口酒，吃一片饼干，再吃一口猪头肉。他脱掉羊皮袄，滔滔不绝地讲着。雷彪怕惊动了其他干部，叫李明先不要高声。但是李明先已有七分醉意，吵着要给他的儿子安排工作，雷彪急得按他的嘴：“小声点儿，我的老伙计。”

李明先吃喝饱了，“扑通”栽倒在地“哇”的一声，吐了出来，口里说着胡话。

雷彪直皱眉头：“唉，真倒霉。叫他到哪去睡？”他只好把李明先抱上双人沙发，拿出自己的大衣给李明先盖着身子。

半夜里，雷彪睡在床上翻了个身，蒙蒙眬眬听到李明先又喊叫起地委牛珍书记的名字。

第二十一章　愁思阵阵

二十天后，李田林给叔父们移交了学校的手续，背上铺盖和学习用具离开了李家沟，到杨洼公社广播放大站工作。

广播放大站原有 3 个职工，都属于临时编制人员，也就是属于公社“八大员”之类的社办人员。由于原来搞新闻的编采员上大学去了，因而这个空位让李田林占去。

李田林并不感谢爸爸，根本不相信是爸爸送了雷书记 50 斤羊肉的威力，反而更加厌恶爸爸。他认为自己之所以能找到这个比较理想的工作，有四个条件：一是他在全社教师队伍中有好的影响；二是他有一定的写作基础；三是他是县广播站的特约通讯员；四是他的家庭困难，组织上出于对他的照顾。他还认为雷书记之所以收下爸爸送的羊肉，那是雷书记和爸爸是老同志之间的正常往来，再说雷书记一定会合理支付价钱的。走上了新的工作岗位，他暗暗下决心，一定要争气，认真工作，刻苦学习，不断前进，洗刷干净爸爸身上的污点，弥补母亲心灵的伤痕。

过了年。一九七七年的春天。

根据北原县广播站的统一安排，李田林成为杨洼公社的专职编采员，主要任务是办好本社的自办节目，向县广播站输送稿件。杨洼公社广播放大站属于县社两级双重领导，职工的工资待遇下放到公社财政支出。为了加强农村工作的力量，公社抽出广播放大站其他两名职工下农村蹲点，因而李田林到任不久，兼上了单位的会计，整天值机，按时广播。县广播站要求公社广播放大站专职编采员必须每月给县站写稿五篇（采用稿），少写一篇，罚款二元。按照县广播站规定，李田林作为专职

编采员，县广播站统一抽调时，到全县各地采访，不抽调时在杨洼公社采访。可是公社长期抽出两名职工下乡蹲点，李田林不但要采写稿件，还要当会计、做值机、维修机器等。他对组织上的安排丝毫没有怨气。

紧张的写稿工作使他忙得喘不过气来。以前他写过不少习作，大部分是文艺性的稿子。现在写的稿子大多是新闻、通讯、报道之类的消息。他蹲到机关，又不能下生产队去采访，只凭公社办公室看汇报反映，听领导的意见，靠脑子想象撰写。加之他还要操作柴油机、扩大机，每天三次按时转播县广播站的节目。早晨5点半起床，提前25分钟开机，5点55分转播出去，到7点零5分结束。广播完了后，与各机关单位的干部职工一起到公社学习两个小时。9点半吃过早饭后，又忙编写稿件。到了中午12点半，开始第二次广播。在这一小时里，他自己当播音员，提前录好晚上社办节目的广播内容。中午广播完了后，给柴油机加水、加油、擦洗机器。下午4点半吃了饭后，参加两个小时的机关劳动。赶6点半劳动回来，正好是第三次广播时间。晚上转播两个小时，自办20分钟的社办节目。社办节目结束后，等各机关单位通知完了，直到9点过后才能停机。

他刚来了广播放大站时间不长，那两个职工只教给他了一下怎样开动柴油机、扩大机、信号接收机、使用录音机、万用表等一般的操作规程。杨洼公社各机关都是由广播放大站发电供着照明电灯，一旦机器发生故障，不但中断了广播，也停止了给各机关单位供电照明。李田林深深感到自己的担子不轻。广播时间他连外面也不敢出去。有时机器发生了故障，他不会检修，只好请那两个蹲点的职工回来。到了月底，按时结账，并向公社财政所呈报每月的收支情况。为了办好自办节目，提高播音质量，他不得不去学习普通话。他的音色虽然不错，可是地方口音较浓，学起来很是困难。他认真听电台播音员的口音技艺。不到两个月，他很快学会了讲北京话。不过，他平时和人们拉话，不讲普通话，以避免人们说他的不三不四。李田林的努力受到了机关干部职工的好评。三个月过后，李田林又陷入了痛苦之中。

广播放大站的负责人对他有意见。批评他不按操作规程开机，乱办自办节目，不宜于搞编采工作。他作为一个刚参加工作的青年，明知站负责人是嫉妒他，可是又不能去申辩，只好以不说话来回避。他几乎忘记了吃饭和休息。尽管机关生活比之前好多了，而他的身体仍然很消瘦。他越是回避矛盾，广播放大站的负责人越是指责他这也不对，那也不是。他忍着冤屈向广播放大站的负责人解释，广播放大站的负责人反说他不服从组织，骄傲自满，闹不团结。李田林有话无处说，只好用看书学习来安慰自己。就在这时，李家沟村里的爸爸为了留三分自留地，把当小队长的他的叔伯哥哥李俊峰打了一顿，被下乡干部送回公社。公社秘书看在李田林的面子上，说了几句李明先就放了。李田林简直气炸了肺。精神上的折磨使李田林的胸膜炎和胃炎恶化，但是他不愿让任何人知道他有病，如果让机关单位的干部职工知道了自己有病，又会带来不好的影响。

还有一些生活上的问题，更使他十分苦恼。他从爸爸的身上得到教训，发誓永远不吃猪肉、猪油、不喝酒、不抽烟。不喝酒可以拒绝，不抽烟也能行。唯有不吃猪肉猪油，实在是不好办。公社大灶几乎每天的菜都有猪肉猪油，除过早晨的面条吃羊油和素油外，下午的菜不是放着猪肉就是猪油。他宁愿只吃米汤捞饭，也不吃一口猪肉菜，似乎吃了猪肉猪油他神圣的意志就受到了侵犯，然而他根本没有去考虑到一个刚参加工作的小青年不吃这不喝那会带来什么影响。每吃一顿饭，在机关的有些干部总要和他开玩笑：“秀才，为什么不吃猪肉？”

“记者先生，是不是也想开小灶？”

他的心上比捅了一刀还难受。他喝着米汤，只好苦笑着答：“我不喜欢吃，吃了发恶心。”

工作上的紧张繁忙，饭食上的吃喝不饱，精神上的沉重压力，无情疾病的摧残，使李田林的身体越来越糟糕。他的体重由 115 斤下降到 93 斤，头顶秃疮遗留下的伤疤处又掉了不少头发，两鬓白发不断增多，脸色像纸一样苍白，眼眶深深地陷凹进去，而脚上裂开的血口直到春暖花开才慢慢合住。尽管如此，他也不灰心丧气，认为今天的环境要比他的童年时代好得多。

晚间的广播完了，李田林站到院子的墙根下，手扶着墙壁抬头仰望着供销门市部背靠的山峁。洁白的明月从山峁上徐徐升起，院子内洒了一层银白的雪霜。沟底的山泉水叮咚叮咚，犹如委婉的琴声在山沟的夜空回荡着传向很远很远的地方。李田林的胸口疼痛着，他用力压一压，咬一咬牙，吸一吸气，伸一伸臂与病魔做着顽强的斗争。不知过了多久，圆月渐渐升高移到山村的上空，映照着他的脸颊更加惨白。他两手压着胸口缓缓地走着，每走一步，深深地吸一口气，又长长地呼一口气。

他吃力地走出栅门，停立在一根水泥电杆下，仰视浩瀚的太空，心情久久不能平静。心情越是激动，胸肋间越是疼痛得厉害。不知为什么，他摇了摇头，眼睛一闪，泪水流出来。李田林的心里正描绘着一幅人生美好的蓝图。怎样做一个人，人活着为了什么，人生的路该怎么走？他决心在搞好本职工作的同时，在文学上有所作为。童年的遭遇，少年时代的不幸，一幕一幕的画面在他的眼前闪过去闪过来再闪过去！爷爷，为什么要死？妈妈，为什么不给他回信？爸爸，又为什么活成一个二流子样子？爱与恨在折磨着他。深夜的春风轻轻地吹开，他一动不动地站着。他决心背着爸爸，再给妈妈写信。他回到广播放大站的窑洞，吃了两片四环素，喝了一杯水，伏桌写起来：

钢笔，“沙沙沙……”

心脏，“嗵嗵嗵……”

泪水，“滴答滴答滴答……”

……妈妈，这是我第 4 次给你去信。您一定记得，我今年 22 岁了。妈妈，我了解您的一切。可是，我没有告诉第二个人，连同我的爸爸，我也没给说一个字。因为我是您的亲生儿子。妈妈，我会原谅您。我知道，人生的路本来就不是一帆风顺的。摔一两次跤，爬起来再走，没有什么不可以。您不给我回信，我能理解。妈妈，过去的事，请忘记吧……

李田林给母亲贺秀丽寄出信 20 多天仍没有收到母亲的回信。他忍受着胸口的疼痛，默默地工作着。早饭后，他拉着平板车到供销社买柴油。刚走出栅门，见雷书记慢条斯理地走来。他忙放下平板车，招呼雷书记进了院子。

“忙什么呢？”雷书记在前面走着问。

“不忙啥，到供销社买柴油。”李田林跟在后面回答。

“怎么样？工作还满意吗？”雷书记笑着问。

“很好。”李田林答。

“听同志们说你学习很用功。年轻人，就应该有上进心。”雷书记笑着走到门旁。

“大家是在鼓励我。”他忙开了门，闪到一旁，请雷书记进窑洞。

雷彪一只脚跨入门槛。“哎哟。”雷彪按着头额，疼得直叫唤。雷彪的个子有 1 米 8 左右，进门时脑袋碰着了上面的门框。

李田林退了一步忙抱歉说：“门做得有些不够标准。”

雷彪低着头进了窑洞，李田林让雷书记坐到椅子上，拿起暖壶倒水。暖壶水不多，只倒出半杯浑浊的凉开水。李田林尴尬地说：“早晨忘记了装水。”说着就去提水。

“不必了。”雷彪皱了皱眉头摆手说，“我稍坐一会儿就走。”

李田林放下暖壶，拉开抽屉，拿出一盒宝成牌香烟，抽出一支说：“请吸烟，雷书记。”

“不吸了。”雷彪右腿搁到左腿，脊背靠着椅子，右食指轻轻地敲着办公桌的玻璃板，瞟了眼神色慌张的李田林说，“你的广播稿写得不错，有说服力。同志们对你的评价也很好。”

“可是我总觉得自己文字功底不行，缺少文采。”李田林尴尬把抽出的纸烟装进去又放入抽屉。

“不要谦虚嘛。好就是好。”雷彪话锋一转，斜了一眼李田林，“每月工资，挣得够花吧？”

“够花。”李田林坐到一只小凳子上对雷书记说，“每月 32 元，给生产队交 12 元工资，去掉 14 元伙食费，还余 6 元。比在本村教书强

得多了。”

“是呀，”雷彪抹了一把大背头庄重地说，“年轻人，没什么负担，一个人管一个人，一月挣上二三十元，也比我们挣六七十元生活得好。像我去年修了3间房，买了一台电视机，又培养一个大学生，唉，难哪。”

“这——”李田林急忙捂住疼痛的胸口，不知说什么为好。

雷彪见他按着胸口，一句话也不说，一时间脑子里闪过一个念头：“这小子真聪明哇。”

李田林以为雷书记看出了自己有病，两手离开了胸口，回避着说：“这几天，有点咳嗽。”

雷彪像没听见一样，沉着脸，眯了眯眼说：“不过嘛，不要太夜郎自大，同志们对你也有意见，反映你团结不够，不钻研业务——”

“这——”李田林又按住胸口，看着雷书记，张开口说不出话来，脸红一阵白一阵。

“不要怕。”雷彪看出了他的表情，拍了拍自己的胸脯说，“有我在，安心工作。”他又鼻子一哼说，“年轻人，不要成了书呆子，刚出来社会上工作，要学会为人处世。”突然雷彪怒不可遏地说，“你爸爸这个人，太小看我了，要不是看在当年的友情上，我决不轻饶他。”

“我爸爸怎么了？”李田林不知所措，吃了一惊问，“我爸他——”

“我是值几十斤羊肉的人？去年冬天的事，你一定清楚，他深更半夜，拿着贿赂想腐蚀我。”雷彪生气地说，“我作为一个公社党委书记，岂能搞不正之风。”

李田林终于明白，他敬佩雷书记这种坚持原则的好作风：“我爸那个人，唉，雷书记，你就不要和他见怪。当时我不让他搞这种邪门歪道的事情，他就是不听。”

“是吗？”雷彪冷笑了一声说，“好一个李明先，羊肉里灌进水，肉里装入石子，拿着来欺骗我。”

“真的？”李田林着急地问。

“难道我还冤枉你爸。”雷彪气呼呼地说，“我是过老年包饺子时才发现的。”雷彪边说边摸了摸钱包，“我称了一下，去了水和石子，共是45

斤，值30元，不吃亏吧？”

“雷书记，这怎么能成。”李田林真是气得不知说啥为好。他说啥也不要钱，“雷书记，我叫爸不再搞这种事情了，至于送的羊肉，也是买的别人的，不是我爸有意混进水和石子。”

“不提了。”雷彪假意给了一番李田林钱，便改了口含着笑问，“我听你爸说，你父母婚姻的介绍人是地委牛书记，是不是？”

“是。”李田林的心情又紧张起来，雷书记问这干什么？他只好说，“听我爸和我外祖母他们说，我爸当年在王塔区当乡文书时，区委牛书记当的介绍人。”

“那么——”雷彪很有兴趣地又问，“那么牛书记和你爸的关系一定不错，现在和你爸通信吗？”

“这我就不知道了。”李田林摇着头回答。

“你见过牛书记没有？”雷彪很自然地问。

“没有。”李田林又摇了摇头。

“嘿，你爸和牛书记那样关系密切，是二十几年前的老朋友，你应该去认识认识牛书记。”雷彪笑着说，“没有牛书记给你的父母搭桥，哪有你。”

李田林低下了头又陷入了痛苦之中。这叫他怎么说呢？如果当初牛书记不搭这座红桥，也省得自己走这么一段漫长的艰苦道路。可是牛书记没有错，只能怨恨自己的父母。现在雷书记无意中提到叫他去认识牛书记，他觉得雷书记提的这个问题太大了，也使他感到突然。牛书记是一个地委书记，仅仅是自己父母婚姻的介绍人，自己跑去认识他实在是有些不合适。他脑子里胡乱思考着。

“小李哇，如果你去的话，最近我要到地区党校学习，咱俩相随着去。”雷彪满脸堆笑地说。

“我——我不去。”李田林害羞地说。

“那你也应该给牛书记捎上一封信，问候问候他老人家。”

“这？”李田林又怔住了。

“别傻啦，好好地写一封信，我到地区住党校走时给你带着。”雷彪离开了椅子。李田林送雷书记出了栅门，一直望着雷书记快进公社大院，只见雷书记掏出一支纸烟，拿打火机“咔嚓”点着。眨眼间，一股白色的烟雾从雷书记的口里喷了出来，散向远处……

李田林少精无神地背靠到水泥电杆上。到底给牛书记写不写信呢？过了许久，他才从神思中醒悟过来，忙推着平板车到供销社买柴油。

第二十二章　红尘滚滚

农历的六月初，李田林回县城参加了为期五天的新闻通讯工作会议。会议期间同志们谈论起他，叫他去看看自己的母亲，他没有去，生气母亲为啥不给他回信。他猜不透母亲的心。会议一结束，他就乘车返回杨洼公社。他一下车，有几个干部就冲着他议论开来:“你家里出事了。”

“什么事？”他失惊地问。

“回去就知道。”一个干部讥笑他说:“好新闻，去采访吧。”

李田林踉跄了两步，觉得脸腮上比挨了两个耳光还痛，他心里在乱想着:“爸爸又做了什么坏事？他请了假，当天就往李家沟老家赶。太阳偏西，他回到了村子背靠的山峁。他向驴尾巴峁望去，但见那块柠条地同十几年前一样，郁郁葱葱，生机勃勃。阴背洼处，绿草丛生，野花争艳。地里的糜谷长得十分喜人。

家乡的景色勾引起了李田林对童年生活的回忆。他想起了跟爷爷放羊时掐山丹花、摘柠条花、捉蜻蜓、挤羊奶吃的往事。他想起了和俊宝、俊利挽猪草说故事的生活。他跨入一块梯田，挽下一棵芦草，撇下一支宽长的叶子，一边编织着三角形一边走着。他把满腹的心思编织到精美的芦草三角形里。家里发生什么事情？难道爸爸又和叔父们打架了？

“叽叽——”一只小山雀站到路旁的柠条梢上朝他叫着。他学着小山雀叫了一声:“叽叽——”

小山雀飞走了。

他把编织好的一个个芦草三角形挂到柠条梢上寄托对童年的追忆。天黑下来的时候，他向村子走去。当他来到半山腰的打谷场，模模糊糊

见四叔父家的院子外，有许多人影走动。他直接来到四叔父家的院子。

“田林回来了。”

“这就是明先的小子。”

“你怎么这时候才回来？”

“……”

李田林见有几个人是四妈娘家的人，还有他的五六个小叔伯兄弟。他们头上戴着白孝帽，一说话就哭开来。李田林大吃一惊。

李明富的老婆柳翠香死了。

年仅二十八岁的柳翠香是得病死的。昨天早晨才埋到李家南峁的老坟里。李明富见侄子李田林回来了，抱住两个孩子一边哭着给他说，一边痛骂着二哥李明先。他不明白四妈死了四叔父却为什么埋怨爸爸。他问四叔父是不是爸爸打了四妈，大家都说不是。四叔只是骂，说不出个一二三。李田林忙向他家走来。他回到家摸着黑点着灯，见爸爸睡到炕上，眉脸没有一丝血色，嘴唇抖动着一句话也说不上来。爸爸看见他回来了，忽然跳下炕，跪到躺柜旁，连连地磕头，口里念叨着：“老天爷，我冤枉啊！”

“这是为啥？”李田林问爸爸。

“老天爷，明富的老婆不是我逼死的呀。”李明先站起来一把拉住儿子的手，“你不要听他们胡说，那几个狗日的不安好心，妄想把咱父子俩赶出门。你要为老子说话。你四叔父硬说老子把你四妈害死的，老子根本……根本就没有到他的家。狗日的，老子要上告！”

“你说清楚，这是人命关天的事情。”李田林甩开爸爸的手提高声音问，“我四妈到底怎死的？”

“不知道，她自己早就得了肺病，谁不知道。”李明先见儿子追问不休，一时性子发作了，“你也听这些龟孙子糟蹋老子，老子不吃他们这一套，非上告不行！”

“你还有没有点人味？”李田林摔了肩膀上的挂包，淌着愤怒的泪花怒视着爸爸，“也不吸取教训，这些年来，走到哪里都是这个样子，今天和这个吵，明天又和那个闹，叫我怎么工作。”

“你听他们胡说八道，不要上他们的当。”李明先心里又怕又恼火，他以为是儿子听了四弟他们的话，就用大话吓唬儿子。他拍一掌胸脯，不停地转动着眼睛大喊大叫，“别人把老子不当人，咬老子的球，你小子也反了。好小子，你也忘本了，老子把你从几岁抚养到二十几岁，如今你工作了，不认老子了，你有没有良心？狗日的，你受了贺秀丽的骗。老子豁出命来，要把李家沟的人统统砸死。贺秀丽这个女流氓煽动你和老子闹事，老子不和你见怪，去城里杀尽她狗日的一家子。”李明先卷着裤腿，光着脚片子，打开双扇门，故意大发雷霆，叫众兄弟和亲戚们听，“老子不饶他们，老四死了老婆，要往老子头上推，老子不是好惹的，今天晚上就不活了，要把李家沟的人杀得一个不留。”李明先抄起一把菜刀，在地下的水瓮沿磨了两下，就要往外面跑。李田林见了，吓得大惊失色，忙夺下爸爸手中的菜刀，也不敢再说爸爸。要是爸爸一怒之下，再闯出大祸，事情就闹得更大了。他知道爸爸啥事都敢做出来，政府要不是把他以“具体人”对待，早就法办了。

李田林缓了口气说：“爸爸冷静点儿，生气顶啥用。我谁的话也没有听，与我母亲也没有关系，我连她的面也没有见。你不要瞎猜疑。”李田林劝说着爸爸，“你读过不少书，这些道理都懂。俗话说，家丑不可外扬。叫外人知道咱李家沟弟兄之间经常吵架，有多难听。”他见爸爸的怒气减退了，趁着问，“这是人命关天的事，爸爸是不是打骂了我四妈？”

李明先蹲到炕沿上挥舞着双手高声说：“你四妈的死，本来与爸爸无关，他们硬说是叫我装神弄鬼吓死的。”

“你怎么装神弄鬼来了？”

“我……”李明先结巴地给儿子说，“你四妈有病好多天了，那天晚上我从学校记完工分出了院子，路过她家的门，正好她出外面来。她一见我，就喊有鬼。我骂了一句老子就是鬼，她就病加重了，这怎么能说是我的过？”李明先对儿子撒着谎。李田林又和爸爸说了几句，饭也没吃，先来到大叔父家坐了一会儿，问了一顿事情的经过。他又上来三叔父家拉了一阵。他听了后，羞气得也没去问四叔父。他安慰了一番四叔父。四叔父气过之后，嘴上不骂爸爸了，但是心里恨着爸爸。

李明富老婆柳翠香的死与爸爸李明先究竟有什么关系？在外面工作的李田林是不知道的。

李明先自从回到李家沟后日子一天一天好起来，儿子高中毕业使他神气十倍。儿子村里教上书，他喜得逢人就吹："我李明先不顶谁？"儿子到公社广播放大站工作了，他觉得自己屁股上长出了一条尾巴，摇晃着脑袋又抖起来："狗日的，回农村整整17年了，总算熬到了头。贺秀丽找了个县外贸局副局长，有啥了不起，我的儿子将来做了大官，我要气死那个烂货。"随着生活的好转，他把李家庄村经历的教训忘光了。从25岁上打光棍到42岁，日子真难过啊！每当到了夜晚，他心血来潮，怎么也排除不了贺秀丽的影子。20多年前的贺秀丽，那是一个多么美丽的姑娘。她对他山盟海誓，情深意重，百般温存，给他生了一个好小子。她真是一位忠贞的女性啊！

当他听到贺秀丽与××老师通奸的议论时，他认为自己纯洁的心灵受到了愚弄。他抛弃了她。然而几年以后当他与李家庄的烂花鞋刘花瓶挂上钩，竟不以为耻，反把他的过错又推到了贺秀丽的头上。他中了烂花鞋的美人计吃亏后，发誓再不搞女人。可是几个月过去，光棍生活又折磨着他。他把那屎尿淋头的羞辱事早忘光了。多少年来，他摸清了国家的王法："狗日的，老子是转业军人，回乡革命干部，大错不犯，小错不断，公家能把我怎么办？"

他回到李家沟不久，就和李家峁村的黄娇叶挂上了钩。黄娇叶三十八九的年纪，生得倒有三分姿色。她老汉是一个诚实的农民。自从娶她过门，就惹不起她，任由她胡作非为，也不敢过问。黄娇叶把出卖肉体的事情看得也不以为然，不但把村里的软骨头男子的魂勾住，甚至靠自己的本领使那些下乡的公社干部只要来了李家峁村，就一个个跪倒在她的双腿下。李明先一个光棍汉，又是和她在一个生产大队，岂能不上她的圈套？村里的人给黄娇叶起了个绰号叫"轰炸机"。

李明先和"轰炸机"打伙计的事情，李家峁村和李家沟村的人都知道，只有李田林不晓的。李明先一次一次地和弟兄们大吵大闹，无理辱骂兄弟媳妇和侄儿媳，弟兄们看在一母同胞的面子上一次一次忍让了。李明先觉得弟兄们是好踩的毛毡，索性夜壶放到了墙头上——呼呼地叫开了：“狗日的，谁敢管我，我是有功劳之臣。”他在生活的道路上越走越远。在人们面前，尤其在儿子面前，他臭骂贺秀丽坏透了，而心里也知道自己连贺秀丽也不如。他开始对离开老婆后悔了。但是，他嘴头子上不愿输气，教育儿子给他争气，与贺秀丽彻底划清界线。儿子长大工作了，不但不听他的话，还与贺秀丽保持着母子关系。自从儿子到贺家畔走了一回，贺秀丽捎来40块钱后，他看到儿子离他越来越远了，甚至指教他这个老子这也不对那也不是。他很担心如果儿子叫贺秀丽争夺过去，不但使他输气，将来自己的生活又靠谁。过去他不叫儿子去认母亲，是因为贺秀丽昧了良心，抛弃了他们父子俩。而他上了烂花鞋的钩，偷代销店钱，大会上作检查……回来李家沟后又串“轰炸机”的门。一桩桩、一件件的风月事情，使他脸红。

现在，李明先把自己同“轰炸机”的勾搭当成是一种正常的现象，还以为别人都不知道。在他看来，一个人正正派派又能顶个啥。再过20年，一切都完蛋了，何必自己折磨自己。哪个光棍没有一个两个女朋友。狗日的，天底下本来就没有一个纯真的女人，也没有不吃肉的狗，就是那些有老婆的男人也搞女人。在各种思想的支配下李明先产生了更坏的意念。

李明富的老婆柳翠香虽然生了三个娃，又患有慢性肺炎，常年参加生产劳动，操持着繁重的家务活，但是长得身材端正，十分漂亮。她结婚来到李家沟村这些年来，曾为羊子吃了三弟李明连家自留地的庄稼，与三哥李明连吵过一架。为此，脾气火暴的三弟骂她是“顶门棍”。从这以后，李家峁村的人和李家沟的嫂子们就叫起她“顶门棍”。李明先跟着婆姨们一起劳动，日子长了，也就不分什么大伯兄弟媳。李家沟总共有四个年轻婆姨。这四个婆姨中，按辈数排，第一个是李明全的老婆，与李明先年龄差不了多少，李明先叫她嫂子。第二个是李明连的老婆，小李明先10来岁，是李明先的三弟媳。第三个是李明富的老婆柳翠香，小李明先 14 岁，是李明先的四弟媳。第四个是李俊峰的老婆，同李明富的老婆年龄不差上下，是李明先的侄儿媳。这四个婆姨要说长相，还数李明富的媳妇。李明连性格暴躁，为人刚直。当年放羊，一时性子起，就把李明则的羊打死。在李家沟村，李明先谁也不怕，就怕三弟李明连。因此他平时连李明连的婆姨想都不敢想。李明先觉得四弟的老婆柳翠香是一块肥肉。他在老四的媳妇身上打着鬼主意。

晌午，李明富的老婆“顶门棍”从井沟的园子里上来，路过二哥李明先的院子，见一哥正拉风箱做饭。火苗呼呼地吹着，李明先斜着头哼着“大女子嫁汉”，双手握住风舵柄，懒洋洋地拉出来，推进去，再拉出来……那动作反复做怪有意思。

“哎呀，锅盖烧着了。”

“啊？”李明先停住手，瞭眼四兄弟媳，“你说什么？”

“看，锅盖烧着了——”

“真倒霉。”李明先把烧着的锅盖沿伸入水里浸灭后笑嘻嘻地问，“你干啥去了？”

“我到园子里浇了两畦白菜。”

“哎哟，白菜真好吃，我一棵也没种着。”李明先眼斜看着四兄弟媳嬉皮笑脸地说，“白菜长大了，给我吃上一顿。”

“三顿也行。”“顶门棍”尖声细气地夸赞着二哥说：“你真是好命，养了一个好小子，高中刚毕业就教上书，当老师还不到一年，就到了公社工作。”她过门时老二穷得叮当响，吊起锅敲钟。如今老二自己掏了土窑洞，田林又工作上了，她又眼红又羡慕，觉得老二打光棍还真有点骨气。虽然她和老二也吵过几次嘴，但是毕竟还是一家人。田林在外工作，她和明富也对外人夸，田林我侄儿子念书出了场还不是靠我们几个叔父培养，只那个灰爹顶个啥。自从今年过来，她心里想沾老二的光。原来李明先有一箱子烂补丁和破衣服，谁也不给。她想田林小时和她家一块吃住，要几块补丁，二哥也许会给的。她几次想张口，又怕丢了脸。她趁二哥要吃菜这个空儿，想问一问。

“嘻，我的命好能顶个啥，老婆离婚了，当了男人当女人，衣服鞋袜没人做。”他心里“咯噔”一闪：“‘顶门棍’，是不是看下我老二了。”他眼珠子一转说：“他四妈的，我没人做鞋，我给你补丁，你给我做上一双鞋。”

“不嫌弃的话，试一试。”她也笑了笑说，“我看你的补丁新不新。”

李明先满脸含着笑引着“顶门棍”回到家，他揭开箱子掏出一堆碎补丁说：“行不行？”

“哎呀，这么好。”“顶门棍”嘛一嘛嘴，瞟了一眼二哥说，“不过，我有病，一下子给你做不完，如今正忙着，等冬闲时分，一定给你做一双鞋。”她眨了眨眼又说，“你叫田林向公社开车的司机说一声，给我家捎上几百斤炭。”

“没问题。”李明先给四兄弟媳吹捧着说，“我和雷书记、贺副书记都是老朋友，对他们说一声，拉一汽车大炭也行。”

“顶门棍”抱上补丁说笑着走了。

李明先望着四兄弟媳走了后神魂颠倒地胡思乱想着，狗日的，怕什么，叫你“顶门棍”尝尝二哥的厉害。”

过了一个月，“顶门棍”柳翠香的慢性肺炎恶化，李明富到杨洼公社医院买的一些西药给老婆吃了仍然不见好转，而李明先想“顶门棍”想得连觉也睡不着。

又是一个记工分的夜晚。李明先到学校记完工分后，匆匆忙忙离开学校，朝李明富家过来。他知道四弟明富今天到枣树湾赶集去了，趁着空试一试老四的婆姨。他轻轻地推开门向里一看，见两个孩子炕上玩耍。老四的婆姨不在。

“你妈哪儿去了？”

“外面出去了。”孩子们回答。

李明先退了出来，站到院子外的墙下四处窥望，静静地听着。忽然一旁的厕所里有人咳嗽。

“嘻嘻，原来在这儿。”李明先心里一阵欢喜，假装着上厕所。“顶门棍”正在厕所大便，听着有脚步声，一连咳嗽了几声。脚步声越来越近，她忙提着裤子往出走，却正好与李明先撞在了一起。

“谁？”李明先来了个先发制人，佯装吓了一跳，两手猛抱住了四兄弟媳妇。

“啊，你——”“顶门棍”吓得直往厕所里退，口里结结巴巴地说，“田林爸，你……你……”

李明先松开了手，但是不往出走，却拦住厕所的出口嘻嘻地笑着说：“千万不要高声，二哥给你——”

“你快走吧，叫别人看见——”柳翠香定了定神往开推着李明先。

“哎呀，有人。”李明先双手抱住“顶门棍”。

“哎呀，这这这……”“顶门棍”连气也不敢出。李明先使劲地狂吻着她，她这才明白，二哥是有意调戏她。事到如今，柳翠香也顾不得怕人听见，她大声喊叫着：“鬼……有鬼……”

李明先原以为四兄弟媳是一块到嘴的鲜嫩羊肉，抱着满满的信心，要发泄一次压抑很久的性欲之火，没有料到柳翠香不吃他的这一手，却大喊大叫拼命往厕所外推着他。李明先惊恐不安，又羞又气扭头跑出厕所，逃回自己的光棍窑。第二天上午，李明富赶集回来，“顶门棍”哭着给老汉说二哥欺负她。李明富听了气得大哭起来，要找二哥算账，又怕外人笑话。他哭着告诉了李明则、李明全、李明连三个哥哥。

这件事发生了还不到三天，李家峁村的人也都知道了，背后议论纷纷。也该李明富倒霉，偏偏这事发生后，“顶门棍”的病情一天比一天严重，连外面也出不去。又过了几天，连医生也没来得及请就死了。这下子可把李明先吓坏了，他装神弄鬼，躲避其他兄弟们对自己的指责。李明富只好哭着埋葬了老婆，把对二哥的恨压在心头。杨洼公社下乡的干部没法过问此事，把这当作一件山村的奇闻传播。

第二十三章　初恋余香

李田林回到机关后一连病了半个月，胸膜炎与胃炎同时折磨着他，但是他并不因有病而影响工作。他到医院开了针剂，每天打两针，有效地控制了疾病的恶化。他请求医生不要向任何人说自己有病。

爸爸与李家峁村“轰炸机”的勾搭，又调戏过已死了的四妈，使李田林更是气上加气。他含着眼泪，在搞本职工作的同时，一面复习高初中课程，准备在年底报考大学，一面坚持写散文、诗歌、短篇小说……一篇一篇的习作寄出去，一篇又一篇地又退回来。可是他不服气，信心百倍，合理利用时间，抓紧复习功课，反复修改习作。

他恨自己的家庭，因为父母离异，他觉得低人三分。一些对他不理解的人，在他当面不说，却在背后议论：“还是李明先那二流子的灰种子，将来还是一个‘具体’人。”

李田林不止一次两次听到这种讥讽的话，在书堆里寻找精神支柱，严格要求自己。由于他严禁烟酒，从不参加酒席宴会，也得罪了一些人。有的说他是白面书生，不会处人；有的人讽刺他骄傲自大，不接近群众；有的人嘲笑他是“显能鬼”“积极分子”；也有的人说他是“走后门”进来的，没有真才实学。还有的人把他以他父亲那种“二流子”人对待。他听到这些风言风语，有口无处说，只有用看书写作来安慰自己。他不愿向任何人倾吐一个字的苦恼。

生活的激流向李田林卷来。

19 岁的刘彩云是一个聪明的姑娘，过早地失去母爱促使她早早地

走向成熟。两年前父亲去逝后，她担当起抚养弟兄的职责。她争着气念完初中。父亲临终前叮嘱她一定要听大叔父的话，找一个善良忠厚的丈夫。

刘彩云的大叔父刘乾原是北原县副县长。文化大革命中因为站错了线，以后一直停职住在县城。刘副县长与杨洼公社党委书记雷彪曾是上下级关系，相处得也不错。因此刘副县长事先给杨洼公社的一把手雷彪写了一封信，在招工中一定照顾一下自己的侄女。可是在台下的刘副县长，深知雷彪这个人物，是一个看风使舵的“滑油条”。他只得从东北买了半斤人参送给雷彪，雷彪收到刘副县长的礼物心里发出狞笑：老头子，难道半斤人参就能买到一个工作证？

果然，在他的推托下，刘彩云又把一对银镯和两个祖传元宝送给了他。受人之礼，不得不尽力。经过雷彪的周旋，刘彩云被招工分配到杨洼公社供销门市部当售货员。

刘彩云工作不长时间，第二次见到李田林。她经常听到县广播站播送李田林的文章。李田林主办公社广播放大站的自办节目，自己当广播员，声音洪亮，她心里暗暗敬佩不已。她还常听供销社的职工夸奖李田林有水平，待人热情，心里产生了对他的敬意。她记得有一次，李田林来供销社买柴油，差错了供销社 2 元钱，李田林回到单位发现后，又跑来主动给她退了差错的公款。

有一次，各机关单位的干部职工动员起来到公路两旁栽树苗，她见李田林一声不吭，一连栽了几十棵小树。栽完树后大伙都回机关吃饭，而李田林掏出一个笔记本写起来……

又有一天下午，她同几个职工到杨洼中学打乒乓球，只见李田林和老师借书，没打一个球，就匆匆忙忙走了……

还有一次，杨洼公社建成一座大型水库，全社各村的队干和各机关单位的干部职工集中在公社祝贺摆宴，刘彩云和李田林正好安排在一张桌子。大伙都喝酒猜拳，唯有李田林不抽烟，不喝酒，不吃肉，低着头不知思考些什么问题……

夜色降临到杨洼的山山沟沟，月亮爬上了柳树枝头。每日的第三次广播进行到中途，胡主任递给刘彩云一个纸条，叫她送到广播放大站请广播上通知一下明天收购生猪的事情。刘彩云高兴地接过通知出了供销社的大院向广播放大站走去。

她走进广播放大站的院子，柴油机“突突突”的响声震得她耳朵发麻。她进了中间一孔石窑洞，只见办公桌二尺多高的一叠书。炕上放的两只木箱上面摆满了报纸刊物。李田林在隔壁的播音室里，刘彩云忙去推过道穿洞小木门。穿洞小木门朝里关着，她用力推了一下。

“谁？”

“我。”她听是李田林的声音。又说，“送通知。”

小木门开了，李田林走出来，上身穿着一件半袖白衬衫，下身穿蓝的确良裤子，趿拉着一双灰色凉鞋。他一手握着几张白纸，一手拿着一支笔。“什么通知？”

“收购生猪。”刘彩云把通知递给李田林笑了一笑说，“真用功，广播时间还写稿。”

“嗯。”李田林把通知纸压到麦克风座下，让刘彩云坐到椅子上，又谦逊地说，“用啥功，广播时间一般不写稿，还得编自办节目和录音。”

“你的口才真不错。”刘彩云抚弄着麦克风上裹着的红绸子瞭眼李田林说，“还虚心哩，人家都说你播音的质量和省台播音员差不多，很有发展前途。还夸你的文章写得实实在在，有血有肉。”

“我连普通话也不会说，怎敢和省台广播员相比。”他走到扩大机旁，调了调总音量，看了看输出电压表，又把监听喇叭往低调了一下，然后坐到另一把椅子上说，“写的一些小习作，不值的一提。”

“哎呀，还知识私有哩，谁不知道你是记者，到处投稿。”刘彩云面朝着李田林，拿起桌子上放的一本杂志翻了一翻说，“不说别的，就拿县广播站播送的那篇《家乡的早晨》吧，是一篇富有生活气息的佳作。还有——”

“你太过奖了。”李田林摇起了头，“我总认为自己的稿子立意不新，描写平淡。”李田林的眼睛不时地盯着扩大机上的电源电压和输出电流表，观察着每个电子管的颜色变化。

"嘻，有意思，你的作品发表了，不就是赫赫有名的作家？"刘彩云抿了抿嘴，放下杂志，抚摸着两条长辫子说，"报考大学，你考不考？"

"想试一试。"李田林看了眼另一只桌子上堆放的收音机零件，叹了口气说，"就怕数理化不行。"

"你报文科。"

"文科也考数学，再说我的语文基础也不好。"

"凭你这种学习精神，抓紧复习两个月，一定会考上。"

"我也这么想，就怕考不上，还影响工作。"

"怕什么，上面有文件，县城中学还专门进行课外辅导，给考生补课。"刘彩云大大方方地说，"我给你提供初中一至四册数学复习资料。"

"那太好了。"李田林心里的那扇爱的窗户拉开了一条缝，觉得刘彩云真是一位好心的姑娘，"我明天下午去拿复习资料。"

"好，明天晚饭后，我在宿舍等你。"刘彩云临走时又鼓足勇气说，"有补的衣服，我给你补。"

"不用，我自己会。"李田林高兴地送刘彩云出了院子，一种从未有过的暖流涌进胸脯。

第二天下午吃过晚饭，李田林准时来到杨洼供销社。刘彩云正剪着一朵纸花等待他的到来。她见李田林准时赴约，欢喜得又是泡茶水又是寻糖块。她并不急于给李田林把早已准备好的数学复习资料递到手里，而是寻话题拖延时间。她讲她的家庭情况，以及她大叔父对他们姐弟俩的关怀，还讲到他们当年在她母亲坟前认识的往事……她还说自己最喜欢勤奋读书和要求上进的青年。开始李田林还有点拘束，拉了一阵子话后也就话多起来。他也说着自己的家庭不幸，对刘彩云姐弟俩的遭遇深表同情。他坐到椅子上低下了头，心"嗵嗵嗵"地跳，两只手没个藏处。刘彩云一边剪着纸花一边寻话说："我非常想念我的妈妈，我妈在世时，一天能搂五背柴，一百多斤重的一篓子粪，背着上山也不觉得啥。我妈待人可热情，亲戚朋友来了，就给做好吃的。平时过日子，窝窝面里还要拌糠。有一次，我爸做饭多下了半碗米，我妈就把我爸骂了一顿。我妈去逝后，我爸起早摸黑，跟上队里劳动，从不误一天，省吃俭用供我们姐弟俩上学。可惜，我十七岁那年，爸爸得脑膜炎去逝了。我爱我妈，我想我爸。那年夏季，我妈去逝后，刚埋了几天，我每天要到坟上哭一回。”刘彩云转忧为喜又说，“我记得，我在坟上哭，你还问我回李家沟的路走哪儿？”

李田林的脸颊白一阵紫一阵，尽量克制着感情。他感到刘彩云的爸爸和妈妈太可爱了。

“你的父母永远令人怀念，我要是有这样的父母，该是多幸福。”

“你——”刘彩云扬了扬眉毛，“嘻，那你为啥不生在一个好的家庭里？”

“我？”李田林习惯地摇起了头，“别再提我的家庭了。”

“为什么？”刘彩云感到有点奇怪。

“因为我的父母没有你的父母那样好，受人尊敬。”

“这？”刘彩云希望李田林能理解她的心情。而李田林却毫不留情地谴责他的父母，这叫她不敢去想。

刘彩云有着对个人婚姻问题的考虑。她有了理想的工作，需要嫁一个志同道合的青年，共同挑起生活的担子，以供养自己的弟弟上学。他看中了李田林。她要抓住这个机会。刘彩云完全居于主动的地位。她要打破沉闷的气氛，把剪好的一朵纸花摇了摇，两眼盯住面对面坐着的李田林：“你最喜欢什么？”

“当然是学习啦。”

“我们说些其他的内容可以吗？”

“还有什么？”

“比如工作，读书，前途……”

“行，你说吧。”

“又比如个人问题……”

“这？”

“嘻，这……这什么？瞧你还是新闻记者。”刘彩云傻笑了一声说，“我再问你一个问题，你说人类社会的结构是什么？”

“是由一个个家庭组成的。”李田林好奇地回答着。

“那家庭又是由什么组成的？”

“这？”

“我的话你还不明白？”刘彩云努了努嘴，目光盯住李田林。

李田林的目光与刘彩云的目光连成了一条线。他完全明白了刘彩云的话。

“我不是开玩笑。我真的喜欢你。你是我看上的最好青年。不过，你还要好好努力哩。”刘彩云的脸腮泛起了红晕。在她看来，杨洼公社各机关的青年中李田林数一数二，自己要是找上这样一个对象，心满意足。她把准备好的一至四册初中数学书放到桌子上。李田林双手捧起心头感到热乎乎的，浑身燃烧着了爱情的熊熊烈火。他觉得刘彩云确实是一个心好人品好和有远见的姑娘。

伴随着时间的推移，李田林和刘彩云的感情又推进了一层。刘彩云把心爱的绿塑料皮日记本赠给了李田林，把3元1角钱的“英雄”牌钢笔、尼龙袜子等小礼品送给了心中的人。李田林也用节余的钱买了一条毛料裤子、一双尼龙花袜子、一顶黄的确良帽子，悄悄地塞到刘彩云的手里。

刘彩云暗暗地偷笑：他真好，真可爱。就是人太老实，一遇到有其他人，连话都不和自己说，到门市部买货也不和自己买。瞧他还是一个记者，活像一个未没过门的姑娘，怕得连自己的宿舍也不敢来。

又是一个星期六，早晨七点零五分广播完后，李田林和刘彩云约好相会。地点就在广播放大站。

早晨的空气是新鲜的。刚到六点三十分，县广播站的节目一结束，中央电台的新闻报纸摘要节目就开始。李田林快速洗了脸刷了牙，把办公桌上压的玻璃板和上面放着的墨水瓶、笔盒、水杯、花皮暖壶擦得干干净净，书报垒得整整齐齐。炕上放的两只公用棕色木箱、地下立书架、办公桌揩得闪闪发光。播音室里的各种机器的外壳也都擦得明晃晃亮晶晶。

接收信号机上的指针随着载波电流输入的强弱而摆动着。扩大机上面安置的电源电压表和输出电流表上的指针随时输出的电压和音频电流大小时高时低摇晃。两只表示高低电压的红蓝指示灯像晚间天空里的星星一闪一闪。喇叭里拉了7点整的表后，县广播站的播音员播送着本县天气预报："北原县广播站，现在播送本站天气预报：预计今天上午，晴天，风力2级，风向西北。最高温度25℃，今天晚上，多云，风力4级，风向东南，最高温度22℃……"天气预报播送完后，嘹亮的《国际歌》管弦乐曲结束了第一次广播。

按操作规程，李田林熟练地先关了信号接收机上的开关，转回了调音旋钮，然后调低了扩大机上的电压，关了监听喇叭旋钮和总音量控制旋钮。最后关了高压电源，发电机窑洞关停了10马力立式柴油机。完成了这一系列的程序化的技术操作作业后，李田林激动不已，走到门旁拉开花布门帘，打开小天窗，又轻轻地拉开门。阳光已照红了院子。他走出院子站到院子中央，压了压经常疼痛的胸口，深深地吸了口新鲜空气。

呵，早晨，美丽的早晨，是多么的明朗与宁静。水泥电杆上挂着的高音喇叭，阳光下闪烁着银灰色的光泽。从播音室输出的数十条五色胶线架到一根水泥杆横担上拧着的白瓷瓶，像一只只卧着的小杜鹃。一根一根的铁丝横空延伸向远处的山村把一种声音送到千家万户。信息世界已经在山村开始传递时代的声音。

他向村子的对面望去，只见一行行一排排的杨树像一道道绿色的墙从沟底盘绕上山顶。后山洼里墨绿的草丛好似一块五色彩球覆盖着山色的容颜。他斜头朝供销门市部眺望，建筑别致的门市部一色青砖桃瓦，枣红油漆门加平板透明玻璃分外好看。铁栅栏门上面有一个弓形的铁弧竖着几个红五星。广播放大站的周围新修了一排排的石窑，安了新门窗。这是人民公社社员的新住宅。

李田林看得入了迷，抑制不住内心的激动，不由地发出了声："早晨是一日的开始，给人们带来欢乐，幸福，自由……不要以为早晨仅仅是一个时间的标记，它唤醒了千千万万的青年向未来奋斗，创造物质文明和精神文明。人们之所以赞美早晨，还因为早晨的阳光既不冷酷也不炎

热，它给万物带来了光明与生命！家乡的早晨，让我们永远把你歌唱，朝着理想的大道奋进——”

“又在赏早晨的美景吧？”一声清脆的声音打断了他的雅兴和激情飞泻。

李田林猛一转身，见刘彩云站到他的眼前。他动了动嘴唇，看了她一眼，表示对她的问候。刘彩云迈着欢快的步子走进窑洞，李田林紧跟着一同进了自己的工作室兼卧室。刘彩云不用李田林让坐，自己一屁股坐到椅子上，她环扫室内的一切，感到浑身舒畅。她用劲甩了甩辫子，顺手拿起桌上的一本书问：“你的进步真快，又听到县广播站播送了你的几篇文章。”

李田林坐到炕沿，两腿连到地下，手抹着稀疏的偏发，朝刘彩云害羞地一笑：“都是一些小通讯稿子。没有什么收获。”他询问了一番刘彩云的工作情况，也把别人对刘彩云的评价告诉对方，“大家对你的印象也很不错，夸奖你热爱本职工作，服务态度好，为人大方、和蔼。”

“这恐怕是你的看法吧？”刘彩云轻轻地拍了一拍书笑着反问。

“当然包括我的评价。”李田林溜下炕沿，打开书架，拿出一本日记递给刘彩云，“你看，这里有我对你的记叙。”

“对我？”刘彩云双手接过日记本，目不转睛地把第一篇看下去：“她是一个很苦命的女孩，我同情她，怜悯她。因为她同我一样都失去了母爱。我的生母从小离我而去，我只有一个灵魂破碎的父亲。而她的父母却永远值得怀念。还有她的聪明，热情，大方……这些都是我爱她的基础。她愿意同我共播生命的种子，我愿把赤诚的心献给纯贞的姑娘。但愿种子在肥沃的土壤里发芽、生根……爱情会产生无穷无尽的力量，也会带来几代人的悲伤……”

“哎呀，美极了！”刘彩云把笔记本按在自己的胸口，盯着严肃庄重的李田林，不知用什么话来表达自己的感情。她抖着双手又翻了一页念下去：“因为我太傻，对现实生活缺乏认识，从小养成了啼哭、忧悯、惊叹的性格。今天，我才明白，一个人要想得到丰硕的劳动成果，只要在人生的道路上不断地战胜困难并敢于攀登——”

刘彩云又翻了一页，噙着激动的泪花，一边念一边擦泪："……我怀念我的爷爷。每到晚间，我合上眼的时候，爷爷的影子就出现在我的面前。爷爷给我教字，说故事，带着我放羊，爬山坡……我爱家乡的柠条、柳树、榆树、槐树、水桐树……我喜欢捉小兔。小时候曾记在驴尾巴峁的柠条林里捉的一只小白兔，叫小姑放跑了。我喜欢俊宝、俊利、狗蛋那样的好朋友。因为他们同情我、喜欢我。我想念沈亚芳老师，是她教给了我许多知识……我非常讨厌李家庄学校的那个大个子，他伙同一些调皮鬼欺负我……我爱王塔中学门前的窟野河水，我在那里度过多少个日日夜夜。我爱枣树湾镇子边的黄河，她加深了我对大好河山的感情……"

刘彩云觉得自己有眼力，选准了合格的男人。李田林把书架里的书一本一本地给她介绍着。他俩还商定，到适当时候，请公社贺涛副书记给他们做婚姻介绍人。

不知又过了多久，刘彩云看了看桌上的小闹钟，离门市部开门时间快到了。她忙把笔记本还给李田林，见炕上的铺盖旁扔着一双烂袜子，急忙爬上去拿起来跳下炕说："烂成这个样子，也不说一声。"

"还能穿。"李田林高兴地说，"你工作忙，就不打搅了。"

"还客气，我给你马上补好送来。"刘彩云恋恋不舍地离开了广播放大站。

第二十四章　高考落榜

李田林和刘彩云的恋爱除他俩知道外，没有第三者晓得。自从两人打破了一般同志的关系，公开的接触少了。李田林甚至在人们面前装得不认识刘彩云。李田林一边搞着工作，一边加紧复习功课。一种强大的动力在支配着他，每天看书一直到晚上十二点后才休息。而刘彩云站在柜台旁，心情也分外愉快，每天下班后就往广播放大站跑。

刘彩云给李田林补的袜子早已补好了，但是不知放到了哪里，怎么也找不着。为了表示她的一片心意，她又买了一双黄尼龙袜子送给李田林。她还偷偷地买了点心、饼干送给李田林，叫李田林注意身体，好好工作复习功课。

几个月过去了，到了 1977 年的农历十一月初，报考大学的考试日期到了。李田林报了文科，要乘供销社装货的顺风车回县城参加大学考试。他的心情很激动，盼望能进一回大学，继续深造，学到更多的知识。这是刘彩云对他的希望。他决心以好的成绩报答刘彩云对他的帮助。

汽车赶上午十一点钟进了城。李田林到县招生委员会报了名。这是“文化大革命”结束后高等学校第一次恢复公开考试制度。北原县报名的考生有两千三百多名。每一个考生都希望考上大学，为四化建设添砖加瓦。

北原县是全省面积最大的一个县，县城的居民和干部职工就有近五万人。一个小小的县城一下子涌来两千多名考生，大街小巷挤得人山人海，熙熙攘攘。按照省招生办统一安排，文理科考生都先考数学，然后分科进行。李田林最头疼的就是数学。这样大的阵势，他还是第一次遇见。他在古书里看过秀才举人进京考科举的故事。考大学这同古代考状元没有多少区别。当他接到准考证进入考场时，心慌眼跳，有些胆怯。这不比他 16 岁那年考初中简单。考生排队，对号入座，每人一张桌子。每一个考场，有两个监考人员。考场规定不许带书籍参考资料，不许交头接耳，不许照抄偷看。一经发现，当场驱逐考场，撤销考试资格。

电铃响了，监考人员当场撕开密封的卷子给每个考生发了一份。李田林接过试题，十个指头颤抖得不由自己控制，心脏跳动得怎么也平静不下来。十道小题，看起来容易，做起来难。他开始做着答卷，时间一分一秒地过去了。

他刚刚答下第六个小题，电铃就响了。他没来得及检查一下试题就交了卷子。他的信心受到了打击。但是他争取在语政史地四门主课上拿回分数。

政治、语文、历史、地理四门课都考过去后，李田林虽然觉得卷子没有答好，可是他对上大学仍然抱有着希望。考完试后，各公社的考生交流经验，绝大部分考生唉声叹气，说数学得了零分，语言不及格……他想考生的成绩普遍低，也许他还有录取的可能。一些认识他的人也为他鼓气:“你考上大学不成问题的？”

“你写了哪篇作文？”

“《难忘的一天》。”

“写好了吧？这可是你的拿手戏。”

“复习的时候没猜题？”

“猜题？”李田林很惊奇，“我怎么能知道考这个作文题？”

“那就很难说，这次高考之前，有一些老师专门组织考生猜作文题，有的就猜准了，做了多次练笔。所以，没费多难，卷子答得很不错。”

李田林考完试后，正赶上县广播站召开全年工作总结会议，因此他没立刻返回杨洼，而是顺便参加了会议。县广播站的全年工作总结会分两组进行，第一组是各公社广播放大站的负责人，汇报一年来各站广播网路整顿、架设水泥电杆、喇叭入户、机器维修、财务管理等方面的工作情况。第二组是十个公社配备的编采人员和县广播站的编辑记者、各公社宣传干部、县级各机关单位的骨干通讯员为一组，交流一年来搞新闻报道工作的新经验。李田林因为常年在机关住着，又忙于高考，只完成了任务稿，大会结束时，奖励和表扬了一批先进集体和模范个人，杨洼广播放大站不但没有被评为先进集体，还受到了县广播站领导的点名批评。原因是杨洼公社广播放大站没有完成了全年网路整顿任务，还有中断广播信号停机的现象。在新闻报道方面，杨洼公社居于中等，既没有评为先进，也没有受到批评。

会议期间，县广播站的编辑找李田林谈话，夸奖他的通讯稿写得好。但是提醒他注意，写新闻报道，一定要真实。一天中午休息，他和几个编采员到新华书店买书，闲谈之中大家提到了他的母亲，劝说他去看望母亲。李田林苦笑了一笑说:“去过了，我妈对我挺好的。”

李田林想念着妈妈，可是又憎恶着妈妈。他恨妈妈不该把与爸爸的仇恨记在自己头上。她为什么不认自己这个亲生儿子。而爸爸骂他受母亲的挑唆。他像风箱里的老鼠两头受气。

县广播站全年总结会整开了五天。会议结束后，李田林乘车回到杨洼，当天下午就忙去供销社找刘彩云。但是刘彩云请假回家去了。他想刘彩云一定在关心着他的高考情况。他应该马上告诉她，叫她不要担心。如果自己考上了，明年春上开学就去上大学，若是考不上就挤时间复习，迎接明年夏季的第二次高考。

过了几天，快到元旦，刘彩云还没回到供销社。好几天晚上李田林睡下一合上眼就梦着自己被北大中文系录取，他要到大学读书去。刘彩云把新买的国产“上海”表戴在自己的手腕。他不感到害羞，也不怕别人议论。他和刘彩云肩并肩经过公社大门，来到供销门市部。刘彩云给他买了一身蓝的卡其衣服、高跟皮鞋、腈纶线衣。他也给刘彩云买了一身颜色鲜艳的服装。他俩从门市部出来，又相随着去见公社贺涛副书记。贺涛副书记鼓励他俩同心同德，共同进步，好好工作……

刘彩云把他的铺盖拆洗过，帮他收拾好学习用具。临走时，他俩把订婚的事情告诉给双方家中唯一的亲人。刘彩云把他送到县城。他俩又去照相馆合照了一张合影照，又到电影院看了一场电影。当他在汽车站要坐上汽车走的时候，刘彩云激动地流出了热泪，扑在了他的怀里。

……

“起来吧，还能睡着觉。”一声刺耳的喊叫把李田林从梦幻中震醒过来。他翻身爬起，揉了揉带血丝的眼睛，见爸爸站到地下。“考得怎么样？”

“还没有通知。”李田林溜下炕，给爸爸倒了杯水，看看办公桌上的小闹钟，已经下午三点多了。他问爸爸来单位找他有啥事。李明先喝了口水后，从挂包里掏出一瓶酒，打开盖子，喝了一口说:“哎，爹和你商量个喜事。”

“喜事？”

“对，”李明先又喝了口酒高兴地说，“是这么回事，前几天，你大姑来咱家说兴庄则村有个姑娘，去年初中毕业，今年十九岁了，爹想，这正是你的对象。如果你考上大学了，就算球了。”李明先又掏出纸烟点着。

“现在不考虑这些。”李田林往火炉里加了几块炭，拿铁丝棍捅了捅，瞅了眼爸爸讨厌地说，“就那个穷样子，人家谁会来。”

“穷样子？”李明先知道儿子在生他气，把酒瓶子往桌子上“嗵”地砸了一下，瞪着眼睛大声喊，“谁敢说老子穷？你当上了干部，老子学会了木匠，有钱，有粮吃，娶十个媳妇也不愁。”尽管儿子回到家为一些家事批评他，可是儿子毕竟是儿子，他把希望寄托在儿子的身上，只是怨恨儿子不该和贺秀丽往来。可是怨恨又能起什么作用，儿子长大了，又是个小记者，自己怎能管得住。儿子有了工作，他又神气起来。他对李家沟的弟兄们吹捧说，狗日的，你们还把我当二流子看待，我的田林当上了干部，再过两年就被提拔当公社头头，不如谁？

李明先对弟兄们逞好汉，可是自从欺负了四兄弟媳导致“顶门棍”得病死后，几个月里他不敢和弟兄们争吵，也不敢来公社找正、副书记嚷着要喝酒。他听儿子说，给雷书记送的羊肉吹进了水和石子。他真是气炸了脑门，又不敢声张出去。他害怕雷彪搞报复，在他儿子头上出气。他想给地委牛珍书记写封信，又怕李家庄村的“烂花鞋”抢先给她姐夫

告状。因此多少年来他也没敢给牛书记写过信。

他唯一的希望是盼望儿子考上大学，毕业了不但捞到“铁饭碗”，婚姻问题也解决了。

“是不是有病？”李明先见儿子愁眉苦脸，关心地问。

“不是。”李田林坐到小凳子上，背靠着书架说，“现在不考虑个人事情。”而他心里却偷偷地笑了一笑，等爸爸给我成婚，还要打一辈子光棍。他决定自己与刘彩云的恋爱暂时不告诉爸爸，等到条件成熟的时候再说也不迟。

“考上考不上大学，个人事情过三年再说。”

“三年？”李明先猛喝了一口酒，皱着眉头手伸进怀里乱挠着喊：“你小子二十几的人了，还不订婚，要往什么时候等？老子说句不好听的话，你要是乱搞女人，小心饭碗子丢了。”

“哎呀，你胡说什么？”李田林委屈得几乎要哭了，狠狠地瞪了一眼爸爸说，“你瞎操啥心。”

“哼，我是你的老子，啥心也得操。”李明先喝得口甜了，敞开怀痛饮着。李田林怕爸爸喝醉了说胡话，一把夺过酒瓶子生气地说：“少喝几口。”他见爸爸脚趾露在外面，还是穿着那件烂羊皮袄，缓了口气说，“也该换一换衣服鞋袜，光顾吃喝。”

“你小子不用教训老子。”李明先有几分醉意，挥手大叫，“狗日的，吃了喝了是有福的。穿得好不如吃得饱。老子就是穿上这烂羊皮袄，年年吃的也是头等救济。”

“沉住一点儿气。”李田林把酒瓶子塞进爸爸的挂包里说，“也不算计算计，庄户人家，吃了上顿不管下顿，有米一顿吃，有柴一火烧，只顾眼前痛快，不问今后咋办，还说啥娶媳妇长短。”

“行了。”李明先甩了烟头，拍了掌玻璃板，恼羞成怒地骂，“狗日的，老子就喜欢这样。老子当年比你更认真，比你会计划。老子辞职了不当干部，回农村想轰轰烈烈干一番大业，结果贺秀丽那狗日的在困难面前逃跑了。老子勒着肚子培养你上学。你凭什么吃肉吃蒸馍，还不是老子的功劳。要不然，就靠你写两篇尻稿子顶个屁。老子在部队上不如谁，随军记者也当过。”

李田林叫爸爸一顿臭骂，不知说什么为好。爸爸摆功劳，讲大道理，他不只听过一次两次。爸爸来到他工作的单位，动不动就发脾气大吹大擂。他真是软了不行，硬了也不行。他心像刀割一样难受，想叫爸爸快走，唯恐别人认出这就是他的爸爸。他恨自己命苦，在地下急得直打转：“爸爸，快回去吧，我还忙——”。

“你忙什么？”李明先眼睛一转说，“如果考不上大学，就把那个姑娘订成吧。”李明先又哈哈地笑起来。

“行了，够了。”李田林简直想大哭一顿，气愤地开门跑出院子。李明先追了出来，醉醺醺地大叫：“爸见过那姑娘，有三分人样哩。”

“唉呀，你是要我的命。”李田林像受了侮辱一样，跺着脚怨气着爸爸。

“好了，那就算了。”李明先捋了捋胡子，不停地瞎说着，“狗日的，婆姨女子，长得俊，又不能咬着吃，会生娃子就行了。”

“你快往回走吧，少给我增加痛苦。”李田林的胸脯疼痛不止，两手按着胸口。

“你小子变了，连老子也不认。我看是上了贺秀丽的当。”李明先的眼珠子突了出来。

“你？你——”李田林的胸膛也要气得爆炸，他再也忍受不住，急哭出了声，“少给我捅刀子吧……呜……”

李明先见儿子哭了，转身回到窑洞提上挂包出来，半醉半醒，朝儿子努了努嘴说：“你是老子亲生的哇，千万不要中了贺秀丽的反间计，与老子打内战。”李明先东摇西晃地出了院子。

李明先出了院子还没几分钟，李田林又怕爸爸酒醉出事只好又追出来。

“小心点儿——”李田林望着爸爸的背影喊着。

“小子，要和贺秀丽划清界限，你要是忘本了，老子进城把贺秀丽一家杀尽除尽。”一阵冷风吹醒李明先的头脑，他故意对儿子喊叫了几句大话，急急忙忙走了。原来，李明先是想和儿子要钱，去爬“轰炸机”的

肚皮，却撒了个谎说给儿子找对象。不想儿子不但不给钱，还指责他的不对。他怕待的时间长了，碰着雷彪挨骂，于是仗着三分酒意一摇一晃地走了。

第二天刚吃过早饭，李田林在公社大院正准备去邮电所给县招生委员会挂个电话，打听一下高考情况，只见公社教育专干拿着一叠文件朝他走来，远远就遗憾地说："田林，怎么考的呀，连初选也没选上。唉，咱公社预选上两个理科考生，文科没有一个。"

"啊？"李田林惊呆得说不出话来。

"你没预选上，连我都不相信。"

李田林多少天向往的美梦彻底破灭。他简直不相信自己的耳朵，抖动着嘴唇问："什么时候来的通知？"

"刚才接到，我特意向县招生办公室询问了几遍，确实没有个叫李田林的。"

李田林头上如浇了一瓢凉水，浑身直打着寒战，想马上离开公社大院，痛哭一场，怎奈双腿发软，一步也走不动。

有几个干部在院子扯闲话，听说李田林没考上大学便纷纷议论开来："李田林还能没考上，是不是搞错了。"

"他本来就基础差，写两篇广播稿还可以，考大学那是竹篮提水一场空。"

"千里马，这下子你可死心了吧？"一个干部讥笑说，"我断定你考不上，看你长的这个样子，黄毛头发生秃疮，哪像一个状元料子。"

众人说东道西，有的给李田林鼓气，有的添油加醋笑话李田林。"不要泄气嘛，读书之人要胸怀大志。春秋战国时，姜子牙七十三岁时才辅佐周文王打江山。一回考不上，再考几回嘛。"

"就那个死啃书本子，再考十回也是白花路费。"

"喂，记者先生，你平时写文章那么能行，怎么连大学也考不上。算了吧，一个临时工，整天只顾复习高考，到头来大学住不上，又影响工作，怕连'泥饭碗'也保不住。"

李田林气得话也说不出来，咬紧牙关，瞟了眼众人，拖着沉重的脚步走出公社大院。他的心也撕碎了，想着刘彩云该回来了，把自己落榜的情况向她说明，她一定会理解自己。

刚走出公社大门，突然，一股旋风卷了过来，吹得他连眼睛也张不开。旋风刮得很猛烈，在公社大门口足足停留了有两分钟，把大门旁挂的“北原县杨洼人民公社委员会”和“北原县杨洼人民公社革委员会”两块牌子卷动地掉下来，在黄土地下“噼啪噼啪”翻滚。旋风过后，李田林赶快捡起两块牌子，又端端正正地挂好。他望着挂好的牌子，说不出来的一种感觉。好大的一股旋风，这么凶猛厉害。他离开公社大门口，到供销社一打听，方知刘彩云还没有回来。胡主任对他说，刘彩云回家后住了几天，又请假去县城看望她大叔父。李田林手压住胸口离开了供销社，盼望着刘彩云早点回到杨洼。

快过老年了，李田林一直在吃药打针。他到供销社跑了几回，还不见刘彩云归来。他等得心也焦了。全省高考工作已经全部结束，录取了的考生都接到了入学通知书。李田林的五六个同学和好友都给李田林寄来了喜讯。他在枣树湾中学读书时的那个小个子同学考上了省师范大学数学系，那个大个子同学被西北大学中文系录取了。初中时的两个同学，一个考到了南开大学哲学系，另一个考到了兰州大学历史系。还有广播系统和李田林一起参加工作的一个编采员被中国人民大学新闻系录取了。李田林为同学们的中举而高兴，为自己的落榜而苦恼，害羞得不敢给他们回信。而他又听一些机关干部们议论，说供销社的刘彩云要往县城里调。他跑到供销社一问，胡主任说是真的，调动的文件也发了。又过了两天，刘彩云终于回来了。他忙跑到供销社找，可是刘彩云正忙于移交手续，只和李田林打了个招呼。他想刘彩云忙移交手续，等过两天再和她说吧。李田林等待着刘彩云的相会。

可是刘彩云一直不主动来见他。他只好去供销社找刘彩云。

他推开刘彩云的窑洞门走进去，见刘彩云正洗衣服。

“你回来了？”

“嗯。”她抬头瞭一眼他。

炉火烧得通红通红的。刘彩云上身只穿着件红腈纶线衣，下身穿条棕色的涤纶筒裤，高跟皮鞋擦得明晃晃亮闪闪。她的长辫子已剪成短烫发头，乌黑细柔的卷发披到脑后，她蹲在一个小木凳上，在火炉旁洗着衣服，雪白的肥皂沫流到了地下。

“你——”刘彩云的脸颊泛着红晕，见李田林没精打采地进来，显得惊慌失措。她站起来甩着手上的肥皂沫。肥皂沫掉到青砖铺的地下眨眼间就不见了。

“你要调动工作？”

“嗯。”刘彩云顺手扯下铁丝绳上挂着的毛巾，一边擦着手一边叫李田林坐到椅子上，“你的工作也很忙吧？”

“不忙。”李田林坐下惆怅地说着自己高考落选的过程，“真气人，连初选也没资格。”

“我知道了。”刘彩云揩了手，把毛巾又挂到铁丝绳上，赶快穿上棉袄，似乎怕李田林看见她的已经突出的乳房。她扣上纽扣，照着镜子，理着卷发，等待着李田林说话。

“太遗憾了，不知为什么，一走进考场，心跳得控制不住，手也抖得不能自已。”

“也许这是考不上的预兆吧。”刘彩云从镜子里反看了李田林一眼说，“祝你下一次争取考上。”

“我有这个信心。”李田林得到了刘彩去的鼓励，心里热了起来。

“希望你在今后的工作中取得新成绩。我——”刘彩云再没有说下去，放下镜子，又坐到火炉旁的小木凳上洗着贴身红线裤。

“一定。”李田林揉着稀落的头发说，“你准备什么时候走？”

“赶过老年。”刘彩云额头淌出的汗珠掉到了脸盆里。她连头也不抬，一个劲地洗着红线裤。

李田林发现刘彩云的神色很不正常，感到她调走得有些太突然。“你有病？”

“我没有。”刘彩云摇了摇头，站起来拧着红衣裤。

李田林以为刘彩云得了什么病，离开椅子，走到刘彩云的身旁关心地说："我替你洗。"

"什么？不——"刘彩云倒退了两步，"你——"她的脸红到了脖根，霎时间又变得苍白，刘彩云手里的红线裤丢到了地下。

"快，去医院看一看。"李田林忘记了害羞，双手搀扶着刘彩云就走。刘彩云惊叫一声，急忙挣脱李田林的手："你走吧——我——"

李田林没有听清楚刘彩云的话，不知道她得了什么病，忙跑去叫胡主任他们。

胡主任等几个职工来了，见刘彩云浑身发抖，也不知道是怎么回事。李田林惊慌地说："我和她正拉话，她就冒冷汗，打摆子。"

"可能是天气冷，遇热后神经过敏。"胡主任说。

另外两个职工忙把刘彩云扶上炕。又一个去医院请医生。一时间气氛很紧张。李田林更是着急，给刘彩云喝水。刘彩云推开李田林，口里喘着气。不一会儿，医生来了，诊断后说，刘彩云是受了强烈刺激后一时虚气压住了胸火，过一会儿就没事了。

李田林对医生说："我和她刚拉了几句话，她就——"

"人家有什么心事，怎么会告诉你。"一个职工早就看出了刘彩云和李田林的关系，开着玩笑说："哎哟，怪不得李田林常来供销社，原来如此。"胡主任也挤眉弄眼地说："田林，有两下子哇，还认得叔叔吗，嘿嘿，你们喝喜酒的时候，可不要忘了我这个麻子脸主任哇。"

"哎呀，胡主任——"李田林看着麻子脸胡主任脸烫得像火烤一样。

"嘿嘿，好小子，什么时候搞上我们的售货员？"麻子脸胡主任听医生说刘彩云没什么病，又看看李田林和刘彩云两人的神情，想了一想，嬉笑着说，"哎呀，你们两个，一个是当今县外贸局黄副局长后老婆的亲儿子，一个是原北原县副县长的亲侄女，嘿嘿，真是门当户对。嘿嘿……"

"唉，胡主任，你说什么呀？"刘彩云红着脸咒骂起来。

"你……胡主任？"李田林心里"咯噔"一下，胡主任怎么能知道自己的母亲呢？他仔细打量这位已认识一年之久的胡主任，猛然想起了什么。好熟悉呀，原来从哪里见过？

“看什么呀？不认识胡叔叔了，当年胡叔叔当收购员时，叫你去认你妈，你为啥不去呀？嘿嘿，如今黄主任当了县外贸局的二把手，你去吧，少不了给你送一块手表。”胡主任笑眯眯地说着。

“啊？”李田林终于认出来了，这不是枣树湾公社收购门市部的那个麻子脸收购员吗？他真是不知说啥为好。当年交售药材的情景又出现在眼前。李田林呆呆地站在地上，眼睛被像一块布条蒙住一样，什么也看不见。他只听到众人出了院子乱吵吵地说：“祝贺你们成功。”

“不要忘了我这个麻子脸主任噢。嘿嘿……”

不知过了多久，他睁开眼睛，只见刘彩云躺在炕上，窑洞里黑暗下来。

今天晚上李田林不值机，另一个职工从这个月起开始值班。县广播站要求他在春节期下农村突击采访，所以他今天有时间和刘彩云进行长谈。真不凑巧，想不到刘彩云有了病，李田林点着洋灯，问刘彩云想不想吃饭。他越是殷勤，刘彩云越是恐惧。她爬起来，再也憋不住了：

“你走吧，再也别与我——”

“你说什么？”他倒退了一步。

“请你原谅我，因为我不会给你带来幸福。”

“这是什么意思？”

“我对不起你，你可以批评。”刘彩云跳下炕红着脸说，“我敬佩你，但是我不能和你生活在一起。我们之间的感情并不能发展成为爱情。请你不要难过。如果你一时还想不通，我想你会慢慢地想通的。请让我在你的脑海里消失了吧。祝愿你在今后的生活道路上另行选择志同道合的朋友。至于我的一切，你不需要多问。”

“你疯了，你你你……这是为什么？”李田林的头上好比被砸了一棒，再一下子摔倒在地。

“我没有疯，也没有病。”刘彩云面对着发呆的李田林说，“我为什么要变脸，我一时也很难给你说清楚。反正，你再不要爱我了。我后天就要到县农业银行报到上班，和弟弟一块去我大叔父那里过老年。你对我有什么话就说吧。”

李田林简直不能相信这是现实。他是一个多泪的青年，但是他没有淌出泪。他尽量使自己的头脑冷静下来，看着穿着衣质华丽的刘彩云，只觉得口干舌燥，浑身着火。他还想问几个“这是为什么”，而舌根却僵得伸不展。

“请你不要难过。我对你还是和过去一样，很同情，可是同情仅仅是同情……”

“好了，我走了。”李田林转身出了窑洞，匆匆忙忙跑出供销社的大院。

凄惨的西北风呼呼地怒吼着，李田林一头扑向黑黑的夜幕里：“这到底是为什么啊？”

第二十五章　沉在基层

直到腊月二十八，李田林才回李家沟和爸爸过老年。过了老年，正月初二李田林就返回机关。他到农村跑了二十几天，采写了十几篇稿子，到邮电所把稿子发出去，同时收到刘彩云给他寄来的一封信。他撕开看下去：

田林同志：

近想你的工作很快吧？首先请你原谅我。现在我可以告诉你，我们之间的感情为什么不能发展为爱情呢？原来，我丝毫没有去考虑这个问题。去年冬天，你去县城高考走后，我收到大叔父的来信，老人家在信中说他已经官复原职，当了县委副书记，要我快去见他。当你考完试回到杨洼后，我正在家中接到大叔父的信，我只好回城去见老人家。就在这时候，我的工作试学期已满，正式定级转正。我把咱俩的恋爱全部告知了大叔父，以为老人家一定会同意的。谁知大叔父严肃地批评我。开始，我还固执，后又慢慢地反复考虑，感到当初我向你求爱有些幼稚，不应该把人与人之间的感情一下子就上升为夫妇之间才具有的爱情关系。我想，我们之间离在一起生活的目标太遥远。大叔父一再责备我无知，缺乏社会经验，要求我与你快速断决往来。老人家非常了解你的父母和家庭情况。

我们俩不能结合的主要原因有三条：

一、我的父母虽然长逝了，但是他们诚实忠厚，而你的父母名声不好，这不需要我去评论。

二、你当初没有说清楚你老家是李家庄人。因为我的父亲是李家庄村姓李的外甥，所以按咱们地方的传统习惯，小外甥是绝对不能倒嫁回去的。

三、也是主要的一条。因为我是国家正式职工，你还是一个临时的雇用工，也就是属于公社“八大员”之类的社办人员。如果咱俩结婚组成新的家庭，生活实在是不堪设想的……

田林同志，请你再次原谅我吧。说真的，我把咱俩的恋爱告诉给我的一些女朋友，她们听了十个有九个傻笑我无知。假若你这次高考录取了，我还可以考虑咱俩的事情。可是，也怪你太不争气。我只能在外界的压力下这样无情地对待你。至于我们之间互相赠送的礼物，就作为我们分手的纪念吧！

……

李田林把刘彩云给他的信看了一遍又一遍，站到广播放大站的院子内的墙根下想了许久许久……他恨那个官复原职的县委刘副书记不该干涉他和刘彩云的婚姻，他恨刘彩云把自己当作父母那样的人，他恨刘彩云不该在自己高考落榜后把他抛弃。由此，他又更加产生对父母的愤恨。他相信别人对父母的非议是真实的。那年暑假他到贺家畔走了一回，听了外祖母讲述母亲的不幸，产生了对母亲的同情。他几次写信给母亲，结果毫无回声。他生气母亲为什么自己写了多次信她就不回一句话，只捎来四十元钱。他再也不愿提到母亲，也不想去见到母亲。他思前想后：父母的离婚与自己的恋爱到底有什么关系？是父母的名声不好，影响了自己的声誉，还是刘彩云地位变了昧了良心。什么同情仅仅是同情，什么感情不能发展为爱情，难道爱情不是建立在相互的感情上吗？李田林下了决心，准备着参加一九七八年夏季的第二次全国统一高考。

春天来到了。陕北农村到处呈现出繁忙的春耕备耕生产景象。黄河沿岸的各公社生产大队，正忙给冬老麦灌水追肥。窟野河畔奔腾着的劳动大军正在播种秋田作物。春天给大地带来了生机。山沟里的柳树吐着绿丝。向阳坡上的桑牛牛绽开了紫灰的小花。山顶上的柠条又吐出了一串一串的嫩芽。

天空，万里无云，明亮如镜。

阳光，灿烂夺目，普照大地。

上午，李田林誊写下一篇短篇小说，急忙到邮电所寄出去。他怀着激动的心情，回到广播放大站，习惯地吃了两片四环素，压了压胸口，坐到椅子上，拿起《中国历代文选》翻开来看着《张衡传》：

> 衡善机巧，尤致思于天文、阴阳、历算。安帝雅闻衡善术学，公事特证，拜郎中，再迁为太史令……

李田林正看得入了迷，忽听的外面脚步声响，接着又听的有人问：“田林，在不在？”

“在。”回答着。

门开了，走进一位魁伟的人来。“哈，正看书呢。”

“雷书记。”李田林一抬头，见雷书记已站到地上。他忙站起来离开椅子，让雷书记坐下。他忙去拿烟，雷书记摆手拒绝。

“田林，又忙复习功课呢？”雷彪斜了眼桌子上的书报，眯眼一笑说，“年轻人，有钻劲。不过嘛，嘿，不要太死板。”雷彪抬起手腕看了看手表又说，“耽误你几天时间，随我下几天乡。”

“下乡？”李田林合住书问。

“对。”雷彪抹了把大背头，走到李田林的面前轻轻地拍了拍肩膀说，“下去转一转，检查春耕生产和植树造林、畜牧业发展等当前工作。”

“那谁来值机？”李田林忙问。

“不要怕，叫你们负责人去值机，我已给秘书说了。”雷彪说完就走。他出了门外又扭头对李田林用命令的口气说，“马上准备一下，现在就走。”

李田林忙收拾着学习资料。雷书记叫他跟着去下乡，他也说不来是愿意还是不愿意。愿意吧，自己正忙于复习功课，准备着迎接夏季的高考。不愿意吧，待在机关上写不出报道来，急得他坐卧不安。公社党委书记叫他随着去下乡，正是他采写稿件的好机会。他忙忙乱乱地往挂包里装书报。

当他挂着挂包来到公社大院，雷书记正一手提着挂包，一手握着一支半自动步枪，摇摇摆摆地从石台阶走下来。李田林吃了一惊，心里“咯噔”一下，拿着枪干什么？

“来，田林，把枪背上。”雷彪下了石台阶，走到李田林的面前。

“下乡带这——”李田林挠着头发傻，呆呆地问。

“嘿，新闻记者。”雷彪盯了眼李田林，咧嘴一笑，把枪递过来。

李田林的脸唰地一下红了，接过枪挂到肩膀上。他们出了公社大院，雷彪点着一支牡丹烟吸了一口说：“到刘堡大队吃晌午饭。”

他们下了井沟，顺着一条沙石路，朝西南走着。雷彪在前面挂着个小黑皮包，李田林跟在后面背着枪。他们走得很慢。雷彪品着香烟，叹了口气说：“去年夏季，我到地区住党校，你为什么不去拜见你父母婚姻的介绍人。”

“牛书记是地委书记，我怎么敢——”李田林忙改口说，“再说我找他又没什么事情。”

“嘿嘿，年轻人，好好锻炼锻炼吧。”雷彪放慢脚步，扭头斜了眼李田林，“你整天读书做文章，也该认真地分析一下当今社会上人与人之间的关系。”

“这？”李田林停住了脚步。

“这是一个很重要的问题。”雷彪抬腿走着说，“你知道‘任人唯贤与唯才是举’的区别是什么吗？嘿嘿，好好去想一想。”

李田林紧走几步追上去，不知说什么为好。

“好啦，不说这些啦。”雷彪又用命令式的口气说，“这次下乡，你要发挥作用，写出一篇有分量的调查报告。”

“调查报告？”李田林这才明白，雷书记今天叫他跟着下乡，是要试一试自己的笔杆子。

“对。”雷彪缓了缓口气说，“我是算对得起你。本来，叫你来广播放大站工作，是不应该的。看在你父亲的情面上，我才——”雷彪又说，“好好工作吧，我在杨洼公社住得不会太久，这是我对你的信任，拿出这篇调查报告来。”

“我一定写好。”李田林的心不停地跳动着，仔细回味着雷书记的这番话，联想最近干部的议论，深深感到所要写的调查报告的分量。前几天，机关单位的干部议论纷纷，有的说雷书记要提拔当县委副书记，有的说雷书记要直接提升调到地委组织部当副部长。他感到自己这次下乡的任务很艰巨。

走了三四里路，离刘堡村不远了，雷彪叫休息一会儿。李田林坐到路旁的一块石头上，把枪放下来。雷彪拿起枪，掏出5发子弹压进去，笑了笑对李田林打了个手势说:“枪声一响，你就捉山鸡。”

捉山鸡追兔子，这是李田林小时候最喜欢玩的事情。可是现在跟着公社党委书记拿着枪打山鸡，他的心里不知道是怎么个滋味。他没有说话，只好听从雷书记的吩咐。

对面的阴石坡上一群山鸡呱呱地叫着。雷彪端起枪，躬着腰，急速掩藏到一块石头背后，把枪架起来，枪口对准了一只山鸡。

“呱呱呱……”山鸡发现了人，跑动着叫起来。

李田林的心也跟着“嗵嗵嗵”地跳着，两手捏着汗，屏住呼吸，盯着雷书记瞄准的山鸡，等待着枪响。

雷彪左手托着枪，右食指扣着扳机，左眼闭着，右眼对准瞄准线。他倾斜着肥胖的身子，撑着弓步，翘着屁股。阳光下打开的刺刀闪烁着银白色的寒光。

“砰！”枪声响了，一团火星飞出枪口。李田林的两耳里“嗡嗡”发响，直愣愣地看着，只见子弹穿起一股黄尘，一群山鸡“呱呱”地叫着，展翅横空飞向前沟去了。

“快追，快追，打准了！”雷彪大声地叫着，“田林，快追！愣什么？”

喊声把李田林震醒。他躬着腰爬上山坡，东找西寻也不见山鸡，只有几根掉下的山鸡毛。

“捡到没有？”雷彪抬起头大声问。

“还没有。”他捡起一根灰色的山鸡毛，“没打准，掉下两个羽毛。”他拿着山鸡毛走到雷书记面前。

“唉，怎么搞得。”雷彪见李田林只捡一根山鸡毛，觉得很不是味，生气地说，“捡的毛干啥？”

李田林喘着气，扔了山鸡毛。他见雷书记满脸怒气，只好说：“稍差一点儿。”

雷彪平端着枪，对准一株水桐树，猛扣扳机，“叭——”清脆的枪声在山沟里回荡着。子弹穿过了树身。雷彪哈哈地大笑起来。

“啊？”李田林吓地向后倒退了几步。好险哪，弹壳擦着他的耳朵飞过，差一些儿擦破脸皮，他的胸口又疼了起来。

“走吧。”雷彪扫兴地提着枪前面走，李田林不时地偷偷按胸口，跟在雷书记的屁股后走着。他们拐过一个石湾，只见迎面走来一个四十多岁的男子。这人见了他们，忙点头哈腰笑着说：“哎呀呀，是雷书记打山鸡。”说着掏出纸烟，先递给雷书记一支，然后又给李田林，“吸一支。”

“我不会。”李田林婉言谢绝。

“哎呀呀，还客气哩，咱们交往得少，雷书记可是老熟人。”那人忙掏火柴，雷彪却拿自己打火机“咔嚓”一下点着了。轻飘飘的白烟从雷彪的鼻孔里冒出来。

他们三人蹲到路旁的一块石头上。雷彪把枪递给李田林，左手的食指与中指挟着带海绵嘴的上海烟频频地点头说：“不错，好香味。老刘，你——”

那人满脸堆笑地斜了眼李田林，又双眼盯住雷书记，抿一抿嘴唇没张开口。雷彪弹了弹烟灰笑哈哈地说：“有什么就说吧，都是同志嘛。”雷彪给李田林介绍着说，“这是刘堡大队的刘支书。”

李田林点了点头。

“这是公社广播放大站的李田林，做文章很有两下子。”雷彪给刘支书介绍说。

“哎呀呀，久闻大名，未识其人，抱歉抱歉。”刘支书这才大胆地说，“雷书记，给你搞得200斤白面，150斤黄米，80斤绿豆，130斤粉面，20斤黄油，我派了一辆车子直接给你送回城了。”

“老刘，太麻烦你了。”雷彪咧着嘴又说，“今后可不能再搞不正之风。下不为例。刘堡大队搞得不错，人均梯田2亩多，粮食产量上纲要，全靠刘支书的好领导。”

“唉，雷书记，好是好，可是——”刘支书叹了口气说，“有人吵着要告我的黑状，搜集了我的十大罪状。”

“十大罪状？”雷彪吃了一惊，“真有其事？”

“真的。”刘支书很着急地说，“我正要去找雷书记。村里的一些龟儿子们告我：一是不参加劳动挣工分；二是利用职权搞贪污；三是生活腐化作风坏；四是损公肥私吸人血；五是欺上压下称霸道；六是请客送礼吃贿赂；七是——”

“好啦，你都调查清楚了？”

“调查清楚了。”刘支书悄悄地说，“后三条都涉及到公社干部，其中两条矛头直指雷书记。”

“我？”雷彪颇为一惊，皱了皱眉头，变得很冷静地说，“好嘛，允许群众提意见，有则改之，无则加勉嘛，哈哈哈……”他扔了烟头，对李田林暗示了一下，拉长声音又说，“不过嘛，这就是写作的好素材。田林，老刘可是一位作风过硬、讲民主的好支书。有的人颠倒黑白，有意诬陷村干部，看来，树欲静而风不止，是千真万确的真理哪。”

李田林听着社队两级领导的谈论，惊得目瞪口呆，如失去了魂魄似的。一句合适的话也找不到。

……

雷彪带着李田林在刘堡大队住了三天。雷彪把状告刘支书的风波马上平下去，并在全村社员大会上说：“社员同志们，刘堡大队是老典型。这几年来，兴修梯田1400亩，植树造林2200亩，发展大畜70头，羊子1200多只，人均吃粮450斤。所有这些成绩，是在公社党委的正确领导下与刘支书的亲自带头下取得的。可是，极少数人，只记小过，不记大功，捏造事实，状告刘支书等队干部。这有什么好哇？只能是搬起石头砸自己的脚嘛，我们要把刘堡这面人民公社的红旗高高地树起来！”

散会后，雷彪对写材料上告的几个社员，亲自登门拜访，挺关心地说：“生活有困难吗？嘿嘿，为啥不跟我说一声哇？闹事告状可不好。人嘛，哪有十全十美的，哪个人眉脸上没有一点儿灰尘。有了错，改了就好。好啦，不提这些啦，我知道你们的生活比较困难，所以嘛，特意给你们搞了一些返销粮和经济款……”雷彪亲自给十几户社员批了 2800 斤粮，160 元救济款。风波止息了。

李田林糊糊涂涂跟着雷书记吃喝了三天，如得了一场重病，昏昏沉沉，心烦意乱，不但没给雷书记动笔写出调查报告，连一篇报道也没写。他跟雷书记又走了两个村子，所到之处，没啥区别，上午打山鸡，下午睡觉，晚上开完会后，吃肉喝酒。由于他禁止喝酒抽烟，雷书记也不勉强，一再叫他注意搜集资料，赶回公社一定写出调查报告来。李田林犯愁了。

李田林跟着雷书记来到了李家峁村。几天来，虽然一日三餐不离肉面，也没参加重体力劳动，但是胸膜炎和胃炎每时每记刻都威胁着他，尽量不让雷书记看出自己有病。

吃过晚饭后，召开大小队干部会议，雷彪讲了一顿当前形势和生产。散会后，队干们又给雷彪和李田林各办了一顿酒肉，才都走了。

“还没动笔？”雷彪抹着通红的脸向李田林交代，“应该这样写，一是介绍一下全公社的基本概况，二是取得的成绩，三是主要经验，观点要明确，内容要全面，主题要深刻。”雷彪跳到地上，双手插入裤兜，来来回回地踱着步，品着香烟说，“这篇调查报告要往省、地、县上报，务必抓紧时间写出来。”

李田林伏在地上的办公桌旁，翻看着报纸，不时地按着胸口，长长地出着气。他瞭眼踱步的雷书记，不知从哪里开始下笔。雷书记明说暗捎话，言下之意是叫吹一吹在他的领导下，杨洼公社“抓纲治社”取得了重大成就。雷书记还叫他写的时候，一定要把刘堡大队的先进事例写

进去。可是刘堡大队那个支书的所作所为，令他非常厌恶。他对雷书记的做法实在难以理解。他拿起钢笔，展开白纸，又苦思起来。

正在他为难之时，只听得门外有人敲门："老雷，睡了没有？"

"谁？"雷彪停住步问。

"我，不认识了。"话音未落，门被推开了。

李田林的思索打断了。灯光下，他抬头一看，原来是李家峁村的"轰炸机"黄娇叶。

"老雷，几时来的呀？为啥不到我家坐一坐。""轰炸机"扭着屁股，笑嘻嘻地走到雷书记的面前，又瞧了眼李田林，"哎哟，这不是李明先的儿子哇，给雷书记当秘书哩。"

雷彪一见是"轰炸机"，先是一喜，后是一惊，忙笑着回答说："是你呀，吓了我一跳。"

"嘻，还没吓死你？"黄娇叶卖弄着风骚说，"为啥先不到我家来坐一坐？是不是嫌炕上有黄土？""轰炸机"上下打量着雷彪说，"我的老天哟，两个月没见你，看你胖成个啥样子。"

"嘿嘿，不胖——不胖——"雷彪被搞得措手不及，往开躲闪着"轰炸机"。

"你说，为什么不来我家哇？""轰炸机"一屁股蹲到炕沿上，理了理披在脑后的短发，嬉笑着问，"喂，一把手，那次我和你说的事儿，你是不是忘了？""轰炸机"马上沉下脸，不高兴地问。

"什么事？噢，嘿嘿，哪能忘了呢。"雷彪瞟了眼傻愣愣的李田林，吸了口烟，皱了皱眉头说，"关于你女儿的教书问题嘛，嘿嘿，我们已经研究过，准备在下学期安排。"

"那么是定了？""轰炸机"拍了拍袄襟，往炕沿下一溜，喜地一下子扑到雷彪的怀里，她好像没看见李田林一样，妖里妖气地送着秋波说，"还是老雷说话算数。"她又鼻子一哼说，"那个贺副书记，哼，好个死心眼的，我和他说了几回，就是摇头。""轰炸机"一把扯住雷彪的袄袖，笑地眯住了眼说："走，到我家喝两盅。"

"别别别，刚喝过了。"雷彪推开"轰炸机"。

“哎哟，你们当领导干部的，怎么架子这么高，是嫌我们庄户人家——”

“唉，你——”雷彪被搞得没有了办法。

一旁的李田林，半天才醒悟过来。也许是今晚多吃了点山鸡肉，肚子里直发呕。他忙跑出外面去吐，吐了一阵子回去，走到门旁时，听的里面低声地说：“那个老和尚今天出去了，我给你留着门……嘻……”李田林红着脸走进窑洞，“轰炸机”给他打了个招呼调头走了。“轰炸机”走后，雷彪拍着李田林的头，嬉笑着说：“看来，酒色钱财，这四堵墙可厉害呀。嘿嘿，不过嘛，要想围住我，没那么容易。”说完，他没有催促李田林快写调查报告，反叫他快点儿睡觉。

躺下后李田林怎么也睡不着。可是，他又不敢翻身，只好假装地睡着了，呼呼地打酣。突然，他听的地下“沙沙沙”地响，斜着头一看，只见一个黑影走到门旁，不声不响地开了门出去，又轻轻地关上了门。他已明白了什么，他伸手去摸一旁睡的雷书记，却没有摸着，只有铺好的被褥。他像受了极大的侮辱一样，止不住掉出了泪……

半夜里，雷书记到底几时回到大队部睡下，李田林不知道。第二天起床后，雷彪的脸色变得严肃起来，他叫李田林赶快写出调查报告，并主动提出到李家沟看望李田林的父亲李明先。雷彪带着李田林来到李家沟，可把李明先给高兴死了。他感到自己是天底下最受人尊敬的人。李家沟的其他人见公社书记亲自上门来拜访李明先，说不来是一种什么滋味。李明则、李明全、李明连、李明富、李俊宝等叔父侄子们，一个个对老二李明先父子投来敬畏而疑惑的目光。

雷彪带着李田林在李家沟村作了短暂的走访后，在当天下午就赶回了杨洼公社。

由于李田林病倒了，雷彪叫他写调查报告的任务也就算了。这次下乡，使李田林的神经受到了强烈的刺激。他又经受了一次深刻的教育。他一连吃药打针了半个月，仍不见病情好转。他在治疗期间准备着夏季的高考。他对这次高考抱的希望不大。因为他知道自己精力分散，功课复习得很不好。他一气之下写了一篇《下乡有感》，寄给一家报社。

第二十六章　二次落榜

狂风卷着暴雨，闪电挟着霹雷，远处起伏的山峦和翻滚的乌云搅在一起。窟野河像一匹脱了缰的野马奔腾。黄河上的怒涛冲击着两岸的崖壁发出震天动地的响声。拔节的谷苗和出穗的玉米被铁面无情的暴风雨刮倒了又爬起来。暴风雨过后，西北高原又恢复了艳阳高照生机勃勃的万千景象，山顶上的柠条更加显示出它那坚韧、顽强、苍翠的独有风格。

李田林病情一直没有好转。到了七月上旬，他带病回城参加了全国大中专院校的统一考试。刚刚考了一门政治，胃病恶化引起胃出血，他只好中途到县医院治疗。血止住了他又去考试，结果耽误了主课语文。他忍痛参加了数学、历史、地理三门课。

李田林高考完后马上回到杨洼公社。一连几天下暴雨，使全社三分之一的广播线路杆倒线断，他不得不抱病去整顿线路。白天他带着两个农村维护员，翻山跳沟，栽杆架线，晚上抽空写稿。不到几天，他的胸膜炎又引起咳嗽，只好停止架线，回到杨洼公社医院治疗。过了二十多天，他接到了高考成绩通知。除了没考语文外，政治、历史、地理、数学四门课，总分二百五十三分，离初选还少七分。李田林没有难过，这是他早已预料到的。

疾病使他无法集中精力答完试卷。假如他没有耽误了主课语文的应考，无论如何也再争得七分，完全有把握考上普通高校。患病七年多了，而且一天比一天严重，影响到了他的工作学习。他后悔当初没有抓紧治疗。生活使一个人懂得了应该爱什么，怎样才算活得有意义。他还懂得了是谁把他从苦难中解救出来的。他从刚参加工作那天起，下了决心要做一个有益于人民的好公仆，成为人民公社的一个好干部。

他感到自己有些孤独，找不到一个能理解自己内心世界的人。爷爷虽然善良质朴，可是他信神信鬼，已死多年。小时候，他认为爸爸是最好的人，可是他慢慢地感到爸爸令人讨厌，还有二光棍、丑笛子、三癞子、“烂花鞋”“轰炸机”他们一个个讨人憎恨。在爸爸的身上形形色色的丑陋缩影都可以找到。还有公社雷书记这个人，他表里不一，好色贪财……

从家庭到学校，从学校到机关，他接触过了各种各样的人物。有的人叫他可尊可敬，有的人令他无比愤恨，还有的人使他既同情又厌恶。

李田林第二次高考落选后迎来的又是各种嘲笑的冷言冷语。走惯崎岖小道的人，面对着悬崖陡壁又有何畏惧。经受过寒霜考验的柠条是不怕烈日烤晒的。李田林坚定着信心走自己的路。他同疾病做着顽强的斗争。他住在单位每天早上坚持锻炼身体，早晨广播完后，他上山顶跑步，打拳。他利用值机空余时间，一边坚持写新闻报道，一边坚持练习写短篇小说。

他写的不少消息、小通讯、故事开始在省地报刊发表。有的报刊编辑部对他写的习作给予了热情的指导，提出了正确的意见。山外边那些远方的无名英雄们给他了巨大的鼓舞。文学的艺术魅力是迷人的也是诱人的。在强烈的热情冲动下，他决心以自己的成长道路为素材写一部反映青年生活的长篇小说。

夜，静悄悄的。一支简单的钢笔“沙沙沙……”抒发着热情洋溢的情绪——

时间一分一秒地过去了。又是一个冬季的到来。阳历的十二月底，一部二十多万字的长篇小说草稿写出来。李田林如释重负，脸颊上露出胜利的微笑。五个月，就像一天一样，不觉得什么就过去了。在这段时间里，他除了一天按时广播三次和参加机关单位的活动外就是写作。有时实在胸口和胃疼得顶不过去，就去医院打两针，吃两片止疼痛的药。

现在他双手掂量着小说稿，准备找公社新调来的王茂昌副主任看

一看。

王茂昌副主任是3个月前调来的。在几次机关学习中，李田林觉得王茂昌副主任平易近人，说话、言谈、举止都给人一种长辈和老师的美好形象。李田林听了王茂昌副主任的几次发言，发现王茂昌副主任很有文学造诣。王茂昌副主任刚调来两天，平时很关心他的贺涛副书记就调去王塔公社当副书记。王茂昌是五十年代末北原县中学毕业的老牌高中生，据说当过剧团的剧务、银行的会计、公社团干、县太爷的秘书、县财政局资金所长。有人说他是“万斤油”干部，城里城外都适应的贫民“公家人”。

李田林把写下的小说稿送给王副主任。王副主任整整看了一天，找他谈了自己的意见:“你的精神可嘉，稿子有生活气息。但是，作为一部文学作品，还有很大差距”。李田林接过草稿，心里有些不服气，自己是含着泪写出来的。他没有按照王副主任提出的意见修改，就匆匆地把小说稿封好寄给了一家出版社。

到了腊月，西北高原的荒野地冻三尺。窟野河结了冰，黄河流着沉漓，连续刮了三天三夜西北风后又下了一场大雪。一阵急促的闹钟铃声把李田林从梦中惊醒。他点着座灯，忙穿上衣，一看时间已是五点半。他拉开门，只见院子里白皑皑地铺了一层雪。他走出院子，积雪掩到了小腿肚。他没有来得及清扫院子里的积雪，只扫开了柴油机房门前的雪。他端着座灯走进机房。柴油机的循环水池已被冻住。油箱里的柴油冻成了稠汤输送不到气缸里。他忙过来宿舍烧着炉子，提了两壶热水灌入管里消开了水池。他又点火烤着机体、油箱。一切都检查过了，才用了好大力气发动着柴油机。可是，烧水、检查机器折腾了好长时间已耽误了早晨的广播。

天亮雪停后，李田林清扫完院子内的积雪，而后站到栅门口做着扩胸运动，吸吮新鲜空气。他咬紧牙，压一压胸口，疼痛有所减轻。他仰望着对面的雪山心情又激动起来。几年的业余创作，使他的性格发生了变化。特别是他最近完成了长篇小说稿后，情感易于冲动。有时简直不由自己控制。他看着看着，猛然想起了一首古诗，刚吟出口，只听的院子外有人叫:“田林，雷书记叫你。”

“叫我？”他急转身问，见是新调来的公社党委张秘书。

李田林不知道雷书记叫他干什么，是不是又为写“调查报告”的事情算他的旧账。他神经有些紧张地跟着张秘书来到公社大院。几个清扫积雪的干部一看见他，就逗笑着讽刺他说:“嘿，记者先生，了不起哇，敢向雷书记开炮，马上要调往大报当记者啦。”

“是呀，人家作家下乡闭着嘴，三天不吃饭也不饿。”

“当记者的人吗，就是过硬，改变机关作风全靠他哩。”

“……”

李田林的眉脸上像鞭子打了一样痛，不知道自己闯了什么祸，疑惑不解。他只能苦笑了笑。

公社办公室的门打开，雷书记站到当门槛，一双捉摸不透的眼光向李田林投来。眨眼间，雷彪眼一转，咧开嘴笑了笑，吸了口纸烟，喷了一个烟柱，没有说话，只是上下打量着李田林。

李田林按着胸口，向前走了一步问:“雷书记，你叫我？”

“嗯。”雷彪哼了一声说，“你对我们公社干部有意见，为什么不向公社党委和我反映？”

“有意见？”李田林感到莫名其妙。

“别装蒜了。”雷彪一指头扎住李田林恶狠狠地说，“等了你好多天，以为你主动来谈。嗯，你的翅膀硬了嘛，好小子，你以为写一篇文章就能把我的椅子推倒了？嘿嘿。”雷彪阴险地笑着说。

“我没有写反映——”李田林摸不着头脑。

“哈哈，是不是忘了？你的笔杆子可厉害啊，那篇《下乡有感》，写得不错嘛。”雷彪阴阳怪气地说，“你是合格的接班人嘛，我们都是饭桶嘛。”雷彪甩了烟头，掏出手绢擦了擦手，走出外面来，向扫院的干部们说，“简直没想到哇，人家记者先生把咱们人民公社说的没一个好干部，你们别扫院子，叫先进分子扫吧，嘿嘿。”

扫院的干部们乱哄哄地吵嚷着。

李田林这才明白，被搞得进退两难，哭笑不得。雷书记怎么能知道自己写了一篇《下乡有感》呢？今年春上，他写的那篇《下乡有感》直接寄给一家报社。那又不是上诉材料，根本就没有提到雷书记的长短，就连杨洼公社的一个队名也没涉及到。这叫他怎么说清楚呢？

雷彪从袄兜掏出一叠纸又说："看看吧，这是什么东西？"李田林接过来一看，啊，这不是他写的那篇《下乡有感》嘛！怎么到了雷书记手里？

"这——"

"嘿嘿，年轻人，不要太自负了。"雷彪表现得很惋惜地说，"眼光要向前看嘛，怎么只往阴暗面瞅！一个新闻工作者，看见那么多的好事情不去写，写这玩意干什么，当心摔跤哇。"雷彪一挥手，示意叫李田林到他的宿舍去。李田林握着这篇不到千字的文章，跟着雷书记上了石台阶。雷彪引着他进了窑洞，半躺到沙发上又点着一支烟，叫李田林坐到一旁的椅子上。李田林坐到椅子上惊讶地问："雷书记，这到底是怎么一回事？"他弹了一下手里的纸。

"唉，年轻人，太幼稚。"雷彪眯着眼睛，一个接一个地吐着烟圈……炉子里的火"呼呼"地吼着。李田林想问个明白，而雷书记却文绉绉地说着，"年轻人，社会经验缺乏着哇，不要凭感情办事。"他往开拉一下眼笑了笑说，"我想，你的本意不是针对我的。可是这逼在了我的脸上嘛。我也不明白，那些大编辑老爷们为什么要把一篇《下乡有感》当作群众来信来访处理。前几天，县委工作组来人检查我们公社的干部工作作风，解决存在的问题。嘿嘿，奇怪，咱们公社的十五个问题，其中涉及到你父亲和你的告状材料就有两件。"

"我父亲？"李田林又吃了一惊，"他告谁？"

"告我。嘿嘿。"雷彪坐了起来，在烟灰盒上磕了磕烟灰，满脸堆着笑说，"不过嘛，你父亲的意思，我理解。可是，这样做太不高明嘛。老同事了嘛，有话就说，何必要搞小动作呢？这有什么好处哇？其实，对我倒没啥，可对你的影响不太好哇。"

"雷书记，我爸告你什么？"

“哈哈——”雷彪从抽屉里拿出两页三十二开纸，上面写着密密麻麻的铅笔字，“你看看，简直笑破人的肚。”雷彪递了过来。李田林接过一看，一眼就认出是爸爸的笔迹。他忙看下去，真是又羞又气。原来这是爸爸向县委第一书记告公社雷书记不重用他这个人才的状。他不知道爸爸为啥要背着他瞎写这些东西。这实际是在告他这个儿子，给他脸上抹黑。

“你一定很清楚。”雷彪嘿嘿地笑着说，“不管是你爸爸的意图，还是你的点子，手段很不高明。可笑呀，哪有老子写信给县委书记吹捧自己儿子的道理。如果要是给地委书记奏上一本，我这把小交椅就要你坐喽。你爹这个人物，名气真不小哇，地委书记是他婚姻的介绍人，县委书记也知道他是个‘二流子’，要不然，上级还真以为我这个伯乐不识千里马哟。”雷彪的笑简直叫李田林活不得死不得。

“雷书记，这事我实在不知道，我怎能叫我爸写这种自吹自擂的东西。我是个社办人员，想都没有想过要当什么官。”李田林请求公社出面批评他的爸爸，甚至可以追究刑事责任。

但是雷彪抹了一把大背头，不住气地喷着烟圈说：“算了吧，你父亲这种人，谁不知道他是一个‘二流子’。对于‘具体人’就要具体对待吗？看在当年的老朋友面子上，我不和他计较。不过，你回家去转告你爹，叫他识点时务，不要不识抬举。”雷彪是深知李明先这个人物的，愚昧又诡诈，聪明又糊涂。软的欺，硬的怕。给上三分颜料，就想开一个染房。事急了，就狗急跳墙，什么事也敢干出来。

半个月以前，北原县委信访室给杨洼公社同时转回两封信，一封是李田林给省报编辑寄的《下乡有感》，一封是李明先给北原县委书记写的举荐他儿子是有培养前途的革命接班人的公开信。

两封“群众来信来访”，雷彪一看，恨得咬牙切齿，鼻孔冒烟。他骂李田林忘恩负义，以怨报德。这个害秃小子，不但不给他写那份相当重要的“调查报告”，反而写什么《下乡有感》给报社寄去，含沙射影，矛头指向他这个公社书记。雷彪也不明白，编辑先生为什么把一篇没有涉及具体人和事的文章，当作群众来信来访一级一级转退回来。原来，李

田林的《下乡有感》，着重反映了当前农村少数基层干部作风漂浮的问题。有的干部工作浮夸，脱离群众，有的请客送礼，搞走后门，有的损公肥私，投机钻营……虽然里面没有点名道姓，但是《下乡有感》揭示的问题带有普遍性，抓住了当前人民群众最关心的问题，因而被编辑当作一封特殊的群众来信来访处理。雷彪觉得李田林的锋芒指向他，反复看着李田林的这篇《下乡有感》，再看李明先给县委书记写的吹捧他儿子的信，又感到有点儿失笑。李田林一个二十几岁的临时工，为什么竟向他这个恩人开刀？显然，这小子有野心，是想趁着运动搞垮他。如果不是的话，那么李明先又为什么偏偏在这个时候写吹捧儿子的狂热信呢？准是这小子搞的鬼。李明先给县委书记写的信上说，他的儿子李田林很有才能，可是杨洼公社的党委书记雷彪不重用……。雷彪真有些不明白。他在电话里向县委书记说李明先是一个“二流子”人物，他对李田林一个年轻娃娃做到了人尽其才。县委书记说，他知道李明先这个人，这是一种愚人的做法，没有必要再去过问。雷彪怒气未消，他想，李明先是个“具体人”，可以不和他计较，而李田林不识抬举，给自己胸间插刀，干脆借精减临时人员，把他赶回家算了。但是他怕这样做，惹恼李明先这个“二流子”再向上级揭露自己收了他贿赂的事情，那样就更糟糕了。再说，今年春上李田林跟着自己下乡，不但知道刘堡大队的刘支书给他送了许多东西的情况，也许还发现他与“轰炸机”的勾搭，给她女儿安排教师等一系列事情。假如硬把李田林精减了，县广播站和县委宣传部也要过问原因。这样事情就闹大了。这几天，他等待李田林能够主动来认错，给他赔情，可是这小子根本没那回事，他实在忍耐不住，只好让秘书去叫。

雷彪对李田林训了一顿话后一本正经地说：“你一定知道了，最近上面动员精减临时工，公社的“八大员”都属于精减的对象。年轻人，唉，天真幼稚，不要太死搬教条。”他又躺到沙发上闭着眼睛吸着烟。

李田林做梦都没想到发生了这样两件出乎他意料的事情。爸爸写的这封信，真是叫他啼笑皆非。他把自己的《下乡有感》和爸爸的信递给雷书记，只好向雷书记赔情道歉。

李田林出了雷书记的窑洞，下了石台阶，离开公社大院大门口，习惯性地又调头看了一眼挂着的“中共北原县杨洼人民公社委员会”“北原县杨洼人民公社革命委员会”的两块木牌，而后踏着厚厚的积雪回到广播放大站，躺到铺盖卷痛哭不止，把怨恨集中到爸爸的身上。

第二十七章　爱火又燃

李田林在新闻与文学两方面的进步暂时弥补起他心灵的创伤，也给李明先那焦黄的脸皮上涂抹了一层薄薄的油彩。那些曾经冷嘲热讽李田林的人一下子变得亲热起来。杨洼公社党委书记雷彪碰着李田林更是满面笑容，似乎李田林一跃成为文坛上的一位新手。雷彪怀着复杂的心态也在狂热地吹捧着李田林："嘿嘿，我的眼力不会看错人的。"

李田林回家过老年的时候，与爸爸吵了一架，埋怨爸爸为什么要给县委领导写那样的信。

李明先给县委领导写信吹捧儿子，认为这是对儿子的最大关心。看到儿子长大了，与贺秀丽经常往来，对他这个做父亲的态度一天一天改变了，他心里很恼火："狗日的，老子卖了家产供你上学，冒着危险，买通姓雷的，而你小子竟忘了本，指责起老子来。"李明先气愤过后，又为儿子的前途和婚姻着想起来。儿子毕竟是儿子。就在李田林和刘彩云恋爱的阶段，他跑到杨洼想和儿子要几个钱，去爬"轰炸机"的肚皮，故意撒了个谎说是给儿子提亲事。结果遭到了儿子痛斥。自从那以后，儿子没考上大学，他也觉得不体面。怎么连个大学也考不上。过了不久，他听到一些下乡干部议论，说他儿子和杨洼供销门市部的刘彩云谈恋爱吹台了。他听了后，先是喜得眉飞眼跳，后又破口大骂："狗日的，女人统统是狗东西，嫌贫爱富，背信弃义，没良心！"他盼望儿子二次能考上大学，想不到又屁事不顶。他认为，儿子没有和刘彩云谈成，主要原因是儿子没转了正，是临时工，是"骗蛋人员"（社办人员）。而儿子没捞到铁饭碗，是姓雷的不够朋友，忘记了当年他冒着枪林弹雨救命之恩。

他三天两头跑李家峁村，听众人议论，说公社雷书记对李田林有意见，说不定还要精减儿子。李明先听了又怕又气，“狗日的，姓雷的，只要你动我儿子一根毫毛，老子非告你的状不行，老子的肉是白给你吃的？”他要给老首长牛珍写信，想“烂火鞋”刘花瓶是牛书记的小姨子，不但不起作用，反招来大祸。他斗胆给北原县委书记写信，说杨洼公社党委书记雷彪不重用他的儿子。他这样做的目的是叫雷彪不要忘了战场上的救命之恩。可笑的是李明先的这一手不仅对儿子没有正面丝毫作用，反而降低了李田林的威信和招来一片辱骂声。

李田林对爸爸的这种卑鄙行为表示了极大的愤慨:“这样做有什么好处，也该想一想。”

李明先满脸羞愧，明知做了一件蠢事，反嘴头子上口气挺硬:“狗日的，老子不怕，看姓雷的把我怎么办。”

又是一个明媚的春天到来，百草正吐着绿。二十四岁的李田林在杨洼公社召开的第四次团代会上被选为公社团委副书记，分管团的宣传工作。全社两千五百多名青年给了李田林巨大的鼓舞。时代的激流推动着他继续前进。

李田林担任了杨洼公社团委副书记，依然搞着广播放大站的工作。他的身份没有改变，他的户口没有改变，他还是一个社办人员。这是由中国人事制度的性质和管理模式来决定的。他担任公社团委副书记只是一个政治名誉而已。他回县城参加由县委宣传部和县广播站联合召开的宣传工作会议。参加会议的人员有各公社主管宣传工作的领导、广播放大站的负责人、编采员、通讯员骨干、县级各机关单位、厂矿、学校通讯组的通讯员。开会地址在县广播站。食宿在县干部招待所。

会议期间李田林被吹成了传奇人物。凡认识他的人一见面就夸奖他一番。县广播站站长、县委宣传部长也称赞他有志气，是北原县新闻战线上的新秀。

清晨，窗玻璃刚刚发亮，李田林就起床了。他不声不响打来水，洗了脸，漱了口，而后又悄悄地扫了地，把桌子、沙发、玻璃擦得干干净净。同宿舍的同志起了床，看看清洁的房子，劝他不要干这种不属于自己工作范围的事情。打扫卫生是服务员的职责。他只是笑一笑说："这是我应该做的。"参加会议的通讯员大都是一些爱好新闻与文学的青年人，他们纷纷要求李田林谈谈自己的创作体会。

李田林被逼不过只得给大家介绍着。他虽然是一个初学写作的青年，可是有一种热爱生活和善于观察生活的激情。

"喂，田林同志，你写二十万字的长篇，用了多长时间？"县招待所值班的年轻服务员问他。

"三个多月。"李田林向每天来打扫卫生送水的女服务员回答着。

"呀，真快。"

"我还嫌慢。"

"你在哪里工作？"

"杨洼公社广播放大站。"

"新闻，还兼搞——"

李田林被女服务员问得怪不好意思。大家有问李田林多少岁了，有问小说反映的什么主题，有没有爱情方面的内容，有的同行听了李田林的介绍马上进行评论，说作品的主题不错，出版社一定会出版……

下午散会后，开会的人员拿着饭票纷纷走进县干部招待所的餐厅。每只红油漆大圆桌旁围住十个人吃着红烧肉、大米饭。可是李田林和县广播站的一名编辑却站到餐厅的一旁等待着服务员端来素食。李田林手压着胸口，态度严肃，看着墙壁上贴着的"旅客须知"。

"喂，田林同志，吃饭没有。"

他扭头一看，正是早晨问他的那个女服务员。女服务员端着一个木盘，木盘里放一碟炒鸡蛋，一碟山药丝，两碗大米饭。女服务员笑盈盈地对他和另一位编辑说："请原谅，叫你们俩久等了。"

"没关系。"李田林吃着香喷喷的大米饭、炒鸡蛋，女服务员不时地走过来又是问淡还是咸，又是征求他对县干部招待所的住宿卫生有什么意见。女服务员还对李田林说，有什么需要服务的，尽管提出来。李田林的午饭在女服务员热情招呼下吃得特别香，心里热乎乎的。还是人家城里的女青年懂礼貌，讲文明。

吃过饭后，大伙上街转去了，李田林拿着一篇散文稿，准备到县邮电局寄出去。他正要锁门，女服务员又来了："不要锁了，要洗床单，枕巾。"她见他手里拿的纸，推开门进去又扭头说，"我能看看你的作品吗？"

"作品？"李田林心里一怔，感到这个评价有些太重，又转身回到房间说，"没意思，是一篇小习作。"

"还谦虚呢。"女服务员笑着伸出手拿了过去。

"乱七八糟的，请批评指导。"李田林羞怩地坐到床上揉摸着脑后的头发，等待女服务员看后提出高见。

"写长篇小说的作家，还能写不好小习作？"女服务员坐到椅子全神贯注地看着。她看着看着，嘴角不时地露出微微的笑意。

李田林坐在床头实在闷得发慌，忙从挂包里拿出一本厚厚的小说。他翻着书注视着女服务员的脸色变化。认为姑娘对自己的习作是否赞赏会从神情方面表现出来。女服务员最多 20 岁。高挑个子，细腰，圆脸，花眼，淡眉。小嘴唇是属于一点樱桃形的。粉红的脸蛋闪烁着春光。一对晶莹的眸子照着人影。耳鬓连着两个短刷子，辫梢扎着红色塑料绳。额前的刘海像一朵盛开的马兰花。上身外罩一件黄色的确良布衫。胸前领口开着露出黑褐色的毛线衣。毛线衣上印着一朵红色菊花。贴身的白衫领子露出膀颈。下身穿一条米黄色的小喇叭裤。脚蹬一双方口黑条绒布鞋。

从外表上看，女服务员长的比刘彩云更具有姿色。她的五官，她的身材都很匀称。当她启动红唇时露出两排雪白的牙齿。

啊呀，生得这么俊俏。李田林忙把视线投向窗外，感到浑身发烧。手腕的脉搏跳动自己的眼睛几乎都能看见。

"哎呀，写得真好。"女服务员看完后扬了扬眉毛笑着说，"我借的抄一抄？"

"不值得。"李田林慌张地说着。

"这本书，我看一看。"女服务员离开椅子，靠近他，从他手中拿过

书，看了一眼书的题目说，“我上中学的时候看过这本小说，只看了前一半，就丢失了。”

“你上过中学？”李田林有些惊奇地说，“在哪个学校毕业？”

“北原中学，”女服务员又说，“毕业后下农村插了五个月队后，组织上就照顾安排了工作。”

“那你是本城人？”

“对。”女服务员点点头问，“你家在哪里？”

“农村，杨洼公社李家沟队。”他又说，“是一个仅有几户人家的小山村。”

“小山村其实很不错，风景优美，清洁宁静。”女服务员又坐到椅子上，一手拿着小说，一手拿着李田林的习作，面对着李田林围绕着农村生活等方面的事情大大方方地谈论着。

品尝过爱情是什么滋味的李田林，再也不是那种痴笨的书呆子。他已经是一个二十四岁的青年。在父母所处的时代，他这个年龄早该是当爸爸的人了。他从和刘彩云的恋爱中得出经验，凭主观判定眼前这位女服务员是向他暗示出潜在的交流情感信息。很明显她也是个文学爱好青年。李田林回答着女服务员提出的各种问题。

“你家中还有什么人？”

“只有一个父亲。”

女服务员还想问，听的门外有人叫开门，忙站起来对李田林说：“下午五点半后，劳驾你到服务室取稿子。”说完拿着小说和稿子出了门。

李田林的脑子里展开了激烈的斗争。女服务员不仅对文学有兴趣，还到农村插过队，炽恋农村生活，真是心境纯洁的好姑娘。下午的会议是分组讨论，宣传组重点讨论最近的宣传报道内容。李田林只听大家发表意见，自己一言不发，他在想着下午吃过饭后与女服务员的再次见面。整个一下午三个小时的分组讨论会，他挤到会议室最后一排心情极不平静地思划着。散会后，他急赶到县招待所，随便吃了一些米饭就炒土豆丝。他准时悄悄地进了服务员室。女服务员正伏桌看着小说。另一个胖乎乎的女服务员在地上洗衣服。两个女服务员几乎是同时开口：“田林同志，请坐。”

李田林站在地上不知所措。

女服务员给他倒水。洗衣服的胖女服务员双手沾着肥皂沫抖了一抖，忙寻香烟叫李田林抽：“久闻大名，请抽一支吧。”

“我不会。”李田林被弄得有些尴尬，“盛名之下，其实难副，听别人瞎议论。”李田林不明白胖女服务员也为什么知道自己的名字。在两位女服务员的热情招呼下，他坐到椅子上端起了茶杯。

“我那篇拙作存在什么问题？”

“取材新颖，语言精练，有深厚的生活气息。”女服务员认真地说，“从我的眼光看，客观地讲，描写不够细腻。缺少文采，作品的内涵揭示得也不够丰富，似乎还少一些厚度和深度。不过，给青年刊物寄去，有采用的可能。”

“哎呀，评论完全正确，其他同志和你的意见一样。我不发了，修改后再寄。”李田林心里暗吃一惊，姑娘果真有文学艺术细胞，眼光尖锐，一下子就看出自己稿子的优缺点，难怪她对文学如此钟情。

“有几段，我已抄在了笔记本上，如果发表了，我再认真拜读。”她从抽屉里拿出稿子，与李田林谈得非常投机。

那个胖姑娘先还插话，后见她的同伴和李田林谈得十分亲热，脸颊窘得绯红，忙端着脸盆跑出了房子。胖服务员的这一举止，使李田林感到心慌。他还不知道女服务员的姓名，抿了抿嘴问：“你叫——”

“我？”女服务员愣怔了一下。

“你贵姓名啥？”李田林又重复着问。

女服务员双颊泛起红晕：“姓白，名雪梅。”

“好名字。有诗意。”李田林脱口而出。

“是吗？”叫白雪梅的女服务员惊喜地反问，“好在啥地方？”

“白者，纯洁明亮也，雪，冬天的银色世界，大美是也。梅者，梅花也。这还不够诗情画意吗？”李田林鼓着勇气，尽自己的文学才能解释着白雪梅的名字。

“咯咯咯，不愧是记者和作家。精彩，不错。我父母给我起这个名字

的含义原本是这样。”白雪梅翻看着手里的稿子突然又问李田林，“你不是说家里只有一个父亲吗？那你母亲——”

李田林揉搓着稀疏的头发，脚底轻轻地磨着水泥地板，抬头看着白雪梅抿了抿嘴没有说出来。

白雪梅见李田林一下子变得有些沮丧，猜他必有伤心的事情，也再没有追问李田林的家庭情况。

“十九年前，我父亲和母亲就离婚了，只留下我一个独生子。”

“原来是这样？”白雪梅出于姑娘独有的情感，不由地去打烂砂锅问到底。她觉得这个农村青年神秘中有一种一般农村青年不具有的气质，有一种征服女孩子的无形力量和魂魄。爱好文学写作只是这个农村青年一个方面的优点，其真正的价值是潜伏在刻苦求学、顽强上进背后的凝聚力量和储存资源。她要看看这块小山沟的石料到底有多少含金量。

“那你妈又走到哪去了？”

“嫁到县城。”李田林手指着招待所的东侧说，“我妈后找的男人是县外贸局黄副局长。”

“黄副局长？”白雪梅一扬眉毛说，“我认识，黄副局长待人热情。我二姐就在县外贸局收购门市部当营业员，二姐夫在粮食局工作。你妈一定很亲疼你。”

“嗯。”李田林压住心头的怨恨，嘴上只得说母亲关心他。在别人面前，他不愿说自己的父母不好。

“你父亲在哪儿工作？”李田林回避开自己的家庭情况反问白雪梅。

“我父亲？”白雪梅低下头，红着脸说，“犯错误了。”

“什么？”李田林后悔自己太冒失了，忙改口又问，“原来在什么地方工作？”

“县文工团。”

“是不是白团长？”

“是。”

“我知道，我知道。”李田林关切地问，“什么时候期满？”

“后年十二月。”白雪梅噙着泪花说，“我爸犯错误劳改走了后，我妈在第二年夏就得病去世了。”

“家里还有什么人？”李田林同情地问。

“一个弟弟。大姐和二姐已结了婚。弟弟读初中。”白雪梅痛苦地说着她的家庭不幸。

他们的谈话直到晚上电灯着了才结束。

过了两天，会议结束，李田林和另外两个编采员被县广播站抽去农村采访。临走前，李田林又到县干部招待所和白雪梅拉了半天话。白雪梅亲手捏的给他吃了羊肉饺子，并说那本小说还没有看完，等他采访回来再归还。李田林说不忙着还书，白雪梅愿看多久就看多久。他们朦胧的爱情开始萌生。

第二十八章　爱河奔流

爱情的火种一旦点着了就像熊熊的烈火一样在田野里燃烧不灭。爱情也如同河流奔腾飞泻起来永远是那样装满着激情与浪漫……

李田林和另外两个同志采访了半个月，写了二十多篇通讯报道，除了县广播站采用大部分外，省地报刊和电台也用了十几篇。这样一来李田林在北原县新闻界威名大振。杨洼公社原来嫉妒李田林的人也不敢小瞧他，平时同情和支持李田林的人更是高兴，有意为他吹牛打气："李田林的长篇小说要出版了，要调往县委宣传部当新闻通讯干事。"也有的人议论："李田林要调往地区报社当记者。"他的父亲李明先更是神气十足，逢人便夸："我的儿子成名了！为我争气了！"

李田林他们在省报上登了一篇三千字的通讯报道，赞扬了一对青年男女冲破买卖婚姻的枷锁，建立了美满幸福家庭的纯真爱情故事。这篇通讯报道是由李田林执笔的，题目叫《新型的家庭——记×××青年男到女家落户的感人事迹》。当他看到自己写的文章上了省报，引起了强烈的社会反响，激动的泪水像石岩下的清泉一样涌了出来。

采访完了后，他在县招待所又住了几天，进一步得到了白雪梅给予他情感方面的鼓励。他也向白雪梅流露了一个青年男子的真情。临回杨洼公社走时，他给白雪梅留下五元钱，叫她给自己买两本适合青年读的书籍。白雪梅表示一定办到，并支持他坚持写下去。

李田林回到杨洼公社后，已是阳历三月中旬。一家外省的文艺刊物发表了他那篇几经修改的《家乡的早晨》。在强烈的感情冲动下，他以坚韧不拔的毅力，利用值机和下乡采访时间，又开始了一部中篇小说的创作。当他写下七万多字后，收到了在新疆参军的俊宝的来信，说他已与学生时代恋爱的对象彻底吹了。今年冬复现役期限已满，估计提干没有把握，准备复员，看能不能在地方上找到一个合适的工作。李田林看了叔伯家弟弟的来信，心情很矛盾，建议他不要回来，继续在部队干下去。

又过了几天，李田林收到县委检查工作的同志到杨洼下乡给他捎来一包书籍。他打开一数，共是十二本，有他从未看过的小说，古代文学史概论，外国名作家传，当前文艺动态等。李田林翻开一本书，有一封简短的信。他忙看下去。

田林同志：

你好！你托我买的书，买到了一部分。但因有些书新华书店已卖完了，所以暂未买到。我觉得下列书籍写得比较好。现给你买下（捎）来。请原谅，有什么要办的事情，请来信告知。

祝 好

白雪梅

1979 年 3 月 22 日

白雪梅捎来的书籍中，其中有一本书李田林在中学时代只看了一半，书就被老师没收了。不久前，他在一家刊物上看到那位老作家的新作激动得夜不能寐。他给那位老作家提笔写了封信。现在白雪梅正好给他买来了那位老作家的那部作品，这叫他怎么能不万分高兴呢。

他想马上给白雪梅提笔写一封感谢信，倾吐自己的心情，可又怕马上去信引起她的反感。所以，他打算等完成了这部中篇小说稿后再写信给白雪梅。

夏季的夜晚短暂得很。九点过了五分，全天广播已经结束。李田林点着灯，拧大灯头，喝了杯茶水，拿湿手巾擦了擦眉脸，把椅子上的坐毯靠在桌棱，垫到胸口，又开始了紧张的写作。尽管胸口不时地疼痛着威胁着他的生命，但是一种巨大的精神支柱在支撑着他。办公桌上的小闹钟“嘀嗒、嘀嗒……”钢笔在稿纸上面“沙沙沙……”灯壶里的油熬

干再加进去又熬干……他一会儿写得眉飞眼跳发出清脆的笑声，一会儿悲痛欲绝噙着泪花。夜深了他实在疲倦得支持不住，按着胸口走到院子，仰头望着天空不由地吟出一首古诗：

深居俯夹城，春去夏犹清。
天意怜幽草，人间重晚晴。
并添高阁迥，微注小窗明。
越鸟巢干后，归飞体更轻。

李商隐的《晚晴》，引起了他对夜晚的异常欣然。虽然疾病缠身几载，但是山村夜晚的美景使他思绪万千，神情激荡。他又深沉地吟着《嫦娥》：

云母屏风烛影深，长河渐落晓星沉。
嫦娥应悔偷灵药，碧海青天夜夜心。

他回想自己所走过的道路，寂寞和孤冷一齐向他袭来。他尽量从生活中寻求欢乐，不使自己悲伤。夜，多么的美好啊！

两个月过去了，李田林的中篇小说脱稿了。稿子给一家大型杂志寄出去当天晚上，他给白雪梅写了一封回信。

白雪梅同志：

近想你的工作一定很忙碌。一个多月前，我就收到你捎来的书和信，本想及时给你回信，但因工作和写作时间忙因而推迟到今天。

收到那位作家的名著，我的心情很激动。大概出乎你的意料吧？你也许会产生疑问：李田林是一个疯子，怎么为这么个事就感情冲动？老实对你说吧，因为我在中学时代曾为看那本书受到老师的批评，不久前，我还给那位老作家写过一封信，而今天你却给我买来这本名著，怎不叫我高兴呢?

看了你的来信，回想和你的偶遇，我想了许多许多……我知道你的爸爸，也曾听别人讲过你的妈妈。我憎恶你的爸爸，而同情你的妈妈。请你不要见怪我。我想，你一定也赞成我的意见。我也不能隐藏自己的家庭悲剧。你也许知道吧，我的父母曾是一对积极上进的青年。他们组成新的家庭，滋润了我这一棵小草。六十年代初，我父亲在困难面前经不起考验回到农村。那时，母亲是国家公办教师，我是一个幸福的双职工儿子。由于父母回家劳动，父母在生活方面的误解，导致了一场妻离子散的悲剧。当时我只有五岁。也怪我记忆力太差，还没记清楚母亲是怎么个模样。母亲走了后，父亲从此落伍了，由一个酷爱文学的青年变成一个人人所唾弃的“二流子”。而我从此成了一个失去母爱的孩子。我跟着父亲过日子，饱一顿饥两顿，受尽了苦难。要不是爷爷疼爱我，我早就死了。可是，我十七岁那年，尊敬的爷爷也不幸去逝了。爷爷的死，对我又是一个沉重的创伤。现在，我无限怀念他老人家。那年夏季，我亲手在爷爷坟墓的四周种了柠条。第二年春上，柠条就长高了，盛开着流香溢彩的一束束小黄花。爷爷生前说我是“山上火命”，是做“一品官命”的大富大贵命。我觉得实在好笑。我不信天命。我只信人的命最有意义的就是不停地奋斗，干自己想干的事情，做对社会对人类有益的事情。你说呢?

对啦，雪梅同志，就算我感情冲动吧，说实在的，我不能不告诉你，我曾有过几次失学，多次面临死亡的处境。我想过自尽，到另一个世界上生活。可是，我没有那样去做，在死门关上闯了过来。是什么力量使我活了下来?是家乡的山水和花草给了我再生的勇气。我爱我们家乡的山丹花、桑牛牛花、苦菜花、杨槐树花、枣树花，尤其是最喜欢柠条花。你知道吗?柠条的性格是极其坚韧的。它不怕初春的狂风，不怕盛夏的炎

热，不怕深秋的寒霜，不怕严冬的冰雪。

人应该向柠条学习，具有坚韧顽强的精神。随着我的年龄增大，我埋怨父亲过着人不人鬼不鬼的生活。有时，父子俩吵得不可和解。父亲骂我背叛了他，是受了母亲的煽动。这叫我怎么说呢？我说的简直使你不可相信。我母亲走了的十九年里，我先后给母亲去过四次信，盼望恢复母子关系，减轻父母和我心灵中的痛苦。可是，母亲只给我捎来四十元钱，不给我回信。我能理解母亲的意思，母亲是发誓永远不认我这个儿子了。而父亲辱骂我跟着母亲跑了。我真是有口无处说。雪梅同志，你不是说我母亲一定很疼爱我吧？我当时只能哄骗你。

你不是说你是个文学爱好者吗？你不是说你敬佩我吗？其实，这是多余的。我并不像一些人所传说的那样神奇。当我们无意相识之后，你就觉得我很平常，一下子就看出了我作品中的缺点。请你接受我的评价，你是一个有着一定文学修养和受过良好教育的城市姑娘。我对你的夸奖是真诚的，我对你称呼朋友不过分吧？

朋友我还应告诉你，前年和去年我有过两次高考落榜。第一次榜上无名，当时感到苦恼极了，后来就逐渐消除了，只能怨自己原来基础太差。第二次又落榜，太叫人遗憾。我并不认为是自己的水平问题，主要是在高考期间旧病恶化，致使主课语文没有应考。即使平均分数在九十分以上，也难过体格检查关。一年多前，我有过一次恋爱，最后以我未有考上大学而宣布告终。因为女方是一个国家正式工，我高攀不上姑娘。失恋后的心情你是可以理解的。当时我感到再无法活下去。今天，我为什么要给你讲这些不幸的事情，这是因为我对自己所敬佩的姑娘不能说假话。

朋友，之所以讲了这么多的话，你是清楚的。我相信，在今后的往来中我们彼此间会进一步了解，使感情向纵深发展。

我还应告诉你一个好消息，今天我的一个中篇小说已脱稿发出去。前不久，一家刊物上发表了我的散文《家乡的早晨》，你一定看到了吧！这是我的处女作。

我的话到了这里该结束了。

希努力！

李田林

1979年7月9日

李田林写完信后，又反复看了几遍装入信封寄了出去。过了半个月，李田林又收到了白雪梅的来信。白雪梅表示祝愿他成功，愿意帮助他完成艰巨的任务。

爱情是要经过长时间的相互了解才会结出幸福的果实。而有时候一见钟情也会找到心灵与心灵碰撞的闪光点托起情爱的丰碑。白雪梅的容貌和才华能吸引住李田林，同样也能打开县城那些认识她的小伙子的情感天窗。一些领导干部的子弟都想得到她，可嫌她爸爸是一个强奸犯，门不对户。据说白雪梅的父亲是当县剧团团长时与两个颇有姿色的女演员有染被他人上告而走进监狱的。是真是假，谁也说不清楚，反正白雪梅的父亲自认倒霉，在男女关系为禁区的岁月里落马下水，成为人们笑谈和唾骂的角色。父亲的不光彩史在白雪梅的心灵深处是永远也抹不掉的一页丑陋档案。有些流氓企图打她的坏主意，一些上进的青年又不好意思向她送情。李田林这个青年的名字，她没见过之前就有所耳闻。三月下旬县里召开宣传工作会议，人们都在议论着李田林的文学创作。她注意着这个青年的举动。李田林不吃猪肉的忌口被她发现了，言谈举止果然与众不同。每天早晨不等她去宿舍打扫卫生，李田林就把桌子、沙发、玻璃擦得干干净净。他还是一个活雷锋！

也许是出于羡慕的原因吧，她与李田林一下子就相互认识了。当她看了他那篇习作时，觉得很不错，有生活有情趣又主题新颖。她大胆地对李田林的作品提出了意见。

李田林第二次来到县招待所临走时留下五元钱让她买书，她似乎意识到他的动机。她不敢过分地流露感情，在给他捎书的时候，只简单地写了一封信，没有夹杂任何情爱方面的话。她用自己的钱多买了一些书籍捎给李田林。

她没想到多买了几本书会使李田林产生强烈的炽热的感情。她相信李田林讲的话是真实的，是出自肺腑的真诚自述。她从中看出了李田林的老实，坦率，纯真。但也看出了他的弱点，易于简单看事情，过分相信人。她反复看着李田林的信，既加深了对李田林的同情、爱慕、敬佩，又产生了一些犹豫和为难之处。比如李田林曾有过一次恋爱史，还有疾病。他与谁失恋了呢？他到底有什么疾病？他顽强的拼搏精神能永远保持下去吗？还有他作为一个在新闻与文学方面有着发展前途的青年又怎么能轻而易举对自己一见钟情呢？这也许是他一时的感情冲动吧？

白雪梅反复琢磨，认为李田林对她的信赖是确定无疑的，但自己是不能急于向他表白的，等待感情的浪花飞溅到心窝的田野滋润爱的种子发芽的时刻再向他挑明关系。白雪梅是一个从痛苦生活中熬过来的姑娘，祖宗三代都是城里人。只因母亲的过早病逝和父亲的问题使她在人们面前抬不起头。她的家庭状况与李田林的家史似乎有几分相同的地方。一个是母亲离婚，一个是母亲去逝；一个是父亲回农村意志消沉，成为现实生活中的“二流子”，一个是父亲为男女关系坐了牢。两个家庭的命运之树结出了同样命运的花蕾。白雪梅的感情世界激起了波澜，决心做一个坚贞的姑娘，弥补父亲给她心灵中造成的伤痕。她高中毕业后去农村插队，对文学产生了很大的兴趣。她插队半年后组织上考虑到她家的实际困难，安排她到县干部招待所当服务员。

悲惨的处境促使她过早地成熟。街头一些留长发的地痞向她投来不怀好意的目光。有的人认为她父亲是个流氓，她也不是一个好崽子。还是她刚参加工作不久，忙碌完一天的事情正脱下外套准备休息，突然一个人撞进服务室。她吃一惊，原来是县委办公室一个副主任。她忙热情招待让抽烟喝茶，对方却喋喋不休地自吹自擂，说什么县委某某头头看起他，地委谁谁书记是他的老上级。还自我介绍说他还不到四十岁，最近老婆得病死了，并夸白雪梅真是一表人才，是北原县城的一朵白玫瑰。

她被县委办公室的这位副主任吹捧成了九天仙女。紧接着厚脸皮副主任嬉皮笑脸地向她靠过来。

她气炸了肺:“鬼子小，想在我身上使坏。”她气愤地开门出去跑到其他职工宿舍。等过了一个钟头，她回到服务室时，那位厚脸皮县委办公室副主任早已走了。

这件事对她的教训是深刻的。她真想过独身生活，而现实是无情的。女孩子的春潮在卷动着青春的热血奔流。她开始在心灵深处的情感绿洲寻找属于她生命的支柱。这个男人必须具有高尚的情操，崇高的道德，一定的文化，顽强的毅力。

想不到她与李田林的认识就这么容易。虽然她和李田林才仅仅见面两次，相处时间不长，一个在县城，一个在农村。而李田林留给她的影响是很深的。在她接触过许许多多的青年中，还没有像李田林这样有远大抱负的青年。从他的奋斗志向看，他也许成为一个大作家，或者是一位出色的新闻记者，甚至锻炼为一个优秀的共青团干部。

白雪梅决定把自己的心奉献给李田林。就是他有病，也不要紧，这更需要她的帮助和体贴。但是她不能过早地把话说绝对，万一他的心变了，自己不是更痛苦。白雪梅在心灵中打了一个伏笔。

初秋，熟透的苹果上市。白雪梅又在省报副刊上看到了李田林的一篇散文。李田林的进步更赢得了她的心。她买了二十斤苹果，十斤面包，装在两个纸箱里，托县委的小车司机给李田林捎去。

从北原县城到杨洼公社，从杨洼公社到北原县城，一封封热情洋溢的书信把两个年轻人的心紧紧地连在一起……这是一个感情世界开始复苏的季节。一对对青年男女下班后出入树林里拥抱着亲吻……

第二十九章　门前有爱

深秋的夜晚，塞北高原北原县古城的上空缭绕着一层淡灰色的乳雾，街道两旁的垂柳已经落了叶子。马路上人来人往，熙熙攘攘，一栋栋刚刚新建的楼房高高地耸立，银灰色的高压电线从远处的黄河发电站输出延伸三里多架到了这座具有悠久历史的边塞名城。站到窟野河西畔的山顶上向全城俯望，千家万户的灯光犹如浩瀚大海里的波光闪闪。城东山顶直插云端的电视转波铁塔上的电视信号灯放射着希望的光芒。郊外田野里宁静得连一丝风声也听不到，唯有窟野河水像一个撒野的姑娘在悠扬地歌唱。万里长城环绕着北原县延伸向西北边疆讲述着一个久远的神话。

白雪梅看了数十首唐诗宋词后站起来打开天窗，望着外面心情久久不能平静。她看到了李田林的雄心大志。半个月前，李田林被临时借调回县广播站搞编辑工作，住在县广播站的院子里。白雪梅和他的接触更多了。他俩看了几场电影。她从和李田林的多次通信和交谈中，发现李田林知识的深度性与广泛性远远地超过了自己，难怪他能写出中长篇小说来。她有点儿不太明白的是李田林的脾气有些过于固执、犟劲。他多次回城都不去见他的母亲。白雪梅对李田林的后伯父黄群一家子都认识。他两家都住在县城南关一条胡同，相隔的距离只有一百多米。早几年，白雪梅就认得李田林的母亲，只是没有什么往来。李田林在白雪梅生活港湾的突然出现，使南关胡同黄家与白家的关系变得微妙而复杂化起来。问题就出在白雪梅身上。

这几天白雪梅的弟弟感冒了不能到校上学。黄副局长的二儿子黄瑛是县医院的医生，他每天来给白雪梅的弟弟打三次针。

李田林借调到县广播站做编辑后，几乎每天与白雪梅约会。李田林约她明天下午六时二十五分去县人民剧院看戏。她的心情很矛盾。她曾赌咒过这一生不再去戏院，不愿去见那些曾是父亲部下的演员。而李田林说他很喜欢看历史戏。明天演出的是晋剧《空城计》和《梁山伯与祝英台》。他还对自己说这是刚刚“解放”了的老戏新唱。

白雪梅只好答应。李田林走后，她越想越心里矛盾。去了，自己神圣的意志受到了侵犯，不去吧，又怎么好意思推辞他。她看了看手表，早已过了九点，她向另一个服务员叮嘱了几句，围好围巾，急忙回家。

她回到家，二姐雪茹正在等着她。弟弟吃了药已睡着。二姐雪茹给弟弟补着衣服，见她这么晚才回来埋怨她说：“做啥去了，也该操点家。”

“什么也没有。”她解下围巾扔到箱子盖上。

“二十几的人了，还是小娃娃。”二姐雪茹停下缝补笑嘻嘻地说，“小妹，二姐和你商量个事情？”

“什么事情？”白雪梅走到写字台旁，瞅了眼二姐雪茹说，“有话就说吧”。

二姐雪茹笑了笑说：“看你这个样子，真是个书呆子，当服务员就这么个态度，人家要骂死你。”二姐雪茹转话题说，“你也过问过问这个家里有没有米面。”

“每月按时到粮站买粮就是了。”她抢白着二姐雪茹。

“说得多轻巧。”二姐雪茹指着里间的小库房说，“你吃的白面大米从哪里来。”

“哪里来？”白雪梅坐到椅子上讥笑着二姐雪茹说，“又夸开你那个心中的人儿了，我就算吃玉米面也不吃他批的白面。”

“你——”

二姐雪茹看看手表，瞧瞧门外，心事重重地说：“其实，你姐夫也没那么大的权力，二三十斤白面有权批，再多了就不行。”白雪茹把一件新买的羊毛衫递到妹妹面前，“这是内部特批的。外贸局的职工一人买了一件。这是一件男式的，送给黄瑛医生。”

“送他？”

“怎么？不能送？人家黄医生给弟弟看病，咱不能没有一点儿人情味。雪梅，大姐和二姐嫁了人，家里只有你和弟弟。你就是一家之主。你是大人了。”白雪茹抚摸着妹妹乌黑的头发，眼里噙着泪花。白雪梅很尊敬她的二姐。二姐比她大五岁，最疼爱她和弟弟。姐姐结婚两年了，几乎每天都来家里走一回。她和弟弟吃的细粮，都是二姐夫搞来的。她能理解二姐的心，眼眶也湿润了。

白雪茹揉着眼睛说：“妈妈去逝时，一再叮咛，叫你找一个有志气、正直的女婿。把小弟抚养成人。如今你也年龄不小了，叫姐怎能放心。”

“二姐，别说了。”白雪梅摇着二姐白雪茹的胳膊，泪水扑簌簌地淌着。她真想把自己的心事告诉二姐，又怕李田林的条件暂时不成熟，遭到大姐、二姐她们的反对。她想暂时保密一个阶段，往后再说给两个姐姐和姐夫他们。今天晚上白雪茹来见二妹是有打算的。这一点，白雪梅是不知道的。

“妹，姐给你瞅准一个人，你看——”

“二姐给我看中了一个人？”白雪梅擦着眼泪惊讶地看着二姐。

白雪茹向门外望了望说：“姐姐给你选准的这个青年很不错。”

“什么？你选准了这个青年？”白雪梅挣脱姐姐的手失惊地反问。

“真的，这个青年人品好，心也善良，又有技术，是经过二姐多次考验出来的。二姐不能隐瞒你，因为那个青年曾经追求过二姐，给母亲看过病，帮咱家做过许多事情。二姐从心里羡慕他。可是，只怨他胆子太小，晚了一步。几年前，二姐与你如今的姐夫恋爱了，只好谢绝了这位青年。而这位青年由于没得到二姐的爱情，几乎气疯了。但是他并不为此憎恨二姐，反而主动到你姐夫面前赔情。你姐夫和我都感到他为人直爽，心胸宽阔，不知怎样来感激他。这个青年的家庭也不太好，他生母在十几年前就死了，继母过门后，给他生了两个妹妹，开始继母还对他们不错，自从他继母收到前夫儿子的几封信后，神经受到刺激，对他们兄妹也就关照不来了。他现在还是单身青年，县医院的技术权威——”白雪茹还要直接点出名来，被白雪梅打断了：“二姐，你不要说了。”

“等一会儿，他又给弟弟来打针。”

“二姐，你——”白雪梅被惊得目瞪口呆，电灯光下她的脸色惨白。

这时，外面响起了脚步声。接着有人轻轻地敲门：“有人吗？”

“快进来。”白雪茹高兴地开了门。

他挂着药箱进了房子：“这几天，我继母神经不正常，刚才给打了两针。所以来迟了，请原谅。怎么，小弟病好转了吧？”

“好多了，已睡着了。”白雪茹忙招呼黄瑛坐到沙发上。

白雪梅站到地上，呆如木偶，心乱如麻。

“雪梅，你没上晚班？”黄瑛问。

“嗯。”她傻愣愣地支吾着。

“你——”白雪茹瞟了一眼妹妹说，“傻愣啥，还不给黄医生泡茶。今天，你们好好地谈一谈吧。”

黄瑛是按照白雪茹的吩咐来的。他觉得白雪梅和她的二姐一样美丽。白雪茹曾对他说过几次，一定帮助他把她的二妹白雪梅给他说合成。他不能不领白雪茹的情。他见白雪梅的脸色很不正常，对他冷冷淡淡的，心里很不是滋味：“是不是身体不舒服？”

“我……我不……不……”白雪梅的脑子“嗡嗡”地发响，惊慌失措地咬了咬牙说，“对不起，今天晚上我是夜班。我走了。”白雪梅开门跑出了外面。

黄瑛看着白雪茹，手里的听珍器掉到了地下。

“雪梅——雪梅——快回来！”白雪茹追出门外呼叫。

胡同里一股冷风吹来，卷着白雪茹的身子摇摆着颤抖：“唉——”

早饭后，李田林把编好的新闻节目送给总编辑审阅，便赶忙到人民剧院买了两张戏票，急速来到县干部招待所。他刚走进院子，正遇那个胖身体女服务员，一见他就耍了个鬼脸说：“恭贺你，作家先生，记者同志，真有眼力，白雪公主是大才女。嘻嘻……天配就得一对儿……”胖身体女服务员调头跑了。

李田林红着脸朝白雪梅住的宿舍走来，轻轻地推开门走了进去。他

见她正伏桌不知写什么。

“写啥？”

她扭头看是他，忙把笔记本合起来，放入抽屉里：“啥也不写。”

“怕我发现？”李田林掏出戏票高兴地说，“不错，八排，二、四号。”

“看把你浪漫的。”白雪梅苦笑了笑说。

“浪漫？你不是比我更浪漫吗？”李田林把戏票放到桌子上，伸出右手，“能看一下你的笔记吗？”

“不能。”她又苦笑了笑说，“我的笔记不值得你看。我想，你是明白的。”她没有拿戏票，叫他坐在另一把椅子上，很抱歉地说，“今天下午，单位召开民主生活检查会，不能去看戏了，请你原谅。”

“这？”李田林有点惬意地说，“那等几天再去看吧。”他这才发现白雪梅的眼睛红肿着，像哭过的样子。他盯着她的眼睛问，“你——”

“眼疼。”她避开话题，突然反问田林，“你难道真的没有去看望你的亲生母亲？”

“真的，我没有去。”李田林感到白雪梅问的问题太突然。

“亲生母亲不认亲生子，亲生儿子不认亲生母。天底下的怪事，太叫人遗憾。”

“我有什么办法，父母的恩恩怨怨。我母亲连信都不给我回一封。让我怎么是好。”李田林十分苦恼地说，不明白白雪梅提起他认亲生母亲的真正原因。

白雪梅提高声调说：“假如我在这个世界上不存在了，你还爱着我吗？”

“这是什么意思？”李田林瞪大眼睛问。

“因为我的存在，使一些好心的人活得不畅快。”

“你想得过多了。我坦率地说，我们虽然相处时间不长，但我们之间的奋斗目标是一致的。我是不会变心的。我是爱着你的。永远——”

白雪梅双手支撑着下颌陷入了沉思。昨天晚上夜深了，白雪梅从家一口气跑到县干部的招待所服务员住的集体宿舍就和衣睡下，一直蒙着头淌泪到天亮。事情的发生使她感到太意外。她的脑海里产生了激烈的斗争。李田林是县外贸局黄副局长后妻贺秀丽的亲生子，而黄瑛医生又是黄副局长第一个老婆的二儿子。她生气二姐白雪茹太主观武断，拿着自己的青春和终身大事补报他人的感情债。在目前的处境下，她无论和李田林还是黄瑛公开正式挑明了关系都是危险的。如果自己抛弃了李田林，对李田林是一个沉重的打击，自己的魂灵也将受到谴责。假若马上拒绝了英瑛医生，他的心情又会怎样？自己又怎么能对得起二姐。这件事叫黄副局长知道又会如何看待？

她想呀想呀，最后决定请假到省城看望一回大姐雪枫，一来回避一下矛盾，二来请大姐出个主意。

她对李田林说：“我的心情，你是理解的。”她收拾着桌子上的书报说，“过两天，我要到西安去看我大姐，有啥改日再谈吧。”

李田林还想说什么，有几个客人喊着要开客房的门，白雪梅忙拿起一串钥匙，边走边对李田林说：“再见，我忙去了。”

李田林对白雪梅的反常现象难以猜测。他出了县干部招待所的大门一直在胡乱想：“莫非她也是第二个刘彩云？”

第三十章　山路弯弯

李田林每天下午下班后去县干部招待所找白雪梅都没找着，心里便产生了疑惑：难道她真的和自己要不辞而别？天气越来越冷了，李田林再次去县干部招待所找白雪梅，刚进院子，那个胖身体女服务员从宿舍走出来笑嘻嘻地说："找心爱的人吧？嘻，她去西安还没有回来。她在电话里给我说，你再找她来，叫我代替她向你问好。"

李田林半信半疑转身出了院子回到了县广播站。他走进了自己临时住的房子，天已经黑暗下来，他没有拉着电灯，摸黑爬上床，仰身躺下，两手垫到后脑勺，长长地出了口气："少女的心，是秋天的云，真是变化难测呀？白雪梅对自己第一天晚上还那样热情，约好和自己去看戏，为什么第二天去了就变卦了？她说什么假如她在这个世界上不存在了自己还爱她吗？还说什么她的存在使一些好心人活得不畅快，这是什么意思……李田林翻了个身，猛砸了一拳头床板，又一把抓住心窝口。不会，绝对不会。她与自己的相识，虽然时间短促，但是她不像刘彩云那样草率。她把自己的心奉献给他是经过反复考虑的。她与自己有着共同的奋斗目标，爱好文学是两人最主要的共同之处。从本人的条件相比，她是城里人，国家正式工；自己是农村人，是临时雇用工。可是她对他的条件差并不在乎。她不是刘彩云那样的人。什么假如自己考上大学还有可能，难道爱情的基础就是地域与地位与金钱的代名词？刘彩云的所谓三条理由，归根到底一句话，因为自己榜上无名。可是白雪梅与自己恋爱的基础与前者不同，她和自己有着共同理想。这种埋藏在双方心灵里的理想是传统世俗者和庸者无法理解的。她给自己买书，捎苹果、面包……她对自己的评价分寸得当，有啥说啥。她的爱情观是高尚的。那么她为什么突然变得对自己冷漠起来，莫非是自己有对不起她的地方？

他正在胡思乱想，听的外面有人叫："田林？"

他忙跳下床答："哎，有什么事？"他顺手拉着电灯。

走进来的人是广播站的总编辑，他拿着一份新闻报道题纲说："给你一个任务。"

"什么任务？"

"目前，农村形势发生了翻天覆地的变化，人民公社的社员生活水平大大提高，农村畜牧业和社队企业也有很大发展，特别是过去一些不务正业的人也变好了。我县南部山区的王塔公社通讯组写了一篇报道，反映的是李家庄村三个老光棍娶过新媳妇由懒变勤的故事。这篇报道的题材很生动，但是内容不够充实，文采也不怎么好，因此，县委通讯组和县广播站编辑部研究，派你单独去采访，写出一篇有分量的通讯。文字篇幅不限。同时，把窟野河、黄河沿岸各队兴修水利和发展多种经营的先进经验，全面深入了解一下，写出一篇调查报告。"

"我怕完不成这个任务。"

"别谦虚了，你去最合适，一来你对南部地区的情况比较熟悉，二来对你的写作也能提供很好的素材。"

李田林揉了揉头发说："好吧，我准备一下。"

总编辑把报道题纲递给李田林说："你写的那小说有消息没有？"

李田林摇着头不好意思地答："还没答复。"

总编辑又笑了笑诚恳地说："我对你提一条意见，也许是给你泼冷水。对了，供你参考，错了，就当作我放屁。"

"老总，你尽管说吧。"李田林坐到床沿上听着。

"首先，你有远大抱负，有恒心，这种精神难能可贵。其次，你有一定的生活经历，读过一些书，生活在农村，具备了创作的先足条件。但是，从你的大量来稿中以及和你多次的交谈中，发现你的文化基础还比较差，古代汉语、语法、逻辑、修辞方面的基本功不够扎实。要知道，一个文学作者不可能以一时的感情冲动来代替精湛的艺术形象。从严要求，你的文学水平和文学素养还有待进一步提高，最好从练短篇开始，逐步向中长篇奋斗。”

李田林听着低下头，心里闷闷不乐，总编辑的话虽然诚恳，但是言语中表示出不赞成他写中长篇小说。自己怎么能放弃已经寄出去的两部中长篇小说呢？他抬起头眼巴巴地看着总编辑。总编辑大概看出了他的心情，对他鼓励了一番，把话题扯到采写新闻报道上来。

李田林回到了离别七年的李家庄。李家庄发生了很大的变化。儿时和李田林一块捡柴的李狗蛋，已经入了党，娶过媳妇，生了孩子，当上了生产大队长。能掐会算，迈着八字步的李银喜在两年前得病死了。

李田林掏出北原县委宣传部的介绍信，提着最先进又最现代化的、也是全县唯一的一部日本进口收录两用机，神气地出现在李家庄的村头。他的回来本身就是一条轰动小山村的特大新闻。李家庄村的男女老少见了他，一个个伸出大拇指夸：“李明先的儿子出场了！”

“李锁平老汉的坟墓有风水，要不然，李明先那个二流子还能养下好儿子。”

“嘿嘿，十个秃子有九个怪，我们早就看出这个娃娃有前途哩！”

李田林提着收录两用机，以记者的身份回来老家采访，队干部们像接贵客一样，把他安置到大队办公室吃住。李狗蛋专门为他做饭和陪他采访。

二光棍、丑笛子、三癞子他们都已经是年过半百了才入洞房的人，他们喜得捋着胡子，带着自己的老婆孩子挤进大队办公室的窑洞，抢着给李田林介绍过上好日子的经验。二光棍娶的媳妇是带的孙子走进洞房的。丑笛子和三癞子娶新娘也是各有特色。五十五岁的丑笛子，抱着一个三四岁的小女孩，后面跟着一位约莫五十岁的女人。这女人是四十八岁时才生孩子，丑笛子说这女孩是他的种子。有的人说不是，是这老女人走西口时捡的野种。丑笛子说，管球他是谁的种，反正他喜欢。光棍遇着寡妇，还挑啥肉肥肉瘦的。丑笛子亲了口小女孩的脸蛋，朝李田林笑嘻嘻地说：“侄子，嘿嘿，好几年不见了，看你多神气，当了记者。”丑笛子把身后的老婆向前一推，“瞧，这就是我的新娘子，和老叔年龄相仿。”逗得满窑洞的人哈哈大笑。李田林悄悄地打开了录音机上的旋钮。

丑笛子又逗着说：“你大妈对老叔叔可亲热哩。嘿嘿，每天晚上睡觉给老叔叔揉肚皮。嘿嘿……”

“还进‘烂花鞋’的门吗？”一个小伙子嬉笑着问丑笛子，引发的窑洞里一阵哄堂大笑。

李田林的心情是难以抑制的，多少往事浮现在眼前。他看着高兴地咧嘴大笑的二光棍，拉着他坐到自己面前问，“那么，大叔娶老婆带的孙子又是怎么一回事呢？”

“嘿嘿，说来话长。”二光棍叹了口气，看了眼老婆抿了抿嘴说，“你大妈原是王塔村的，去年春上，她唯一的儿子得病死了，只留下儿媳和一个两岁的小孙女。你大妈的儿子死了还没两个月，儿媳就要改嫁，你大妈叫她招女婿，结果没说对，那个黑了心的媳妇就扔下孩子走了。你大妈抱着孙女找政府。那天，大叔正好去公社领救济棉衣，听到人们议论这事，心里很气愤。大叔在公社院子里把她那烂货骂了个够。嘿嘿，也是大叔和你大妈有姻缘，大叔这一骂，就把你大妈的心给勾住了，哈哈……经公社领导介绍，不过十天，大叔就抱着孙女和你大妈入了洞房。”二光棍拍头顶说，“嘿嘿，大叔不愁穿，不愁吃，日子过得红天火地，谁不说好。”

李田林的脑海里激起了万丈波涛。是呀，一个“二流子”人能变成勤快人，这到底是靠什么呢？

挤在人群的三癞子早急得等不住了。二光棍话音一落，他一手拖着一个四十多岁的婆姨，一手拖着一个十七八岁的小伙子挤到李田林的面前说：“他娘俩是杨洼公社刘堡大队的，去年，我去那里招老婆，和他娘俩一起生活，可是那个村子穷得吊起锅当钟敲。我哄骗你婶子，说咱李家庄家家户户有炭烧、有白面吃，就把娘俩哄住带着跑回咱李家庄。哈哈……”

三癞子放了老婆和儿子，一把拉起椅子上坐的李狗蛋说：“呔，这小子胆子真大，听说外地搞啥包产到户，也跟着学。今年一家伙把集体的耕地包给了社员，自己种十亩，产粮四百斤。喂的两头肉猪，养的一头

毛驴，还养的三十只羊，十只鸡……总共收入不少一千五百元。前些日子，买了一架缝纫机，一台收音机，一块手表……世道变了，还是你们年轻人能干。”

“……”

窑洞里又是一阵笑声。李田林在老家李农庄住了三天，根据采访内容，写了一篇录音访问记。他把文字稿和录音磁带拿回县广播站。不到五天，县广播站就播送了。他又加工后给省电台寄去，不到半个月也被省电台也采用了。

李田林的名气在北原县越传越大了。可是，根据县广播站的安排，李田林又被派回到杨洼公社广播放大站。

一九八〇年元月中旬的一天，早晨起来，李田林给县招待所打电话，问白雪梅去西安回来没有。那个胖身体女服务员在电话里说白雪梅从西安回来后，一直有病请假在家治疗。让她顺便转告他，请李田林暂时不要给她写信或打电话。女胖身体服务员还在电话里逗笑李田林，年轻作家不要怕，白雪公主不会背信弃义的。

她得了什么病？为什么不叫自己给她打电话？她又为什么回避自己？

西北风吹得树枝“吱吱”地响，西边的天空飘逸着紫红色的云朵。太阳藏到云层里映出一个淡淡的圆球。李田林刚要走进广播放大站的栅门，背后有人叫他：“田林，你的邮包。”他扭头一看是邮电所送报送信的年轻邮递员。他跟着邮递员来到邮电所，领出两大叠函件。他一看函件上寄信人的地址就明白，高兴地抱着急忙回到广播放大站打开函件，见两部一中一长的小说同时退回来。长篇小说退稿里面夹着一封简短的信。他屏住呼吸看下去。

李田林同志：

稿件已审阅，经研究，不拟采用，现奉还，请查收。

××文学出版社

他的脑子“嗡”的一声，信纸离开了手打着圈儿轻飘飘地落到地面下。只觉得胸口如锥子扎了一样疼痛。他再看中篇小学的退稿信，答复大致相同，所不同的是前者是铅印的，后者是钢笔写的，且多了一句“希努力”客套话，也是鼓励话。他不知道自己是怎么把稿子放入书架里的，也不知是怎样捡起掉到地下的信。他真想大哭一场。就在这时，门外进来几个青年干部向李田林借书。他们一进门见李田林手里握着小纸片发傻，就一齐向他问这问那。

“最近有什么新闻？”

“看到了你的作品，真叫人高兴。努力吧，功夫是不会亏待有心人的。”

一个青年一把夺过李田林手中的信耍着鬼脸说：“怎么，还在和烫发头刘彩云通信？”

又一个青年干部说：“老兄，再不要痴情了，你也不想一想，人家是铁饭碗，你是什么碗？嘻嘻，饭碗和饭碗能相比？金碗和泥碗能比？听说刘小姐已经和一个县城的什么科长结婚了。”

那个抢过信的青年看完信吃了一惊：“怎么？两部小说都退回来了？”

这几个青年都是杨洼公社的干部，有的是正式干部，有的是属于社办人员。他们都是一些文学爱好者和积极要求上进的青年，平时和李田林相处得关系不错。他们都盼望着李田林的大作问世，成为文学艺术界的一位新秀。

“怎么搞的，连个意见也没提。”

“唉，这怎么再修改哇。”

李田林坐在椅子上双手抱住脑袋揪着头发，想哭又怕朋友们笑话。他控制不住痛苦的心情，多少往事一幕一幕闪现在眼前。妈妈的离婚，刘彩云的断情，白雪梅的突然变化，叫他无法理解。二光棍、丑笛子、三癞子这些人都能变好，组成美满的幸福家庭过上好日子。而爸爸还是那个老样子。在他的笔下，抒写了一曲又一曲的赞美纯贞爱情的壮歌，教育了千千万万的听众和读者。可是，自己又是怎样处理婚姻恋爱的。他感到内疚。偏偏在这个时候，两部小说失败了。难道爸爸的悲剧在自己的头上还要再次重演？

众朋友给他鼓了一把劲后陆续都走了。

晚间的广播完了后，李田林和衣睡下，不知不觉地合上了眼，蒙蒙胧胧中看见刘彩云朝他走来，理着鬈发说："因为你榜上无名，因为你榜上无名……所以，同情仅仅是同情，感情不能发展成爱情。"突然又见刘彩云双肩生出翅膀朝天空飞去。他仰望着刘彩云飞去的方向，忽然又见一个身材苗条的姑娘由远而近来到他的面前，她比刘彩云生得更俊俏、聪明。她大大方方地对自己说："你真好，你是青年中的先进分子，我愿把自己的心奉献给你这样的人。"姑娘自我介绍说，"我叫白雪梅，我同情你，羡慕你，敬佩你，喜欢你，我愿和你结为良缘，白头到老。"

"谢谢你，白雪梅同志。"他的话音刚落，猛然又走来了一个姑娘，做着自我介绍："我也叫白雪梅，嘻嘻，告诉你，小伙子，如果你的小说不成功，不转为正式干部，咱俩就吹台。"两个白雪梅站到他的左右一齐向他说："田林，你是个好青年，有志气，我的心永远向着你。""田林，你是个临时工，嘻嘻，对不起，事物是在不断地变化的，人也是在不断地变化的，爱情当然也是在每时每刻地变化着的……"

李田林看得惊呆了，大声地喊着："见鬼，妖怪，妖怪！"他吓得扭头就跑，一口气爬上一座大山。面前无路，下面是万丈深渊，乱石泥潭。桶粗的群蛇，张着血盆大的口摇着尾巴向他扑来。他又扭头一瞭，哎呀，只见白雪梅身穿盔甲，手持大刀，骑着一条黑老虎朝他赶来："哪里去，我和你一千年前有杀父之仇，今天你竟狗胆包天跑来提亲。好你个穷书生，看姑娘的刀！"

李田林吓得魂飞天外，"妈呀"一声双脚滑倒，掉下悬崖。随着一声惨叫，李田林醒来了，爬起来一看，窑洞里黑乎乎的。他跳下炕，点着洋灯。炉子里的炭火已经熄灭。他拉开门，仰头向外望去，天空里璀璨的星星一闪一闪的，月弯弯挂到对面山顶的树梢上。他揉着红肿的眼睛，扣紧怀前的纽扣走出院子，走向杨洼公社头顶的山顶。

刚才的噩梦使他胆战心惊。他想白雪梅如果心变了，又为什么托人在电话里叫自己暂时不要给她去信呢？

童年的辛酸，爱情上的失恋，两次高考落选，疾病的折磨，两部小说的失败，公社主要领导的歧视，眼前又一次可能出现的情感上的危机，使他对现实生活这条河流越来越看不清到底有多深多高的大浪。这是一条深深的又长长的河流。飞溅起的浪花不全是美丽而醉人心田的甘露。浪花也会烫死人。他倒背着双手踱着步，仰起头望着天空。思绪万千，泪水从眼眶淌了出来滴到地下，眨眼间凝聚成冰珠。他似一个钢铁铸就的人一样，一动不动地伫立在寒冬的田野里。不知过了多久，村子里传来雄鸡的“喔喔”叫声。雄鸡的叫声震撼着远处的重叠峰峦。他决定把退回来的两部小说稿寄给白雪梅，听一听她的意见，看一看下一步如何修改。他双手捂住胸口，嘴角又含上了笑意。高兴与兴奋使他诗兴发作起来。

胡风略地烧连山，碎叶孤城未下关。
山头烽子声声叫，知是将军夜猎还。

戎昱的《塞上曲》，更激发了他的感情。

别梦依依到谢家，小廊回合由阑斜。
多情只有春庭月，犹为离人照落花。

他对刘彩云的另选配偶有惋惜之意。他为古人张泌与浣衣的爱恋而感伤。他不知道白雪梅此时此刻在想什么？莫非她学了历史上的浣衣？

第三十一章　亲妈为媒

白雪梅到了西安红旗手表厂，把自己的苦恼全部告诉了大姐白雪枫。白雪枫听了后也很为难，踌躇了好长时间拿不定主意，最后她给三妹出了个两全其美的办法，叫把李田林和黄瑛都谢绝了。如果他们谁先找了对象，那就证明先找了对象者的爱不是真诚的。白雪枫知道三妹的心在李田林身上："既然李田林对你的爱是真诚的，你就把他考验一下，等上十年后再结婚。至于黄瑛不用说等你十年了，人家连三年也不会等。到那时候只要他结婚了，你再向李田林说明情况，岂不是好。"白雪梅觉得大姐的话有一套道理，在省城住了二十多天，顺便给单位采购了一些客人使用的洗漱用品，然后乘长途客车回到了北原县。她临离开西安时，一再请求大姐给她保密，万万不要写信告诉二姐。

白雪梅刚回到家，二姐就唠叨开来了。二姐夫也亲自上门为黄瑛说媒。她未有答应，也没拒绝。黄瑛从医院下班后，不是给她家来担水，就是送菜。她到了县干部招待所，黄瑛几次给她送来电影票。黄瑛在白雪茹的丈夫的亲自策划和鼓动下，向白雪梅发起了爱情突击战："雪梅同志，我是了解你的。我们两家住在一条胡同，我还能不知道你的为人、品行？别人鄙视你，冷骂你，我愤慨。我不信仰血统论，什么龙生龙，凤生凤，老鼠生的挖地洞，纯是胡说八道。我相信你二姐讲的话完全是真的，请你接受我的这份真情吧。"

"不，我们暂时不谈这些事情。当然，对你的为人我很敬佩。"

白雪梅被黄瑛缠住了，只好托女伴给李田林回电话，自己集中智慧来对付二姐和黄瑛。现年二十六岁的黄瑛比白雪梅大五岁，最近刚刚被晋升为医师。是县医院颇有名气的外科手术大夫，毕业于省医科大学。黄瑛曾追求过白雪梅二姐，两人有过一段的交往，由于他没有及早吐露真情，白雪茹与县粮食局的一个青年结婚了。当他醒悟过来时已太晚了。黄瑛和白雪梅交谈了两次，觉得白雪梅要比她二姐更有内涵，无论是外表，还是肚子里的才华，远远超过了她二姐。他原以为白雪梅的二姐是自己的情人，当姐姐的说话做妹妹的岂有不听。就凭自己的为人，技术，听诊器，对她全家的好，也足以打动白雪梅的心。谁想白雪梅却不表态，说些题外话，甚至和他开起玩笑来，叫他等上十年再提亲。他大失所望，难道我一个县医院的外科手术大夫还配不上一个流氓犯的女儿？

黄瑛一时心里很气愤，但是只好忍着性子。他现在才知道，聪明的姑娘是不会轻易把自己的心奉献给别人的。白雪梅的外貌和人品深深吸引住了他。他感到自己和白雪梅坐下来说上两句话也是舒服的。他把自己的心事告诉给了爸爸，黄群听了二儿子为个人感情方面的事情犯愁，很是着急，他叫来他的下级——县外贸局收购门市部的白雪茹，正式以黄瑛的父亲请白雪茹作为介绍人，替二儿子黄瑛提亲。

黄瑛为了进一步攻克白雪梅，把自己的心事又告诉了他的继母贺秀丽。黄瑛对继母贺秀丽既敬重又同情。虽然继母刚和父亲结婚时，为小妹的死与他们兄弟三个产生了一些矛盾，但是，随着时间的推移和自己年龄的增大，黄瑛终于明白小妹的死与继母没有任何关系。继母曾是一个受过爱情挫折的女性，上过师范学校，教过书，有着一定的文化修养。继母的神经受到刺激原因就在于与前夫的感情纠葛和对待亲生儿子李田林的态度上。近几年，继母的神经越来越不正常。每次收到前夫儿子李田林的来信，总要气得大哭一场。继母下了狠心，不再认亲生儿子，以减少她心灵中的痛苦。对感情对生活只有达到超俗进入最高境界的女人才能产生神经分裂症。这是医学理论的一般常识。黄瑛认为请继母给他帮忙是最好不过了。

黄瑛对继母说：“雪梅是个有才华的姑娘，可是她对我不了解。二妈，您去给她开导开导。雪梅一定会答应的。”

贺秀丽认识白雪梅姑娘。当她听了黄群的二儿子黄瑛与白雪茹的恋

爱不幸，又引出黄瑛追求白雪梅的一段情感故事，觉得这事太意外。她心里埋怨黄瑛不该太痴情，但是嘴上又不能说。黄瑛像一个亲儿子一样对待她，如果自己不答应，也有些对不起老黄。她也明白，黄瑛叫自己去劝说白雪梅，还有着另一层意思，那就是要表明黄瑛对一个非生母都这样孝敬，难道将来还能不疼爱自己的媳妇？贺秀丽决定去白雪梅家走一回。

白雪梅自己的复杂心情一直没有告诉二姐。灵巧地回避着二姐、二姐夫、黄瑛他们。二姐几乎每天都要来唠叨，甚至以家长的身份强迫她必须与黄瑛订婚。她感到二姐愚蠢无知，不理解她这个当妹妹的心情。

“我还年龄小，不考虑个人问题，别再缠我了。”

“哼，那你为啥叫人家等你十年？”

“我的意思很明白，叫人家另作选择。”

“你心中还有没有我这个二姐？”

白雪茹一指头扎住妹妹发脾气：“你拿着镜子照一照自己，黄瑛哪里配不上你？论相貌，为人，文化水平，业务技术，工作条件，家庭状况，都比你强，而你为啥不表态。你叫二姐怎么再活人？”

“哎呀，二姐，你——”白雪梅对二姐的心情是能够理解的，生气二姐不该向黄瑛把话说绝，更不该把自己的心当成她的心奉献给他人。母亲死了，父亲劳改后，大姐结婚到了省城工作。二姐是唯一的当家人。过去，二姐说啥她听啥，从没给二姐顶过嘴。她对二姐很尊敬。正是如此，在她的终生大事上，二姐才敢强行包办。

“二姐的话，我从来没反对过，可是这件事，我要慎重考虑。我知道二姐与黄瑛的关系，我认为黄瑛是一个好人。从和他的交谈中，我觉得他的求爱是真诚的，但是，二姐也该理解我的心情。”

“二姐当然理解，如果不理解的话，怎能把你介绍给黄瑛。”

“唉，理解，理解，你理解个啥？叫我——”白雪梅没把话说出来。

“叫你什么？你能找到黄瑛这样的青年，算前世积了德。遗憾的是二姐和他没姻缘，鲁莽行事，找了你如今的姐夫。唉，这就不说了。雪梅，姐全是为你好。你再看一看，弟弟有了病，黄瑛天天来打针喂药，又是给咱担水，又是送菜，世上还有这样的热心人。”

“哎呀，二姐，反正我不能答应，你等我好好想一想。”

“你？你还是不是我的妹妹，你是有意给我心窝里扎刀子。”

“哎呀，二姐，你不要过分伤心，咱慢慢商量。”

白雪梅忍受着巨大的悲痛，洗完了锅盆，看看时间，已是下午六点了。电灯光下姐妹俩的脸色都十分难看。

“上班时间到了。”白雪梅拿起正看的《红楼梦》第二卷，给二姐打了个招呼，开门就走。突然，迎面走进一个人来，与她撞了怀。

“喂，雪梅上班走？”

“嗯。”白雪梅退回房子，定神一看，心里咯噔一下：“这不是李田林的母亲吗？她来做什么？”她愣怔住了。

白雪梅忙提暖壶倒水，喜盈盈地说：“姨，你来得正好。”

贺秀丽的头额深深地陷下去四道横纹，这表明她已经是四十岁出头的女人了。白雪梅不清楚贺秀丽的青年时代，只知道她是一个离婚婆姨。贺秀丽和白雪梅拉了几句家常话后说：“两个孩子跟老黄去局里看电视，我出来大门洞散散心，听的你姐妹俩说话，就跑过来。”贺秀丽不住地打量着白雪梅，心里想：怪不得黄瑛被迷住了，长得比她二姐也俊气。贺秀丽毕竟是上了年纪的人，她装得一本正经，把老黄的三个儿子一个一个都夸了个好。她说她虽不是生母，而三个孩子对待她像生母一样。特别是把当医生的黄瑛夸个没完。站在一旁发愣的白雪梅开始以为贺秀丽真的是没事串门的，没料到她竟夸起黄瑛来了。白雪梅似乎明白了她的来意。她自从和李田林恋爱上后，见了贺秀丽分外感到亲切。尽管李田林说他们母子关系一直没有恢复，但是，白雪梅相信迟早会母子相识的。母亲毕竟是母亲。正是这层关系，才使她左右为难。贺秀丽刚进来拉家常话，白雪梅想她一定会提到她原来的不幸。这样自己就能插话问李田林的情况，可是贺秀丽一句不提原来的事情，也不说亲生儿子的常短，反夸奖起黄瑛来，这叫她实在无法解释。她忍不住性子问：“姨，听人说，你和第一个丈夫还有一个儿子。”

贺秀丽打了个冷战，想不到白雪梅会突然问她过去的事情。她咬了咬牙，摇着头说:“姨没生儿子，只养了两个女儿。”

白雪梅的脸颊像打了两个耳光一样痛:“姨还哄人，你儿子的名字在报纸上、广播上经常看到、听到，整个北原县谁不知道他的文采。”

“这……”贺秀丽心慌眼跳开来了，手里的茶缸掉了。她浑身哆嗦着，脸色一下子变得似黄蜡。

白雪梅以为黄副局长的老婆又神经发作了，吓得不知所措。

贺秀丽盯着白雪梅叹了一口气说:“是有一个儿子，可是我不该生他，我也不能认他，更不愿提到他的名字。”

“你说什么？”白雪梅手里的《红楼梦》掉到了地下。她忙捡起书，轻蔑地说了一声，“谢谢，我走了。”说着围上围巾出了房子，跑出大门，跑出胡同。

白雪梅冒着冷风，跌跌撞撞来到县干部招待所。她一进服务室，胖身体伙伴就高兴地说:“怎么才来？下午你刚下班回家走了，我就替你收到作家寄来的包裹。嘻嘻……”

“你？”白雪梅以为伙伴是开玩笑，“你瞎说啥。”

“你不信？”胖女服务员忙从抽屉里拿出一叠牛皮纸裹的函件来小心翼翼地递给她说，“一定是他的作品。”

白雪梅急关了门上的暗锁，撕开来一看，是用钢笔写的小说稿，里面还附着一封信。她默默地看着信，泪水淌了出来。

李田林的疾病继续恶化，除了白雪梅知道外，只有杨洼医院经常给他打针的个别医生清楚。他的父亲李明先也不了解他的疾病在恶化。杨洼广播放大站的那两个职工更是不知晓，甚至认为他是白吃国家的药费。

农历正月十五日晚，杨洼公社各机关单位的干部职工正在公社会议室里围坐到一张张的圆桌旁猜拳喝酒，红火热闹。青灰色的烟雾笼罩着会议室，猜拳声划破了宁静的夜晚。杨洼村家家户户的院子里点燃着圪针火，亮得如同白日一样。炮竹声“噼里啪啦”地响个不停。腊月二十八日李田林回李家沟村和父亲过了老年，正月初三就返回机关，以顽强的毅力抵抗着病魔。

他是在黄昏时分收到白雪梅给他的长信和退回的原稿。各机关单位的干部职工在公社会议室喝酒吃肉，共同欢度老年后开始返机关上班的第一个传统佳节，而他躲到广播放大站的窑洞，一遍又一遍地看着白雪梅给他的信。

田林同志：

你好！我不知道你现在在做什么？不知是在忙碌地写稿还是又到处奔波采访？当我提笔给你写信的时候，你可以从信纸上看出我淌下的泪痕。今天，我不知对你说些什么。

我知道，你无私地把那颗几经遭受重创的心献给了我。我主动地向你倾吐了我内心的话语。我决不后悔。我知道，坚贞的爱情要经过长时间的考验，一见钟情往往会造成无法挽回的悲剧。最近，北京一家出版社新出版了一部描写爱情的小说。你一定看过了。姑娘二十岁时去国外留学，一直研究了三十多年原子物理。她五十多岁赶回祖国想与青年时代的情人结婚时，那位热心的丈夫以为她再不会回来了，早成家有了孩子。你想，这位年过五旬的妇女心情是怎样的滋味呢？这是作品，而作品何尝不是现实生活的真实缩影呢？

现在我就针对你的作品提出不成熟的意见。因为我的文化水平和文学素养远远不及你，意见不一定正确，只能供参考。你的作品富有生活气息，在内容上有可取之处。这是好的方面，但是存在的问题较多，首先是人物刻画不够丰满，有些情节，描写平淡。还有最主要的一条，主题不明显。你写这部作品，究竟要告诉读者什么？好像是写了当代农村青年热爱“天文学”“地质学”“文学”的群体形象，有东方哥白尼出现的影子。你也许认为自己是在强烈的感情冲动下一气呵成的，能使自己动情也就能吸引千千万万的读者。

恕我直言，强烈的感情是不能代替精湛的文学艺术形象的。

我看这就是出版社退稿不提具体意见的原因。我这么说是不是卖弄自己能行，绝对不是。要知道凡是爱好文学的人多数是实际写作能力低于阅读能力。我深信经过你的努力，一定会取得成功。不过，也提醒你注意，人常说，功夫不负有心人。这是一般的规律。在特殊的情况下，由于学习方法不对头，即使付出百分之百的努力，也会一事无成，给后人留下可叹的悲剧！

我们的交往快一年了，时间不长，也不短。而彼此的友谊超过了一般同志的关系。我相信这是事实，不是投机与欺骗。如果人的良心受到愚弄，社会舆论是不会饶恕的。那么，这能不能说我们之间的友谊是永恒的，我是属于你的，你是属于我的。我觉得赌神法咒的话并不能表达真诚的爱情。你不是说过吗？你的父母在年轻的时候，为了表达双方的心愿，山盟海誓，恩爱相许。可是，后来的结果呢？造成两代人的悲伤。就拿你和刘彩云的恋爱说吧，当初刘彩云对你情深意重，关心备至。我想，她和你一开始谈恋爱时，决不是抱着三心二意的动机去嘲弄你。可是，当你未考上大学，双方的地位发生了变化的时候，她动摇了，以致抛弃了你。

我对你的追求，现在回想起来，也是幼稚的，觉得怪好笑。但是，我认为那是正常的。和你的相识，不是蜜蜂追花的游戏，而是生活浪潮的必然撞击。你看呢？不过，请你原谅，现实生活的沉痛教训告诉我们：即使对自己所羡慕的人也不要过分地迷信，当心关系一旦破裂时把自己摔得粉身碎骨！请允许我说一下自己的目前处境。我的家庭情况对你说过了。可是，我还要对你说。你不是厌恶我的爸爸吗？你不是同情我的妈妈吗？这我完全同意。我的遭遇也是悲惨的。父亲的堕落，是我生活中活生生的反面镜子。母亲的去世，对我是一个精神上的打击。姐姐和弟弟，是我的亲人。特别是我母亲死后，家务事落到两个姐姐的头上。为了培养我和弟弟上学，二姐半途退学，还没初中毕业。二姐虽然脆弱，想问题简单，但她心地善良。她结婚后，三天两头来看我们姐弟两个，像母亲那样关心我和弟弟。你说我的二姐我该不该尊敬？二姐在对待婚姻恋爱问题上有她自己的方式。请你不要笑话，我给你简单介绍一下二姐恋爱的故事。

几年前，二姐看中了一个青年，可是这个青年对女孩子的情感反应迟钝。二姐以为那个青年心中没有她的位置，就与我现在的二姐夫开始接触。当二姐快要和二姐夫订婚时，想不到平时和二姐关系很不错的这个青年又出现在二姐生活的面前。这个青年的为人也是很好的，他深深地爱着二姐。可是，二姐不能脚踏两只船，只好把真实情况告诉他。这个青年没有得到二姐的爱情，心情是谁都可以理解的。当二姐结婚后，他还没对象。谁想二姐也太自私了，她竟背着我，不征求我的意见，就在咱俩的感情向纵深发展的时刻，向我提出一个难题。二姐把我介绍给那个青年。我被搞得啼笑皆非，左右为难。我想把咱俩的事告诉二姐。可是，我反复考虑，还是不说的好。如果说明了，不但伤二姐和那个青年的心灵，甚至会引起更不堪设想的后果。我只能哄骗二姐。在这种情况下，暂时回避一下矛盾。

至于那个青年叫什么名字，这我不能告诉你。总之，我希望你抓紧医治疾病，不打疲劳仗，不泄气，不断提高写作水平，合理安排时间，把稿子改好。对于我的爱情观，我只能这样回答你：一个女孩子的心只能奉献给心中的一个人，否则，一个女孩子的心分成两半同时捧给两个男人看，只能带来痛苦与灾难。

你明白我的意思吗？爱情的甜果不是唐僧肉，谁想吃就吃……

山村元宵节的红火夜景，解不开李田林的心思重重。他觉得白雪梅对自己的稿子所提的意见是完全正确的。他真正明白了成功的佳作是反复修改出来的，不是凭一时的感情冲动一气呵成的道理。当然，他也从

不少书籍上看到过一气呵成的佳作。但像自己这样的水平，可以说是心有余而力不足。

他现在才明白，去冬自己借调在县广播站编稿时白雪梅为什么回避他、不和他去看戏的原因。原来白雪梅有自己的难处。自己怎么能责怪她呢？就是她抛弃自己，自己也丝毫不能埋怨她。白雪梅给了自己很大的帮助。为了帮助他进步，白雪梅忍受着痛苦，没有答应那个热心青年的求爱。难道自己忍心看着她们姐妹发生冲突吗？

杨洼公社会议室的酒宴仍在进行着。“二人好呀！三桃园呀！七个巧巧！八个咬咬……”划拳吼声此起彼伏。由于去冬公社架通了照明电，各机关单位的照明用电再也不用广播放大站柴油机发的电了。李田林等广播完后关了机器，握着白雪梅的信，喘着气悲叹地出了院子，走出栅门，拖着沉重的双脚，朝对面的山坡上爬去。他的两肋和腰部像针扎一样疼痛，每咳嗽一声都要付出很大的气力。他把白雪梅的来信装入袄兜，爬上了山顶，坐到一条土塄上。村子背靠的山峁顶一轮明月徐徐上升。家家户户院子内点着的火堆火焰腾空，映照的山洼里如同白日。院道旁影影绰绰有人影走动。鞭炮声不时地传出震动，使山村远处的重山深沟鸣呼起来。李田林噙着泪花，咳嗽的节奏一次比一次加快。

自从“下乡有感”事件和“父亲荐贤”事件发生以来，他在听到表扬和鼓励的声音的同时，也越来越感到有一种压力向他袭来。尤其是公社雷书记表面上对他没有什么，不冷不热，而在背后恨死了自己。加之他平时和人们的言谈之中，不免说一些公社个别干部个人生活方面的事情，雷彪听到后，恼羞成怒，常在他面前明说暗喻，说广播放大站的编采员不需要，要精减。他看出了雷彪的用心。他真想再写一篇有针对性的“下乡有感”寄给上级组织。

村子里的火焰渐渐地熄灭了，猜拳声在夜空里仍然回荡着：“二人好呀！三桃园呀！六个六呀，五魁手了！……”

初春的塞北高原大地仍冻结得似一块顽石。山坡，沟道，崖畔，峡谷，村庄，田野……一切都还没有走出冬季。李田林一串串的眼泪滚落到寒冷的黄土隙缝。

“咳咳——”

他跌倒又爬起来，挣扎着身子，双手托着土塄，走到一棵大榆树下，背靠着树身，向南望去。只见乳色烟雾，缭绕飘逸，似天鹅戏水，仙花浮动。洁白的明月下大地像一幅庄重的铅画，没有血色。周围连绵的山头生长的一片片柠条抬起了脑袋看着世界。

李田林的脑海里犹如万马奔腾，翻江倒海。他不感觉到冷。胸脯有一团烈火在燃烧着自己，燃烧着脚下的土地和草木，燃烧着这个爱与恨交织的世界。他的心跳出了胸脯，跳出的是一缕火星，一枚火箭，飞向了浩瀚的宇宙太空。突然，一种刺耳的声音从头顶掠过。这是猫头鹰在呼唤。十多年前，四叔父打他，他跑到石岩睡觉，曾听过这种刺耳的叫声。这是一种祸端与灾难来临的预警声。也是火山爆发和暴风骤雨出现之前的征兆。

他听着猫头鹰的叫声，双眼的泪水都被胸脯燃烧的火烤干了。没有眼泪的悲愤与烈火燃烧的青春才是最有价值的诗篇。而没有血色的荒凉土地在有志者的眼里却是最具有意境的山水画。李田林愿意欣赏这幅山画、土画、水画、火画……因为他是真正的土命，是那个牧羊老人李锁平的孙子。他思念着爷爷，思念着“大拧角”“花四面”“白脑星”“小弯角”……

李田林更牵挂着白雪梅灵肉飞溅出的思想火花。他止不住吟起古诗：

凤尾香罗薄几重，碧文圆顶夜深缝。
扇裁月魄羞难掩，车走雷声语未通。
曾是寂寥金烬暗，断无消息石榴红。
斑骓只系垂杨岸，何处西南待好风?

接着吟道：

从来系日乏长绳，水去云回恨不胜。
欲就麻姑买沧海，一杯春露冷如冰。

……

他望着西北方向的县城，想着与白雪梅的每次会面，感到时间太短促。“哇——”一阵剧烈的咳嗽抽动着胸脯颤动，他的喉咙被滚烫的火苗冲击开，一团黏糊糊的黑红黑红的乳状体喷了出来落到地面。月光下黑红色的乳状体显得特别耀眼。他急忙用双手捂住刺痛的胸脯。他没有栽倒下去，挺起腰杆站立起来。他呼唤着爱情，呼唤着自己热爱的事业，呼唤着自己灵魂的位置——

第三十二章　辞别恋人

贺秀丽觉得白雪梅姑娘的脾气过于倔强。她第一次借串门儿为名，去给老黄的二儿子黄瑛提亲还没把话说明，不想白雪梅提起自己亲生儿子李田林的常短。也不知为啥，白雪梅冷视了自己一眼就走了。过老年的前后，她又去跑了两回，把来意说明，想劝白雪梅和黄瑛订婚。不料白雪梅当着她二姐的面，叫自己不要再来提婚事了。她认为黄瑛配白雪梅是配过来的。老黄是个老干部，白雪梅的二姐白雪茹在县外贸局工作，两家又住在一条胡同。加之白雪茹和黄瑛又是过去的恋人，这桩婚事十有九成。可是白雪梅不但不答应，反生气开了她。

贺秀丽也太为难了。老黄对自己好，自己连这么个事也不能给帮忙，真有些愧疚。她心里也生气黄瑛，既然人家白雪梅不愿意，就算了，县城有那么多的好姑娘，偏偏就看上了白雪梅。凭着自己的医疗技术，好的上挑好的。她想劝说黄瑛放弃了白雪梅，又怕黄瑛说她这个后妈不亲他。

贺秀丽决定再去找一次白雪梅，尽到一个继母的责任。

白雪茹没想到妹妹白雪梅假借去西安看望大姐为名，回避与黄瑛的接触。这样的好事情雪梅竟不愿意。妹妹从西安回来后，她哭着骂妹妹不识好歹，忘了她这个当二姐的。白雪茹觉得妹妹要找像黄瑛这样好的青年是很不容易的。人家的爸爸是堂堂的县外贸局副局长，自己又在人家手下工作。而自己的爸爸是一个流氓犯，如今还在劳改场。人家黄瑛一家人还不嫌咱门槛低，咱还嫌人家的啥。再说黄瑛本人又聪明，又有

技术，还配不过一个侍候人的服务员？妹妹从西安回来后，她三天两头来征求意见，催促叫妹妹马上表态，可是妹妹忽而说让她好好想一想，忽而又开玩笑说叫黄瑛等她十年，忽儿干脆说不同意。妹妹要不是二十几岁的人了，她真想打一顿。

“你个书呆子，当的个穷侍候人的，还不知想找个什么人物。你说，你到底看上看不上黄瑛？”

“二姐，好二姐哩，你不要强逼我，你叫我怎么说呀。说实在的，我对黄瑛没有一点儿意见，可是，你不能……叫他另选择去吧。呜呜……”白雪梅难过地哭了。

“你……你为什么不能？你以为自己长得俊，想找个中央委员？是不是？”白雪茹也哭着骂妹妹。

自从过了老年后，姐妹俩几乎每天都要围绕个人婚姻问题展开一场争吵。“雪梅，你说话呀，到底为啥不答应，是嫌黄瑛不好呢，还是妹妹心中已有所追求的人了？“

“二姐——你——”白雪梅被二姐抓住了痛处，惊得双手发抖说不上话来。

白雪茹有几分明白。心里想，怪不得妹妹一直不表态，原来已有心中的人了。她要问一问妹妹这个人是做什么的。“妹妹，既然是这么回事，你为啥不早说。这个人在哪里工作？”

白雪梅不说话，只是急得浑身发抖。

“哎呀，雪梅，你说话呀，他在哪里工作？”

“农村。”

“叫什么名字？”

“这……这我绝对不能告诉二姐。”

“他是干部还是工人？”

“都不是。”

“也是医生？”

“不是。”

“教师？”

“也不是。”

“那么是局长部长？”

“更不是。”

“唉，你骗我。”白雪茹哭出了声，气得一下子昏倒。

白雪梅见二姐气成这个样子，忙扶着二姐坐到椅子上，给她倒了一杯水。

白雪茹抹着泪说：“好姐姐的妹妹哩，你到底是不是有意中人了？”

“嗯。”白雪梅被逼不过点点头。

“那么他究竟是个做什么的？家住哪里？姓啥名谁？”

“二姐，我说出来你不反对吗？”

“我反对个啥，只要你同意了，姐还能把你怎么办。”

白雪梅见二姐心静下来，强打精神笑了笑说：“只要二姐叫黄瑛另选择对象，我才能告诉你。”

“哼，人家的事用不着你瞎操心，黄瑛明天娶媳妇也容易。”白雪茹生气地用拳头轻轻地砸着妹妹的肩膀，“你这个书呆子，念了两天高中，在招待所侍候人啥也没学会，学会了捣鬼，对姐都不说实话。你到底看中的这是个什么大人物？”

白雪梅笑着揩了揩眼泪说：“他这个人物，官不大也不小，城里农村都住过，哪里也去，靠摇笔杆子吃饭。”

“这么说是个大文人？”

“不是，是一个小小的高中学生。”

“什么？”白雪茹吃惊地问。

“看二姐怕的，我是说他是高中文化程度。”白雪梅稍加思索了一下说，“至于他这个人的权有多大，地位有多高，依我之见，他这种人虽然不是官，可是县官头上也敢管三分。”

“我的文秀才妹妹，那么他是法院的审判长？”白雪茹展开眉头说。

“嘻，审判长判错了案，他这种人还敢纠正哩。”白雪梅笑着说。

“哎呀，你纯粹是骗我。不行，你如果不与黄瑛订婚，咱就断绝姐妹关系。”白雪茹认为妹子是故意哄骗她，心里根本就没有目标。

白雪梅又见二姐变脸了，忙说:“二姐，我不骗你。他是专门给报纸和广播电台写稿的。”

“噢——”白雪茹悄然大悟，惊喜地说，“是一位记者？”

“嗯。”白雪梅点点头。

“在报社还是电台？在省里还是地区？”白雪茹一下子眉飞眼跳，不流泪了。

“以后二姐就会知道的。只是请二姐转告黄瑛，叫他早点儿寻找心中的女朋友。”白雪梅对二姐说着，“你叫黄瑛的后妈不要再来提这事了。”

“行。你早说，也省得二姐操这么多心。”白雪茹听到妹妹和一位记者恋爱上了，心里好不喜悦，只怪妹妹不早说，又叫她着急，也耽搁了黄瑛的时间。

白雪梅和二姐兜了一顿圈子后，到县干部招待所上班去了。她刚走一会儿，贺秀丽就过来她家。白雪茹今天不上班，正想去见黄瑛家中的人。她一见是黄瑛的后妈，赶忙让坐，马上就开门见山直奔主题:“姨，实在妹妹不该，她背着我，早就和一个外地的记者私下恋上了。要不是我追问，她还要隐瞒。”

“原来是这样。唉，黄瑛那孩子也太幼稚了，连个话音也听不开。”贺秀丽埋怨着黄瑛。

“姨，不要惆怅，我们众人再帮黄瑛打问一个姑娘。凭着黄瑛的听诊器，不信找不到一个称心如意的媳妇。”白雪茹和贺秀丽闲扯了一顿后，又想起了去冬妹妹问她前夫儿子常短的事，“姨，听说你和第一个男人留下一个儿子，今年多大了，娶过媳妇没有？”

“唉——”贺秀丽一下子面如黄土，气喘不止，低下了头。

“姨，你这是怎么了？”白雪茹莫名其妙地问。

“唉，我不想提过去的事情。”贺秀丽惭愧地说，“是有一个儿子，算起来，今年已有二十五虚岁了，成家没成家，我也不清楚。”

“那你也不问一问？”白雪茹说。

“我不能问。因为我不够资格做儿子的母亲。”贺秀丽理着自己的二毛子短发说。

“话不能这么说，自古道，儿不嫌母丑。你和孩子他爸有仇有怨，与孩子有什么关系。我看，姨还是去认亲生儿子，他毕竟是你的亲生骨血。”

“不行，我已经发了誓，不能去认。不提起儿子，我还少一点儿痛苦，一提起儿子，那个岁月里发生的每一件事都在折磨着我。唉，我是有错的。到如今，我谁也不能埋怨，只恨自己无能、软弱。这也是生活对我的惩罚。”贺秀丽说着流出了泪水。

“姨，事情过去就过去了。那么，你儿子现在做什么？叫什么名字，以后，说不定我们遇着，给你打问一下孩子的情况。”白雪茹讨好着黄群副局长的后老婆，她认为与这个上年纪的女人相处好就等于巴结上了自己的上级。

“唉，两年多前，他来信说是在杨洼公社广播放大站工作。如今，我也不晓的。孩子的名字叫李田林……呜……”贺秀丽哭起来，浑身抖得更厉害了。

白雪茹惊喜地又说：“哎呀，姨不早说，我虽没见过你儿子，可听单位的一些青年职工说，咱县南部山区杨洼公社有个叫李田林的青年人，很有志气，写了不少作品。”

贺秀丽听了默默不语，又坐了一会儿，离开了白雪梅家。

白雪梅到了县干部招待所，一头扑到集体宿舍哭起来。她责备自己不该哄骗二姐。可是她又不能给二姐说真情。如果二姐知道了，不但要阻止她和李田林的终身大事，甚至会引起黄副局长一家的不安宁。她虽然一时哄住了二姐，叫二姐尽快把黄瑛摆脱开，不要耽搁了人家的终身大事。但是总有一天事情会明白。二姐在选择对象的条件上偏重才能和人品，而更看中的是对方的社会地位、工作环境。作为祖祖辈辈是城里人的二姐，是绝对不允许自己嫁给一个只有虚名的文学青年——社办人员。更要命是李田林还是一个地道的土地爷的儿子。农村户口的价值无法与城市户口的价值相提并论。当二姐听到自己的恋人是一个高中学生时，是那样的吃惊，当二姐听到自己的对象是一个赫赫有名的记者时，又是那样高兴，也不再强迫自己与黄瑛订婚。

她埋怨二姐不该干涉自己的事情，擦了眼泪，准备去打扫客房。正要出门，只听到门外一阵脚步响，接着又传来“咯咯咯”的笑声：“雪梅，好消息——”

她一听，是胖女子伙伴在逗她，忙隔着门问：“看你，又有什么大喜事。”

门开了，胖女子伙伴一头扑进来，双手捧着一本刊物，递到她的面前，惊喜地笑着说：“瞧，你那位相公的佳作，嘻嘻嘻。”

“我打死你，我打死你。”白雪梅轻轻地拍了拍胖子女伙伴，顺手一把夺过刊物，“在哪里？”

“这不是？”女伙伴翻着说，“写得真好，今天早上邮递员一送来，我一接到手，从目录上一看，又有李田林先生的作品，一口气看完。”

“你再胡说，我就真恼了。如今是什么年代，还兴叫封建说语。”白雪梅一看标题，嘴角露出了笑意。这是一篇散文，是李田林去冬回县广播站编稿时写的。草稿写出来后，她看了几遍，并对两处地方作了修改。

“你快看，看了我还要看。”胖子女伙伴摧着她说。

“我不看了，你拿去看吧。”

“为什么？”

“我早看过了。”

“嘻，原来是公子和小姐的共同之作。真是天生的一对儿。”胖子女伙伴要了一个鬼脸悄悄地问，“梅姐，那个姓黄的傻小子甩开了没有？”

“我对二姐把话说了，想他是个明白人，再不会把眼光死盯住我这道风景。嘻——”白雪梅低声说，“你要给我绝对保密。”

“梅姐，放心吧。反正你要处理好，不然，撞出乱子来，可就麻烦了。”胖女子伙伴又从白雪梅手里夺过刊物嬉笑着说，“到时候，千万不要忘了小妹。”

“你个烂舌头，又瞎说啥。”白雪梅一再叮嘱胖女子伙伴，切勿给她泄露了“天机”。

“梅姐，放心吧，闹洞房时，给小妹多吃几个糖就是了。”白雪梅与胖女子伙伴相跟着走出宿舍去打扫客房。

农历二月下旬。塞北高原春回大地，百草吐青。白雪梅又在一家外省的杂志上看到李田林的一篇作品。她激动，她兴奋。自从她给李田林退回书稿，提了意见，写了那封长信后，她感到自己早该对李田林讲那样的话。李田林文学修养的提高速度使她惊讶。那部长篇小说是他一年前写出来的，确实存在着不少问题。他是一个有志者，是一块可以打磨的玉。因而自己的婚事到时候二姐自然会同意的。

又一天过去了。下午她一下班回到家，二姐就来询问自己的对象到底在哪里工作，叫个什么名字，也该早做准备，赶“五四青年节”就把婚事办了。她回避着真情，叫二姐尽快转告黄瑛，让人家别再等了。二姐对她说：“黄瑛抽调到农村检查卫生工作去了，已经给他说过了，让他另选择一个意中人。”二姐还对黄瑛说：“妹妹找的对象是西安人，大报社记者。嘻嘻……”二姐又埋怨她，“结婚的人了，还保守秘密。结婚之前，二姐一定要看看你那位大文豪，免得以后万一变卦，做第二个陈世美。”

白雪茹又给妹妹说了一顿准备办喜事的话后走了。

第二天下午，下班后她关住服务室门上的暗锁，正伏桌要给李田林写信说明在“五四青年节”之际正式公开举行订婚仪式，突然，门外响起一阵脚步声。她知道是谁来了。

“嘭嘭嘭……”有人低声说：“快，开门来，又有好消息！”

她忙开了门。胖女子伙伴蹦了进来，手拿一封信，笑了一声：“李相公的来书。”

“再要说相公长相公短，当心你的舌头。”白雪梅一把夺过信，藏到背后，脚踢着胖女子伙伴说，“去，没你的事了。”

“哎哟，梅姐，连我这通信员都不认了。好吧，我要下街给人家宣传去。”胖女子伙伴说着挤了挤眼，嘻嘻地笑着跑出了门外，而后又扭头低声说，“有什么新闻，回头给小妹说一声。”

白雪梅忙又关上门，坐到椅子上，撕开信急看下去。

雪梅同志：

我真诚地感谢你对我的帮助。我完全赞成你对拙作提出的意见。看了你的来信，我为你目前的处境深表同情。你的心情我是能理解的。假如我取得了一点儿成果，这与你的支持是分不开的。这里我有许多的话要说，但是为了争取时间，我只能简单地告诉你。请你万万不要难过。我知道人是一种感情动物。我们的相识确实不是“蜜蜂追花”的游戏，而是共同的爱好与共同的理想把我们两个陌生青年的心紧紧地连在一起。我是一个社办人员、临时工，户口归“土地爷”所管，是属于那种“土命”的人。而你是城里人，正式国家职工。然而你不嫌弃我，爱着我，支持我。这是为什么？这就是真正的爱情。也就是人爱。

人生的道路充满了阳光，但也淤塞着污泥浊水。古人说：人固有一死，或重于泰山，或轻于鸿毛。生命留给我的时间不长了。我不是早就告诉过你吗？我有严重的胸膜炎和胃炎。这是威胁我生命的大敌。正当我按你的意见修改书稿时，病魔又向我袭来了。我只得停下笔来，住进了公社医院。我做梦都没想到，像我这样的年龄，竟会得那种不治之症——胃癌……

白雪梅看到这里，脑瓜子如被棒重重地砸了一下，泪水像山泉喷涌而出掉到桌子上嵌着的玻璃板面。她忍着巨大的悲痛又看下去。

我总以为又是老毛病复发，吃两片消炎药就顶过去了。经X光线照射和化验，诊断是肿瘤。也难怪这两年来，我一直胃疼，不能多吃饭。我后悔自己耽搁了医治疾病的时机。我知道目前这种病在世界上还找不到最有效的治疗方法。看来我来到人间逗留的时间不太长了。在我还能工作的时刻，我要尽最后的精力，修改完那个拙作，也不负国家和人民对我的培养。我悔恨自己认识你，给你带来不幸。你只比我小一岁，才二十四岁，正是增长知识、为社会发挥聪明才智的时候。我希望你尽快地把我忘掉，永远忘掉吧——我也希望你听你二姐的话，不要叫你二姐伤心，争取和那位热心的青年建立新的感情，不要耽搁了自己的青春。

人死是不会复活的。一个人在未完成他的事业而闭目，是多么的不幸与遗憾！我为历史上一个个的风流人物的含恨死去而痛惜。我们认识的时间不算长，我们还没有发展到组成新的家庭，甚至我还没有搂住你给你一个吻。我们这个时代的爱情本身就是没有吻，也包括我对刘彩云的爱。我连吻她都没有想过。我也不敢去吻她。我就要离你而去，我心里很难过。我深深地爱着你，一个农村牧羊孩子出身的热血青年的爱，一个共青团员对生活的爱。假如你对我还有留恋的话，那就等我死后，你和我生前的朋友共同去完成我未完成的事业！

我深深地炽爱着文学，我深深地炽爱着杨洼人民公社的山山水水……

祝你进步！

李田林

1980年农历2月8日凌晨于杨洼人民公社

“啊——”白雪梅的脸伏到玻璃板上悲痛地哭起来，“怎么办呢？怎么办呢？”她哭得双眼红肿，捶胸揪发。

门外又响起了脚步声，“梅姐，开门来，有什么好消息？”

白雪梅摇晃着身子，手里握着信，流着眼泪开了门。

胖女子伙伴一进门，见她哭成个泪人，吓得面如土色，忙反手关上门问：“梅姐，出什么事了？”

“呜——呜——”白雪梅倒地下打着滚。胖女子伙伴忙把她拉起扶上床，夺过她手中的信一口气看完，也难过地掉泪。

“真没想到生活会这样捉弄人。”白雪梅眉脸掩在铺盖上双腿蹬着哭。

“梅姐，别哭了，我想，他还能工作，给你写信，也许还有治好的希望。”胖女子伙伴说，“我去给杨洼公社医院打个电话，问一问情况。”胖女子伙伴说着转身跑出去。

过了一会儿，胖女子伙伴惊喜地跑进来，双手摇着白雪梅的肩膀说：“梅姐，不要伤心。我到服务台直接打通了杨洼医院的电话，我问医生诊断李田林的病症情况，主治医生说，不要紧，只要饮食吃喝方面注意，抓紧疗养，很有治好的可能。”

“真的？”白雪梅爬起来问。

“真的。我还能骗你。”

“你和他通电话了？”

“没有。唉，医生说他早出院了。我又接通杨洼公社，住机关的干部说，他前几天就被公社抽调搞春耕生产和植树造林去了。这人，真是个硬骨头，连命都不顾。”胖女子伙伴说。

“小妹，再麻烦你一趟，你去给杨洼公社打电话，叫广播通知他回机关，就说是他的对象有当紧事跟他商量。”白雪梅恨不得马上见到李田林。

“好，小妹一定办到。”胖女子伙伴又出去服务台打电话。一会儿，胖女子伙伴回来说，“梅姐，打通了。真巧，接电话的是公社的一位副书记，叫王茂昌。我一说是你的对象叫李田林，并说明情况，这个领导也很着急，他说只知道李田林有胃病，不听说有什么癌症。这位领导叫梅姐别担心，若李田林真的患了恶症，他们想尽一切办法，一定要治好李田林的病。”

白雪梅的心稍微放宽了一些，把李田林的来信装入上衣的左袄兜，叫胖女子伙伴晚上代她值夜班，忙去向领导请假，准备去杨洼公社看望李田林。

第三十三章　血染高原

白雪梅回到家，弟弟早已放学回来自己动手做饭吃了。她忍着痛苦吃了弟弟做的山药块煮小米饭。她眼中的弟弟有出息了。这是白雪梅第一次吃弟弟做的饭。一个十四岁的初一学生。弟弟见她脸色难看就问："三姐，是不是有病？"

"没有。"白雪梅坐到椅子上手托着下颌发傻。

"你哄人，那你为啥只吃了一碗饭？"弟弟靠着她坐下说。

"三姐肚子有点不舒服。"白雪梅掏出五角钱递给弟弟说，"去吧，晚九点二十分还有一场电影，你去看。"

"我不去，给三姐去叫黄医生。"弟弟聪明地说着。

"你这傻孩子，谁让你叫去。"白雪梅扎了一指头弟弟，心里更是难受。

"三姐哄我。"弟弟放下钱，转身就走，"我去叫二姐。"说着跑出了门。

"唉，这孩子——"

弟弟去了后，白雪梅理了理头发，拿湿手巾擦了擦脸，爬上炕躺下反复思考着：自己到底该怎么办？他真是太劳心了，为了工作和事业，竟连病都不治。身体是本钱，没有本钱还能做什么。她埋怨自己不该给李田林写那样的信。乱七八糟地说了些过分的话，给他卖弄文采。他的恶病是最近才发现的，自己其实早应该提醒他去检查身体早治疗。他的恶病已发展到这个地步，为了自己的工作和未来，他竟主动提出叫自己听从二姐的话……这叫她怎么忍心看着厄运降临到他的头上。

她看过不少古今中外的小说。什么三角恋爱，奸臣害忠良，公子戏姑娘……这些离奇的故事，她不相信，作品毕竟是作品，作品不是虚构的吗？既然是虚构的，现实生活中就不可能真的存在这种事情。想不到事情偏偏就在她的头上发生了。二姐的恋爱，导致了自己爱情上的连锁反应。要不是二姐给她增加麻烦，她和李田林的关系早该明确了。可是，这也不能只怨二姐，二姐也是为了自己好。再说黄瑛也是一个有上进心的青年。不管怎样，她只能二者必居其一。在自己接触过的许多青年中，还没有像李田林这样有大志、有恒心的青年。现在自己应该马上作出决定，把事情的真相告诉二姐，与李田林结婚，帮他赶快治病。这样好是好，可是二姐同意吗？大姐同意吗？二姐是绝对不会的，再说李田林也一定不答应。继续哄骗二姐，偷偷地和李田林往来，这又不能解决实际问题。自己在城里，他在农村，又怎么能帮助他治病。而他又不听医生的劝阻，使病情恶化到这种地步，完全放弃了医治，失去了生活的信心，做好了死的准备。他给自己写来绝笔信，意味着什么？她翻了个身，口咬住右食指头，淌出眼泪，低低地抽泣。她想呀想呀，最后还是认为自己应该请假赶快到杨洼去一趟，当面催促李田林治病。她爬起来，溜下炕沿，往火炉里加了几块炭，热上水，准备洗了衣服，争取明天就能乘顺车走。她脱下穿的黑色工作服，露出红毛线上衣。

突然，门外响起一阵急促的脚步声，接着有人叫门：“梅姐，梅姐——”

“小妹，快进来。”她忙开了门。

胖女子伙伴一进门就上气不接下气说：“梅姐，快，电话。李田林又住进了杨洼医院。”

“什么？”白雪梅惊慌地喊了一声，连外套的工作服上衣也没顾得上穿，跟着胖女子伙伴跑出了门，急速直奔县干部招待所。路灯光下街道上偶有骑自行车的人闪过。白雪梅和胖子女伙伴赶到县干部招待所直跑总服务台，请值班的同事直接给她摇杨洼公社。电话马上接通了。她一把拿起电话机，开口就问：“喂，喂，你是哪里？什么？听不清？听清了。”

电话里传来一个中年男人的声音：“你是李田林的对象吗？”

“嗯，是，我是。”

“你叫什么名字？”

“白雪梅，喂，你是谁？”

“我是王茂昌。喂，请你不要担心，今天下午，你托人打电话询问李田林同志的病情时，正好李田林同志从刘堡大队下乡回来。噢，他的病恶化了。不……是群众抬到……喂，我们尽一切办法治好李田林同志的病。万一不行，我们马上转院到县城。”

“喂，王书记，感谢你们，他的病情现在怎样？”

“放心吧，姑娘，李田林同志是好样的、是英雄，我们尽最大的努力治好他的病……”

“喂喂喂，王书记，王书记！”

电话中断了。她又摇了一阵子，再没有回声。

“梅姐，他怎么了？”胖女子伙伴忙问。

“两个钟头前又住院了。”白雪梅还在握着电话机，急得头上直冒汗水。她似乎意识到李田林的病情更加严重，要不然公社副书记会亲自给她打电话。他怎么下乡就住院了，群众把他抬到医院。他怎么成了英雄，一定是伤口恶化，病倒在农村。她把杨洼公社王茂昌副书记电话里的话给胖女子伙伴说了一遍，心也要急得跳出胸口。

“我给他直接挂个电话。”她又摇着电话铃。

“梅姐，不用了，他们怎么能叫他给你回电话呢。”胖女子伙伴思考了一下说，“事到如今，梅姐，不如赶快把真相告诉给你二姐，求得她的帮助。”

“不行。”她停止摇电话，围着电话机团团转。

“喂，有办法了，你来。”女伙伴一把拉住她的手，拖着她出了总服务台，忙回到她们的宿舍，按她坐到椅子上说，“梅姐，李田林认识不认识黄瑛？”

“这？”她感到胖女子伙伴问得有些稀奇，摇了摇头说，“估计是不认识。”

“不认识也好，黄瑛是县里有名的外科医生，叫他到杨洼去，一定会尽心给李田林治病的。”胖女子伙伴惊喜地说，“他们是隔山兄弟俩，黄瑛又与你二姐是好朋友，再加上你这个关系，准会——”

“唉呀，你说什么呀？”白雪梅的脑子里嗡嗡响，浑身着火似的烧成一团，不知所措，“这怎么能行。”

“行，梅姐如果感到不好说话，我先去给你二姐说明，再找黄瑛，不信他们能见死不救。”

“你别瞎闹。”白雪梅稍安下神来，低头想了想说，“这样吧，我去给杨洼公社王副书记打个电话，叫他们出面请县医院派黄瑛下去。”

“梅姐，下面叫上面派医生，县里不一定派黄瑛。”

“我倒忘了，我二姐说黄瑛抽调到南面公社检查卫生去了。”

“那太好了。”

她们又来到总服务台，白雪梅抓起了电话。

向阳坡上的白草吐出细弱的嫩芽。沟道里一株株的水桐树、柳树遭受了一冬的严寒拷打后又冒出了生命的绿。草木的生命按照着四季交替死了生生了死。走出冬季的草木对春日有着一种特殊的感情。尤其是那山峁、山洼、山峦上人工栽植的和自然长起的一片一片柠条，以它独有的坚强个性与寒冬与烈日决斗了一日又一日，顽强地生存下来。柠条的生命在冬季也不会死亡。李田林喜欢柠条。

李田林以坚韧不拔的毅力工作着学习着，并非常满意地修改了一遍他的一部长篇小说。经医生反复检查、放射、拍照、化验，确认他患的是胃癌。开始，医生不给他说，安慰他注意休息，不要过于劳心，想吃喝啥就吃喝啥，并给他开了一些抗菌药。他敏感地意识到医生的举止意味着什么。

当他听到自己患的是不治之症时，起初感到害怕。慢慢地就想开了，人迟早总有一死。患了病，害怕是解决不了问题的。他做好了死的准备。在自己还能说能走的时候，他要尽最后的精力，做完他没有做完的事情。首先，他悔恨自己不该感情冲动，一见钟情，认识了白雪梅姑娘，他写信叫她尽快把自己忘掉，和那位热心的青年建起新的感情。他要用他有限的生命，抓紧时间，修改好第二个作品。尽管近两年来，报刊上发表了他的好几篇作品，受到了老作家的肯定，在文艺界初露头角，但是，他很不满意，总觉得差距太大，没有分量。新闻工作是他的本职工作，共青团工作又是他的兼职工作。还有值机，修机器，架广播线路，搞放大站的财务工作……有许多事情等着他去做。而一个人的精力毕竟是有限的。现实生活中一曲又一曲的赞歌，期待着他去讴歌颂扬；生活激流里的阴暗角落，更需要他去抨击。从他提笔走上新闻和文学的道路后，他把周围生活中遇到的各种各样的人物当作笔下的人物去描写。他试图通过描写这些人物，歌颂生活的光明，唤醒人们向未来奋斗，把那些腐朽恶脏的东西全部一扫干净。

公社党委书记雷彪的所作所为引起了全社广大干部群众的强烈愤慨。李田林每到一处，听到群众议论纷纷，义愤填膺。有的说雷彪拉帮结派，笼络人心，受贿吞财；有的骂雷彪多吃多占，倚仗着职权，奸污妇女；有的群众揭露雷彪搞假民主，欺骗群众；还有的人说雷彪通过自己的一些亲信，几次到广州，合伙搞走私文物活动……

在去年十月的公社第四次党代会上，全社广大群众总以为把他选掉了。不想他不但仍然选举上公社党委书记，还传出一股风，说他要提拔当北原县委副书记。

一些干部群众又给雷彪加了一个外号“黑叫驴”。有的话讲得更直接更难听。杨洼供销门市部调回城的刘彩云与“黑叫驴”说不清楚；有的人还说雷彪与杨洼中学两个女教师和公社的妇女干部、十几个生产大队的年轻媳妇有染，总数加起来不少于一个排。

李田林的力量微弱。他没有能力来改变世风和浮躁生产的社会机制。他连一个公社甚至连本单位的状况也无法改变。文学与政治是两码事情。新闻也无法改变社会现状。新闻记者的力量是有限的。坚持正义谈何容易。同不正之风做斗争，在好多人的眼里他还不够资格。他唯一的希望是修改好他的第二个中篇，把医生给他开的抗菌药退了。他不愿再白白地浪费国家钱。他叫医生给他绝对保密，不准向任何人泄露他有恶病。

尤其是不要告诉他的父亲和公社各机关单位的干部职工。

他觉得有一件事情老搁在心头，没有办妥当。是呀，自己的病情，不给爸爸和其他人说是行的，而不给白雪梅说明这能成吗？她还年轻，他走了，她能经受住这突然的打击吗？可是，现在给她去信，她会答应自己的请求吧？她同样避免不了一场痛苦。他想来想去，他含着泪向她写了绝别信……

他带着稿子下去农村。按照公社的统一安排，李田林抽调出来主要是负责刘堡等五个村的春季植树造林、农田水利建设、春耕生产等各项工作的部署、落实、检查。利用一个月时间，突击会战，完成三项主要指标任务。李田林给其他 4 个大队部署了任务后，才来到离杨洼最近的刘堡大队。刘堡大队何支书，搞邪门歪道，激起社员的愤怒。社员们纷纷写材料向公社上告，被雷彪一次一次给挡回去。雷彪怕那个二杆子支书牵扯自己，亲自跑到刘堡叫刘支书来个“金蝉脱壳”，主动辞职，暂时回避矛盾。刘支书遵命，在去年十一月就主动退位，让另一个支委担任了大队党支部书记。从去年秋到今春，刘堡大队正在修建一座水库。

李田林来到后，被社员们大干的场面吸引住了。一些青年后生和姑娘一见他就围住，“喂，你那年来，跟着雷书记打山鸡，没捡到一根毛，吃了几天，抹一把嘴就走了，嘿嘿，又嘴馋了，是不是？”

“看你们还再庇护那个二杆子支书，哼，什么干部，拿着稀泥抹光墙，光吃馍馍不念经，还向上邀功。”

“听说雷书记要提拔当县委副书记，是不是又来给他脸上抹油彩？”

“哈哈，这一抹，‘滑油条’岂不成了‘滑西瓜’？”

“……”这些青年后生和姑娘们听人们议论，李田林和雷彪书记闹翻脸。那次他们来下乡，李田林不但不给雷书记写什么“调查报告”，还给报社投了一份什么《下乡有感》，丢了雷书记的丑。他们都吵嚷着说李田林是好记者，敢在太岁头上动土。

李田林在刘堡白天和青年们一起到水库工地上参加劳动，帮助拉石沙，担水，推车子。晚上他住到大队办公室，男女老少挤在一窑洞，吵着叫他讲故事。夜深大伙都走了，他悄悄地拿出书稿，默默地修改着。

他在和时间赛跑，与病魔做着斗争。

“田林，搞一个录音访问记吧，把我们村修水库的事迹吹一吹。”

“实在对不起，没有带录音机。”

“我们替你回广播放大站取。”

“公社广播放大站没有可携带式小型录音机，要搞录音，还得向县广播站打电话，把录音机捎下来才行。”李田林很抱歉地说，“先搞一个文字报道，等今年夏季水库建成抽水上山时，我一定让全县人民听到你们大干的响声。”

工地人群沸腾，笑语阵阵。锤錾叮当，炮声隆隆。刘堡大队是杨洼公社最大的一个村子，全村有二百五十多户，近上千口人。从去年秋天开始，大队组织劳力，在村子身底的山沟里，开始修水库，水库建成可容水量二百万立方，浇灌三千多亩耕地。社员们自筹资金，在县水利部门的协助下，同时铺开建一个用柴油机带动的两级抽水站，计划在今年六月建成。目前建站工程已完成了三分之二。

半山腰中的一级已经建成，山顶上的第二级机房还在过顶。五百多米高的黄土坡，山顶上连手掌大的一块石头也找不到。所用料石都是从沟底拉运上去。石头都是从村子对面的石崖用炮炸下来，再打成一块一块的四方料石，靠人工拉上来。拉一回，拐弯的盘山土路来回有四里路程。拉一车子石头，需三个青年后生才行。

上午的太阳暖烘发热，一辆一辆的平板车绕着盘山的土路向山顶爬着。车轮子陷进沙土里滚下深深的辙印。一滴一滴的汗珠掉到地下渗湿路面。青年们谁也没有一声怨气，一个拉着平板车架着辕杆，两个人从后面用力推着。他们一边喘着气一边说笑着把装满石头的平板车拉上山顶，又把空平板车推下山沟，来来回回拉运着他们的生活的希望。他们是一轮年轻的太阳。是从冬季运转过来的太阳。火红火红的吐出细柔的春风，吹荡着沟道的柳枝。一只只美丽的喜鹊掠过山峁上的柠条林，拍击着太阳的光芒和春天的世界。青年们拉上去一回石头，放声歌唱起来：

我愿是只雄鹰
天天飞到你的身边
迎着春天的风雨
带给你温暖的思绪

我愿是只燕子
天天飞到你的身边
憧憬理想的画卷
歌儿唱给心中的太阳

山沟里打炮钎，凿炮眼，装炸药，点燃着导火索……一阵排炮声响过后，大锤飞舞，寒光闪闪。几十把手锤一齐挥动，坚硬的钢錾钻进了石头里。叮当叭啦，叭啦叮当。回声从两面的崖壁来来回回地回旋着长久不断。

“看你的胳膊，没我们的大拇指粗，不是干这种买卖的料子。哈哈哈……”

“田林，听说你写大部头小说，怎么样？有消息吗？出版了！成名了！可得请我们喝两盅，嘿嘿嘿，写当代中国的哥白尼、爱因斯坦登上月球，气得太上老君和王母娘娘哇哇大叫。”

“你们少啰唆，田林有胃病，今早在五保老人刘大爷家吃饭，只吃了一碗豆子饭。”

“田林，别干了，看你的脸色很不好看，休息去吧。”

“不累，大家不要操心。”青年们的关心和鼓舞给了他希望。他控制着咳嗽，偷偷地吐着血痰，与另外两个青年推一辆车子。

“田林，听说你和我村出去的刘彩云还谈过恋爱。是人家进城把你给蹬了？是不是？嘿，我给你再介绍一个对象？”一个大眼睛小伙子认认真真地问他。

“谢谢。”李田林笑着答。

又一个青年追上李田林拍了拍他的肩膀，笑着手指相随的一大群姑娘，要鬼脸朝着她们大声喊：“喂喂喂，‘半边天’们，请站住！”

走在前面的姑娘们停住脚，扭住头嬉笑着问：“有啥事？”

“喂，你们哪一位愿意嫁给中国的‘托尔斯泰’做老婆？”

“嘻嘻嘻……”

“咯咯咯……”

姑娘们一个个笑得揉肠揉肚扭头跑开来。一位胆子大的留短帽盖发型的姑娘扭头笑说：“我愿意，就怕人家舍不得出两千块！”

“哄——”笑声的波涛冲击着两面的山坡。

……

太阳移到了西边的天空，拉料石的青年后生和姑娘们回家吃过中午饭后，又到水库工地开始往山顶上拉料石。他们仍然三人一组拉一辆车子。有的是一个小伙子拉，两个姑娘推。也有的是三个姑娘推拉一辆车子。从沟底到山头，一溜儿盘绕着有三四十辆平板车。

李田林和一位爱开玩笑的小伙子，还有一个十七八岁的姑娘推着一辆车子。那青年架着辕，他和姑娘从后面用力往上推着。车子到了拐弯的地方。走在前头的车子已绕到了他们的头顶上。大家都屏着呼吸，鼓足劲向上爬着。

突然，上面有人喊起来：“快，翻车了，下面的人快躲！”

李田林正弓着腰，双手推着车后的架子，猛听的喊声，急忙抬头看，只见一辆车子连车轮带架子滚了下来，上面装的四块料石也离开了车兜向下滚着。上面的人着急地喊着，下面的人有的看见了，有的不知道发生了什么事情。

山坡下面的二十几辆车子长长地相随着排列土道上。如果有一辆车子被撞，犹如火车脱轨，一节一节车厢都会顷刻颠覆。紧急关头，李田林三人以闪电般的速度将他们拉的车子横拦到当路，以阻挡飞滚而下的车子和石头。李田林和那位男青年还有那位姑娘三人，用肩膀拼命顶住他们推的料石车。这是最危险的绝招，也是勇敢面对死亡的选择。没有退路，不容思考。只有勇敢和牺牲。牺牲自己，保护他人。是真金，是英雄，还是懦夫，关键时刻显本色。一场突发的意外灾祸避免了。十多位青年男女的生命危险瞬间解除。而李田林的头部和左胳膊受了重伤。与李田林一起的一男一女的青年也受了伤。

鲜血染红了黄土道，染红了高坡下的一层一层石岩。

第三十四章　青春闪光

李田林和另外两名青年被送进了杨洼公社医院。事件惊动了杨洼公社。刘堡大队的几百名男女社员挤在杨洼公社医院的大院里焦急地等待着。有人埋怨指责翻了车子的青年。可是大家都知道这并不是驾辕青年有意翻车，是拉车的辕绳脱了导致车轮滚出路面造成的。这完全是一起意外事故。

夜黑洞洞的。挤在外面的人们屏住呼吸一动不动地伫立着，多少颗心在紧张地跳动。过了一会儿，手术室的门轻轻推开，随之走出一位穿白衣的大夫来。

“胳膊接住没有？”

“醒过来没有？”

医生摇摇头，满脸的绝望，而后又进去手术室。

“那两个青年怎么样？”

“醒过来了。他们本身体壮，流血少。”

“……”

淡淡的浮云掠过山头遮住了天穹的星星，沟底的泉水冲击着石岩吟唱着青春的歌谣。一个柠条开花满山金黄色的季节将要到来。手术里的无银灯光下几位大夫各自操作着器械仍在紧张地做着最后的努力。因为时间的关系，患者从下午一抬到医院在来不及征求家长意见的情况下，由公社党委副书记王茂昌承担一切责任填写了做手术前的保证书。经几位大夫诊断后制订出治疗方案，李田林的左胳膊已成粉碎性骨折，必须切除。右手的小指和中指也三处折断，即使接住后也成了残废。左头额

骨严重撞击，引起了头部外出血，估计大脑不至于受到影响。右腿上被划破两处，只是出血过多，缝住就行了。还有一处难度较大的手术，腰部受到了强烈的挤压后，引起了胃出血，如果不马上做手术，随时都有停止呼吸的危险。原来给李田林医治过病的医生认为，李田林还有胃癌，假若打开腹部后，没有一个外科主治医生，恐怕手术难以成功。有人提议请县卫生检查组的黄瑛等两名大夫帮助。他们及时把病情告诉了黄瑛等二人。黄瑛他们答应了。

手术开始，刘堡大队的青年纷纷献血。保证了李田林头部、腿部、左胳膊切除手术的顺利进行。手术到了中途，黄瑛察觉到这个患者患了胃癌竟不治疗。他医治过十几例恶性肿瘤，也做过不少胃癌切除手术。眼下这个身体瘦弱的青年流血过多，又切了左胳膊和两个指头，怎么能再经得起胃缝合手术呢？患者至少要做二分之一的胃切除手术。他作为一个县上来的主治医生，对患者负有重要责任。

当他听公社领导和医院的医务人员说患者是杨洼广播放大站的李田林时，黄瑛猛然身上像挨了一鞭子。他知道后妈第一次离婚时留下一个儿子叫李田林，现在在杨洼公社广播放大站工作。想不到他第一次来杨洼公社检查卫生工作，却遇到了给李田林做胃癌手术。黄瑛心里发慌。从病症的检查情况来看，手术失败的可能性也不能排除。

一个医生的职责，不允许他在这种情况下流露感情。他丝毫没有在大家面前暴露自己与李田林的关系，暗暗下着决心，一定要把李田林的生命从鬼门关抢救回来。他全神贯注地做着手术。手术进展比较顺利，时间过了三分之二，杨洼公社医院的一名大夫连续出外面走了两回。他知道李田林是为了抢救他人，才使自己负了重伤，以至失掉一只胳膊，两个指头，导致了胃的破裂。几百名青年献血，各机关单位的干部职工跑来嘱托医生……意味着患者是一位人们所爱戴的好青年。

腹部打开。果然胃的左部手掌大的地方已经腐烂，裂开血缝流着血。

手术还在进行着。每个医生的心都在随着李田林的心脏跳动而跳动……

晚十点钟过了，县干部招待所的总服务台白雪梅和她的胖女子伙伴，一直抓住电话机不放。她从电话里听了医生结结巴巴的回答，已经明白了几分。她只好摇杨洼公社的王茂昌副书记。

王副书记只好如实把情况又在电话里向她说了一遍，但是并没有告诉她李田林切除了左胳膊和两个指头。

白雪梅的心都要跳出来了。到这个时候哭鼻子是不解决问题的。她没有给黄瑛直接打电话，可是高兴的是黄瑛已到了杨洼公社，并且正在给李田林做着手术。她还要王茂昌转告黄瑛，李田林是他的弟弟，要他一定把手术做成功。王茂昌在电话里答应着。

“连生命都不要，病成那个样子，还参加劳动。”白雪梅站到电话机旁着急地说着。

“人家修水库，与他何干。再说拉石头，也不在他一个人上。”胖女子伙伴安慰着她说，“走吧，先去睡吧。”

“小妹，你陪我回家走一回，把真情告诉我二姐，我决定明天去杨洼。”白雪梅握着女友的手说。

“梅姐，见了你二姐，千万不要说李田林有病。”

“我知道。”

“既然知道，你明天去杨洼，她问你去干啥，你说个啥？就是李田林是个身体健康的青年，你二姐也不会同意。”

白雪梅和她的伙伴在想着办法，怎样做通她二姐的转变工作，支持她与李田林的婚事。他和胖女子伙伴相伴着出了县干部招待所的铁栏大门。

白雪茹随着弟弟朝她娘家一路小跑而来，进门后却不见妹妹。她问弟弟：“你三姐哪里去了？”

弟弟见火炉子热着水，炕上放着三姐的外衣，地下放着脸盆、洗衣粉，猜想三姐肯定是洗衣服：“可能出去了，二姐，三姐准备洗衣服。”

白雪茹坐到椅子上，倒了杯水喝着，等妹妹回来。弟弟坐到一旁，忙顾看书。过了一会儿，白雪茹还不见妹妹回来，估计妹妹是上晚班去了，说不定今晚不回来。又想妹妹工作服还在家，看样子是要洗衣服，一定会回来的。她坐下待不住，离开椅子，揭开锅盖一看，见水早就沸腾，就把水舀进脸盆里，又舀的冷水兑进去，“弟弟，快，把外衣脱下，二姐给你洗。”

“我不洗。”弟弟看着书，头也不抬地说。

“听话，初中学生，不讲卫生，以后找对象，人家姑娘看见就恶心。”说着她动手帮弟弟脱下外衣，洗了起来。

大约吃了一顿饭的工夫，白雪茹洗完了弟弟的衣服、袜子，还不见妹妹回来。她生着气，拿起妹妹的黑色工作服上衣，“真个书呆子，整天侍候人，连自己的衣服也不洗。”她又问弟弟，“你三姐有啥病？”

“三姐说她没病，可是我见她这些天总是愁眉苦脸的，晚饭只吃了一碗小米煮山药稀饭。”弟弟可怜地说着。

“唉，二十四的女子了，也——”白雪茹叹了口气，掏着妹妹工作服上衣兜里的东西，下边的两个兜里，右边的兜什么也不装着，左边的兜竟掏出一叠纸来，“这是什么？”白雪茹无意地展开来，走到电灯光下往下看：

雪梅同志：

我真诚地感谢你对我的帮助。我完全赞成你对拙作提出的意见。看了你的来信，我为你目前的处境深表同情。

你的心情我是能理解的。

假如……

白雪茹看到这里，心里“咯噔”一下：原来是妹妹的对象寄来的恋爱信。她控制住心头的激动看下去。她虽然还没初中毕业，文化程度不十分高，但是看书看报写信是不成问题的。她越看越觉得不是滋味。当她看到“生命留给我的时间不长了”一句吓得一声惊叫“啊——”

“二姐，怎么了。”一旁看书的弟弟被搞得莫名其妙。

白雪茹心慌眼跳，忙又看下去。当她把信全部看完，以至看到李田林三字时，气得一下子昏过去。她倒在椅子上呆呆地少气无力地喘着气。

“二姐，你怎么啦？”弟弟忙问她，给她捶背。

“唉，我的妹妹，你竟哄骗我，什么大记者，原来是李田林。”白雪茹看了李田林给妹妹的辞情书，又见最后的人名落款是从杨洼公社发来的，判定这必定是贺秀丽的亲生儿子。难道杨洼公社还能有第二个李田林不成？况且李田林这个人的名字她早就听说了。再说前一些日子贺秀丽和她拉话时，还说她的亲生儿子叫李田林，如今在杨洼公社广播放大站工作。这不是一个人，还能是两个人吗？白雪茹心里埋怨着妹妹，口上不由得说了出来。你个书呆子，既然是和李田林早谈上了，为啥不早说，而蒙着我这个当姐姐的瞎操心，给黄瑛说绝对话。白雪茹有几分明白了，怪不得妹妹不给她说真话，原来妹妹爱上了贺秀丽的亲生儿子李田林。这都怪妹妹不争气，做出这种麻烦事情来。她觉得妹妹人大心大，忘了她这个当姐姐的恩情，私自和一个农村青年谈婚。李田林重病在身，竟考虑上了自己的后事，主动叫妹妹放弃他，叫妹妹与黄瑛建立感情。白雪茹脑子里“嗡嗡”地响开了。如果妹妹还依恋旧情，只能把自己陷进泥坑里，以至毁了自己的青春。妹妹必须回信放弃李田林。她挣扎着身子站起来，踉跄了几步，差一点摔倒。弟弟把她拖到炕上坐下，给她倒了一杯水。弟弟也拿起李田林的“辞情书”快速看了一遍，明白了二姐为啥一下子如此惊慌的原因。

“二姐，不要生气，我去叫三姐。”

“不用了。”白雪茹一口气喝了半杯水，压住心头的虚火，脑子也清醒了一些。她想来想去，在这个时候叫妹妹给李田林回信说绝情的话，也太有些不讲人情。人家明明白白在“辞情书”上叫妹妹听自己的话，与黄瑛建立感情，又何必去写信说些不该说的伤感情的分手话呢？

白雪茹坐在炕沿，从弟弟手中接过李田林来的信，从头到尾又看了一遍，感到李田林确实有才华，有大志。她细细地思索着，李田林得了重病，与妹妹有过一段情结，这必须马上告诉黄副局长一家子。尤其是应给李田林母亲说一声。贺秀丽毕竟是李田林的生母。白雪茹决定先到黄副局长家里走一回。“弟弟，你看着家，我去黄局长家有急事。”白雪茹把李田林给妹妹的“辞情书”装进袄兜出了门，一会儿来到黄副局长家的门旁，见里面电灯亮着，低声地问，“姨，睡了没？”

“没有。进来吧。”

白雪茹推门进去，见只有贺秀丽一个人，“姨，黄局长和孩子们呢？”

“到机关上去了。”贺秀丽正在给孩子补衣服，见白雪茹来了，忙溜下炕，招呼坐到沙发上。

“姨，黄局长不在家睡？”白雪茹坐到沙发上寻找着开口的话题。

“老黄嫌孩子在家，打搅二姨，这几天带着两个孩子到机关上睡，只回家吃两顿饭。”贺秀丽给白雪茹泡了一杯茶水，坐到另一只沙发上陪着这位老黄二儿子黄瑛曾经的恋人。“雪茹，你还有空来？”

“唉，姨——”白雪茹长出着口气，喝了口茶水苦笑说：“姨，雪梅我妹，真该死，她握着拳头，一只脚踏着两只船，唱三角戏，太不该了。”

“雪茹，话也不能这么讲，如今的年轻人，自由恋爱，总得自己相爱上才行，两情相悦。”贺秀丽以为白雪茹又是为妹妹不愿和黄瑛谈婚的事而来赔情，就接住话题说，“各人的爱好不同，雪梅爱好文学，自找了个记者，也是可以理解的。黄瑛虽是个好孩子，可他学的专业与雪梅不同，这也不能见怪你妹妹。”

“哎呀，姨，我是说这死姑子瞎胡闹、乱弹琴，她背着我这个当姐姐的，明知黄瑛是姨的……可又和姨的亲生子李田林……”白雪茹话到这里，嘴唇也抖开了。

“什么？雪梅和田林怎么了？”贺秀丽猛晃了一下身子，背靠到沙发上吃惊地问。

“姨，请你不要难过。”白雪茹斜着身子，面朝贺秀丽，气得脸色惨白说了下去，“我也不知道几时，妹妹也从没告诉我，刚才我给妹妹洗衣服，从她的袄里掏出李田林给她的一封信。原来，雪梅与姨的亲生儿子李田林早就恋爱上了，一直哄着我们。”

“什么？有这种事情。”贺秀丽的心窝就像被万箭射入，浑身火烧，一下子浑身抖个不停。

白雪茹原给贺秀丽说的意思是叫她谅解妹妹为啥不答应黄瑛婚事的原因，不想只把话说了一半，贺秀丽就老毛病复发。她把手伸进袄兜里，握住李田林给妹妹的“辞情书”又不敢掏出来，也不敢再说李田林的病情。

“我……我看看信。”贺秀丽颤抖着伸出右手，眉脸没有一丝血色。

“我……我没拿着，姨不用看了。”白雪茹心里“咯噔咯噔”两下，有些后悔，早知贺秀丽这个样子，就迟给她说几天。她只得捣鬼说没拿着。

“雪茹，你就别隐瞒姨了，看与不看一样，拿来，让我看看。”贺秀丽的双手伸出抖动着。

“这？”白雪茹见贺秀丽坐稳不安，浑身发抖，意识到一定是又受刺激神经病复发。李田林的“辞情书”是万万不能叫贺秀丽看的。

“呜，田林，我的儿子——”贺秀丽索性哭开了，“妈妈对不起你……”

“姨——”贺秀丽乱揪头发，吓得白雪茹忙按住她的双手，不知怎么是好。自己的话没说完，还没有让贺秀丽看李田林给妹妹的“绝别信”，这个饱经风霜的女人就发疯了。白雪茹一个劲地哄劝着贺秀丽，如失去了魂魄似的，只怨自己今晚不该来。

过了好一阵子，贺秀丽不哭了。白雪茹自感羞愧，也不敢再说什么，又安慰了贺秀丽几句，忙离开黄副局长的家，急急忙忙朝她娘家跑来。

白雪茹走进娘家的房子，就见妹妹和她的伙伴正为寻找李田林的“辞情信”而急得又喊又叫。她又气又羞又怕，像块稀泥一样倒在椅子上。白雪梅见二姐气成这个样子，深知是二姐看了李田林给她写的信。她完全能理解二姐此时此刻的心情。

姐妹两个抱头哭起来。弟弟和女伙伴劝说着她们。白雪梅把和李田林从开始认识到目前的处境全部告诉了二姐……

贺秀丽在漫长的生活道路上，饱尝过甜蜜的糖茶，品味过辛酸的苦果。她有过欢乐的黄金时代，曾追求过美好的理想。她在爱情上的悲剧导致了李明先的落伍，造成了儿子李田林的千辛万苦。一失足悔千古恨。如果说一个人失足一次从中吸取教训而弥补起心灵中的创伤可以原谅的话，那么有二次的上当受骗就连自己也不能宽恕了。贺秀丽与李明先离异二十年过去了，她憎恨过李明先不该对她惨无人道，更不该逼着自己与亲骨肉分离。假如自己不要上那个孙老师的圈套，李明先是绝对不会那样对待她的。倒霉的事情往往都是出于自己的意料。她没有想到数年以后，她又被那个家伙骗了一次，几乎做了无头之鬼。她和黄群生活在一起，从不愿提到李明先父子俩，但是她的脑子里怎么能驱逐他父子俩的影子？特别是儿子，自己整整怀了九个月，经受了多少痛苦。那个讨人欢喜的胖娃娃每哭一声都撕裂着她的心肝……谁想生活的恩恩怨怨使她母子骨肉分离，不能团圆。十多年前，她仅在枣树湾门市部见了孩子一面，由于当时心情过于悲伤，她不得不讲那样的绝情话。后来，她收到儿子的几封来信。每收到一封信，都使她羞愧万分，难见世人。她认为自己不够资格做孩子的母亲。她几次提起笔，手抖得不会写字，只能作罢了。在老黄的劝说下，她含着泪给高中的儿子寄了四十元钱。谁想，过不多久她收到儿子的第三次来信，因为她给儿子钱，父子俩发生了矛盾。李明先呀李明先，儿子是你的骨血，难道不是我身上的骨肉，你与我有怨仇，与孩子什么过意不去。为了减少父子俩的矛盾，她只好亏心地不给儿子回信。如今儿子已经是一个大人了，参加了工作，该值得自豪。可是，李明先不准她和李田林恢复母子关系。自己走了，孩子受尽了苦难，是李明先培养儿子念书，长大成人，自己还有什么脸见儿子。她也不知道，儿子工作上了，还是一个小有名气的小记者。儿子经常回城开会，为什么就不来看望自己一回？她的头脑不停地在运转着。她也曾听一些北原县南乡的老乡来家里时说过，李明先一直再没娶老婆。父子俩，两条光棍，二十个年头，难哪！是谁造成的。她的良心受到了谴责。多少往事，一幕一幕，像电影里的镜头一样，从她的眼前闪过……黄瑛与县干部招待所服务员白雪梅姑娘恋爱，请她这个后妈说两句话。她怎能不去呢？谁知黄瑛看中的姑娘，原是自己亲生儿子李田林正在热恋中的女朋友。

李田林，黄瑛；黄瑛，李田林——

究竟田林与黄瑛两个是谁先与白雪梅谈上的。去冬她到白雪梅家，白雪梅那样冷视自己，还问自己是不是有个亲生儿子，而自己却给她那样回答。田林与白雪梅的感情，不用说也是到了难以分开的地步。可自己却蒙在鼓里又去给黄瑛与白雪梅说合婚事。黄瑛这孩子也太痴情，叫她这个后妈怎么活人？

白雪茹走后，贺秀丽关上了门，气得躺到炕上直打滚。自己离开儿子二十年了，不但不能为儿子做一个当母亲的应做的事情，反而拆散儿子的婚事，这事叫世人知道了，又对她如何评价。就是黄群知道了，也不说自己的好。特别是叫儿子知道了，叫田林的父亲知道了，又会产生怎样的后果？

啊，我的老天爷！我真该死啊！

贺秀丽的脑子里又闪出了可怕的念头。自己该是抱孙子的老妇了，就是死了，也很难留下一具干净的尸体。这样活一天，就是忍受着一天痛苦。她看着漂亮的房子，美观的沙发、大立柜、自鸣钟、电视……一切都在旋转着。她听到李明先在她耳边大骂："狗日的，老子在前方卖命，你在家里寻欢，好你个狗娘养的，你还有没有良心？"

"狗日的，你害的老子打了二十年光棍，又把老子的儿媳也煽动跑了，老子要你的命！"

"啊——"贺秀丽双手吓得抱住了头昏过去。不知过了多久，古城雄鸡的啼叫声把她叫醒。她睁开眼睛，觉得脸腮凉凉的。她抹了抹，是悲伤的泪水。此时此刻，她的神经不由自己控制，好像心肝五脏全都被撕碎了……

第三十五章　人爱永恒

凌晨两点过后手术做完，大家的心平息下来。杨洼公社王茂昌副书记从手术室走出紧紧地握着黄瑛的手：“感谢你，黄医生。”

“不，我应该感谢你们，这是医生的职责。”黄瑛脱下白衣揩着额角的汗水，环视黑压压的人群，一股兴奋的热浪掀动着心窝一收一缩地跳动。从手术开始到结束，持续了五个多钟头。他做了数百例手术都没有这次艰难。

人们围了过来询问着手术后的情况。另一位大夫向大家安慰着，叫大家不要担心。当青年们听说李田林失去了左胳膊，又切除了右手的两个指头，割掉了二分之一的胃时，都忍不住掉下泪。

突然，杨洼公社医院大门外有人大哭大骂撞了进来。所有的人都吃了一惊，不知又出了什么意外的事情。只见一个人打着手电筒，大跨着步子哭骂着直奔手术室：“狗日的，我操公社那几个当头头的十八辈子祖宗，你们贪花作乐，叫老子的孩子下乡劳动，呜呜呜……狗日的，做手术，也不给老子说一声。老子要把你们都杀尽灭绝。老子要造走资派的反……呜呜呜……”

人们一个个被搞得惊慌失措，不知这个疯子是从哪儿跑出来的。

“他是谁？”有人害怕地问。

“李田林的父亲。”

“李明先？”

“有名的二流子。你看他，不问三七二十一，就是个哭骂。”

黄瑛急忙走出院子外。王茂昌等一些干部职工刚走进病房看望李田林，听的李明先从门外哭闹着撞进来，也急忙跑出来劝说。

“老李，请不要这样。“王茂昌忙拉住李明先的一只手，不让他闯入病房。

“狗日的，放开，老子要进去。”李明先推开王茂昌，扑向病房。王茂昌和另两个青年一齐动手，尽最大的力气把李明先挡在门外。

李明先跺着脚，哭一声，骂一声。他的这种过分伤心人们是能理解的。李明先是从昨晚广播完后听到通知，连夜赶来看儿子的。他来到杨洼，直奔广播放大站，见公社秘书和几个人拉话，就问儿子有什么病。大家见是李田林的父亲，早做好了准备，忙动手给他做饭、敬烟，请他不要着急，吃了饭再说。他见众人这样热情招待他，也就不着急了。吃了饭后，公社秘书只得把李田林下乡被车砸了的情况告诉他，并一再说李田林同志是为救他人而受伤，是一个好青年、好记者，是人们学习的好榜样。李明先一听，火冒三丈，大骂起来，就要往医院跑。众人忙把他抱住。公社秘书只得对他说现在正做手术，他去了后对做手术有影响。当他听到要给儿子切掉左胳膊和右手的两个指头，还要做胃部手术时，当即气得昏过去。

李明先在广播放大站一直哭骂了两个钟头，还不见做完手术，胸脯也爆炸了。他用拳头擂着墙壁，撕碎墙壁上贴的伟人画像，砸了办公桌上放着的小闹钟、墨水瓶、玻璃板、暖壶……他这才明白，人们热情地接待自己，是因为儿子参加刘堡大队修建水库的劳动时，抢救他人的生命而受了重伤。狗日的，老子革命了半辈子，就挣得这么一个儿子，讨吃要饭，倾家荡产，培养读书，好不容易参加了工作，正要成家立业，不想失去一只手。狗日的，你们这些家伙谁都不到工地转一转，偏偏叫老子的儿子到工地上拉石头。

不管众人怎样劝说，李明先还是一个劲地边哭边骂。

王茂昌的衣服被李明先撕烂了，手表砸掉到地下成了废铁。一位医生的脸颊挨了一个耳光。黄瑛来劝解，也吃了大亏，差一点儿被打掉门牙。刘堡大队好几个青年，赶忙拉李田林的父亲，竟也被踢了几脚。

李明先的神经已经不由自己控制。他恨所有的人。他心目中只有自

己的儿子。

一直守护在李田林身旁的一位医生脸色阴沉，在手术室忙叫黄大夫。“快，黄医生，李田林的心脏跳动减弱。”

黄瑛忙跑进手术室，急忙拿起听诊器，听着李田林的心脏跳动。稍过了一会儿，黄瑛说：“需要输血。”

刘堡大队的上百名青年挤在医院的院子内。他们谁都不愿离开，等待着献血。

“抽我的。”

“我身体好，先抽我的。”

“……”一片争吵着献血的声音。

滚烫的热血一滴一滴流进了李田林的血管里。

红日爬上了杨洼公社对面的山头。公社的大部分干部们整个通宵没有合一眼。他们有的在医院守护着李田林，有的紧跟在李田林的父亲身旁，以防李明先发生意外。李明先哭骂得嗓子哑了，眼里流不出眼泪。他大概是疲倦了，被众人强行拖到王茂昌住的窑洞。李明先躺到王茂昌的铺盖上，打着呼噜睡着了。王茂昌怕他再发生意外惹事，叫了两个干部看着他，以防万一。

王茂昌穿着被撕烂的衣服，心头闷闷不乐。他到厨房打水，在办公室洗了脸，与在机关的另一名副主任、秘书等几人商量着如何处理这件事。他也多次听人说过，李田林的父亲是一个“具体人”，年轻的时候，由于妻子离婚，神经受到损伤。以后，干了不少违法的蠢事。他去年回城开三级干部会议时，听原杨洼公社副书记、现任王塔公社副书记贺涛说，李明先是他的老战友，如今落伍了。他有一个很有志气的儿子，问他认识不认识。王茂昌把李田林有关创作的小说告诉了贺涛。他还听一些干部议论，说李明先与公社一把手雷彪是文化大革命战场上结识的把兄弟，李田林之所以能到了广播放大站，就是靠这个关系。王茂昌相信这有可能。可是，他发现雷彪这位早就闻名的“滑油条”人物，并不喜欢李田林这个小记者。他从和李田林的接触中，感到这个青年胸有大志，与众不同。李田林为人老实，生活俭朴，作风过硬，积极要求上进。他所追求的是如何为社会创造财富，学到真才实学。尤其是他在文学上很有见解。近两年，他在省内外的一些刊物发表了好几篇作品，笔调新颖，颇有影响，并且向中长篇小说奋斗。如果好好去加以引导，一定会取得成果。王茂昌这个老牌高中生虽已是年过四十的人，但他仍保持着旺盛的斗志。他年轻的时候，也曾提笔搞过创作，后来改行搞了行政工作，由于时间忙，扔了笔。可他一有空隙，就爱看书，特别喜欢了解文学艺术界的动态。也许是这个原因，他一调来这儿，就同李田林这个青年见面如故，交上了朋友。他深深懂得，文学这东西，在一定意义上说就是人学。像李田林这样岁数的青年，提笔写二十多万字的小说，不用说在一个公社，就是在全区、全省来说，也是不多见的。他走的道路是对的。这种精神也是难得可贵的。而真正要塑造出栩栩如生的各种人物形象，反映一代人的精神面貌，还需要下很大功夫。

……

手术刚刚做完后，王茂昌正要去广播放大站安慰李田林的父亲，正遇李明先撞进医院。李明先又哭又骂，谁都不能制止他。王茂昌等公社干部着急得不知如何是好。王茂昌离开医院，回到公社机关，刚进公社秘书的办公室，李明先也随后哭骂着追进来。众人好说歪说，只好把李明先安顿到王茂昌住的窑洞。

整个晚上王茂昌没有合眼……

“若是雷书记在的话，一定能治了这个疯子的病。”一位公社副主任笑着说，“雷书记和李明先是把子弟兄，咱们是外人，说上一万句，也是不起作用。”

“雷书记住地区党校，还得一个月才能回来。”公社秘书坐到办公桌旁说，“前几天，县领导在电话里说，有咱们公社的好几份反映材料，都是涉及到……”

“不提这些事情。”王茂昌岔开话题，以免引起公社机关内部的不团结。对于下面群众反映雷彪的问题，他早就听县里的一些领导说过，只因县委个别领导与雷彪有着旧情，不少反映材料被扣压了。

雷彪去地区党校学习走后，他就是二把手，主持全社工作的领导，从机关到农村的一切事情都要经他过问。李田林下乡参加水库劳动救人受伤是件感人的事情，可是，他不珍惜自己的身体，有病不及时治疗，却造成终身残废。王茂昌的心情很不平静。

突然，电话铃响开了。王茂昌顺手一把抓起。

“对，对对对，我是杨洼公社，我是王茂昌。什么？地县领导来我们公社检查指导工作？马上就到？地委牛珍书记在县委刘副书记陪同下一齐来！好，我们准备汇报工作……”

王茂昌心里有些慌张。地委书记到一个公社来下乡检查工作，说明这个地方很有些让上级关注和迷恋的东西。自己作为主持机关工作的领导，无疑要准备着回答上级提出的各方面的问题。可是，李田林手术后一直还神志不清，李明先又跑到自己的宿舍睡在床铺里正打呼噜。地县领导来检查工作，叫李明先这个“二流子”说不一定又要闹出什么乱子来。

整个上午，杨洼公社大院里忙忙碌碌个不停。通讯员在打扫窑洞，烧炉子，收拾被褥。干部们在扫院子，倒垃圾……大师傅忙得围着炉台转。管理员拿着人民币往供销社跑。葡萄酒、金狮猴、白条肉、鸡蛋……应有皆有。公社各机关单位的干部职工都知道杨洼要来大人物。王茂昌在准备着如何做好汇报。当然打扫卫生的事情不用他去做。这种已经是多年沿袭下来的习惯自然有那些通讯员、管理员、大师傅们去干。最基层的人民政府对上级官员的热情接待看得比任何事情都重要。接待上级领导是一门精深的学问。王茂昌怎能不知道哪。他是有看法没办法。

两辆米黄色的小车鸣着喇叭缓缓地驶进了杨洼公社大院。第一辆小车的车门打开，先是司机钻出来，接着右侧窗门钻出一个秘书打扮的年轻人。年轻人拉开右车门，一个白发苍苍的瘦老头才慢条斯文地钻出来。同一时间，第二辆小车里也走出几个人来，其中一个肥胖的，约年过五旬。还有一位穿着一身黑色工作服的姑娘，一下车就闪到一旁。

王茂昌等公社其他领导和十几位干部忙迎上去，与每一个人一一握着手问候。瘦老头是地委牛珍书记。胖子是官复原职的已由北原县副县长改任为北原县委副书记的刘乾。大家忙把来宾分别接到早已准备好的上等窑洞里，忙碌着端洗脸水、泡茶、递烟。王茂昌正和几位副主任以主人的身份陪着上级领导，忽听通讯员门外叫他："王书记，有人找你。"

王茂昌忙走出窑洞问通讯员谁叫他。他随着通讯员来到院子中央，只见刚才小车里下来的那位穿一身黑色工作服的姑娘双眼目光直向他投来。他以为姑娘是领导的随行人员，忙陪笑着说："对不起，请原谅，快请进窑洞洗脸喝水。"

"你是王书记？"

"是，我是王茂昌。"他有些惊讶。

姑娘向他走近两步，面带愁云，压低声音说："王书记，我叫白雪梅，麻烦你叫人带我去医院看望李田林。"

王茂昌浑身的热血涌到了膀子，急忙招呼白雪梅走进办公室，一边让坐一边倒水。

"王书记，李田林现在到底怎样了？"

"手术后，一切正常。由于失血过多，一度神志不清。经输血抢救，暂时脱离生命危险。请白雪梅同志放心，不要着急，等吃过中午饭，我们带你去医院看望李田林同志。"

白雪梅没有哭，她为李田林的精神而高兴："王书记，感谢你们对田林的关怀。我相信，有组织上的关怀和领导的鼓励，他的病一定会治好的。"

几句话把王茂昌感动得几乎流出泪来。李田林真是一位有眼力的青年，找了这么一位聪明姑娘，对工作和创作都会有很大帮助的。遗憾的是，李田林从此成了残废，又做了胃切除手术，就是最真诚的姑娘也恐怕难经得起现实生活的考验。王茂昌正向白雪梅谈李田林手术后的病情，秘书跑来说饭已做熟，请牛书记、刘书记吃饭。王茂昌叫白雪梅到餐厅一并吃饭。白雪梅自感身价低，一个服务员怎敢和地县领导在一个桌子吃饭。她再三推让，王茂昌叫她不要多心："你来的时候和领导们敢坐一辆车，还不敢在一起吃一顿饭。"

“王书记，牛书记和刘书记哪里认得我，要不是开车的司机小赵是我的同学，我怎能搭上小车。”白雪梅边说边跟着王茂昌向餐厅走来。地委牛珍书记、县委刘副书记等随行一干人，在其他公社领导的陪同下已向餐厅走进去。刘副书记见王茂昌只陪了他们一会儿就离开，却让一个不管事的革委会副主任应付他和地委书记，心里有几分不快意。刘副书记又见王茂昌和顺路乘他小车的姑娘相跟着进餐厅，心里觉得怪不是味儿：这个姑娘是你的什么人，你眼里还没有我这个县太爷，还有没有地委书记？

“王书记，王主任，老雷住党校走了，你可真是个大忙人哇，是杨洼这山沟沟里的土皇帝。哈哈哈……”刘副书记讥笑着王茂昌。

王茂昌明知县委刘副书记是讥讽他，可又不敢在地委书记面前争舌斗齿，只得一边强笑，一边招呼大家进了餐厅吃饭。王茂昌早就认识刘副书记，也知道刘副书记与雷彪的关系，在人们面前是上下级关系，而在背后他们却是把子弟兄。他调来杨洼后，本来并没和雷彪吵闹过一次，也没变过脸，只是在一些工作问题上他的意见不合雷彪的脾气。工作上两个人难免有些不同的看法。特别是去年秋，他当了二把手后，雷彪对他心里不满，明里暗里在一些言语中挖苦自己。还有在对待李田林等社办人员的工作问题上，也存在着分歧。王茂昌也清楚，在他未来杨洼之前，雷彪当初把李田林以他的拜儿子安排到广播放大站，如今李田林不由他使唤了，竟在党委会上提出要精减李田林回家。王茂昌感到雷彪不光是一个“滑油条”人物，也是个心胸狭小的小人。他在公社民主生活会上批评了雷彪的做法。精减李田林是毫无道理的。公社广播放大站的人事变动是由县广播站和县委宣传部来决定的，不能由公社领导说一句话就除名了。雷彪对王茂昌批评他用人路线不民主，表示了不满，回县里开会时向他的老上级刘副书记告状。刘副书记是刘彩云的大叔父。他一面想办法调动雷彪回县城，一面亲自出马和另一些领导把有关上告雷彪的材料暗压了。

刘副书记陪着地委牛珍书记来杨洼检查工作，正想趁机给王茂昌等杨洼公社的所有干部来个敲山震虎。

主客一共十几个人，围坐到两只大圆桌旁开始吃饭。牛珍书记拿起筷子看着红烧肉、丸子、炒鸡蛋、炸油条，迟迟夹不起来。

“牛书记，快吃吧，今天大清早上路，没吃一口，饿得总够受。”刘副书记坐到牛书记的一旁毕恭毕敬地说着，“我知道你最喜欢吃红烧肉。”

牛珍心情沉重地夹起一块红烧肉，又放下。王茂昌陪着牛珍书记和刘副书记，憔悴的眉脸表现得十分难看。王茂昌的这一神态早被牛珍看见。

“茂昌，光叫我们吃，你怎么不张口呀？”

“我吃过了。”王茂昌回答着。

牛珍并不大熟悉王茂昌，只是从地区到了北原县，临到下乡走之前，才了解到杨洼公社主持机关工作的领导叫王茂昌。他听县委的领导介绍，群众对王茂昌反映不错，工作作风扎实，就是不善于接近上级领导。牛珍听后，对王茂昌已有了一个好的印象。主客寒暄了一番，说了一些工作方面的情况后，牛珍书记的怀旧感情萌动起来。

“喂，茂昌哇，你们这里有个李家沟村吗？”

“有，离公社只有二十五里路。”不等王茂昌回话，刘副书记抢先说，“牛书记还能知道这个小村子，真是深解民情，对基层工作太熟悉了。”

王茂昌补充说：“这个村子全村也只有几户人家，三十多口人，一个独立核算单位。全村人都姓李。”

“噢。”牛书记摇了摇头自言自语地说，“二十五年过去了，人口可多增加了。”

“牛书记去过李家沟？”王茂昌惊奇地问。

“没有，没有。”他见大家只顾听他说，不动筷子，笑了笑说，“三十多年前，李家沟村其实只有姓李的一户人家。这个小山村有我的一个老部下，不知如今怎么样了。”

“老部下？”王茂昌吃惊地叫出声。

另一桌吃饭的白雪梅听到地委书记与县委刘副书记、公社王副书记谈论李家沟村的事情，也侧耳惊讶地听着。

“是的，我的一位老部下，二十多年没有见面了，年龄和你差不多。”

“他叫——”

“李明先。是我当年的通讯员。”牛珍书记放下筷子说。

“李明先？”

“李明先？”

“李明先？”

所有吃饭的人都感到惊讶。

牛珍在向大家讲述着逝去的往事……

王茂昌控制不住内心的感情，看着牛书记，指着另一桌吃饭的白雪梅，抿了抿嘴没说出来。

“茂昌，李明先现在的情况怎样哇？”牛珍书记继续追问着李明先的情况。

“老书记，这位姑娘是李明先儿子的未婚妻。”王茂昌终于把话题讲明。

“什么？”牛珍书记站了起来，双眼盯住了白雪梅。牛珍书记摇着头出神地打量着白雪梅，“多少岁了？”

“二十四。”

“家在哪里？”

“县城。”

“是专程来看望对象的吧？”牛珍书记含着笑意问。

白雪梅点了点头，没有回话。

“她来探望李田林。”王茂昌替白雪梅回答着，脸色越来越不好看。牛珍书记正要再问，忽听到院外有人喊叫起来。大家都吃了一惊。王茂昌一听喊声，忙与两位干部跑出餐厅。

“狗日的，老子的儿子……胳膊……胳膊……”李明先跌跌撞撞从第二排窑洞的石台阶滚下来。照料他的两个干部，从后袄襟拽着他，惊慌地喊叫着：“剿匪老复员兵疯了！老造反派疯了！”

“狗日的，贺秀丽你这个没良心的东西，把老子害苦了。”李明先忽而大哭忽而大笑，乱撞乱碰，一头撞在牛珍书记坐的小车头上抱住大哭大笑，“大炮，对准叛匪，对准贼娃子们，轰轰轰！”

李明先真的疯了。

餐厅里的牛书记、刘副书记等一行人都扔了碗筷，跑出了外面。公社在机关的所有干部和村子里的群众跑来看热闹。人们一齐动手，把李明先的双手双腿用麻绳子捆起来。

下乡的风光享受与寻找美好的回忆是不可能了。牛珍一刻也不想在杨洼公社待下去。他与北原县委刘副书记一行人到杨洼医院看望了李田林后，用极为严肃而尖刻的口气对王茂昌等杨洼公社的领导作出指示，要不惜一切代价挽救李田林的生命。对于李明先本人，他要带着回地区后观其病情另做安排。

当天下午，牛珍书记、刘副书记等人硬把李明先捆住塞到小车后座位带走了。

地委书记下乡带走了一个当过兵和造过反的疯人。人们在叹惜。

三天后，白雪梅抱住已经停止呼吸的李田林的躯体啼哭不止，说她失去了一位本该发展为莎士比亚的爱人。

据说李田林的伤口恶化直到生命的最后一刻提出一个要求，要白雪梅和王茂昌他们抬着他到杨洼人民公社大门口看最后一眼。他的这个愿望达到了。李田林是双眼盯住杨洼公社大门口一旁挂的写有白底红字的二十八个大字“中共北原县杨洼人民公社委员会”“北原县杨洼人民公社革命委员会”的两块木牌而闭上双眼的。遵照死者生前的遗言，他的遗体火化后撒在他生活工作过的杨洼人民公社的山山峁峁、沟沟塄塄……

到了第二年的夏天，又是柠条开花季节，古长城脚下的北原县南部山区杨洼、王塔、枣树湾等二十二个人民公社统一改称为乡人民政府。一个时代结束了。远处的黄土坡洼传出了多少年来人们听惯了的陕北信天游：

黄河上流船八千年，
富人和穷人没情感；

荞面熬糍糊粘住大腿弯，
有情人分手后还肝连着肝；

红枣剥皮皮满口口甜，
年轻人爱年轻人吃不下饭；

古长城破砖碰破砖，
城市和小山村为啥不一般。

木命金命水火命，
为啥人人是土命？

红水水白水水装进血管管，
是爱是恨都是缘；

桑牛牛筋绳子弹三弦，
恩恩怨怨唱不完——

1980 年夏至 1981 年春写于陕西省神木县南部山区

2006 年二稿改于北京平西府温馨公寓家中

2017 年夏三稿改于北京永定河畔家中

后　记

本书手稿在我的书架存放了 37 年，时常牵挂着我的神经跳动。书稿最早写于 1980 年夏至 1981 年春，当时给出版社寄去，没有被采用出版。这其中的主要原因，我认为是小说总体水准不高，达不到出版水平。十多年前，我对书稿作了一次修改，觉得还是不满意。于是，又把修改稿存放到书架。2017 年夏天，我又对稿子进行了修改，压缩了近 10 万字，并把原书名《生活》改成《滚烫的岁月》。

在本书出版之际，我要说明的一点是，这本书讲述的故事情节、人物命运等内容，了解我的朋友和故乡陕西省神木市的父老乡亲，不能当成是我的家史，更不能当作我个人的传记看待。这是小说，是文学作品，遵循的是文学作品创作规律。文学作品来源于生活，但是，绝对不是原生活的照抄照搬。写这本书的第一稿时我 24 岁，还没有结婚，现在我已经是当爷爷的人了。

《滚烫的岁月》尽管还有许多不满意的地方，可是，记录了一个时代的变迁，描写了一些生活中不同人物的命运沉浮。通过李田林一家三代人的人生发展轨迹，展示了社会进化过程的曲折艰难，悲欢离合，波澜壮阔。

中国文联出版社 2016 年出版了我的自传体文学《我的青少儿时代》，2017 年出版了我的散文选集《大美河山》上下卷，2018 年出版我存放了

37年的小说《滚烫的岁月》，借此机会，对中国文联出版社表示真诚的感谢，特别是对责任编辑卞正兰女士对我的支持、关心，再次表示深深的敬意。

书中不足和遗憾难免，敬请读者批评。

乔　盛

2018年2月28日于北京家中